HEYNE ‹

ANNA TODD

THE BRIGHTEST
STARS
connected

Roman

Band 2

Aus dem Amerikanischen
von Nicole Hölsken

WILHELM HEYNE VERLAG
MÜNCHEN

Die Originalausgabe erschien unter dem Titel
THE DARKEST MOON
bei Frayed Pages LLC.

Sollte diese Publikation Links auf Webseiten Dritter enthalten,
so übernehmen wir für deren Inhalte keine Haftung, da wir uns
diese nicht zu eigen machen, sondern lediglich auf deren Stand
zum Zeitpunkt der Erstveröffentlichung verweisen.

Verlagsgruppe Random House FSC® N001967

Deutsche Erstausgabe 10/2020
Copyright © 2020 by Anna Todd
Published by arrangement with
Bookcase Literary Agency
Copyright © 2020 der deutschsprachigen Ausgabe
by Wilhelm Heyne Verlag, München,
in der Verlagsgruppe Random House GmbH,
Neumarkter Str. 28, 81673 München
Printed in Germany
Redaktion: Rabea Güttler
Umschlaggestaltung: Zero Werbeagentur, München
Umschlagabbildung: FinePic®, München
Satz: Leingärtner, Nabburg
Druck und Bindung: GGP Media GmbH, Pößneck
ISBN: 978-3-453-58067-1

www.heyne.de

Für alle, die sich schon einmal verloren gefühlt haben.
Lass mich Dir helfen, Dich selbst zu finden.

Playlist

What We Had – Sody
Falling – Harry Styles
Possibility – Lykke Li
Little Did You Know – Alex & Sierra
July – Noah Cyrus
Little Bit Of You – Kevin Garrett
Idfc – blackbear
Poser – Grace VanderWaal
Lost On You – Lewis Capaldi
Before You Go – Lewis Capaldi
Hollow – James Smith
Lost Without You – Freya Ridings
The Light – The Album Leaf
Lie – NF
Love In The Dark – Jessie Reyez
When The Party's Over – Billie Eilish
Watch – Billie Eilish
Rest – Minke
The Other (Stripped) – Lauv
Unspoken – Aaron Smith
Can We Kiss Forever? – Kina, Adriana Proenza

1

Kael, 2019

Das Meer aus schwarzen Klamotten tut mir in den Augen weh. Es ist schon eine ganze Weile her, dass ich in einer derart uniformierten Menge war. Ich bin immer noch so an den Tarnanzug gewöhnt, den ich jahrelang Tag für Tag getragen habe, dass ich, obwohl ich mittlerweile nicht mehr in der Army bin, auch unter Zivilisten immer noch nach Tarnfarben Ausschau halte. Wenn ich heute eines meiner frisch gereinigten Jacketts vom Bügel nehme, erinnere ich mich an meinen Kampfanzug, dessen Stoff von dem daran verkrusteten Sand und Schmutz so steif geworden war, dass er knisterte, wenn wir stundenlang durch die Hitze Georgias marschierten. Ich greife unter mein Shirt, und meine Hand berührt die Hundemarken, die um meinen Hals hängen.

Ich gehöre nicht zu den Soldaten, die diese Dinger mit Stolz um den Hals tragen, um in den Bars zu Hause ein paar Drinks umsonst zu bekommen. Ich trage sie, weil das Gewicht des Metalls auf meiner Brust mich erdet. Wahrscheinlich nehme ich sie nie wieder ab.

»Ist ein bisschen kalt hier«, sagt meine Ma, als ich die Hundemarke loslasse und meine Hände in den Schoß lege.

»Willst du meine Jacke haben?«, frage ich sie.

Sie schüttelt den Kopf.

»Sie müssen den Leichnam kühl halten«, sagt eine bekannte Stimme.

»Du bist noch genau so ein krankes Arschloch wie früher.« Ich stehe auf und umarme Silvin. Sein Körper ist erheblich dünner als bei unserer letzten Umarmung.

»Du bist ja auch noch derselbe.« Er knufft meinen Arm.

Meine Ma sieht ihn tadelnd an. »Hört damit auf.« Sie schlägt ihn ein wenig fester, als er mich geschlagen hat.

»Wie oft hab ich das jetzt schon gehört?« Silvin umarmt meine Mom, und sie fängt an zu lächeln.

Sie fand ihn eigentlich immer ganz nett, obwohl er ein unflätiger Arsch mit einem krassen Sinn für Humor ist. Sein beschissener Humor brachte uns sogar in den düstersten Zeiten unseres Lebens immer wieder zum Lachen, weshalb auch ich immer schon was für ihn übrighatte.

»Wie geht's dir, Mann?«, frage ich lässig, obwohl mir klar ist, dass er wahrscheinlich momentan mehr leidet als die meisten anderen Leute in der Kirche. So wie ich bei der letzten Gelegenheit dieser Art.

Er räuspert sich und blinzelt mit geröteten Augen. Dann bläst er die Luft aus und antwortet: »Mir geht's gut, ähm, mir geht's gut. Ich wär nur lieber in Vegas bei einem Slotgame, um mit einem Pornostar deren Geld zu verspielen.« Er lacht verlegen.

»Wären wir das nicht alle?«, witzele ich, um nicht noch mehr trübe Gedanken bei ihm zu verursachen. Manchmal ist es besser, an der Oberfläche zu bleiben, wo man den Gefühlen nicht so ausgesetzt ist.

»Setzt du dich zu uns? Oder hast du schon einen Platz?«, frage ich ihn.

»Das hier ist kein verdammtes Konzert, Martin«, sagt er und lacht. Dann setzt er sich neben meine Ma.

Silvins verqueres Lachen soll wohl die tiefe Traurigkeit überdecken, die sich über die ganze Kirche gelegt hat. Die Trauer tropft förmlich von der Decke. Es ist die Art von Kummer, die in einen hineinblutet und die man nie wieder abwaschen kann. Man sieht sie dir an. Das Gewicht von allem, was du mit dir trägst, fließt einfach durch deinen Blutkreislauf und sitzt auf deinen Schultern.

Silvin seufzt. Er lässt sich schwer auf dem Holzsitz zurücksinken, als versuche er, etwas von dem Gewicht, das auf ihm lastet, an die Bank abzugeben. Seine Augen starren nach vorn, haben sich in irgendeiner Erinnerung verloren, die sich weigert zu verschwinden, die ihm jede Chance auf inneren Frieden versagt. Er ist zu jung, um so alt auszusehen. Er ist drastisch gealtert, seit wir alle ihn »Babyface« nannten – mit unserem besten Südstaatenakzent. Er stammt aus Mississippi, und bei unserem ersten Einsatz sah er aus wie fünfzehn. Aber jetzt sieht er sogar älter aus als ich. Babyface, wie der ganze Zug ihn nannte, war ganz schön erwachsen geworden, seit damals, als ihm etwas, das wie rohe Thunfischstückchen aussah, vom Himmel ins Gesicht fiel. Mein Hirn brauchte damals eine weitere Explosion, um das Entsetzliche zu verstehen und zu erkennen, dass die Stückchen-Plage, die auf uns herabregnete, Stücke menschlichen Fleisches waren, nicht etwa Fisch. Ich stand so nah, dass mir ein Finger mit einem Ehering dran vor die Kampfstiefel fiel. Johnsons Gesicht veränderte sich, als er sich umwandte und erkannte, dass sein Battlebuddy Cox nicht mehr neben ihm stand. Ich sah etwas in seinen Augen, ein winziges Glitzern, das erlosch, als er die Waffe aus der Halterung zog und sich weiterbewegte. Er erwähnte ihn nie wieder, und auf Cox' Beerdigung saß er nur schweigend da, während dessen schwangere Witwe weinte.

Mir fällt auf, dass diese Beerdigung hier sich gespenstig ähnlich anfühlt.

Ich sehe mich nach einer Uhr um. Ist es nicht langsam höchste Zeit anzufangen? Ich will es hinter mich bringen, bevor ich anfange, gründlicher darüber nachzudenken. Beerdigungen sind immer gleich. Zumindest beim Militär. Zu anderen Beerdigungen war ich seit meiner Kindheit nicht mehr. Seit Anfang meiner Grundausbildung war ich mindestens schon bei zehn. Also zehn Mal, dass ich schweigend auf so einer hölzernen Kirchenbank gesessen habe und mir die Gesichter der Soldaten angesehen habe, die nach vorn blicken mit routiniert zu einer festen Linie zusammengepressten Lippen. Zehn Mal, dass in der Menge plötzlich jemand anfing zu schluchzen. Glücklicherweise war nur die Hälfte von ihnen verheiratet und hatte Familie, also gab es nur fünf schluchzende Ehefrauen, deren Leben auseinandergerissen und für immer verändert worden war.

Oft fragte ich mich, wann ich keine Anrufe dieser Art mehr kriegen würde? Wie viele Jahre würde es dauern, bis wir uns nicht mehr aus diesem Grund versammeln würden? Würde das alles so weitergehen, bis wir alt und grau waren? Würde Silvin zuerst auf meine Beerdigung gehen oder ich zuerst auf seine? Ich gehe immer hin, genau wie Johnson, den ich aus den Augenwinkeln entdecke. Stanson auch, der seinen neugeborenen Sohn in den Armen hält. Er ist noch immer bei der Army, aber selbst diejenigen von uns, die nicht mehr im aktiven Dienst sind, kommen weiterhin. Einmal bin ich sogar nach Washington geflogen für einen Typen, den ich kaum kannte, den Mendoza aber ziemlich ins Herz geschlossen hatte.

Heute sind mehr Leute da also sonst. Aber dieser rote Soldat war auch beliebter als die meisten von uns. Ich will seinen Namen nicht denken oder ihn im Stillen aussprechen. Ich will das weder mir selbst noch meiner Mom antun, die ich in Riverdale aufgegabelt und bis hierher mitgenommen habe. Sie hatte ihn immer gemocht. Wie jeder hier.

»Wer ist die Lady da hinten?« Meine Mutter hüstelt nach der Frage. Ihre Finger deuten auf eine Frau, die ich nicht kenne.

»Keine Ahnung, Ma«, flüstere ich ihr zu.

Silvins gequälte Augen sind nun geschlossen. Ich wende den Blick von ihm ab.

»Die Frau kommt mir total bekannt vor«, beharrt sie.

Ein Mann in einem Anzug betritt die Bühne. Anscheinend ist es jetzt so weit.

Ich unterbreche sie. »Ma. Sie wollen anfangen.«

Ich suche die Bänke nach Karina ab. Mittlerweile müsste sie da sein. Meine Mom hustet erneut neben mir. In letzter Zeit hustet sie immer mehr. Sie hat diesen Husten jetzt schon beinahe zwei Jahre, vielleicht sogar länger. Manchmal hat sie ein paar Tage Ruhe. Dann zahlt es sich aus, dass sie das Rauchen aufgegeben hat. Aber an anderen Tagen scheinen ihre Bronchien von sonst was verklebt zu sein; dann motzt sie herum, dass sie sich genauso gut jetzt eine Marlboro anstecken könnte. Ich habe mein halbes Leben mit ihr deshalb gestritten, seit ich zehn war und hörte, wie der Doktor ihr sagte, sie würde einen Lungenflügel verlieren, wenn sie das Rauchen nicht aufgab und nicht täglich ihre Medikamente nahm. Ich wende den Blick ab, als sie über die Haut an ihren Lippen reibt und stärker hustet. Sie macht einen erschöpften Eindruck. Dann starrt sie wieder wie teilnahmslos auf den mit Blumen bedeckten Sarg. Er ist natürlich geschlossen. Keiner will, dass die Kinder einen kaum erkennbaren Körper ansehen müssen.

Fuck. Ich muss damit aufhören. Gott weiß, wie viele Stunden ich bei Therapeuten gesessen habe, damit die mich wieder in Ordnung brächten. Man sollte doch meinen, dass ich solche Gedanken mittlerweile verdrängen könnte. Aber die Techniken, die sie uns beibringen, funktionieren einfach nicht. Die Dunkelheit ist unwandelbar, unbeweglich. Vielleicht sollte ich die Regierung anschreiben, damit sie sich die Kosten für meine Therapie zurückerstatten lassen? Sie haben dafür bezahlt, wie es sich gehört, aber hat es gewirkt? Offensichtlich nicht. Nicht bei Silvin, nicht bei mir, nicht bei dem Leichnam in dem Kasten auf der Bühne.

»Zählen Sie rückwärts«, empfahlen sie mir, wenn meine Gedanken mal wieder in diese Richtung drifteten.

»Zählen Sie rückwärts, und denken Sie dann an etwas, das Ihnen Freude und inneren Frieden schenkt. Spüren Sie die Füße auf der Erde, machen Sie sich bewusst, dass Sie jetzt in Sicherheit sind«, wiederholten sie immer wieder.

Ich denke an *sie*, wenn ich mich beruhigen will. Seit ich sie getroffen habe, hatte ich durchaus etwas Frieden. Aber der währt nur so lange, bis die Wirklichkeit wieder einsetzt, und dann will ich mich für die Tatsache bestrafen, dass sie nicht mehr in meinem Leben ist. Und ich gehe weiter in die Dunkelheit hinein.

Aber heute komme ich nicht mehr dazu, meine Eigentherapie zu beenden.

»Fangen wir an. Wenn Sie bitte alle Platz nehmen wollen.« Die Stimme des Bestattungsunternehmers ist leise und teilnahmslos. Wahrscheinlich macht er so etwas hier ein paarmal die Woche.

Die Menschen verstummen, und die Beerdigung beginnt.

***

Nach dem Gottesdienst bleiben wir sitzen, während ein paar der Anwesenden sich für einen letzten Abschiedsgruß anstellen. Silvin fängt meinen Blick auf und deutet nach oben, als wolle er mir irgendetwas mitteilen. Als ich hochschaue, tippt mir jemand auf die Schulter. Natürlich hoffe ich, dass es Karina ist. Alles andere wäre eine Lüge. Andererseits bin ich aber ziemlich sicher, dass sie es nicht ist.

Und natürlich ist es jemand anders. Hinter mir steht Gloria. Sie trägt ein schwarzes Kleid, dessen Oberteil mit weißen Blumen bestickt ist. In diesem Kleid habe ich sie, glaube ich, schon mindestens zehn Mal gesehen. Zehn Beerdigungen. Der heutige Tag war bisher verdammt hart, weil ich erst Karina und dann Silvin gesehen habe und dann noch den Zuschlag für einen verflucht guten Auftrag in einem Vierparteienhaus vor den Toren Fort Bennings nicht bekommen habe. Und jetzt treffe ich auch noch Gloria, die mich immer an ihren Mann erinnert.

»Hey Gloria.« Ich stehe von der Bank auf und umarme sie.

Gloria erwidert meine Umarmung, löst sich dann von mir, nimmt mich erneut in den Arm.

»Wie geht es dir? Ich habe mir Sorgen um dich gemacht. Du gehst gar nicht mehr ans Telefon.« Sie zieht eine Grimasse. »Arschloch«, flüstert sie und blickt mir geradewegs in die Augen.

»Ich versinke in Arbeit; außerdem weißt du doch, wie sehr ich Telefonieren hasse.«

Sie verdreht die dunklen Augen. »Die Kids vermissen dich, okay? Und sie fragen total oft nach dir.«

Die Kids. Die Schuld steigt mir wie brennende Galle in die Kehle.

»Ich vermisse sie auch.« Ich schaue ihre Füße an, an die sich normalerweise das kleinste ihrer Kinder klammert. »Ich rufe wieder häufiger an. Ich bin ein echter Scheißkerl.« Ich lächle sie an, und sie nickt, lässt mich ein wenig vom Haken.

Die Kette um meinen Hals fühlt sich schwer an. Eine Hundemarke meine, eine Hundemarke seine. Ich bin es ihm schuldig, darf mich nicht feige vor der Trauer darüber verstecken, ihn verloren zu haben, und muss für seine Kids da sein, wie ich es versprochen habe.

»Und *was* für ein Scheißkerl du bist!«, stimmt sie mir mit lächelndem Gesicht zu. »Onkel Scheißkerl sollte meine Kids hin und wieder wirklich mal anrufen.« Eindringlich mustert sie mein Gesicht.

»Ich hab dich erst gar nicht erkannt – wegen dem hier.« Sie berührt mit der Hand die Stoppeln an meinem Kinn.

»Ja. Ich bin jetzt ein freier Mann und habe beschlossen, mich ab sofort auch wie einer zu benehmen.«

»Freut mich. Schön dich zu sehen. Auch wenn es ausgerechnet hier ist. Und du …« Sie sieht meine Ma an, und ohne das Gespräch zu unterbrechen, das meine Ma mit einer früheren Bekannten führt, umarmt meine Mutter sie und gibt ihr einen Wangenkuss.

»Karina sieht toll aus.« Gloria schürzt die Lippen und sieht mir in die Augen. »Das tut sie ja immer, aber heute wirkt sie …« Ich wende den Blick ab, als sie schweigt.

»Sie wirkt glücklich. Das ist es!« Sie lächelt.

Gloria hat Karina immer geliebt, und die Buschtrommeln haben mir zugetragen, dass sie sich immer noch gelegentlich treffen, auch nachdem ich vom Stützpunkt verschwunden bin.

Schnell scanne ich die Kirche auf der Suche nach Karinas Haar. Es ist jetzt wieder braun. Diese Farbe liegt genau zwischen »Kastanie und Schokolade«, sagte sie mir mal. So färbte sie sich das Haar immer, wenn sie das Gefühl hatte, sich wieder im Griff zu haben. Alles zu kontrollieren und ihre Haarfarbe zu wechseln gehörte zu ihren Ritualen. Es gab viele kleine Gewohnheiten, die sie pflegte, um Kontrolle auszuüben, um anschließend zu behaupten, sie habe nur Glück gehabt.

»Ja, das freut mich«, sage ich. »Ich habe sie heute Morgen getroffen.«

Sie muss mir nicht sagen, dass sie das schon weiß. Das merkt man daran, wie wenig erstaunt sie ist.

»Wie auch immer, hast du die Kids dabei?«, wechsele ich das Thema. Sie verdreht die Augen noch einmal und schüttelt den Kopf.

»Nein. Meine Mom ist mit ihnen in Benning geblieben. Ich fand, dass sie vorerst schon genug von solchen Veranstaltungen erlebt haben.«

»Ist das nicht bei uns allen so?«

»Verdammt richtig.«

Eine Frau nähert sich uns und umarmt Gloria. Sie scheint sie zu kennen, und die beiden unterhalten sich. Meine Ma spricht immer noch mit ihrer Sitznachbarin, also halte ich wieder nach Karina Ausschau. Wie ist es nur möglich, dass ich sie bisher nirgends gesehen habe? So groß ist diese Kirche doch nun auch wieder nicht. Aber ich erinnere mich, wie gut sie mit ihrer Umgebung zu verschmelzen vermag, wie hervorragend sie sich in einer Menschenmenge verstecken kann. Das ist eine ihrer »kleinen Gewohnheiten«.

In der Unterhaltung neben mir fällt Mendozas Name, und ich versuche, nicht zuzuhören, als Gloria wieder mal das Übliche sagen muss. Ich habe Gloria schon so oft *Danke* und *Mir geht's gut* sagen hören, dass sie mir total leidtut, weil sie stets in der Vergangenheit leben muss. Hier zu leben ist hart, aber es ist noch härter zu gehen. Ich verstehe das besser als die meisten anderen.

Die Stimme meiner Mom dringt durch die leisen Begrüßungen und Beileidsbekundungen um mich herum hindurch, während ich, in Gedanken versunken, einfach nur dastehe.

»Mikael, wo will deine Schwester noch mal aufs College gehen?«, fragt sie mit wirrem Blick, obwohl wir schon bestimmt hundert Mal darüber gesprochen haben.

»MIT«, berichte ich ihrer Gesprächspartnerin, in der ich jetzt Lawsons Mom wiedererkenne. Ich weiß, dass sie ein besserer Mensch als ihr Sohn ist, aber das ist eigentlich keine Kunst. Nachdem ich die vergangenen vier Jahre mit ihm in meinem Zug verbracht hatte, dann zweimal mit ihm nach Afghanistan abgeordnet war, kannte ich ihn besser als seine eigene Mutter. Der Krieg bringt die Menschen einander näher, als alles andere es zu tun vermag, außer dem Tod. In meiner Welt arbeiten die beiden Hand in Hand.

»Genau. MIT. Sie ist dieses Jahr Klassenbeste, und im letzten auch schon. Sie muss noch zwei Jahre warten, aber dann wären die verrückt, wenn sie sie nicht annähmen.« Ihr schwarzes Haar rutscht aus diesem Klammerdings heraus, das sie immer trägt. Ich strecke die Hand aus, um ihr das Haar aus dem Gesicht zu schieben. Die Locken, bei denen ich ihr heute Morgen geholfen habe, sind wieder ganz verschwunden.

Ich erinnere mich plötzlich daran, wie Karina mich auslachte, nachdem ich mir die Finger an einem heißen Lockenstab verbrannt hatte. Ich wusste, dass sie ganz sicher die fürsorglichste, selbstloseste Person war, der ich je begegnen würde, als sie anbot, mir beizubringen, wie ich das Haar meiner Mom in Locken legen konnte, nachdem wir die Brandblasen an ihren Händen entdeckt hatten. Manchmal zitterten sie morgens so sehr, dass sie es nicht mehr allein schaffte, aber sie war zu stur, um um Hilfe zu bitten.

Ich fahre nicht so oft nach Hause wie ich sollte, aber wenn ich es tue, genießt meine Mom es, wenn ich ihr das Haar in Locken lege. Sie sagt, dass das eines Tages einen guten Vater aus mir machen würde. Karina behauptet das Gleiche und das mit einem Blick, als könne sie in die Zukunft sehen. Aber das konnte sie dann offenbar doch nicht und meine Ma genauso wenig, denn sie hofft immer noch auf Enkelkinder von mir, damit der Familienname weiterlebt. Nicht allzu wahrscheinlich.

Ich seufze und hole mein Handy aus der Tasche, checke es gewohnheitsmäßig, wobei ich mich im Raum umsehe. Die Kirche hat sich ein wenig geleert, also werde ich sie wahrscheinlich jetzt schneller entdecken. Dann weiß ich entweder sicher, dass sie doch nicht hier ist, oder sie taucht aus irgendeiner verborgenen Ecke auf, in der sie sich versteckt hat. Das heißt, wenn sie nicht kurz vor Ende hinausgeschlüpft ist, was ihr ebenfalls durchaus zuzutrauen ist …

»Ich bin hier, Dory.«

Beim Klang von Karinas sanfter Stimme setzt mein Herz einen Schlag aus vor Erleichterung.

»Da bist du ja. Jeder redet über dich, und da bist du«, sagt Ma.

Karina runzelt die Augenbrauen und schüttelt den Kopf. »Klatsch und Tratsch, wie immer.«

Ihre Lippen verziehen sich zu einem Lächeln, und sie legt meiner Mom den Arm um die Schultern und drückt sie.

Karinas Finger wandern zum Kopf meiner Mutter, und sie öffnet die Spange. Ihre zarten Hände zwirbeln ihr Haar genauso zurück, wie sie es mag, und verdammt viel besser, als ich es könnte. Mann, die beiden sind sich seit den Anfängen echt nah gekommen. Es macht mich fucking wahnsinnig vor schlechtem Gewissen, dass meine Mom wegen allem, was passiert ist, Karina nicht mehr in ihrem Leben hat. Es war nicht das Gleiche wie bei Gloria, die in zehn Minuten zu ihr fahren konnte. Meine Mom war ja kaum noch in der Lage, Auto zu fahren.

»Willst du nach draußen gehen?«, fragt Karina jetzt meine Mom. »Hier drin wird es langsam ein bisschen stickig.« Das Grün ihrer Augen richtet sich auf das Bleiglas des Kirchenfensters.

Meine Mom folgt Karina, und beide schauen sich nach mir um. Ich stehe reglos da.

»Und?«, fragen sie im Chor.

»Ich soll mitkommen?« Ich sehe Karina an.

Sie erwidert meinen Blick. Ihre Lippen öffnen sich etwas, aber sie sagt keinen Ton.

Als wir uns umdrehen, vibriert das Handy in meiner Hand. Ich will drangehen und fange Karinas Blick auf. Sie erdolcht das Gerät mit ihren Blicken wie einen ihrer schlimmsten Feinde. Sie erwartet, dass ich drangehe, wie sonst auch immer, also ignoriere ich den Anruf und halte ihren Blick fest. Sie leckt sich über die Lippen, und ihre Augen verraten, dass sie überrascht ist und das als Erfolg verbucht. War ohnehin nur einer meiner Auftraggeber.

»Sollen wir?« Mit der Frage verleihe ich der Tatsache Nachdruck, dass ich nicht ans Handy gegangen bin. Vielleicht schaffe ich es ja doch irgendwie, dass sie mich weiter beachtet. Sie nickt und geht voran, zur Kirche hinaus, während die Glocken vom Turm in den Himmel hinausklingen.

2

Karina, 2017

Ding-dong. Die Klingel der Tür zum Salon erklang, und ich sprang von meinem Bürostuhl auf, in dem ich mich müßig hin und her gedreht hatte. Wir hatten seit beinahe einer Stunde keinen Kunden mehr gehabt, und bei keinem von uns stand irgendeine Reservierung im Kalender, also war ich jetzt allein im Salon. Ich hatte Staub gewischt und gesaugt, sämtliche Öle in allen Massageräumen aufgefüllt. Jetzt gab es buchstäblich nichts mehr zu tun, außer auf meinem Handy herumzuscrollen, und ich versuchte bewusst, das zu vermeiden. Aber jetzt hatte ich einen möglichen Kunden, der meine Langeweile vertreiben würde. Der Mann, der auf die Rezeption zukam, hatte ein kantiges, viereckiges Kinn wie ein Pitbull und eine Alabama State Cap auf seinem dunklen Schopf, die seine dunklen Augen beschirmte. Er war groß, ungeheuer groß.

»Hi, wie kann ich Ihnen helfen?«, fragte ich ihn und sah erst rasch zur Uhr an der Wand hinauf und dann durch die Glastüren hinter ihm. Draußen war es dunkel, und plötzlich überlief mich eine Gänsehaut. Ich hasste es, so spät noch allein im Salon zu sein. Ich konnte nicht sagen, warum, aber schon seit Wochen hatte ich so eine üble Vorahnung, die ich einfach nicht abschütteln konnte. Das irrationale Gefühl, dass bald etwas Furchtbares passieren würde, lauerte über mir, sodass ich mich ständig verfolgt fühlte und mein Hirn sogar noch chaotischer arbeitete.

Als der Mann endlich antwortete, hatte ich mir schon mehrfach vorgestellt, wie er mich ermordete.

»Haben Sie einen Termin frei?«, fragte er mit heiserer Stimme.

Mir sank das Herz nun schon zum dritten Mal in die Hose.

»Äh.« Ich überlegte, ob ich Nein sagen und behaupten sollte, dass ich den ganzen restlichen Abend ausgebucht war, aber wenn ich ihn abwies und Mali dahinterkam, würde sie mir womöglich kündigen. Dabei brauchte ich das Geld, zumal nächste Woche meine Stromrechnung fällig war. So schnell würde er mich schon nicht umbringen. Er hatte schließlich keine Ahnung, dass ich allein hier war, und das war auch gut so.

Ich wünschte, ich hätte nicht so denken müssen. Mir ist durchaus klar, dass ich mehr als andere Menschen unter Verfolgungswahn leide, aber es ist trotzdem eine Tatsache, dass immer und überall Gefahren lauern, gerade für Frauen.

»Ja ... was für eine Behandlung wünschen Sie denn?«, fragte ich ihn und deutete auf die Karte an der Wand.

Die laminierten Poster rollten sich an den Ecken ein, und einige der Preise waren kaum mehr lesbar, denn seit der Eröffnung des Salons war Malis krakelige Handschrift verblasst. Mit einem Edding zog ich hin und wieder die Buchstaben nach, aber Mali kümmerte das alles nicht. Sie verdrehte die Augen, wenn ich ihr versicherte, dass ich gern neue Schilder machen wollte. Anscheinend war ich die Einzige, die sich daran störte.

»Eine Stunde? Ich brauche dringend eine Massage. Mein Rücken ist hier ganz verspannt.« Er rieb mit der Hand über die Hüfte und verdrehte dabei seinen Oberkörper.

»Eine einstündige Behandlung kann ich machen. Sie sind zum ersten Mal hier?« Ich kannte die Gesichter all unserer Stammkunden, nicht nur die meiner eigenen.

Er nickte, und ich schob ihm das Clipboard mit dem Kontaktformular für Neukunden hinüber. Seine Fingernägel waren schmutzig, und seine Hände waren so trocken, dass die Haut an seinen Knöcheln aufgesprungen war und weiße Ringe drum herum zu sehen waren. Sein Gesicht wirkte jünger als seine Hände, aber selbst wenn ich ihm direkt in die beinahe schwarzen Augen sah, konnte ich sein Alter nicht erraten. Das Einzige, was ich einschätzen konnte, war, dass er hart arbeitete und entweder aus Alabama stammte oder ein spezielles Team aus der Gegend besonders mochte.

Während er das Formular ausfüllte, holte ich das Handy aus meiner Tasche und checkte es heimlich. Eine Benachrichtigung wurde genau in dem Augenblick eingeblendet, als ich den Bildschirm entsperrte. Instagram. Ich hatte zwei neue Follower und drei Likes für meinen neuesten Post, bei dem es sich um ein Foto von einer Pusteblume zwischen zwei Grashalmen handelte. Zwei Follower, hmm? Mit meinen insgesamt zwölf Followern und zwanzig Likes auf einige meiner Posts hätte ich glatt Influencerin werden können.

»Bitte, fertig«, unterbrach der Mann meinen Tagtraum von der Möglichkeit, durch das Posten ästhetisch ansprechender Fotos auf einer App Hunderttausende von Dollars zu verdienen.

»Danke …« Ich las seinen Namen. »Brady. Wenn Sie bereit sind, können wir anfangen.«

Er nickte, und ich führte ihn nach hinten in das Zimmer, in dem ich immer arbeitete. Als wir den winzigen Raum betraten, kam er mir sogar noch größer vor. So groß, dass ich zu ihm emporblicken musste, wenn ich mit ihm sprach. Ich schaltete die

Musik ein und umrundete den Tisch, um noch eine Kerze auf dem Regal zu entzünden.

»Haben Sie außer Ihrem Kreuz noch andere Problemzonen, die ich behandeln sollte?«

»Meinen Kopf«, antwortete er, und ich wartete ab, um zu sehen, ob er einen Witz gemacht hatte oder nicht.

Er lächelte leicht und sah mit den Grübchen in den Wangen gleich erheblich weniger mordlustig aus.

»Dafür bezahlt man mir hier nicht genug. Also sonst noch was?« Ich erwiderte sein Lächeln, und er schüttelte den Kopf. So Furcht einflößend war er nun doch nicht.

»Und was den Druck angeht? Eher klassische oder Thai-Massage? Leicht, mittel, tiefgehend?«

Er sah verwirrt aus. »Kenn' den Unterschied nicht, aber wahrscheinlich mittel? Hatte noch nie eine Massage.«

Innerlich stöhnte ich. Ich würde ihn jetzt entweder zum Stammgast machen oder sein erstes Erlebnis vollkommen vermasseln. Ich hasste diese Art von Druck. Selbst gemacht, ja, aber ich war dennoch nervös. Warum musste ich nur immer so sein? Es war total anstrengend.

»Okay.« Ich rang mir ein schwaches Lächeln ab. »Ich gebe Ihnen ein paar Minuten, bis Sie sich so weit ausgezogen haben, wie es Ihnen angenehm ist, und Sie Ihre persönlichen Gegenstände in diesem Korb verstaut haben. Dann legen Sie sich mit dem Gesicht nach unten auf die Liege, decken sich zu, und ich bin in ein paar Minuten wieder da. Lassen Sie sich Zeit.«

Ich verließ das Zimmer und zog sorgfältig die Vorhänge zu. Dann war ich wieder am Handy, diesmal, um mir die Unterhaltung mit Austin noch einmal durchzulesen. Drei *Wo bist du?*« und ein *»Wenn einer angepisst sein und nicht antworten sollte, dann ja wohl ich!*« später und immer noch nichts. Mein

Zwillingsbruder und ich hatten durchaus einige Auseinandersetzungen hinter uns, und es hatte Zeiten gegeben, in denen wir wochenlang nicht miteinander gesprochen hatten, aber das hier war anders.

Jetzt hatte er sich als verdammter Lügner entpuppt. Das hier war etwas anderes als die Flunkerei eines Jungen, der sich dadurch irgendwas von den Eltern oder den Mädels ergaunern wollte. Jetzt war er ein Mann, einer der mich verdammt noch mal angelogen hatte und mit Kaels Hilfe der Army beigetreten war. Eigentlich hätte ich gleich wissen können, dass ich Kael nicht vertrauen konnte. Aber er hatte mich – wie geplant – eingewickelt, und ich hatte mich in das Spiel, das er mit meinem Vater trieb, hineinziehen lassen. Ein Spiel, das komplizierter und erheblich raffinierter war, als ich mir vorstellen wollte. Ich scrollte in meinem Chat mit Austin weiter hinauf bis zu dem Zeitpunkt, als Austin von seinem kurzen Abstecher in South Carolina bei unserem widerlichen Onkel auf dem Nachhauseweg gewesen war und wir beide uns total gefreut hatten.

»Äh, Ma'am?« Die Stimme schreckte mich dermaßen auf, dass ich zusammenzuckte und mit einem Ruck wieder in der Wirklichkeit des Salonflurs landete.

»Shit«, flüsterte ich bei mir. Wie lange hatte ich jetzt dort herumgestanden? Ich hatte keine Ahnung.

»Komme!«, piepste ich und tat gar nicht erst so, als hätte er die angemessene Zeitspanne gewartet.

Ich zog den Vorhang zurück, eilte an den Massagetisch und zu meinem vernachlässigten Neukunden, der sicherlich nie mehr herkommen würde, nicht mal, um mich umzubringen – und schon gar nicht für eine weitere Behandlung.

»Liegt Ihr Kopf bequem? Und der Rest auch?«

Er nickte, und ich zog die Decke auf seinem Rücken herunter

und fing an. Während meine Hände über seine Schulterblätter glitten, wanderten meine Gedanken zur Tür hinaus, den Flur entlang und dann über die Straße hin zu jenem Ort, an dem sie in letzter Zeit so oft weilten.

3

Kurz nach zehn kam ich nach Hause. Brady, mein neuer Kunde, war der letzte des Tages gewesen. Er hatte in zwei Wochen seinen nächsten Termin bei mir vereinbart, und ich dankte meinem Glücksstern, dass ihm die Behandlung anscheinend doch gefallen zu haben schien. Die Stunde war total schnell vergangen, denn im Geiste hatte ich quasi mein ganzes Leben an mir vorüberziehen lassen, doch als ich heimkam, tropfte die Zeit nur noch so langsam dahin wie Honig bei Raumtemperatur. Elodie schlief auf der Couch, als ich ankam, also schaltete ich den Fernseher aus, setzte mich in den Sessel und starrte in die Dunkelheit meines Wohnzimmers hinein. Früher hatte ich große Angst vor dem Dunkeln gehabt, und manchmal rannte ich sogar heute noch zu meinem Bett hinüber und sprang in hohem Bogen hinein, um nicht in die Fänge irgendeines Monsters zu geraten, das sich möglicherweise darunter verbarg. Ich fürchtete mich heute nicht mehr vor Geistern und auch nicht mehr vor dem Mann unter dem Bett im Zimmer des kleinen Mädchens in dem *Düstere Legenden*-Film, der mich als Teenager zu Tode erschreckt hatte. Trotzdem war dieses unheimliche Gefühl nie ganz verschwunden. Mein Leben war nun einmal voller Geister, ob lebendig oder tot.

Elodie schlief tief und fest. Ich fragte mich, wie es zwischen ihrem Ehemann Phillip und ihr im Augenblick lief und welche

Obstgröße ihr Baby wohl in dieser Woche hatte. Ich hatte sie in den letzten paar Tagen nicht häufig gesehen. Ich hatte nur gearbeitet und geschlafen und sonst nicht allzu viel getan. Eigentlich hatte ich mir an den vergangenen beiden Samstagen vorgenommen, meinen kleinen Lieblings-Bastelladen mal wieder zu besuchen, dann aber beide Freitagabende davor damit verbracht, mir diesen Plan wieder auszureden.

Ich sah auf die Uhr. Es war Viertel nach zehn, und ich war gleichzeitig todmüde und total überdreht. Mein Körper war erschöpft, aber meine Gedanken wollten nicht aufhören zu rumoren. Ich lehnte mich auf dem Sessel zurück, und mein Kopf pochte. Obwohl Elodie dort auf der Couch lag, fühlte sich das Haus leer an.

Aber vielleicht war ich ja auch diejenige, die leer war? Ich war in der letzten Zeit mit so einigem konfrontiert worden, und das gehörte dazu. Ebenso wie die Tatsache, dass ich nicht allzu viele Freunde hatte. Meine beste Freundin war schwanger und verbrachte immer mehr Zeit mit den Soldatenfrauen, mit denen sie sich angefreundet hatte. Ich verstand das, aber es trug dazu bei, dass das Gefühl der Einsamkeit, das mich ohnehin schon zu verschlingen drohte, sich nur noch verfestigte. Im Augenblick hatte ich auch keine Familie. Ja, mein Bruder und ich waren Zwillinge, weshalb wir einander ein Leben lang verbunden sein würden, aber im Augenblick fehlte jede Spur von ihm – wie immer, wenn er irgendetwas vermasselt hatte.

Und dann war da noch die Zeit. Vor zwei Monaten war mein Leben vollkommen anders gewesen. Austin hatte sich noch in Kansas aufgehalten. Mein Dad und ich hatten eine fade, undramatische Beziehung. Kael war für mich noch ein Fremder gewesen. Und das war leichter gewesen, unkomplizierter. Ich konnte es kaum fassen, dass ich Kael erst so kurze Zeit kannte, er mir mein Leben aber schon dermaßen versaut hatte. Selbst jetzt, während ich in meinem dunklen, einsamen Wohnzimmer saß, musste ich an ihn denken. Ich konnte den Gedanken an ihn einfach nicht loswerden, und das tat mir verdammt noch mal ganz sicher nicht gut. Ich kannte ihn schließlich kaum und wusste nur, dass er ein verfluchter Lügner war. Warum wollte das einfach nicht in meinen Dickschädel hineingehen? Warum grübelte ich immer noch stundenlang darüber nach?

Erst vor zwei Wochen hatte ich herausgefunden, dass Kael Austin geholfen hatte, sich insgeheim bei der Army zu verpflichten – für mich war das buchstäblich das schlimmstmögliche Szenario, und das hatte Kael gewusst. Es war ihm nur schlicht egal gewesen.

Meine Knie fingen an zu zittern, und ich fuhr mir mit den Fingern durchs Haar. Die Zeiger der Uhr hatten sich kaum weiterbewegt, und doch hatte ich in diesem kurzen Augenblick noch einmal unsere gesamte gemeinsame Zeit durchgespielt, angefangen von unserem ersten Zusammentreffen bis hin zu unserem letzten. Wie der Regen an diesem Tag auf meine Haut getropft war, das würde ich wohl nie vergessen, egal, wie sehr ich mich bemühte.

Früher war ich gut darin, Sachen zu vergessen – ich vergaß sogar, dass ich eine Mutter hatte, die ihre Familie verlassen hatte und nie zurückgekehrt war. So gut konnte ich das. Aber Kael hatte etwas an sich, das mich nicht losließ, und ich quälte mich damit. Noch nie zuvor habe ich Tage gezählt oder eine Uhr angestarrt und die Zeiger insgeheim beschworen, sich doch bitte weiterzubewegen. Ich war wie besessen von der Zeit. Ich fühlte es. Ich machte mir Sorgen, weil ich dermaßen fixiert war, gab mir Mühe, nicht ganz so zwanghaft zu werden wie meine Mutter, aber dadurch wurde die Sache irgendwie nur noch schlimmer.

Das ging jetzt schon seit Tagen so. Letztlich lief es immer darauf hinaus, dass ich mich auf den Versuch fixierte, mich nicht zu fixieren, sodass ich unweigerlich irgendwann wieder am Küchentisch landete, dort saß und die Uhr anstarrte und mich fragte, ob die Zeit irgendwann wieder an Tempo zulegen würde. Ich wollte die nächste Phase des Herzschmerzes erreichen, in der ich, wie alle auf Instagram behaupteten, wieder mit Freunden ausgehen, Wein trinken und Tränen lachen würde. Da ich es aber nicht allzu sehr mit Tränen hatte und auch nicht allzu viele Freunde besaß, kam mir das unwahrscheinlich vor. Käme ich doch nur irgendwann an den Punkt, mir beim Anblick seines Facebook-Profils nicht mehr vorzustellen, wie sein Schweiß auf seinen Lippen schmeckte, wenn er mich küsste …

Ich stieß mich aus dem Sessel hoch und ging in die Küche. Beim Anblick des Kühlschranks knurrte mir der Magen. Ich wusste gar nicht mehr, wann ich zum letzten Mal etwas gegessen hatte. Ich holte mir eine Tüte mit Brot von der Theke und setzte mich an den Tisch. Es war total trocken, aber da ich eigentlich gar keinen Appetit hatte, war mir das egal.

Eine gefühlte Stunde später erwachte ich blinzelnd aus der Erinnerung an eine Zeit, als Kael auf meiner Veranda gesessen hatte und Gedichte für mich aufgesagt hatte, während wir uns die Sterne angesehen und darüber gesprochen hatten. Irgendwie tat das gut, denn es gehörte zu den wenigen Erinnerungen meines ganzen Lebens, die ich schön fand und mir gern ins Gedächtnis rief.

Meine Augen blickten zur Decke empor, starrten durch mein Dach hindurch in den Himmel. Der Riss in der Decke hatte sich in der vergangenen Woche in einen riesigen, blitzförmigen Spalt verwandelt, der beinahe quer über die gesamte Küche hinweglief. Hätte das Universum nicht wenigstens so viel Mitgefühl haben können, diesen Spalt erst nächsten Monat entstehen zu lassen, wenn es nicht mehr so unaufhörlich regnete wie in den letzten paar Tagen? Wie ich mein Glück kannte, breitete sich der Riss demnächst über das ganze Dach aus, für dessen Reparatur ich auf keinen Fall das Geld hatte.

Ich knibbelte an meinen Nägeln herum. Nachdem der Lack ab war, fing ich an, die Nagelhaut zu bearbeiten. Ich versuchte, das wieder sein zu lassen, und entsann mich sogar des Rats meiner Mutter, als ich mich zum ersten Mal in einen Jungen verknallt hatte und anfing, auf mein Äußeres zu achten: Ich sollte mich auf meine Hände setzen, wann immer ich den Drang zum Knibbeln verspürte. Damals befolgte ich den Rat so gut wie nie, aber zumindest erinnerte ich mich jetzt an ihn.

Ich erinnere mich auch, dass sie am gleichen Tag, als sie mir diesen Rat gab, geradezu glücklich wegen etwas gelächelt hatte, das sie in ihrer Post gefunden hatte. Sie hatte den Brief an ihre Brust gepresst, nachdem sie ihn geöffnet hatte. Austin und ich hatten ihr von der Treppe aus zugesehen. Sie hatte zum Himmel hinaufgeblickt, und ein Leuchten schien von ihr auszugehen. Wegen dieses inneren Lichts, wegen der Art, wie sie strahlte, hatten Austin und ich den Blick von ihr abgewandt und einander bedeutungsvoll angesehen.

Ich hatte mir vor Angst fast in die Hose gemacht, als ich mit der Wange auf dem Küchentisch aufgewacht war. Mein Nacken schmerzte, weil ich so verspannt geschlafen hatte, kein Wunder, ich hing ja auch halb vom Tisch herunter. Ich hatte den Nacken knacken und kreisen lassen, und langsam war die Erinnerung an meine Träume zurückgekommen. *Austin und ich am Treppenabsatz, meine Mom, die mit uns Lasagne kochte, während sie zu Alanis Morissette durch die Küche tanzte ...* und dann noch ein Traum von einem weinenden Mädchen.

Das war um vier Uhr morgens gewesen, und neben meinem Kopf hatte ein verpackter Laib Brot gelegen. Ich hatte den Drahtverschluss an der Brottüte zugedreht und mich in mein Schlafzimmer geschleppt, hatte mich gleich aufs Bett fallen lassen und mir nicht mal die Mühe gemacht, meine Arbeitsklamotten auszuziehen.

Jetzt war später Vormittag, und endlich hatte ich geduscht und fühlte mich wieder wie ein Mensch. Elodie machte sich fertig, weil sie irgendetwas vorhatte. Sie hatte mir schon zweimal gesagt, wohin sie wollte, aber ich konnte es mir ums Verrecken nicht merken. Wir machten immer Witze darüber, dass ich ihr Schwangeren-Hirn hatte. Ich schob einen Kaffeepad in meinen alten Keurig-Automaten und wartete darauf, dass das Lebenselixier sich in meinen Becher ergoss.

Vor meinem Küchenfenster hielt sich die Sonne immer noch versteckt, und der Himmel weinte nach wie vor, während ich an meinem Kaffee nippte und an dem trockenen Brot von gestern Nacht knabberte.

»Bin bald zurück. Hole nur noch ein paar Sachen im Supermarkt«, meinte Elodie und legte mir von hinten den Arm um die Schultern. Sie duftete nach Obst und frischer Wäsche.

»Hast du denn gut geschlafen?«, fragte ich sie mit einem Blick auf ihr zartes Gesicht. Es sah rosig und glühend aus, aber ihre Augen waren geschwollen. Sie brauchte Ruhe.

»Kare, sorry, dass du unseren Streit diese Nacht mit angehört hast«, sagte sie und stellte sich vor mich hin, wobei ihr blonder Bob ein wenig hin und her schwang. Ich sah in die großen, blauen, geröteten Augen, und sie biss sich auf die Lippe.

»Phillip ist einfach nur … er ist gestresst, weil er nicht hier ist. Deshalb streiten wir schon mal häufiger. Aber es geht ihm gut. Alles ist gut«, versicherte sie, und ihre Hände zitterten.

Ich glaubte ihr nicht eine einzige Sekunde lang, aber ich wollte sie nicht unter Druck setzen, damit sie mit mir redete, wenn sie das Bedürfnis hatte.

»Ich habe gar nichts gehört.« Ich zuckte mit den Schultern. »Ich habe auf dem Küchentisch geschlafen.« Ich lachte matt und verdrängte die Tatsache, dass ich diese Nacht ein weinendes Mädchen im Traum gehört hatte.

Sie lächelte, und ihr hübsches Gesicht wirkte erleichtert.

»Okay. Ich bin bald wieder da. Ich muss ja heute auch noch arbeiten.« Sie küsste mich auf beide Wangen und eilte zur Hintertür hinaus.

»Bye!«, schrie ich ihr hinterher, als die Fliegentür nach ihrem Abgang zuschnappte.

Der Gedanke, dass die beiden stritten, war mir verhasst, und ich hoffte verdammt noch mal, dass sie es hinkriegen würden. Aber wenn nicht, würde ich, so gut ich konnte, für sie und das Baby da sein.

Liebe Güte, der Satz machte mir eine Scheißangst.

Aber jedenfalls musste Elodie den Rest ihrer Schwangerschaft so gechillt wie möglich verbringen, damit auch das Baby gechillt auf die Welt kam. Und ich würde mein Bestes tun, damit das irgendwie klappte.

Ich packte eine Ladung Wäsche in die Maschine und kehrte in mein Schlafzimmer zurück. Es sah so anders aus mit nackter Matratze, so viel größer ohne Kissen am Kopfende. Ich schob die Klamotten auf meiner Kommode hin und her. Dann fuhr ich mit dem Finger über die Platte durch den grauen Staub, kritzelte ein K hinein und ein Herz. Das tat ich immer, wenn ich in die Nähe eines Stücks Papier kam, mindestens seit ich mit elf oder zwölf ein Hausaufgabenheft führen musste. In meinem kleinen Haus sammelte sich der Staub so schnell, dass ich einfach nicht mit dem Wischen hinterherkam. Genauso wenig wie mit dem Gießen der Sukkulente auf meiner Kommode. Die war jetzt tot.

Mein Gott, ich konnte nicht mal eine Pflanze am Leben erhalten.

Ich setzte mich aufs Bett und zog das Handy heraus. Ich bekam nie Anrufe, checkte mein Handy aber trotzdem andauernd. Ich wischte den Bildschirm an dem gemütlichen Gammel-T-Shirt, das ich nach dem Duschen angezogen hatte, ab und legte das Handy auf meine Kommode, während ich mich anzog. Nachdem ich mich fertig angekleidet hatte, war ich beinahe schon wieder durchnässt, denn die Feuchtigkeit des Morgenregens war durch die Ritzen an den Fenstern ins Zimmer gedrungen. Mein Raum war wie eine Sauna, einfach erbärmlich. Ich schaltete das

Klimagerät in der Ecke an und direkt wieder aus, denn meine Stromrechnung ging jetzt schon durch die Decke. Ich musste unbedingt raus hier, sonst würde ich den Morgen mit unnötigem Umräumen vertrödeln.

Geschirr. Wie wär's mit Spülen? Ich musste erst in einer halben Stunde bei der Arbeit sein und hatte schon meinen Salonkittel an. Mir blieb also noch etwas Zeit, und sicher würde sonst Elodie sich über den Abwasch hermachen, wenn ich es jetzt nicht erledigte – doch in ihrem Zustand sollte nicht ausgerechnet sie die Reste der verdorbenen Lasagne von neulich Abend aus der Auflaufform kratzen müssen.

Ich stellte das Wasser an, als ihr Name auf dem Handy aufleuchtete, das jetzt auf der Anrichte lag.

Willst du Kaffee? Ich bin fast schon wieder zu Hause.

Ich betrachtete die leere Tasse und tippte eine Antwort ein. Je mehr Koffein ich kriegen konnte, umso besser würde der Tag werden. Gegen Mittag war ich dann vermutlich ganz zittrig, aber das war im Moment normal.

Ich überlegte, ob ich Elodie heute Abend nach der Arbeit einladen sollte, mit mir abzuhängen. Ich konnte im einzigen Restaurant der Stadt, das überhaupt Vorbestellungen entgegennahm, einen Tisch reservieren. Ich wusste, dass sie das Steak dort liebte. Es würde uns beiden guttun, mal aus dem Haus zu kommen. Und es würde ihr guttun, wenn ich ihr zeigte, dass ich gern Zeit mit ihr verbringen wollte und es mir nicht reichte, mit ihr zusammenzuwohnen und auf der gleichen Couch mit ihr herumzusitzen, während wir uns mit den Handys in der Hand krampfhaft wach hielten. Sie war in letzter Zeit so viel mit ihren anderen Freundinnen zusammen gewesen, dass ich mich fragte, ob sie sie mehr mochte als mich? Musste wohl so sein, wenn sie derart oft mit ihnen zusammen war.

Aber war das überhaupt schlimm? Warum kümmerte mich das? Sie hatte sowieso mehr mit ihnen gemeinsam als mit mir. Ich hatte sie nie wirklich kennengelernt, aber ich wusste, wie diese Cliquen aus jungen Soldatenfrauen drauf waren. Entweder Zucker oder Salz. Ich weiß noch, dass meine Mom wie eine Aussätzige behandelt wurde und wie diese Zurückweisung sie gegen das rebellieren ließ, was sie für die typische Lebensweise einer Offiziersfrau hielt – die Lebensweise, die mein Dad sich wünschte, dass sie seinen Nachnamen annahm und ihm ein gemütliches Heim schuf.

Elodie und meine Mom waren allerdings vollkommen unterschiedlich, und vielleicht hatten sich die Zeiten ja auch geändert. Aber angesichts dessen, was ich in meiner Jugend immer an Storys zu hören bekommen hatte, fiel es mir schwer, anders darüber zu urteilen. Ich fand, dass Elodie leichte Beute für gemeine Mädels war. Sie war von Natur aus freundlich und gütig, und ihr süßer Akzent, durch den alles so viel weicher klang, machte sie auf gewisse Weise zur Außenseiterin. Eigentlich total unfair, aber seien wir realistisch: Menschen können verdammt ignorant sein. Ihre letzten Freundinnen hatten sich über ihren Akzent lustig gemacht, aber nie offen, sondern freundlich frotzelnd. Eine von ihnen hatte sie schließlich beschuldigt, sich an ihren Mann ranmachen zu wollen, dem Elodie aus unschuldiger Gewohnheit heraus je einen Kuss auf beide Wangen gegeben hatte. Dann wandten sich alle gegen sie, posteten sogar etwas auf Facebook, wobei sie jede Menge Details ausplauderten, aber aus irgendeinem Grund ihren Namen nicht nannten. Diese alten Freundinnen waren ebenfalls frischgebackene Soldatenfrauen gewesen, und der Schluss lag nahe, dass die derzeitige neue Freundesgruppe sich irgendwann genauso verhalten würde.

Ich habe gelernt, dass es unklug ist, davon auszugehen, dass Menschen nicht vorhersagbar sind. Wie Maya Angelou es Oprah beigebracht hat, die es wiederum mir beibrachte: *Wenn Leute dir sagen, wer sie sind, solltest du ihnen glauben.* Sogar Estelle, Stepford-Wife meines Vaters mit der Borderline-Störung, war Opfer kindischer Klatschgeschichten, dabei war mein Dad ein ziemlich hohes Tier hier in Fort Benning. Sie wohnten in der größten Art von Haus, das es auf dem Posten gab, und mein Dad kaufte ihr die schönsten Handtaschen, steuerfrei, in den *Post Exchange*-Läden auf den Stützpunkten der US-Army. Damit und mit ihren Kuchenbasaren und Gruppenreisen nach Savannah gab sie sich total viel Mühe und schoss auch meist den Vogel ab. Doch egal, was sie tat, einige der anderen Ehefrauen zerrissen sich immer noch das Maul über sie und meinen Dad. Sie sagten, dass die »verrückte« und »billige« Ex-Frau meines Dads abgehauen und nie zurückgekehrt sei. Einige von ihnen, die meine Mom gemocht hatten, flüsterten dann, dass Estelle schon etwas mit meinem Vater gehabt hatte, bevor meine Mom abhaute. Ihre Kids hörten das und wiederholten es in der Schule vor meinem Bruder und mir. Austin geriet wegen unserer Mom und ihres Verschwindens in viele Streitereien, manchmal sogar Schlägereien mit den anderen Kids. Aber genug von meinem eigenen Trauma. Hier ging es um Elodie und darum, wie ich sie vor Frauen, die sie womöglich verletzten, beschützen konnte.

Elodie bekam es jetzt von beiden Seiten; ihr Ehemann Phillip rief in dieser Zeit viel häufiger aus Afghanistan an, und sie stritten sich auch immer mehr. Im Vergleich zu den letzten Wochen, in denen sie scheinbar nichts anderes getan hatte, als zu schlafen, schlief sie jetzt nur noch wenig. Sie wirkte erschöpft, sodass sie, wenn sie von einem Besuch bei irgendwem oder einem Treffen der örtlichen Familiengruppe nach Hause kam, nur noch Netflix einschaltete und schon bei der Hälfte einer Episode eingeschlafen war. Aber wenn um drei Uhr nachts das Telefon klingelte, war sie wieder hellwach. Sie schlief auch weiterhin auf der Couch, behauptete, sich dort weniger einsam als im Bett zu fühlen, klammerte sich aber nachts immer an so einem Seitenschläferkissen fest. Mittlerweile fragte ich mich, ob ich das nicht auch mal ausprobieren sollte, um mich weniger einsam zu fühlen.

Seit Kurzem verfolgte ich eine ganz neue Philosophie: Jede einzelne Stunde Schlaf bedeutete weniger Wachzeit, in der ich mich der Shitshow meines Lebens stellen musste. Weniger Gelegenheit, meinen Bruder zur Rede zu stellen. Weniger Gelegenheit, zufällig auf Kael zu treffen. Weniger Gelegenheit, mich mit all dem Mist auseinanderzusetzen, mit dem ich nichts zu schaffen haben wollte. Immer wenn ich mich zur Arbeit auf den Weg machte, das Unkraut gejätet hatte, das meinen Garten zu überwuchern drohte, das Haus geputzt oder auch nur den Spalt in der Küchendecke betrachtet hatte, war es beinahe schon wieder Zeit aufzuwachen und wieder von vorn anzufangen. Das Problem war, dass all diese geisttötenden Aufgaben die gegenteilige Wirkung auf mich hatten – mein Hirn war alles andere als tot. Meine Gedanken wirbelten und brodelten beständig durcheinander, während ich versuchte zu kapieren, was alles schiefgelaufen war.

Wie war es möglich, dass es erst zwei Wochen her war? Bei Brien, meinem Ex, den man eigentlich nicht im Entferntesten mit Kael vergleichen konnte, hatte mich unsere Trennung nicht so fertiggemacht. Ich war immer diejenige von uns beiden gewesen, die weniger emotional gewesen war, die nicht weinte und nicht nachgab, wenn ich glaubte, im Recht zu sein. Er war derjenige gewesen, der sich dauernd entschuldigt hatte. Zumindest am Anfang.

Doch im Laufe unserer Beziehung hatte er mich zermürbt, und nun, da er nicht mehr zu meinem Leben gehörte, wusste ich, dass mir unsere Beziehung nur deshalb so bedeutsam vorgekommen war, weil ich einem Mann noch nie näher gekommen war als ihm. Oder besser einem Jungen, der so tat, als sei er ein Mann, aber hey, das gilt wohl für die meisten Männer, die ich kennengelernt habe. Ihr wisst ja, Daddy-Probleme und so weiter.

Allerdings nicht Kael. Kael war eine Ausnahme zu fast jeder Regel. Jede vorgefasste Meinung, die ich über Männer und Beziehungen hatte, strafte er Lügen.

Bis er es nicht mehr tat.

Was sich aber bei mir verfestigte, war die Überzeugung, dass es mich nicht weiterbringen würde, Menschen zu vertrauen, die ich kaum kannte. Na ja, eigentlich überhaupt jemandem zu vertrauen, denn immerhin konnte ich seit Neuestem ja weder Austin noch meinem Dad und nicht mal mir selbst trauen.

Ich konnte jetzt nicht an Austin denken oder daran, wie er sein Leben einfach wegwarf. Oder an Kael. Und daran, wie er meinem Bruder dabei half. Herrje, ich konnte die Gedanken einfach nicht abstellen, sodass mein Herz raste in dem Versuch, mit ihnen Schritt zu halten.

Wasser platschte auf meine Füße, und ich sah hinab und merkte, dass es über die Kante der Spüle lief. Jetzt war mein einziges Paar Arbeitsschuhe nass. Ich konnte mich kaum daran erinnern, das Wasser angestellt zu haben.

Was zum Teufel war nur los mit mir?

Schnell zerrte ich den Stopfen heraus, um etwas Wasser ablaufen zu lassen, während ich nach einem Handtuch griff, es auf den Boden warf und die Pfütze mit den Füßen trocknete. Ich goss literweise lilafarbenes Spülmittel ins Wasser, um den üblen Geruch von dem restlichen Geschirr zu überdecken. Die Auflaufform von neulich war so schwarz verkrustet, dass ich den verbrannten Käse sofort wieder in der Nase hatte. Zusammen mit der Luftfeuchtigkeit von draußen roch das in so einem alten Haus nicht gerade gut.

Meine Finger bewegten sich über einen glatten Keramikteller. In dem seifigen Wasser ertastete ich das Datum, das dort eingraviert war: Es war der Tag, an dem Estelle und mein Dad einander versprochen hatten, sich zu lieben, bis der Tod sie schied.

Ich war überrascht, dass das zerbrechliche Hochzeitsgeschenk in meinem chaotischen, kleinen Haus so lange überlebt hatte.

5

Die Küchentür öffnete sich, und Elodies Stimme wehte in den Raum. Sie klang erregt, aber ich hatte keine Ahnung, was sie sagte. Ich hatte ein paar französische Brocken von ihr aufgeschnappt, aber von wirklichem Verstehen war ich weit entfernt.

Als ich sie ansah, formte sie ein *Sorry* mit den Lippen und ging zur Arbeitsplatte herüber. In den Armen hielt sie jede Menge Einkaufstaschen und ein Tablett mit Kaffeebechern, das sie beinahe fallen gelassen hätte. Sie hatte die gleiche Arbeitsuniform an wie ich, darüber aber eine Regenjacke mit heruntergezogener Kapuze. Ihr blondes Haar war trocken, und sie trug es in einem kleinen Knoten auf dem Oberkopf. Ich griff nach einem Handtuch, um mir den Schaum von den Händen zu wischen, und streckte die Arme aus, um ihr zu helfen.

Die Taschen waren schwerer, als sie aussahen. Eine von ihnen war gefüllt mit einem Packen Tonpapier, Kleber, Scheren. Sie hätte wirklich nicht so viel auf einmal schleppen dürfen. Die weibliche Stimme am anderen Ende der Leitung wurde lauter, klang beinahe bellend, und Elodie hielt sich das Handy vom Ohr weg.

»Meine Eltern«, erklärte sie mir und stellte auch die restlichen Taschen auf die Arbeitsplatte.

Ich wusste nicht allzu viel von ihren Eltern. Nur dass sie nicht allzu begeistert gewesen waren, als ihre Tochter Frankreich verlassen hatte, um einen amerikanischen Soldaten zu heiraten. Franzosen traf man in Militärbasen wie dieser nicht häufig. Ich hatte einige Frauen aus Südamerika und Mexiko und sogar eine aus Deutschland kennengelernt, aber nie eine Französin wie Elodie.

Sie führte hier in Georgia ein ganz anderes Leben, als sie es aus Frankreich gewohnt gewesen war. Europa unterschied sich beträchtlich vom Süden der U.S. Wenn Phillip von seinem Einsatz in Afghanistan wieder da war, würde das Leben für sie besser werden und alles runder laufen, hoffte ich. Allerdings hatte seine Stimme während des Skype-Calls, den ich letztens zufällig mitbekommen hatte, so wütend geklungen, und heute Morgen hatte sie einen so niedergeschlagenen Eindruck gemacht, weil sie sich diese Nacht schon wieder gestritten hatten, dass ich ganz traurig wurde. Ich hoffte, dass die Spannungen zwischen ihnen nur eine Phase waren und dass sie einfach die ganz normalen Auseinandersetzungen durchmachten, wie sie für frisch verheiratete Mann-ist-im-Einsatz-und-schwangere-Frau-sitzt-allein-zu-Hause-Paare typisch waren.

Aber eigentlich tat ich nur so optimistisch.

Elodie war noch immer am Handy und ging jetzt wieder zur Tür. Ich hielt sie auf.

»Ich hole den Rest. Du kannst ja wegräumen?«, bot ich an.

Sie lächelte beinahe, aber was immer ihr Gesprächspartner am Telefon sagte, ließ sie ruckartig stehen bleiben. Sie lehnte sich gegen die Theke. Dann stellte sie das Handy auf laut und legte es darauf. Während Elodie dastand und mit der Zunge zwischen den Zähnen das Handy anstarrte, verließ ich die Küche, um die restlichen Sachen aus dem Auto zu holen, wobei ich betete, dass es nicht ganz so schlimm war, wie es schien. Außerdem hoffte ich, schnell genug alles herausholen zu können, sodass ich vom

Regen nicht völlig durchweicht würde. Nie hatte ich Schirm oder Regenjacke, wenn ich sie mal brauchte, und Regenstiefel hatte ich mein ganzes Leben lang noch keine besessen. Dafür hatte ich ein Erdbeben-Notfallkit. In Southern Georgia. Aber, wie gesagt, keinen Regenmantel für die strömenden Regengüsse, die hier an der Tagesordnung waren.

Ich öffnete die Fliegentür, stürzte hinaus und stieß einen kleinen Schrei aus, als der Regen auf mich niederprasselte. Ich rannte schneller, wobei ich höllisch aufpasste, um nicht im Schlamm neben dem Asphalt auszurutschen. In dem offenen Kofferraum, hinter den wenigen noch übrigen Einkaufstüten, befand sich ein zusammengeklappter Kinderwagen. Er war hellgrün und wirkte so gut wie neu, war aber unverpackt. Manchmal vergaß ich, dass in wenigen Monaten noch ein Mensch in meinem kleinen Haus leben würde.

Ich streckte die Hand aus und berührte den Kinderwagen, hielt einen Augenblick lang inne, dann nahm ich die restlichen Einkäufe und joggte zum Hintereingang des Hauses zurück. Der durchdringende Geruch nach Erde erfüllte die feuchte Luft, auch meinen Garten hatte ich mittlerweile endlich hergerichtet. Die kleinen Renovierungsarbeiten, die ich so lange schon aufgeschoben hatte, waren langsam ebenfalls beinahe alle erledigt. Ich war sogar schon fast damit fertig, die Wand an der Badewanne zu fliesen. Und das alles innerhalb einer einzigen, verdammten Woche.

Neurotisch oder verantwortungsbewusst? Vielleicht ein bisschen von beidem.

Ein Truck überfuhr das Stoppschild, und mein Magen machte einen Satz. Es war nicht Kael, es war nicht sein Truck, aber der Anblick erinnerte mich an ihn, an den Klang seines lauten Bronco und daran, wie mein kleines Haus stets erzitterte, wenn er draußen den Motor angelassen hatte. Der Mann am Steuer bog in die kleine Straße gegenüber ein, und seine großen Reifen ließen das Regenwasser in sämtliche Richtungen spritzen. Was für ein Mistkerl.

Ich war jetzt klatschnass und stand im Regen wie ein verirrter Welpe. Dann hastete ich hinein und schlug die Hintertür zu. Elodie telefonierte nicht mehr, sondern saß am Küchentisch.

Ihre Stimme klang brüchig, und ihr Akzent verzerrte ihre Worte mehr als sonst, als sie sprach. »Tut mir leid, das Ganze.« Sie seufzte tief, und ihre Augen füllten sich mit Tränen. »Sie wollen, dass ich nach Hause zurückkehre.«

»Was? Wer will das?«

Ich setzte mich auf den ihr gegenüberliegenden Stuhl und wischte mir den Regen aus dem Gesicht. Elodie wirkte fassungslos, und ihre Nasenspitze war rot. Sie hatte die hellste, klarste Haut und rosige Wangen.

»Was ist passiert, El? Geht es dir gut?«

»Jemand ... jemand hat meinen Eltern einen Brief mit blöden Lügen geschickt, und jetzt glauben sie einem Fremden mehr als mir ...«

»Was meinst du damit? Wer hat ihnen geschrieben?«, fragte ich mehr als verwirrt.

»Jemand auf Facebook hat meiner Mom geschrieben, dass Phillip mich betrügt und ähnlich verrücktes Zeug.«

»Wer war es? Kennst du den Betreffenden?«

Sie schüttelte den Kopf und mied meinen Blick, als sie antwortete. »Es war ein Fake-Account. Das ist alles so albern und einfach nicht wahr. Ich weiß nicht, warum jemand so etwas tun sollte oder wie sie meine Eltern überhaupt gefunden haben.«

Ich war sprachlos. Und hatte so viele Fragen.

»Du hast recht, warum zum Teufel sollte jemand so etwas tun?«, fragte ich.

»Ich finde das dermaßen ätzend«, rief sie, und ihre Schultern fingen an zu zittern. »Und auf dem Rückweg hat auch noch mein Arzt angerufen und mir gesagt, dass meine Blutzucker-Werte total niedrig sind. Ist alles einfach zu viel Stress.«

Wieder vibrierte ihr Handy, und auf dem Bildschirm leuchtete *Papa* auf. Sie drehte das Handy um und schob es von sich.

»Ich ertrage einfach nicht noch mehr. Ich ertrag's einfach nicht.« Sie presste die Finger gegen ihre Schläfen. Ihre Brust hob und senkte sich, während ihr Handy auf dem Tisch erbebte.

»Sie glauben nicht, dass ich das schaffe. Gar nichts. Verheiratet sein, eine Mutter sein. Es ist so viel, dabei ist das Baby noch gar nicht auf der Welt.« Sie fing an zu weinen. »Ich habe nicht mal einen Ort, wo das Baby leben kann. Ich habe kein Kinderbettchen. Gar nichts. Was mache ich eigentlich hier?«

Ich rückte mit dem Stuhl näher zu ihr hin. »Tut mir so leid, El. Du wirst aber eine tolle Mom werden. Das weiß ich. Und das sage ich nicht einfach nur so. Ich kenne dich und dein Herz. Du machst das schon.«

Ich versuchte, so überzeugend wie möglich zu klingen. Das Baby war nun mal unterwegs, und man musste ihr Selbstvertrauen stärken. Trotzdem war es mir ernst damit, jedes Wort. Ich kannte alle möglichen Moms, die guten, die schlechten, die richtig schlechten.

»Wirklich, Karina! Ich bin hier ganz allein. Wenn ich das Baby bekomme, und Phillip ist nicht zu Hause, oder es passiert ihm was …« Jetzt zitterte sie am ganzen Körper. Ich beugte mich über den Tisch und griff nach einer ihrer Hände. Sie war eiskalt.

»Du frierst ja«, meinte ich.

Sie zuckte mit den Schultern. »Mir geht's gut. Ist mir egal, ob mir momentan kalt ist«, antwortete sie heftig. »Meine Eltern meinen, dass ich das alles nicht schaffe. Mein Dad hat mir das ziemlich deutlich am Telefon gesagt, und meine Mom hat ihm zugestimmt. Sie sagten, sie hätten Angst. *Angst!*«

Ich ließ mir ihre Worte durch den Kopf gehen.

»Angst ist echt übertrieben«, sagte ich und war ein bisschen sauer auf ihre Eltern, weil sie sich ihr gegenüber so negativ geäußert hatten. Für diese Art der Unterhaltung war es etwas zu spät, zum Teufel! »Tut mir leid, dass sie das gesagt haben. Sie irren sich.«

Sie sah mich kaum an.

»Außerdem hassen sie meinen Mann jetzt. Sie halten ihn für einen Lügner und glauben, dass er eine Affäre hat, während ich *allein* hier rumsitze.« Sie betonte das Wort *allein*, und ich kam mir wie eine Versagerin vor, weil ich ihr nicht das Gefühl geben konnte, keineswegs allein zu sein. Außerdem litt ich mit ihr, weil ihre Eltern so grob gewesen waren. Das erinnerte mich an etwas, das Kael einmal gesagt hatte: »*Wenn Leute glauben, dass sie wegen irgendwas im Recht sind, müssen sie Verantwortung für denjenigen übernehmen, dem sie es sagen. Sie müssen darauf achten, wer ihnen gerade zuhört und wie man einzelnen Menschen etwas sagt.*« Noch mehr weise Worte vom Dichter höchstpersönlich, Mikael Martin.

»Du bist nicht allein«, versicherte ich Elodie und verdrängte den Gedanken an Kael in den hintersten Winkel meines Hirns.

Es vergingen einige Sekunden. Elodie sah mich an, und ich wusste, dass die Augen dieses traurigen Mädchens einfach nicht lügen konnten. Sie war kurz davor zusammenzubrechen, genau in diesem Augenblick. Ich spürte es in der Luft, sah es an ihrer Körperhaltung.

»Ich habe dich. Und das weiß ich zu schätzen und liebe dich, aber ich bin an meine große Familie und meine Freunde und mein Leben zu Hause gewöhnt. Es war in letzter Zeit besser, weil ich ein paar Freundinnen hatte.« Sie hielt inne und schien sich selbst zu ermahnen, ihre Worte mit mehr Bedacht zu wählen. Ihre Miene war schuldbewusst.

»Aber hier hat mein Baby keine Familie. Wie soll das gehen? Ich kann nicht mal eine Betreuung bezahlen für die Stunden, in denen ich arbeite.«

»El. Wir wohnen hier zusammen. Ich passe auf das Baby auf und sorge dafür, dass wir nicht zur gleichen Zeit eingeteilt werden.«

Schnell rief sie mir ins Gedächtnis, dass unser Arrangement hier nicht von Dauer war. »Karina, wenn Phillip wieder da ist, wohne ich weiter von der Arbeit entfernt.«

»Du könntest das Baby dann ja herbringen«, bot ich an in dem Versuch, eine andere Lösung für ihr Problem zu finden.

»Du kannst das nicht für mich regeln, Kare. Ich weiß, dass du es unbedingt versuchen willst, aber du kannst mir nicht helfen. Vielleicht hätte ich tatsächlich nicht heiraten sollen? Ich kam so schnell hierher, ohne zu wissen, wie es in den Staaten überhaupt ist und wie oft ich allein sein würde. Meine Mom hat recht, wenn sie sagt, dass ich ihn ja kaum kannte, bevor ich in den Flieger sprang und kurz darauf auch noch schwanger wurde. Was haben wir uns nur dabei gedacht?« Ihre Stimme brach, und sie hob die Hände in die Höhe, als wolle sie den Himmel befragen.

Sie weinte jetzt heftiger. Ich merkte, wie sehr sie versucht hatte, sich zu beherrschen, aber jetzt konnte sie es nicht länger zurückhalten. Ihr Körper schien die Tränen zu brauchen, und sie ließ sich schluchzend auf den Stuhl sinken.

Tränen rannen ihr die Wangen hinab, und ihre Haut wurde sogar noch röter. Sie legte die Hand auf den Bauch und würgte. Mir fiel nichts ein, das ich hätte sagen können, damit sie sich besser fühlte. Und vielleicht hatte sie ja recht, und ich konnte ihr nicht helfen. Die Situation überforderte mich.

»Ich kann mir nicht mal den Rückflug nach Hause leisten. Mein Gott, was soll ich nur tun? Sie sind so wütend, und jetzt haben sie mich dazu gebracht, an allem zu zweifeln.« Sie weinte. Ein paar Sekunden vergingen, bevor sie voller Panik hinzufügte: »Ich hab solche Angst.«

Jetzt schluchzte sie herzzerreißend, bekam kaum noch Luft und dann einen Hustenanfall. Rasch füllte ich ihr eine Tasse mit Wasser und sah zu, wie sie sie austrank. Sie klopfte sich auf die Brust.

»Meine Brust tut so weh, mein Kopf fühlt sich an, als würde er gleich explodieren. Ich …«

Ihre Tränen hörten auf zu fließen, aber ihr Körper schien weiterhin heftig zu weinen. Ihre Schultern bebten, sie schluchzte trocken. Innerhalb weniger Sekunden hatte Panik die Oberhand, und ich sah, dass sie sich Sorgen um ihr Baby machte. Wieder flog ihre Hand auf ihren Bauch; ich versuchte, ihr noch mehr Wasser anzubieten. Sie schüttelte nur den Kopf, schnappte nach Luft, hysterisches Schluchzen ohne Tränen.

Es war beinahe laut genug, um das Geräusch der Hintertür zu übertönen, die sich öffnete. Austin schlenderte herein, als ob nichts gewesen wäre.

Mir wurde bei seinem Anblick leicht schwindelig.

6

Mein Bruder sah aus, als hätte er eine ganze Woche nicht geschlafen. Und mit dem blonden Haar, das ihm vorn und an den Seiten vom Kopf abstand, wirkte er wie ein Stachelschwein, nur vollkommen durchnässt. Der Regen tropfte seine Stirn hinunter.

Er blieb stehen, in einem blauen T-Shirt und schwarzen an den Knien zerrissenen Jeans, das Gesicht benommen und verwirrt.

Dass er jetzt einfach so hier auftauchte, machte mich stinksauer. Seine schwarzen Sneakers quietschten über meinen Küchenboden.

Ich ging auf ihn zu. »Was *zum Teufel* hast du hier zu suchen?«

»Kare, komm schon …« Seine erschöpften Augen wanderten von mir zu Elodie am Tisch, und sofort eilte er zu ihr hin.

»*What the fuck?* Geht es dir gut?«, rief er, dann wandte er sich zu mir um. »Geht es ihr gut?«

Mein Herz raste, und in meiner Brust brannte ein Feuer aus wahnsinnigem Zorn.

»*Verschwinde aus meinem Haus, Austin!* Ich hab's hier mit *richtigem* Shit zu tun. Um unseren können wir uns später kümmern.«

Kaum zu glauben, wie dreist er war! Das hatte er von unserer Mutter.

Aber auch von unserem Vater – das hier war echt durchgeknallt.

In diesem Augenblick sah er um Jahre jünger aus. Er hatte nie zu den Jungs gehört, die ihre Gefühle im Griff hatten. Wir waren Zwillinge und hatten viele Ähnlichkeiten, aber das gehörte nicht dazu. Als er Elodie jetzt ansah, erinnerte er mich an den kleinen, grünäugigen Jungen, der geweint hatte, weil der Einsatz seines Dads per oberstem Befehl um sechs Monate verlängert worden war. Er weinte jedes Mal, wenn unser Dad wieder irgendwohin geschickt wurde. Damit war er das genaue Gegenteil von mir, als wir älter wurden. Ich war immer erleichtert gewesen, wenn wir darüber informiert wurden, obwohl ich das niemandem je eingestanden hätte.

»Geht es dir gut?«, fragte Austin jetzt Elodie, die sich krümmte. Ihr Körper bebte, und sie hielt sich mit beiden Armen den Bauch.

»Mein … mein Bauch fühlt sich ganz komisch an. Das Baby …« Sie schüttelte den Kopf. »Ich will aber hier auch kein Drama abziehen, wenn es nichts Ernstes ist.«

»Du bist schwanger, und anscheinend fühlst du dich nicht gut. Rufen wir also den Arzt oder jemand anders?«

Ich überlegte, wer uns noch hätte helfen können. Meine Mom konnte ich schließlich wohl kaum anrufen und fragen, was ich tun sollte. Oder Estelle.

»Martin. Da müssen wir sie jetzt hinbringen«, sagte mein Bruder.

»Was …«, fing ich an, dann verstummte ich. Logo, mein Bruder sprach von dem Krankenhaus in Fort Benning, das denselben Namen wie Kael trug.

»Das Krankenhaus«, fügte er jetzt tatsächlich hinzu, und ich nickte.

»Ich weiß! Ich hab an was anderes gedacht«, blaffte ich. Ich befürchtete, dass Austin erraten hatte, dass ich an Kael gedacht hatte.

»Auf einer Skala von eins bis zehn, wie stark sind deine …«, fragte Austin ernst.

»Ist das deine Arztstimme?«, fragte sie ihn mühsam atmend.

»Yep. Sorry, dass ich nicht Doktor Stewart bin oder wie zum Teufel Patrick Dempsey in dieser Arztserie heißt.« Austin brachte Elodie zum Lächeln, obwohl ihre Gesichtsfarbe immer durchsichtiger wurde.

Innerlich geriet ich in Panik, versuchte aber äußerlich ruhig zu bleiben und mitzulachen. Und das Lachen war sogar echt. Ich fühlte mich gleichzeitig leer und erfüllt, besorgt und beruhigt. Gefühle waren manchmal echt witzig, besonders wenn man so viele Sachen auf einmal empfand. Die menschliche Fähigkeit, alles gleichzeitig zu sein, das reine Gewicht von so vielen verschiedenen Dingen, die mir auf die Brust drückten, fühlte sich an wie eine uralte, schwere Bestrafung durch einen sehr mitleidlosen und hartherzigen Gott. Wenn man zu viel fühlt, so hat das Schmerzen, Probleme und Traumata, unerwiderte Liebe und Kontrollverlust zur Folge, und das alles gebündelt in einer Person. Hinzu kam auch noch die Tatsache, dass Elodie womöglich in meiner Küche Wehen bekam.

Ich konnte verflucht noch mal keinen klaren Gedanken mehr fassen, und sie lachte über *Grey's Anatomy*?

»Ich steh sowieso eher auf Doug Ross«, antwortete Elodie zwischen zwei schweren Atemzügen.

Sie hielt sich den Bauch und krümmte den Rücken.

»Keine Ahnung, wer das nun wieder ist, aber …«

Sie starrte ihn mit offenem Mund an. »Was meinst du damit, dass du das nicht weißt? Der ist so ein Doktor in einer Arztserie, und gespielt wird er von George Clooney. Das weißt du nicht?« Elodie bäumte sich erneut auf.

»Leute!?« Ich hatte das im Geiste bestimmt schon dreimal gesagt, aber jetzt sprach ich es laut aus.

Sie blickten mich an. Elodie sah aus wie ein Geist.

Aber anscheinend sah sie ein, dass sie Hilfe brauchte. Ich musste sie also nicht zwingen.

»Okay. Okay. Wir sollten gehen.«

»Elodie, kannst du aufstehen? Sollten wir nicht geradewegs in die Notaufnahme fahren? Lass mich kurz googeln. Nur um sicherzugehen.«

Ich wusste, dass die nächste Panikattacke nicht lange auf sich warten lassen würde. Entweder würde sie schnell vorübergehen oder schlimmer werden. Man konnte es nur nie wissen. Aber mit dem Baby, das in ihr heranwuchs, durfte man keine Risiken eingehen, insbesondere, nachdem sie vor nicht ganz einer Stunde einen Anruf von ihrem Arzt wegen ihres Blutzuckerspiegels bekommen hatte. Ich googelte, und innerhalb weniger Sekunden hatte ich herausgefunden, dass es auf jeden Fall notwendig war, sie in die Notaufnahme des Krankenhauses zu bringen.

»Yep. Wir müssen los. Komm, El.«

Auf der Arbeitsplatte leuchtete wieder ihr Handy auf. Ich drehte es um, und das bereits bekannte Foto ihres Vaters erschien erneut auf dem Bildschirm. Ich überzeugte mich davon, dass Elodie nicht zu mir hinsah und legte das Handy umgedreht wieder weg.

»Wir müssen einfach nur untersuchen lassen, ob es dem Baby gut geht. Es dauert nicht lange. Ich bring dich jetzt gleich hin.«

»So voll wird es momentan in der Notaufnahme schon nicht sein. Ich komme auch mit«, versicherte Austin ihr.

Sie seufzte und rang immer noch nach Luft. Das klappte jetzt zwar etwas besser als noch vor einer Minute, aber gut ging es ihr offensichtlich immer noch nicht.

»Okay. Okay«, stimmte sie zu. »Hoffen wir's.«

Die Notaufnahme der Militärbasis war immer überfüllt, aber ich sagte nichts, denn Elodie sollte jetzt nur Positives hören, damit es ihr besser ging. Ob Lüge oder Wahrheit, war im Augenblick egal. Austin beugte sich herab, schob seine Arme unter ihre Beine und Schultern und hob ihren Körper hoch, als wöge sie kaum mehr als eine Einkaufstasche.

»Ich kann laufen«, protestierte Elodie, machte aber keineswegs Anstalten, sich aus seinen Armen zu befreien. Sonst hätte ich ihr auch dringend geraten, sich weiter von ihm tragen zu lassen.

Er schüttelte den Kopf, und ich schob die Kapuze ihrer Jacke über ihr Haar, um es vor dem Regen zu schützen. Elodie seufzte. Während er sie durch meinen Garten zum Auto trug, suchte ich nach meinen Schlüsseln, die anscheinend die ganze Zeit über in meiner Kitteltasche gesteckt hatten. Meine Hände zitterten, obwohl sich alles eigentlich ganz normal anfühlte. Na ja, nicht normal, aber auch nicht wie in den Kinofilmen, in denen alle schreien und durcheinanderlaufen, irgendwer weint und alles total chaotisch ist.

Meine Hände in meinen Taschen erinnerten mich daran, dass ich eigentlich zur Arbeit musste. Im Grunde hätte ich schon da sein müssen.

Mistleben.

Ich rannte an ihnen vorbei und öffnete die Hintertür meines Autos. Sanft setzte Austin Elodie auf den Rücksitz. Ich überzeugte mich davon, dass sie es bequem hatte, und musste mich total überwinden, meinen Bruder nicht zum Teufel zu schicken.

Er hatte eindeutig eine beruhigende Wirkung auf Elodie, denn sie vermutete wohl – und das mit Recht –, dass ich keine Ahnung hatte, was hier zu tun war. Allerdings wusste Austin das ebenfalls nicht. Trotzdem schien seine Anwesenheit sie zu beruhigen – warum auch immer. Ehe er die Tür schloss, vergrub sie das Gesicht in den Händen und lehnte sich kurz an ihn.

Als er die Beifahrertür vorn öffnete, seufzte ich demonstrativ in der Hoffnung, dass er hörte, wie entnervt ich war. Sofort schaltete ich die Musik ein und sah mich wieder nach Elodie um. Austin starrte aus dem Fenster, während sie auf dem Rücksitz weinte. Sein Bein wippte unruhig auf und ab, wie immer, wenn er besorgt war. Ich glaubte zu sehen, wie sich seine Lippen bewegten, aber über Ryan Seacrests Radiostimme hinweg konnte ich nichts hören. Mir fiel nichts ein, was ich zu den beiden hätte sagen können, also konzentrierte ich mich aufs Autofahren.

Gerade als ich auf die Autobahn fuhr, ging meine Motor-Kontrollleuchte an.

Wenn was schiefgeht, dann aber auch richtig.

»El, hast du deinen Militärausweis?«, rief ich laut, um das Quietschen meiner Scheibenwischer zu übertönen.

Ich hoffte es, denn je nach Stimmung des Wachmanns würde ihn auch die Tatsache, dass sie eine Schwangere mit Schmerzen war, nicht davon abhalten, uns ohne Ausweis abzuweisen. Sogar ihr fleckiges, tränenüberströmtes Gesicht und ihr kugelrunder Bauch würden wahrscheinlich niemanden weich werden lassen.

»Hab ihn auf der Stereoanlage gesehen und mitgenommen«, sagte Austin.

»Kare, hör zu …«, fing er an, als ich die Spur wechselte, um einen Sattelschlepper zu überholen.

»*Nicht*«, blaffte ich.

Er legte seine Hände in den Schoß, und ich fügte hinzu. »Nicht jetzt.«

Um meine Worte zu unterstreichen, sah ich im Rückspiegel auf Elodie. Sie blickte auf ihren Bauch hinunter, und ihr Gesicht war nass.

Elodie fing meinen Blick auf. »Früher kannte ich solche Anfälle nicht. Die hab ich erst hier in den Staaten gekriegt. In letzter Zeit läuft alles dermaßen beschissen.«

»Dein Leben war früher vollkommen anders. Außerdem hattest du weder einen Ehemann, der im Krieg ist, noch ein ananasgroßes Baby im Bauch.« Ihre Augen hellten sich ein wenig auf, und ihre Mundwinkel zuckten für den Bruchteil einer Sekunde nach oben. »Ja. Das stimmt. Tut mir echt leid, dass ich euch den Abend versaue.«

Sie hatte zu weinen aufgehört, aber ihre Schultern bebten immer noch.

»Wir sind in ungefähr zehn Minuten da«, sagte ich.

Austin beugte sich herüber und versuchte, meine Hand zu berühren. Das hatte er früher auch immer gemacht, wenn unsere Eltern im Auto miteinander zankten. Normalerweise auf dem Nachhauseweg von einem »fröhlichen« Familienwochenende, das meine Mom uns allen aufzwang. Im Haus hielt sie es nicht allzu lange aus, genauso wie mein Vater *sie* nicht ertragen konnte. Es war, als könnten unsere Eltern es einfach nicht aushalten, die ganzen zweieinhalb Tage eines Wochenendes in der Gesellschaft des anderen zu verbringen. Wenn wir also sonntags von irgendeinem Ausflug, zu dem meine Mom meinen Dad überredet hatte, nach Hause fuhren, schrien sie einander im Auto immer an. Das fing immer mit einem »Witz« von meinem Dad an und endete damit, dass meine Mom zu Hause die Türen knallte und in einer Schaukel auf der Veranda übernachtete. Ich schwöre, dass es ihr dort besser gefiel als im Innern des Hauses, das meinem Dad als Offizier zustand und das sie ohnehin nie als ihres betrachtet hatte.

Manchmal waren unsere Eltern der Grund, warum Austin und ich uns miteinander verbündeten und aneinanderklammerten; zu anderen Gelegenheiten waren sie der Grund, warum wir einander fortstießen. Als ich ihm jetzt meine Hand entriss, war Austin für mich der Bösewicht. Er war unser Dad. Ich war sicher, dass Dad seine Finger im Spiel gehabt hatte und mit dafür gesorgt hatte, dass Austin sich als Soldat verpflichtet hatte. Trotzdem konnte man weder ihm noch unserer Mom daraus einen Vorwurf machen. Austin hatte mich verraten, und ich konnte seine Berührung einfach nicht ertragen. Ich wollte ihn nicht einmal in meinem Auto haben.

Mein Bruder lehnte sich gegen das Fenster an der Beifahrerseite und sah hinaus. Ich kannte diesen Ausdruck. Am Boden zerstört und voller Sehnsucht nach Vergebung und Zustimmung. Aber das konnte ich ihm im Augenblick nicht gewähren. Das Ganze war keine Kleinigkeit. Er hatte keinen Reifen an meinem Fahrrad zerstochen oder meiner Puppe den Kopf abgerissen wie in unserer Kindheit. Es war ein himmelweiter Unterschied. Wie Tag und Nacht. Und es tat mir gut, ihn auf diese Weise leiden zu sehen, nicht – wie sonst – nachzugeben und ihm dann womöglich auch noch zu verzeihen, weil ich es ätzend fand, wenn er traurig war.

Er hatte eine Wahl getroffen, und das trotz des Versprechens, das wir einander als Kinder gegeben hatten. Man würde ihn jetzt zur Grundausbildung schicken. Dann würde er in den Irak oder nach Afghanistan entsendet werden, oder in ein anderes Land, in das die USA momentan einmarschierten. Ganz sicher würde das Gift für ihn sein. Meiner Erfahrung nach war die Army das immer. Und noch war ich nicht bereit, mit ihm darüber zu reden. Egal wie oft ich mein Handy gecheckt und unsere letzte Unterhaltung durchgelesen hatte. Auf diese Auseinandersetzung war ich noch nicht richtig vorbereitet.

So setzten wir drei unsere Fahrt schweigend fort, jeder für sich in stillem Leid gefangen.

7

Es verging fast eine volle Stunde, bis die Krankenschwester Elodies Namen aufrief.

Elodie stand auf, und ich folgte ihr durch den großen Warteraum, vorbei an den überdrehten Kindern mit roten Gesichtern und rotzverschmierten Nasen und ihren erschöpften Eltern, an den Soldaten in Tarnanzügen, die ganz mit ihren Handys beschäftigt waren, an all den anderen Leuten, die ebenfalls fast alle Handys in der Hand hielten. Die gesamte letzte Stunde hatten wir in depressivem Schweigen verbracht.

Austin war die ganze Zeit über bei uns geblieben, hatte Elodie Fotos von »hässlichen Babys« auf Facebook gezeigt. Er brachte sie zum Lachen, aber das machte ihn noch lange nicht zum Heiligen. Als ich ihr jetzt folgte, rief er mir von seinem Sitzplatz aus etwas hinterher.

Ich wandte mich um und warf ihm einen Blick zu, den er so und so interpretieren konnte. Er konnte *Verpiss dich* bedeuten oder auch *Ich bin beschäftigt, jetzt nicht …*

Eigentlich war mir egal, wie er ihn deutete.

Hinter der Tür hörte man irgendwo ein Kind husten – ein heiserer, verschleimter Laut, der genauso gut aus einem Horrorfilm hätte stammen können. Wir gingen an drei durch Vorhänge abgetrennten Pseudo-Zimmern vorbei, provisorisch und äußerst würdelos. Ich hasste Krankenhäuser und alles andere, das mir das Gefühl gab, keine Freiheit zu haben. Mir sank das Herz, als das Kind weiterhustete und zu weinen anfing.

Als wir an Elodies »Zimmer« angelangt waren, stellte die Schwester sie auf die Waage und maß ihren Blutdruck, dann bat sie mich hinauszugehen. Ich sah Elodie an, und sie nickte.

Ich musste mich bei Mali melden und war sowieso schon halb wahnsinnig vor Angst. Als ich mein Handy herausgekramt hatte, sah ich, dass sie mich bereits dreimal angerufen hatte. Sie würde mir den Kopf abreißen. Ich hatte auch eine Nachricht auf der Mailbox, aber da ich sie anrufen wollte, um mich persönlich von ihr zusammenscheißen zu lassen, musste ich mir die nicht auch noch anhören. Mali war mit Sicherheit fuchsteufelswild. Ich war bereits vierzig Minuten zu spät

Ich lehnte mich an die einzige richtige Wand, die ich finden konnte, wählte Malis Nummer, aber keiner hob ab. Ich seufzte, war aber eigentlich erleichtert, ihr einfach nur auf die Mailbox sprechen zu können. Doch gerade, als der Anrufbeantworter ansprang, ertönte ein zweifaches Piepen, und dann war Mali doch dran. Ich holte tief Luft und berichtete ihr, was passiert war. Sie warf mir vor, dass unsere Aktion sie zwei neue Kunden kosten würde, aber kurz bevor wir auflegten, bat sie mich, Elodie auszurichten, dass sie hoffe, ihr gehe es gut. Ich lächelte über die Geste.

Ich überlegte, ob ich einfach durch die Hintertür des Krankenhauses entwischen sollte, ohne meinem Bruder auch nur eine Nachricht zu schicken, um damit jede Unterhaltung im Wartezimmer zu umgehen. Ich war einfach noch nicht bereit, mit ihm darüber zu reden, warum er das alles getan hatte und warum er nicht mit mir darüber gesprochen hatte. Ich war jetzt schon total erschöpft und wusste nicht mal, was zum Teufel ich zu ihm hätte sagen sollen. Ich brauchte Antworten, aber ich wusste nicht, ob ich ihnen gewachsen sein würde. Ich konnte natürlich versuchen, das alles einfach zu ignorieren, aber hier ging es ums richtige Leben, und auf einer gewissen Ebene musste ich alles erfahren, trotz der heutigen Umstände. Wenn ich mit Sicherheit wusste, dass Kael ihn tatsächlich dazu gebracht hatte, sich als Soldat zu verpflichten, und die Bestätigung erhielt, dass das alles ein krankes Spiel war, um sich an mir zu rächen wegen dem, was auch immer mein Dad Kael und seinen Freunden angetan hatte, würde es mir besser gehen. Hoffentlich.

Ob ich alle Einzelheiten erfahren wollte? Nicht wirklich. Würde ich mich dann besser fühlen? Wahrscheinlich auch nicht wirklich. Würde ich sie beide für immer meiden können? Unglücklicherweise nicht. Aber zumindest heute konnte ich es tun.

Wie aufs Stichwort stürmte nun mein Bruder in den Flur. Glücklicherweise steckte genau in diesem Augenblick die monoton arbeitende Schwester den Kopf hinter Elodies Vorhang hervor und bat mich, ihr zu folgen.

»Sie fragt nach Ihnen beiden.« Sie deutete auch in Richtung des Warteraums, wo Austin saß, was schon okay war, denn dann musste ich zumindest mit ihm nicht über unser Drama reden.

Elodie saß auf dem Bett, das Shirt bis unter die Brust hinaufgezogen, den Bauch nackt. Sie sah so jung aus. Sie hatte diese hautfarbenen Gurtdinger mit Saugnäpfen und dünnen Drähten auf dem Bauch, um ihr Baby zu überwachen. Sie weinte nicht mehr und schien sich beruhigt zu haben. Sie war müde, aber gelassen.

Ich setzte mich auf die Bettkante und ergriff ihre Hand. Das tiefe Blau ihrer Venen schimmerte durch ihre blasse, gräuliche

Haut hindurch. Im Licht der Neonröhren sah sie dermaßen krank aus, dass sich mir der Magen drehte. Normalerweise waren ihre Wangen gesund und rosig, und ihre Augen leuchteten. Aber jetzt war davon nichts mehr zu sehen.

Sie legte die Hand auf den Bauch.

»Dem Baby geht es gut. Ich muss nur aufpassen, mich nicht zu sehr stressen zu lassen. Aber das Baby ist völlig gesund.« Sie deutete auf den Tropf, der neben ihrem Bett hing. »Ich bin dehydriert, deshalb geben sie mir das da.«

Ich atmete erleichtert aus, und meine Anspannung ließ etwas nach.

»Sind Sie nicht … der Fischer-Junge?«, fragte der Arzt, der, ohne dass ich es mitbekommen hatte, die ganze Zeit dagestanden hatte.

Ich sah ihn an und bemerkte, dass er Austin fixierte, der mit vor der Brust verschränkten Armen in der Ecke stand. Austin verneinte die Frage so lässig und sah so absolut aufrichtig dabei aus, dass ich ihm beinahe selbst geglaubt hätte. Was war er doch für ein guter Lügner.

Elodie senkte die Lider, um nicht auch lügen zu müssen. Ich betrachtete das Gesicht des Mannes, aber er kam mir nicht bekannt vor. Austin blickte auf sein Handy herab und tat, als habe gar keine Unterhaltung stattgefunden.

Der Mann war anscheinend misstrauisch, nickte aber nur.

»Warum?«, fragte ich.

Ruckartig fuhr Austins Kopf zu mir herum. Offensichtlich war er ungehalten, weil ich mich einmischte.

Eine Krankenschwester steckte den Kopf herein. »Wir brauchen Sie. Gebrochener Arm«, sagte sie zu dem Arzt.

Er sah uns beide einen Augenblick lang an, dann verließ er das Zimmer.

Wütend funkelte ich meinen Bruder an. »Kanntest du ihn? Worum ging es da gerade?«

»Ich glaube, er ist ein Freund von Dad.«

»Und warum hast du gelogen?«

Er zuckte mit den Schultern. »Wie gesagt, ich glaube, er ist ein Freund von Dad.« Austin sah mich an, als ob diese einfache Antwort ausreiche und ich mehr nicht wissen müsste.

»Offensichtlich lügst du häufiger wie gedruckt. Frage mich, woher du das hast«, stieß ich mühsam hervor.

Austin kam ein Stück auf mich zu und zeigte auf mich. »Dich habe ich nicht belogen!«, flüsterte er eindringlich.

»Du hast dich in der verdammten Army verpflichtet, ohne es mir zu erzählen!« Ich versuchte, leise zu sprechen, aber wieder stieg Wut in mir hoch.

Ich spürte, wie ich brodelte vor Zorn. Beinahe wäre ich geplatzt. Mein Bruder legte den Kopf in den Nacken und seufzte. »Karina. Ich wusste, dass du ausrasten würdest, wenn ich es dir erzählte. Was du ja offensichtlich auch tust. Frage mich, woher *du* das hast.«

Seine Worte trafen mich wie ein Schlag mitten in die Brust. Ich spürte, wie die Wut sich um den Schmerz seiner Anklage herum ausbreitete, dass ich wie unser Vater war. Das machten wir oft, uns jeweils mit unseren Eltern vergleichen, um einander zu verletzen.

Elodie sah geduldig zwischen meinem Bruder und mir hin und her. Sanft drückte ich ihre Hand. Das Letzte, was sie jetzt brauchen konnte, war noch mehr Drama.

»Fick dich, Austin. Jetzt ist nicht der richtige Zeitpunkt«, spie ich ihm entgegen und wandte mich wieder ihr zu.

»Ich bin so froh, dass es dem Baby gut geht. Ich habe mir Sorgen um dich gemacht. Um euch beide.«

Sie nickte und packte meine Hand etwas fester. »Ich auch. Tut mir leid, dass ich so viele Probleme verursache. Sie haben ein paar Tests gemacht und überwachen jetzt den Herzschlag des Babys.« Sie blickte zu den piependen Maschinen und dem Equipment hinauf, das die Wand hinter dem Kopfende ihres Bettes säumte.

»Es muss dir nicht leidtun. Du hast schließlich nichts falsch gemacht«, versicherte ich ihr.

Warum entschuldigten sich Frauen immer für Dinge, die gar nicht in ihrer Macht standen? Ich tat es, Elodie, meine Mom …

»Ich glaube, es ist nur einfach alles zusammengekommen. Meine Eltern. Phillip … er ist …«

Elodie sah mir nicht mehr in die Augen, sondern zu dem kleinen Fernseher hinüber, der in der Ecke hing. Der dünne Vorhang trennte uns nicht wirklich vom Rest der Patienten, und ich war sicher, dass unsere Nachbarn alles hören konnten, was wir sagten. Ich vernahm, wie die Krankenschwestern geschäftig umhereilten und dann wieder diesen beschissenen Husten. All das machte mich ganz kribbelig, aber ich musste für sie da sein.

Wieder betrachtete ich ihren zierlichen Körper.

»Was ist mit Phillip?« Ich sah in ihre leeren Augen und dachte an meinen Bruder, an die anderen Patienten und an die fehlende Privatsphäre an Orten wie diesen. »Du musst es mir nicht erzählen, wenn du nicht drüber reden willst.«

»Die Facebook-Messages, die jemand meiner Mom geschickt hat? Na ja, darin stand, dass die Frau, mit der mein Mann mich betrügt, mit ihm zusammen stationiert ist. Und verheiratet. Und meine Eltern glauben diesen Nachrichten und wollen, dass ich noch vor der Geburt des Kindes nach Hause komme. Als ob ich das je täte! Als ob ich das je könnte!« Sie sah erst Austin und dann mich an.

Ihre Hand wanderte wieder nach unten, und sie streichelte ihren Babybauch über dem dünnen Krankenhausnachthemd, das ihren Körper wie billiges Papier umhüllte.

»Weißt du, wer diese Nachrichten geschickt hat?«

»Ist wohl jemand aus Phillips Einheit. Sie meinte, es sei der Ehemann der Frau. Es ist zwar ein Fake-Account, aber darüber fand man sehr schnell das Profil der Ehefrau, denn sie ist die einzige Freundin.«

Ich sah zu Austin empor, aber der starrte nur auf den Boden. Anscheinend wollte er sich halbwegs unsichtbar machen, damit Elodie ihn vergaß und freier sprach. Solche Geschichten waren an einem Ort, an dem Menschen heiraten durften, noch bevor sie offiziell Alkohol trinken durften, durchaus an der Tagesordnung. Verheiratet und im Auslandseinsatz, dann ein Baby, dann wieder Auslandseinsatz. Unterbezahlt, überarbeitet und nicht ausreichend gewürdigt, und das bei jedem einzelnen Einsatz. Es war ein Teufelskreis, und Elodie schien in ihrer eigenen, persönlichen Version davon gefangen zu sein. Dabei stand sie gerade erst am Anfang.

»Soll ich dir ehrlich antworten? Oder so, dass es dir besser geht?«, fragte ich.

»Die Wahrheit.« Sie lächelte und biss sich vorsichtig auf die Unterlippe. »Aber trotzdem sanft.«

»Deal«, stimmte ich zu, obwohl ich keine Ahnung hatte, wie ich das, was ich zu sagen hatte, sanft formulieren sollte. Meine Stimme klang erst eine Oktave höher, dann wurde sie leiser, während ich den Schlag meiner Worte abzufedern versuchte.

»Dass der Ehemann diese Messages schreibt, ist ein ganz schön starkes Stück, stimmt's? Und ein komischer Zufall. Könnte nicht doch ein Fünkchen Wahrheit dran sein? Oder kann es vielleicht einen Grund geben, warum er sich ausgerechnet auf dich und deine Eltern einschießt?«

Elodie zuckte zusammen, aber trotzdem sprach ich weiter. Ich wollte zwar ehrlich sein, bemühte mich aber trotzdem um eine gewisse Vorsicht.

»Hör mir bis zu Ende zu. Ich behaupte ja gar nicht, dass er dich betrügt, trotzdem musst du damit rechnen, denn so etwas passiert nun mal alle naselang. Ich kannte mal jemanden, dessen Frau schwanger wurde, während sie im Irak stationiert war. Ihr Mann war Zivilist, wohnte am anderen Ende der Welt in einem militäreigenen Haus in Fort Benning. Er zog also zu Hause die Kinder groß, während sie ihren Vorgesetzten fickte und schwanger wurde. So was kommt häufig vor. Betrug ist Teil des Soldatenlebens. Na ja, auch des sonstigen Lebens, aber sieh mal, El. Ich mag Phillip, und ich will ihn nicht anklagen oder behaupten, dass ich der Meinung deiner Eltern bin. Ich will nur sagen, dass du vielleicht ein paar kleinere Nachforschungen anstellen solltest?«

»Echt jetzt, Karina?«, unterbrach mich mein Bruder.

»Nachforschungen? Wie denn?«, fragte Elodie, und erleichtert stellte ich fest, dass sie nicht verärgert, sondern eher neugierig zu sein schien.

»Du könntest diesem Kerl doch über Messenger selbst eine Nachricht schreiben? Oder du könntest Phillip fragen. Aber ihn zur Rede zu stellen schafft vielleicht mehr Probleme, als es wert ist, zumindest bevor du wirklich weißt, dass es tatsächlich etwas gibt, worum du dir Sorgen machen musst. Außerdem könnte er dich anlügen.« Ich sah meinen Bruder an. »Und falls der Kerl, der die Messenger-Nachrichten geschrieben hat, doch gelogen hat und du wegen des Stresses, den du seinetwegen hast, in der Notaufnahme gelandet bist, werde ich ihm selbst schreiben«, sagte ich und meinte es hundertprozentig ernst. »Und seiner Frau.«

Elodie lachte nicht, aber das hatte ich auch nicht erwartet.

Sie reckte das Kinn. »Ich vertraue meinem Ehemann, auch wenn ich momentan stocksauer auf ihn bin.«

Ich lächelte. Austin schüttelte zwar den Kopf, lächelte dann aber auch.

Elodie ließ ihren Blick einen Moment lang umherschweifen. »Vorläufig zumindest.«

8

Der Wartebereich der Notaufnahme war jetzt sogar noch viel voller als vor zwei Stunden. Der Arzt wollte Elodie ein bisschen länger zur Überwachung dabehalten. Sie schien fröhlicher zu sein und sah wieder besser aus, nachdem man sie mit jeder Menge Vitamine aus dem Infusionsbeutel abgefüllt hatte.

Austin bot an, sie später in meinem Auto nach Hause zu fahren und auf sie zu warten. Er verhielt sich neuerdings wie ein richtiger Gentleman, und wir wussten sein Angebot durchaus zu schätzen. Aber ich hatte keine Ahnung, wie lange er schon nicht mehr hinter dem Steuer gesessen hatte, und ich wollte ihm mein Auto auf keinen Fall überlassen, zumal ich selbst irgendwie zur Arbeit kommen musste. Deshalb lehnte ich sein Angebot höflich ab. Elodie schickte eine Nachricht in den Chat ihrer örtlichen Familiengruppe, um nachzufragen, ob irgendeine der Frauen sie abholen konnte, zumal sie in der ganzen letzten halben Stunde unaufhörlich geschrieben hatten. Ständig hatte ihr Handy gepingt, und ihre Finger hatten im Krankenbett auf dem Bildschirm herumgetippt.

Die Frauen am anderen Ende der Leitung schienen allesamt nur darauf zu warten, sie später abholen zu können, und sofort boten ihr mehrere ihre Hilfe an. Die Frau, die als Erstes schrieb, war Toni. Ich glaubte mich an ihren Nachnamen zu erinnern –

Tharpe –, weil er einmal auf einem T-Shirt gestanden hatte. Elodie sprach durchaus häufiger von ihr. Egoistischerweise fragte ich mich eine Sekunde lang, wer *mich* wohl abholen würde, wenn ich im Krankenhaus war und jemanden brauchte, auf den ich mich verlassen konnte. Manchmal – so wie in diesem Moment – hatte ich das Gefühl, im Leben allein dahinzutreiben, umgeben von Menschen, die sich um jedermann sorgten, nur nicht um mich.

Als ich neben Austin durch die Lobby ging, vorbei an den unzähligen Reihen grün gepolsterter Wartesessel und darauf brennend, endlich dem Krankenhausgeruch und den hustenden Kindern zu entkommen, fragte er: »Kann ich mit dir fahren, oder bist du so wütend, dass du mich zu Fuß nach Hause zurückkehren lässt?«

»Hab mich noch nicht entschieden. Außerdem hast du kein Zuhause«, erinnerte ich ihn bissig. Diesen Nadelstich hatte er verdient und würde er schon überleben.

»Siehst du, noch ein Grund mehr, warum du Mitleid mit mir haben solltest«, gab er leichthin zurück.

Ich verdrehte die Augen, und er stieß mich an der Schulter an.

»Wir können auf dem Weg darüber reden. Von deinem Haus aus kann ich sicher irgendeine Mitfahrgelegenheit organisieren. Und nach der Grundausbildung brauche ich dann dringend ein eigenes Auto …« In dem Moment fiel ihm auf, was er da gesagt hatte, und er sah mich an. »Kare, ich …«

»Nicht.«

Wir blieben stehen. Ich sah ihm geradewegs in die Augen. »Schon gut. Du gehst doch in jedem Fall, oder? Es hat also gar keinen Zweck, jetzt angepisst zu sein, stimmt's?«

Sogar meine Stimme hatte sich mit der Realität abgefunden.

Ich konnte das nicht durchziehen, nie wieder mit meinem Bruder zu reden. Besonders, da er schon so bald irgendwo anders sein würde. Es führte kein Weg mehr dran vorbei. Das war die harte Realität beim Militär. Wenn man sich einmal verpflichtet hatte, hatte man nicht mehr die Freiheit, sich zu entscheiden.

Ich hatte nicht mal drüber nachgedacht, für was für einen Job er sich bei der Army entschieden hatte, und als ich ihn danach fragte, hoffte ich immer noch, dass er so was wie Dentalhygiene, Mechaniker oder irgendein anderes Handwerk, das er später in der zivilen Welt ebenfalls würde brauchen können, angeben würde.

»Worauf wirst du dich spezialisieren? Bitte sag Bürohengst.«

Mein Dad hatte immer jeden, der nicht direkt am Kampfgeschehen beteiligt war, als Bürohengst bezeichnet, und ich betete darum, dass Austin sich für eine solche Laufbahn entschieden hatte. Außerdem würde er dadurch nach seiner Zeit bei der Army wahrscheinlich leichter einen Job finden. Mein Vater hatte mir mal bei einem Teller voller Hühnerbeine erzählt, dass die Infanterie-Soldaten oft unbezahlte Überstunden machen mussten und meist wie Dreck behandelt wurden. Über missbräuchliches Verhalten bei der Army wollte eigentlich keiner so recht reden.

Austin fiel es schwer, mit der Sprache herauszurücken. »Infanterie.«

Die gefährlichste Spezialisierung.

Genau wie Phillip, Kael, Mendoza ...

»Austin ...« Ich ging langsam weiter. Mehr fiel mir nicht ein.

»Ich bin nicht so smart wie du, okay? Ich habe kein eigenes Haus oder ein Auto oder auch nur einen Job. Das war meine einzige Möglichkeit. Bei der Air Force wollten sie mich nicht mal haben, und selbst bei der Army bin ich beim ersten Mal durch den verdammten Aufnahmetest gefallen. Ich habe Glück, dass ich es jetzt endlich geschafft habe.«

»*Glück?*«, schnaubte ich, stieß die breite Vordertür auf und sah nach draußen auf den Parkplatz. Der Regen hatte beinahe aufgehört.

Schmerzlich wurde mir bewusst, dass er den Test mehr als einmal gemacht hatte. Es war also keineswegs eine Laune des Augenblicks gewesen. Er hatte schon seit geraumer Zeit versucht, sich bei der Army zu verpflichten, aber offensichtlich nicht das Gefühl gehabt, mit mir darüber reden zu können.

»Wann war das? Wann hat das angefangen?«, fragte ich.

Ich ging schneller, und auch er erhöhte das Tempo, ließ nicht zu, dass ich vor ihm davonlief. »So ungefähr vor sechs Monaten. Ich hab's immer wieder versucht. Ich weiß, dass ich es dir hätte erzählen müssen. Aber ich wusste, dass du total wütend sein würdest. Ich hatte nicht vor, es dir ewig zu verheimlichen. Es hat sich nur einfach so ergeben. Nicht mal Dad oder Estelle habe ich etwas davon gesagt.«

Ich schüttelte den Kopf. »Ich bin nicht wütend. Na ja, bin ich doch. Aber es ist viel komplizierter und geht um viel mehr als nur um meine Gefühle. Außerdem bin ich verwirrt, weil du dich mir bei so einer wichtigen Lebensentscheidung nicht anvertraut hast. Also wusste nur Kael davon?«

Ich musste das Universum wirklich mit irgendetwas stocksauer gemacht haben, denn gerade, als ich seinen Namen aussprach, bog Kael um die Ecke in den Wartebereich. Er entdeckte Austin und mich sofort. Seine Augen landeten erst auf meinem Bruder und huschten dann kurz zu mir herüber; seine konzentrierte Miene war verwirrt. Eigentlich sah er immer so aus, als wüsste er genau, wo sein Platz war und wann er dort auftauchen musste. Das war nicht nur ein Army-Ding, sondern vor allem ein Kael-Ding. Wir standen etwa anderthalb Meter voneinander entfernt, und ich spürte bereits, wie seine Energie den gesamten Raum erfüllte. Ich versuchte, dagegen anzukämpfen, alles zurückzudrängen, was mit meinem Hirn und meinem Körper geschah, während er näher kam, ohne dass ich hier wegkonnte. Ich versuchte krampfhaft, mir meine Überraschung über sein Erscheinen hier in der Notaufnahme nicht anmerken zu lassen.

Trotzdem richtete ich mich kerzengerade auf und wich einen Schritt zurück. Dass er hier, genau vor mir, stand, schockierte mich zutiefst. Ich brauchte ein paar Sekunden, um überhaupt zu registrieren, dass hinter Kael Mendoza stand. Beide trugen Zivilkleidung. Kael sah in seinen Alltagsklamotten so anders aus als in Uniform. Dr. Jekyll und Mr. Hyde. Nur dass beide Seiten von Kael gut waren, zumindest meistenteils. Abgesehen von der Tatsache, dass er ein Lügner war und ein allzu guter Schauspieler. Wenn überhaupt, dann war er eher wie Damon Salvatore aus den Vampire Diaries, mit zwei äußerst unterschiedlichen Seiten, wenn er verliebt war. Nicht dass Kael in mich verliebt war ... und ganz sicher nicht so wie Damon Elena Gilbert liebte. Ich war nicht mal mehr sicher, dass es diese Art von Liebe in Wirklichkeit überhaupt gab.

Ich wünschte, Kael hätte hier in Uniform statt in Straßenklamotten vor mir gestanden, denn dann wäre es mir ein ganz klein wenig leichter gefallen, so zu tun, als sei er nur wieder irgendein Soldat und nicht meiner.

Nicht dass er wirklich mir gehört hätte ...

Schließlich sah ich Mendoza an, der mir die ganze Zeit ins Gesicht blickte. Sein Shirt hatte die gleiche rote Farbe wie seine Augen, die wiederum zu dem Rot des Blutes passten, welches durch das T-Shirt sickerte, das um seinen Kopf geschlungen war.

»Was zum Teufel ist passiert?«, fragte Austin die beiden.

Kael sah sich nach Mendoza um, dann auf dessen Hand hinab und schließlich meinem Bruder in die Augen. Wenn man bedachte, wo wir uns befanden und wie viel Blut überall war, war er die Ruhe selbst. »Seine Hand muss genäht werden.«

»Behauptet er jedenfalls«, meinte Mendoza, und ein Lächeln umspielte seine Lippen.

»Was zum Teufel, Mann?« Austin machte sich offensichtlich Sorgen um seinen Freund und kam näher.

»Nichts Ernstes. Shit happens. Manche hauen eben schon mal direkt drauf.« Er zuckte mit den Schultern.

Austin gluckste. »Ja … klar. Sieht aber eigentlich durchaus nach was Ernstem aus.« Er deutete auf Mendozas Hand.

Kael verdrehte die Augen und legte den Kopf in den Nacken, sah zur Decke.

»Lasst euch nur Zeit, Leute«, stöhnte er sarkastisch.

»Warte …« Jetzt fuhr Kaels Kopf wieder nach unten. »Warum seid *ihr* hier?« Kael sah Austin an. Seine Augen waren zu misstrauischen Schlitzen verengt, und er musterte ihn von Kopf bis Fuß, bis er nach der Jackentasche meines Bruders langte.

Ich erstarrte.

Austin wandte sich ab, bevor Kael hineingreifen konnte. Ich hatte keine Ahnung, was das sollte.

»Kumpel«, sagte er zu ihm. »Ich bin wegen Elodie hier, nicht meinetwegen.« Er presste die Hände auf die Brust und klopfte sich auf die Stelle über seinem Herzen. »Bei mir ist alles klar. Fuck.« Austin klang beleidigt, aber nicht so aufgebracht, wie ich erwartet hätte.

Kael sah erst mich an, dann wieder meinen Bruder. »Okay. Sorry«, antwortete er leise und hob beide Hände in die Luft.

Dann wurde ihm klar, was Austin da gesagt hatte, und wieder

ruckte sein Kopf in die Höhe. Er bewegte sich total schnell und soldatenmäßig. »Warte, Elodie? Was ist mit Elodie? Weiß Phillip Bescheid?« Er zog das Handy heraus und starrte den Bildschirm eine Sekunde lang an, als wolle er Phillip anrufen. Aber dann ging ihm auf, dass er das gar nicht konnte, sein Kumpel war nun mal im Krieg. Da ging das nicht so einfach.

Kael warf mir einen so kurzen Blick zu, dass ich ihn verpasst hätte, hätte ich auch nur geblinzelt. Offensichtlich vermied er es, mich anzusehen. Das machte mich stocksauer. Wenn überhaupt sollte doch *ich* diejenige sein, die *ihn* mied. Aber er hatte sich ganz und gar vor mir abgeschottet. Als unbeteiligter Betrachter hätte ich uns beide für Fremde gehalten. Und darüber war ich sogar noch angepisster.

Ich dachte – na ja, und hoffte –, dass sich dies verändern würde, wenn ich mit ihm sprach. Wenn ich den sanften Ton anschlug, der an die Nächte erinnerte, die wir, auf meinem Bett liegend, verbracht hatten, während das leise Flüstern des kleinen Ventilators hinter mir Worte und Laute begleitete, die nur Kael je aus meinem Mund gehört hatte … Wenn er diese Stimme hörte, meine Stimme, und sich an jene Zeiten so erinnerte, wie ich es tat, dann würde ich auf seinem Gesicht jene Trauer, jenes Bedauern entdecken, das ich mir wünschte und erwartete, das wusste ich einfach. Ich wünschte mir, bei diesem ersten Zusammentreffen die Oberhand zu haben, nachdem ich herausgefunden hatte, dass er ein manipulatives … Ich unterbrach mich in Gedanken selbst und sprach so gelassen wie möglich, während sich meine Fingernägel in meine Handflächen gruben.

»Es geht ihr gut. Wir sind hier, damit jemand nach dem Baby sieht, nachdem sie …«, begann ich, aber dann fiel mir ein, dass es ausschließlich Elodies Sache war, ihm alles zu erklären.

Es war nicht meine Aufgabe, Kael davon zu berichten, dass sie eine Panikattacke gehabt oder ihr Bauch sich verkrampft hatte oder so etwas. Ich hätte in diesem Moment einfach antworten sollen, dass wir uns im Augenblick nur um unsere beiden besten Freunde kümmern mussten und deshalb keine Zeit zum Reden war. Aber aus welchem Grund auch immer standen wir nur da, sahen uns wie Duellierende im Wilden Westen in die Augen und warteten darauf, dass einer von uns als Erster das Feld räumen würde.

»Ist irgendwas passiert?«, fragten Kael und Mendoza gleichzeitig.

»Wir wissen noch nichts Genaues. Und sie hat auch noch nicht mit ihrem Mann gesprochen. Du solltest also abwarten, bis sie es getan hat«, antwortete ich mit einer Stimme, die sich anhörte, als hätte ich diesen einzelnen Satz eine ganze Woche lang auswendig gelernt. Ich klang wie ein nerviger, verdammter Idiot, aber ich konnte nicht anders.

Kael nickte nur und wandte den Blick wieder Austin zu.

»Natürlich. Geht es El gut?«, fragte er, und seine Zuneigung zeigte sich in der Art, wie er ihren schönen Namen aussprach.

Während Austin ihm schilderte, was passiert war, tat mir das Herz weh. Alles in mir schien zusammenzuschmelzen, als ich in sein gefühlloses Gesicht blickte, während er Austin zuhörte. Offensichtlich lag ihm Elodie und ihr Baby am Herzen, aber er war beherrscht, schaurig beherrscht. Austin wiederum ließ, wie ich gehofft hatte, viele Details aus, wie zum Beispiel das ganze Drama um die Facebook-Sache und ihre Eltern.

»Es hat uns Angst gemacht, aber jetzt geht es ihr gut, glaube ich«, sagte Austin schließlich.

»Hoffentlich«, fügte er hinzu und wischte sich den Schweiß von der Stirn.

Kael nickte kühl. Das Gesicht eines Soldaten im Dienst. Warum würdigte er mich nicht eines einzigen Blickes? Mein Mund war ganz trocken, als Austin ihn etwas fragte, das ich nicht verstand, denn meine Gedanken waren überall verstreut, schwirrten in meinem Kopf umher.

Meine Augen konzentrierten sich auf seinen Mund, sein markantes Kinn. Er war frisch rasiert, wirkte jugendlich im Gegensatz zu mir. Ich hatte jede Menge Pickel bekommen und kaum Make-up aufgelegt in der Hoffnung, dass es dann schneller verheilte. Er sah aus, als hätte er mindestens acht Stunden geschlafen, danach einen Kaffee getrunken und würde sich nicht die geringsten Sorgen machen. Ich hätte mich schminken sollen. Ich hatte nicht erwartet, auf Kael zu treffen. Oder überhaupt irgendjemanden zu sehen oder irgendwo anders hinzugehen, als in meinen dämmrigen, von Kerzen erleuchteten Behandlungsraum im Salon. Ich hatte mein Haar am Hinterkopf zusammengebunden. Oben war es immer noch ein bisschen gräulich, weil ich das Trockenshampoo nicht richtig verteilt hatte, und der Haaransatz war nach dem Regen immer noch nicht ganz getrocknet. Meine Augen waren geschwollen, weil ich zu wenig geschlafen hatte und mich zu nichts mehr aufraffen konnte. Kael hingegen sah aus wie das blühende Leben.

Sogar im grellen Licht des sterilen Krankenhauses schien Kaels dunkle Haut förmlich zu glühen. Das mintgrüne Sweatshirt stand ihm großartig, genau wie die schwarze Baumwoll-Jogginghose. Sie lag eng an seinem Körper an, umspannte seine muskulösen Schenkel und hing perfekt auf seinen Hüften. Ich liebte es, dass normale Straßenklamotten an ihm immer so gut aussahen.

Meine Finger zuckten, als ich die Narbe über seiner dichten Augenbraue entdeckte, und ich musste daran denken, wie weich sie sich unter meinen Fingerspitzen angefühlt hatte. Ich hatte das Gefühl, ihn seit Monaten nicht mehr gesehen zu haben, nicht erst seit Wochen. Seine weißen Sneakers waren anscheinend nagelneu.

Meine Arbeitsschuhe waren schmutzig und nicht richtig zugebunden. Im Gegensatz zu seinem lässigen und doch so makellosen Erscheinungsbild kam ich mir total schlampig vor. Obwohl ich mich beschissen fühlte und auch so aussah, wünschte ich mir ein Zeichen von ihm, dass er mich überhaupt wahrnehmen *wollte*.

Schließlich sah er mich an, und ich versuchte, gelassen zu bleiben. Aber dann wandte er sich schnell wieder meinem Bruder zu. In der unbarmherzigen Beleuchtung dieses schrecklichen Raums schien er mich absichtlich fallen zu lassen wie eine heiße Kartoffel. Verfluchter Mistkerl.

In meinem Kopf überschlugen sich eine Million Dinge, die ich zu ihm hätte sagen können. Nichts davon hätte uns weitergebracht, aber alles hätte sich so verdammt gut angefühlt. Mendoza hatte mich beobachtet, während ich Kael so verzweifelt musterte. Sein Gesichtsausdruck bestärkte mich in dem Gefühl, erbärmlich zu sein.

»Wie ist es dir ergangen, Karina?«, fragte er, und seine braunen Augen blickten leicht verhangen.

Ich schluckte, versuchte etwas Spucke in den Mund zu bekommen. »Hmm, gut, Mendoza. Viel Arbeit. Und dir?«

Kael sah mich wieder an, aber diesmal brachte ich die Kraft auf, seinen Blick nicht zu erwidern.

»Schön. Mir geht's besser.« Mendoza lachte düster. Seine Augen blickten ins Leere, als könne er mich gar nicht richtig ansehen, auch wenn er es versuchte. Ganz schön beunruhigend.

»Grüß Gloria von mir, ja?« Ich kannte sie nicht gut, aber wahrscheinlich hätte ich sie sehr gemocht, wenn wir mehr miteinander zu tun gehabt hätten.

Mendoza war älter als wir alle und hatte viel mehr Verantwortung, aber er schien nicht annähernd so verantwortungsbewusst wie Kael zu sein. Deutlich zu erkennen an diesem blutdurch-tränkten Shirt um seinen Kopf, dem Geruch nach Limette und Schnaps, der von ihm ausging, und dem leicht weggetretenen Lächeln auf seinem Gesicht.

»Was ist mit deinem Arm passiert?«, fragte ich ihn.

Kael hinderte ihn an der Antwort. »Wir müssen los. Ich schreibe dir«, sagte Kael zu Austin.

Dann wandte er sich ab, ohne mir auch nur noch einen einzigen, kleinen Blick zuzuwerfen.

Mendoza folgte ihm zur Rezeption, wobei er seine verletzte Hand mit der anderen festhielt. Seine dunklen Augen waren rot gerändert, und er sah aus, als hätte er nicht die leiseste Ahnung, wo er war. Wie er da so ins Leere starrte, während Kael mit der Krankenschwester sprach, überlief mich ein Schauder, den ich nicht abschütteln konnte.

9

»Wie gut kennst du Mendoza?«, fragte ich Austin, als wir den Parkplatz überquerten.

Der Regen hatte aufgehört, würde aber sicher bald erneut einsetzen. Der Himmel hatte die Farbe eines Flussfelsens. Diese Farbe beruhigte mich, nachdem der Schreck, auf Kael zu treffen, nachgelassen hatte und sich jetzt langsam in brodelnden Zorn verwandelte. Ich öffnete die Tür an der Fahrerseite und ließ mich auf den Sitz sinken. Ich hielt die kalten Metallschlüssel in der Hand, aber noch war ich nicht bereit abzufahren. Ich musste zunächst noch mal durchatmen. Normalerweise pflegte ich den Kopf in den Sand zu stecken und so zu tun, als existiere die Welt da draußen gar nicht, aber diesmal brauchte ich Antworten.

»Ganz gut, schätze ich.« Er zuckte mit den Schultern. »Nicht so gut, wie Martin ihn kennt, aber trotzdem stehen wir uns ziemlich nahe.« Austin kurbelte sein Fenster ein wenig herunter, um die kühle Luft hineinzulassen. Trotz der Feuchtigkeit war die vom Regen gereinigte Luft, die ins Auto drang, durchaus wohltuend.

»Was ihm wohl passiert ist?« Ich schwieg einen Moment lang. »Mendoza, meine ich.«

»Meinst du im Allgemeinen? Oder gerade eben?«, fragte er.

»Beides?«

»Na ja, keine Ahnung, was *heute* passiert ist. Anscheinend hat er sich mit jemandem geprügelt oder so. Und insgesamt hat er … na ja, er hat eine verdammt ätzende PTBS. Sie haben da drüben viel Scheiß erlebt.« Ich wusste, dass er mit »sie« auch Kael meinte. Ich war froh, dass er seinen Namen nicht aussprach. Irgendwie wäre es dann noch schlimmer gewesen, dabei war meine Haut jetzt schon eiskalt.

Er fuhr sich mit den Fingern durch das sandfarbene Haar, das ihm beinahe bis zu den Ohren reichte. Für seine Verhältnisse war das lang. Aber in der Armee würden sie es ihm schon bald abrasieren.

»Mendoza ist in letzter Zeit ziemlich im Arsch. Ich kenne ihn gar nicht anders, aber Martin sagt, dass es seit dem Zeitpunkt meiner Rückkehr aus South Carolina noch deutlich mit ihm bergab gegangen ist. Er hat es momentan echt schwer. Alle sagen, dass seine Frau ihn verlassen wird, wenn er sich nicht bald zusammenreißt. Aber es ist hart. Er strengt sich an, aber was soll er dagegen machen? Wenn er es jemandem erzählt, sperren sie ihn irgendwo ein … und wenn er es nicht erzählt, macht er weiter so einen Mist wie jetzt.«

Austin klang gerade erwachsener, als ich ihn jemals, in unserem *ganzen* Leben, hatte reden hören. Vielleicht war er doch bereit, Soldat zu werden?

»Wie viele Einsätze hat er hinter sich? Diesmal ist er mit Kael zurückgekommen, stimmt's?«, fragte ich.

Mein Bruder schien über die Männer erheblich mehr zu wissen als ich selbst. Manchmal war ich ganz durcheinander und wusste nicht mehr, wer wann wohin entsandt worden war, wie sie mit Nachnamen hießen und welche Dramen sich bei den Einzelnen abgespielt hatten. Und während unserer kurzen Beziehung war Kael ja auch nicht gerade ein offenes Buch gewesen.

Er redete nicht gern über die Army oder darüber, was er getan oder gesehen hatte. Ich selbst hatte ihm quasi einen ganzen Roman über mich zu lesen gegeben. Mir hatte er als Abschiedsgeschenk nicht mal eine armselige Gebrauchsanleitung hinterlassen. Und er hatte es noch nicht mal fertiggebracht, mir im Krankenhaus länger als eine Sekunde in die Augen zu sehen.

»Ja. Mendoza und Martin wurden zusammen wegen ihrer Verletzungen nach Hause geschickt. Phillips' Verletzungen waren anscheinend nicht ganz so schlimm, aber ich hab gehört, als ihr Geländewagen Feuer fing ...« Austin unterbrach sich und hustete.

»Rauchst du noch?«, fragte ich ihn.

»Psst. Jedenfalls kenne ich Phillips nicht allzu gut, aber er war Kaels Battlebuddy.«

Ich seufzte. Schon jetzt beherrschte Austin den Soldatenjargon im Schlaf. Ich schaltete den Motor ein und bog auf die Straße ein, schaltete das Radio an.

»Battlebuddy? Du benutzt ja schon Soldatensprache – und warte. Ist Phillips Nachname Phillips oder ist sein Vorname Phillip?« Mir war nie der Gedanke gekommen, dass Elodie ihren Mann genau wie die Soldaten vielleicht beim Nachnamen anreden könnte und ihn deshalb Phillip nannte.

Austin lachte. »An die Soldatensprache sind wir zwei doch von Kindesbeinen an gewöhnt. Auch du. Und sein Name ist Phillip Phillips.« Er lachte leise. »Wie dieses Mädchen auf der Highschool, Kristy Kristie.«

Ich lächelte darüber. Austin drehte das Radio so leise, dass ich gar nichts mehr hören konnte.

»Da kann einem Elodie aber leidtun«, witzelte ich. »Was war mit Mendoza, wurde er verletzt, oder leidet er nur an einer posttraumatischen Belastungsstörung?«

»*Nur* PTBS ist vielleicht die falsche Formulierung. Du weißt ja, dass so ein Trauma ganz schön heftig sein kann, viel schlimmer als etwas Körperliches …« Er holte eine kleine E-Pfeife aus der Tasche und zog daran. Der Dampf erfüllte mein Auto.

»Hey!« Ich kurbelte das Fenster ganz herunter.

»Ich habe mit dem Zigaretten-Rauchen aufgehört. Du solltest stolz auf mich sein.«

Ich seufzte, und er zog erneut an seiner Pfeife. »Bin ich, aber rauchen tust du immer noch.«

»Warum interessierst du dich eigentlich so für Mendoza?«, fragte er und leckte sich über die Lippen.

»Ich bin einfach …« Ich dachte fieberhaft über eine Antwort nach, irgendwas zwischen Lüge und Wahrheit. »Ich will es einfach wissen. Das sind immerhin jetzt deine Freunde.«

»Kare, beim Militär passiert jede Menge Mist, ja. Und wenn du danach suchst, dann findest du auch welchen. Aber insgesamt ist das Leben dort leichter. Strukturiert, mit täglichen, heißen Mahlzeiten. Ich wünschte, du würdest einfach nur an das Gute denken und nicht dauernd über das Schlechte nachgrübeln.«

So also würde unsere Beziehung in nächster Zeit laufen: Ich würde stets zwischen meinen Gefühlen hin und her gerissen sein. Damit Austin zu mir offen war, musste ich seine Entscheidung akzeptieren und auf das Beste hoffen. Andererseits war ich immer noch stinksauer. Ich konnte nichts daran ändern, egal, wie sehr ich versuchte, dieses Gefühl beiseitezudrängen.

»Ich frage, weil ich wissen will, ob es ihm gut geht. Ich mache mir Sorgen um Mendoza. Kael ist immer bei ihm, hilft ihm bei einem seiner Zustände oder redet so lange auf ihn ein, bis er sich wieder beruhigt hat. Wenn seine Frau ihn verlässt …« Ich versuchte, den Kloß im Hals herunterzuschlucken. »Das wäre entsetzlich.«

»Ja. Er wird sicher total ausrasten, wenn Gloria ihm den Laufpass gibt. Ich hoffe, sie macht das nicht. Sie haben drei Kids, und keiner kommt so gut mit ihm klar wie sie. Außer Martin.«

Ich spürte Austins Blick auf mir, sah aber weiter unverwandt auf den Highway.

»Das alles kann verdammt hart sein. Diese Art zu leben. Wir sind damit aufgewachsen. Wir wissen es besser als jeder andere«, sagte er. »Aber ich habe mich nur für drei Jahre verpflichtet. In der Zeit kriege ich das Geld fürs College zusammen und habe ein Dach über dem Kopf. Ich kann mir ein Auto kaufen. Also hör auf, dir Sorgen um mich zu machen. Hör zu, es tut mir leid, dass ich es dir verheimlicht habe, und wenn ich die Zeit zurückdrehen könnte, würde ich es dir gleich erzählen. Aber das ändert nichts an der Tatsache, dass ich auf jeden Fall gehe.«

Ich konnte nicht mit ihm streiten. Ich war traurig, angepisst, dachte immer noch an Mendoza und daran, wie Kael sich in sein Leben eingemischt hatte.

»Ich kapiere, wie du in Bezug auf die Army empfindest. Ich war ja der gleichen Meinung, das weißt du. Aber ich habe einfach nicht das Geld, um aufs College zu gehen.«

»Wir hatten beide Berufsstipendien«, erinnerte ich ihn. »Ich habe meins genutzt.«

Er verdrehte die Augen und lehnte sich auf seinem Sitz zurück. »Ja, ich weiß. Du bist ja auch klüger als ich. Ich bin kein Bücherwurm, dafür aber ein Versager. Ich bin derjenige, der einmal im Knast gelandet und …«

»Beinahe zweimal. Durch dich wurde Kael verhaftet und angegriffen.«

»Das war nicht meine Schuld!«

»Es war nicht deine Schuld, dass sie ihn gleich in die Mangel genommen haben. Aber es war durchaus deine Schuld, dass wir überhaupt da waren. Nämlich um deinen Arsch zu retten.«

Austin warf die Hände in die Höhe. »Tut mir leid, okay! Ich wollte eben nicht zulassen, dass ein Mädchen von ihrem Freund bedroht und belästigt wird, und ich wusste nicht, was ich sonst hätte tun sollen.«

Ich konnte mich an die verschwommenen Gesichter des jungen Militärpolizisten in jener Nacht kaum erinnern, dafür aber umso klarer daran, wie sie ihre schwarzen Schlagstöcke durch die Luft geschwungen hatten, bevor sie auch nur eine einzige Frage gestellt hatten. Kaels Stimme hallte in meinem Kopf wider: *Das passiert, wenn man jungen Männern beibringt, wie man tötet, aber nicht, wie man sich selbst beherrscht.*

Kael hatte versucht, Austin aus diesem Schlamassel herauszuhelfen, und hatte sofort im Kreuzfeuer gestanden.

»Ich hab doch schon gesagt, dass mir das leidtut. Hör zu, Kare, ich versuche ja mein Bestes, okay? Und zugegeben, ich vermassele es immer wieder, aber es geht schon viel besser als damals, als ich bei Onkel Mike wohnte.«

Ich drückte aufs Gaspedal, um auf die Überholspur zu wechseln, und dachte über die Worte meines Bruders nach.

»Du musst lernen, den Dingen ihren Lauf zu lassen, Kare. Echt. Ich weiß, dass du sauer bist, weil ich dir nichts erzählt habe und du es auf die beschissene Art herausgefunden hast, aber wir sind keine Kinder mehr, und ich kann Versprechen nicht halten, die ich gegeben habe, noch bevor ich überhaupt wusste, wie das Leben für mich sein würde, wenn ich auf mich allein gestellt bin.«

»Das hab ich kapiert. Aber trotzdem lässt sich das alles nicht rückgängig machen. Genauso wenig wie die Tatsache, dass Kael dir geholfen und mir nichts verraten hat. Ich dachte, ich könnte ihm vertrauen …«

»Karina, du vertraust doch niemandem. Wach auf! Und in Wirklichkeit macht dich das doch am allerwütendsten – dass er seine Finger da mit im Spiel hatte.« Mein Bruder zog die Augenbraue hoch und rauchte immer noch seine Juul.

Er sprach weiter. »Martin ist ein feiner Kerl. Ich hab dir das schon mal gesagt, und ich sage es noch mal. Er sorgt für uns. Für uns alle. Schau dir nur an, wie er mit Mendoza umgeht. So ist er zu jedem. Nur durch ihn bin ich bei einem guten Rekrutierer gelandet, mit dem er befreundet ist. Du darfst ihm deshalb nicht die Hölle heißmachen. Du suchst doch nur nach einem Grund, um ihn zu hassen.«

»Ich glaube nicht, dass ich dafür einen Grund brauche.«

Austin schnaubte und schüttelte den Kopf.

Da war er wieder, der Stachel des Verrats. Ich hatte Kael Einblick in mein Innerstes gewährt, hatte ihm meine Geheimnisse anvertraut. Er wusste verdammt gut, wie ich reagieren würde, wenn mein Bruder seine Freiheit einfach so aufgab und zur Armee ging, und trotzdem hatte Kael ihm geholfen. Wahrscheinlich war ihm Austin wichtiger als ich. Diese Erkenntnis tat höllisch weh.

»Na ja, dann bin ich ja froh, dass du einen derart guten Freund gefunden hast«, sagte ich so sarkastisch ich konnte.

Teilweise wurde mir ja durchaus warm ums Herz, wenn ich sah, wie mein Bruder für Kael empfand. Wenn er über ihn sprach, hatte seine Stimme eine Sicherheit, von der ich wusste, dass Austin sie brauchte. Er gehörte zu den Menschen, die in Gesellschaft anderer zur Höchstform aufliefen. Darin unterschieden wir uns; auch das hatte er von unserer Mom geerbt.

»Kare. Du willst ihm doch sowieso keine faire Chance geben.«

Ich war froh, dass wir beinahe zu Hause waren, denn mein Bruder machte mich immer saurer, je länger er sprach, dabei gab ich mein verdammt Bestes, um verständnisvoll zu reagieren.

»Darum geht's gar nicht. Ich mache mir Sorgen um dich. *Er* interessiert mich einen Scheißdreck«, versicherte ich ihm und mir selbst.

Austin verdrehte die Augen, durchschaute meine Lüge mühelos, aber ich fuhr fort: »Es ist nicht alles schwarz und weiß. Ihr habt mich beide angelogen, und jetzt gehst du fort, obwohl du doch gerade erst hier angekommen bist. Ich bin allein mit Dad und Estelle und manchmal mit Elodie, und du gehst einfach wieder weg, und zwar nicht aufs College oder weil du irgendwo einen Job hast – du gehst zur verdammten Armee. Und wenn du da mal drin bist, dann kannst du nicht einfach kündigen oder weglaufen. Die Chancen, dass du dann wieder rauskommst, stehen grottenschlecht, und das weißt du.«

»Das stimmt gar nicht. Es passiert doch alle naselang, dass die Leute eine Dienstzeit ausharren und dann wieder die Biege machen. Außerdem: Hast du auch nur ein einziges Mal darüber nachgedacht, dass das hier gut für mich sein könnte?« Austin schürzte die Lippen und sprach jetzt lauter. »Du kannst von der Army halten, was du willst, und ich weiß, dass Moms Weggang dir übel mitgespielt hat – mir ja auch –, aber manche Leute sind beim Militär durchaus glücklich«, erklärte er und zuckte mit den Schultern. »Und ehrlich, stell dir doch mal Mom und Dad als Paar vor. Das passte doch hinten und vorne nicht. Ob Armee oder nicht, ob Entsendungen oder nicht. Ich glaube, sie wären in keinem Fall verheiratet geblieben. Man kann nicht alles der Army anlasten.«

Ich blinzelte wieder und wieder, dankbar, dass wir vor einer roten Ampel hielten. »Es wäre aber nicht das Gleiche gewesen«, widersprach ich. »Er wäre nicht so häufig fort gewesen, und sie wäre nicht so einsam gewesen. Das war für sie der Auslöser – die Einsamkeit.«

»Ja genau, sie war einfach nur einsam. Dass sie und Dad einander hassten, hat keine Rolle gespielt«, er schnaubte.

»Einsamkeit ist hart, Austin. Sie zerfrisst einen bei lebendigem Leibe. Das Gefühl, immer allein zu sein. Ohne Freunde, ohne Familie.« Ich holte tief Luft.

»Ja, hmm, für manche Leute ist das auch gut«, widersprach Austin.

Wie konnten Zwillinge nur so verschieden sein?

Ich war nicht sicher, ob ich jetzt immer noch über meine Mom sprach. Die Ampel schaltete auf Grün, und ich bog in die kleine Straße ein, die an meinem Haus entlangführte. Wir hatten uns mittlerweile beide ein bisschen in Rage geredet, aber meine Güte, tat das gut, dass wir ehrlich zueinander sein konnten und mal richtig über unseren Mist reden konnten, ihn ausnahmsweise mal nicht ignorierten.

»Ich bin einsam«, antwortete er. »Ich bin buchstäblich heimatlos, und eine Woche nach meiner Ankunft hier ging auch noch mein Auto kaputt.«

Er lachte. Er ging locker damit um, aber es war die bittere Wahrheit.

»In der Army werde ich Freunde finden. Zum Teufel, vielleicht werde ich sogar hier stationiert. So was kommt vor. Martins Heimatstadt ist nur etwa hundert Meilen entfernt.«

Ich dachte darüber nach. Da er zur Infanterieeinheit kommen würde, bedeutete es, dass er entweder in Fort Hood oder hier landen würde. Zumindest behauptete jedermann, dass die meisten Infanteriesoldaten dorthin geschickt wurden.

»Zum Teufel, vielleicht lande ich ja auch auf Hawaii, und du kannst mich dort am Strand besuchen kommen und Rum aus Kokosnüssen trinken?«

Er lächelte. Ich sah nur noch das jungenhafte Lächeln aus

unserer Kindheit. Er hatte sich seither so sehr verändert, aber egal wie männlich er mittlerweile auch aussah, für mich würde er immer der schelmische Teenager bleiben. Er war vor mir in die Pubertät gekommen und hatte immer erheblich älter ausgesehen als ich, egal wie sehr wir uns ähnelten.

»Das wäre schön. Aber was, wenn sie dich gleich sonst wohin schicken?«

»Und was, wenn du gleich von diesem Truck überfahren wirst, der gerade rückwärts aus der Parklücke kommt?«

Ich trat voll in die Bremsen, als Bradley, der Besitzer des Matratzenladens, in weniger als drei Meter Entfernung seinen riesigen Truck zurücksetzte.

»Was-wäre-wenn ist nicht unbedingt ein Leitfaden fürs Leben, Kare. Du machst dich noch verrückt, wenn du dir ständig Sorgen darum machst, was passieren könnte.«

So war ich aber schon immer gewesen. Keine Ahnung, wie man das abstellte.

Aber wenn ich wollte, wusste ich genau, wie man so tat, als sei alles in Ordnung.

»Na gut. Ich höre auf, sauer auf dich zu sein, wenn du auf Hawaii oder hier stationiert wirst. Wenn du aber nach Texas geschickt wirst, hast du's versemmelt.«

»Texas wäre doch auch gut. So weit ist das doch gar nicht.«

»Keinesfalls. Ich gehe nicht wieder nach Texas.«

Schlagende Türen, Geschrei, meine Mom, die auf der Veranda weinte und das Quietschen der Metallfedern, die die Schaukel hielten, hallten in meinem Kopf wider, als ich an diesen Lone Star State dachte.

»Du hast Texas geliebt. Weißt du nicht mehr, wie viel *Spaß* wir dort hatten?«, fragte er mit gespielter Unschuldsmiene.

Ja, Austin. Ich erinnere mich an all die jämmerlichen Partys, zu denen du mich mitgeschleppt hast. All die ekligen Jungs, die viel zu alt waren, um mich anzubaggern. All die Mädchen, die aufhörten, nett zu mir zu sein, nachdem du ihnen den Laufpass gegeben hattest.

Doch das alles sprach ich so nicht aus. Wir parkten jetzt in meiner Auffahrt, und ich musste zur Arbeit.

Ich löste meinen Gurt. »Nein. Dorthin kehre ich nie wieder zurück.«

Er lächelte. »Nicht mal nach Austin? Das ist immerhin meine Stadt, weißt du noch?«

»Ah, wieder so eine von Moms Geschichten.«

Unsere Mutter liebte es, uns über allerlei Kleinkram irgendwelche Geschichten zu erzählen. Sie hätte Schriftstellerin werden sollen mit dieser Fantasie, die manchmal so blühend war, dass sie zwischen Fiktion und Realität kaum mehr unterscheiden konnte. In dieser speziellen Geschichte ging es darum, dass Austin, die texanische Hauptstadt, eigentlich nach meinem Bruder benannt worden war. Ihrer Legende zufolge war es monatelang mit dem Staat bergab gegangen. Mit seiner Geburt hatte sich das geändert, sodass irgendein Bürgermeister oder Senator die Stadt nach ihm getauft hatte, und das, obwohl wir Zwillinge und nur wenige Sekunden nacheinander zur Welt gekommen waren.

Aber Austin sollte seine Stadt haben, denn ich hatte schließlich eine eigene Insel irgendwo vor der Küste Floridas, die eigens nach mir benannt worden war. Sie hatte weiße Sandstrände, und darauf stand ein Schloss, das wiederum den Namen meiner Mutter trug. Sie erzählte mir sogar Legenden und Geheimnisse über unsere Insel, noch lange, nachdem ich schon gar nicht mehr daran glaubte. Ich musste schwören, es niemandem zu erzählen, nicht mal meinem Bruder. Als ich mich einverstanden erklärte, erzählte sie mir Geschichten von Königinnen, die ihren Namen trugen, die aber auch planten, von ihrer heimatlichen Insel zu fliehen. Heute klingt das alles albern, aber wenn ich heute über die gefangene Königin nachdachte, erkannte ich, dass die Bedeutung der meisten ihrer Geschichten damals über mein Fassungsvermögen hinausging.

»Manchmal waren ihre Lügen gar nicht so schlimm«, sagte Austin, während ich mir über die Augen wischte.

Ich weinte zwar nicht, spürte aber, wie die Tränen in mir aufstiegen.

»Erinnerst du dich an die über Grandma, die in Wirklichkeit ein verkleideter Drache war?«, lächelte er, und jetzt musste ich heftig blinzeln.

Ich atmete tief aus. »Die Geschichten waren wohl ihre Art, mit allem klarzukommen.«

Wir schwiegen, beide gedanklich ganz in der Vergangenheit versunken.

Wann immer ich an meine Mom dachte, fühlte ich einen Stich in der Magengrube. Die guten Erinnerungen unterschieden sich so sehr von den schlechten. Es war, als hätte es zwei von ihr gegeben, als hätte sie *auch* einen Zwilling gehabt. Die schlechten Zeiten ließen sich leicht verdrängen, und mittlerweile hatte ich mich emotional weitgehend davon gelöst. Ich hatte lange gebraucht, aber in den letzten drei Jahren hatte ich sie aus meiner Erinnerung gerissen, eine nach der anderen. Die guten Zeiten – wenn wir gelacht hatten, bis uns der Bauch wehtat, während wir mit Selleriestangen die Erdnussbutter direkt aus dem Glas löffelten – ließen sich viel schwerer löschen. Sie blieben haften, egal wie sehr ich daran zog und zerrte, setzten mir so lange zu, bis ich meine Mom wieder vermisste, wodurch es nur noch schlimmer wurde.

Ich sah zu Austin auf dem Beifahrersitz hinüber. Er blickte zur

Windschutzscheibe hinaus, und ich fragte mich, an welche Version unserer Mom er jetzt wohl dachte. Ich selbst erinnerte mich gerade an die, die so voller Leben war und unsere Reise zu meiner Insel plante.

Sie lag vor der Küste Floridas, hatte sie gesagt. Sie war atemberaubend schön, und die Sonne war dort so warm, wie die Menschen freundlich waren, hatte sie lächelnd hinzugefügt. Mit leiser, sehnsüchtiger Stimme sprach sie von dem verborgenen Strand auf unserer Insel, von der aus man die leuchtendsten Sterne im dunkelsten Himmel erkennen konnte. Sie erhellten die Nacht wie nichts, das das menschliche Auge je gesehen hatte, und sie versprach mir, mich eines Tages dorthin zu bringen.

»Doch wenn wir einmal dort sind, können wir nie mehr zurückkehren«, sagte sie dann, während ihre Finger mit meinen Haarspitzen spielten.

»Kann Austin mitkommen?«, fragte ich sie einmal. Ich erinnerte mich jetzt deutlich, wie ihr Gesicht sich verändert hatte, als sie wie immer von der Schaukel auf der Veranda zum Haus zurückblickte.

»Ich glaube eher nicht«, antwortete sie mir, und ich folgte ihrem Blick zum Wohnzimmerfenster, hinter dem mein Bruder und mein Vater sich ein Footballspiel ansahen, miteinander schwatzten und lächelten und sich Chips mit Dip in den Mund schaufelten.

Kurz bevor ihr Zusammenleben mit uns endete, fing sie wieder an, in mein Zimmer hineinzuplatzen. Nicht ständig, aber wieder häufiger. Ich war meist verdammt müde von der Schule und der Arbeit, aber ich blieb trotzdem auf, um Zeit mit ihr verbringen zu können. Dann bat sie mich, ihr von unserer Insel zu erzählen, nun, da ich mich darum kümmerte.

Wie ging es den Menschen dort?

Tanzten wir auf dem warmen Sand, während die Sonne im Ozean verschwand?

Sie wollte jede Einzelheit wissen. Sie wollte sich betäuben.

So kam sie mit der Wirklichkeit am besten zurecht. In meiner Jugend interessierte ich mich immer mehr für Psychologie und dafür, warum Menschen so und nicht anders waren. Ich las Bücher und durchforstete das Internet nach Fakten, nach Gründen, die dem menschlichen Verhalten zugrunde lagen, das ich täglich vor Augen hatte. Je mehr ich lernte, umso klarer wurde mir, dass meine Mom so tun musste, als ob alles immer noch gut war, wie damals, als ich noch ein kleines Mädchen gewesen war. Damals, als alles noch besser lief. Sie bat mich dann mit von Alkohol schwerem Atem, sie von hier fortzubringen mit den Geschichten, die sie mir früher erzählt hatte. Ich begann sie dann tatsächlich für sie herzusagen, aber nach ein paar Zeilen übernahm sie das Ruder.

Manchmal weinte sie auch. Leise, aber ich spürte, wie ihre heißen Tränen auf meinen Arm tropften und wie ihr Körper in der Dunkelheit erbebte. Ich sagte ihr dann, wie froh ich war, dass sie wieder zu mir gekommen war, dass das letzte Mal schon viel zu lange her war. Es brachte sie zum Lächeln, wenn ich ihr versicherte, dass das Wasser am Ufer der Insel warm war und dass es den Menschen dort gut ging. Sie sagte, sie vermisse die Jahreszeiten und hasse das feuchte Klima, in dem wir lebten. Ich nahm den Faden der Geschichten dort wieder auf, wo sie ihn fallen gelassen hatte, und streichelte ihren Haaransatz, bis sie wieder etwas sagte.

Die Geschichten wurden umso düsterer, je trauriger sie war.

Nach besonders quälenden Geschichten konnten wir häufig nicht einschlafen, und sie blieb dann in meinem Zimmer. Mehr Aufmerksamkeit würde ich so bald nicht von ihr bekommen, weshalb ich mich sogar irgendwie nach diesen dunklen Legenden sehnte.

Sie war stets eine so überzeugende Erzählerin, dass ich auch in späteren Jahren, als mir schon klar war, dass die Hälfte dessen, was sie da von sich gab, nicht wahr sein konnte, immer noch darum bat, mir ihre Geschichten anhören zu dürfen. Es machte Spaß, in ihrer Wirklichkeit zu leben, egal, wie dunkel es manchmal darin sein mochte. Als ich älter wurde und wir in Georgia stationiert waren, schlief sie immer häufiger auf der Veranda, und ich spürte, wie sie in ihre eigene Welt entglitt und dort erheblich mehr Zeit verbrachte als in unserer.

»Was meinst du, wo sie jetzt gerade ist?«, fragte ich. Im Grunde fragte ich weder meinen Bruder noch mich selbst. Vielmehr wandte ich mich mit meiner Frage ans Universum.

»Keine Ahnung.« Austin sah mich nicht an. »Aber eins steht verdammt noch mal fest: Sie ist nicht hier.«

10

»Ist es okay, wenn ich ein paar Stunden hierbleibe?«, fragte Austin, setzte sich auf meine Couch und kratzte sich am Kopf. »Die Nacht würde ich dann woanders verbringen. Ich brauche jetzt nur eine Dusche und eine Mütze voll Schlaf?«

»Ja. Ich muss sowieso zur Arbeit«, antwortete ich. »Schließ die Tür ab, wenn du gehst, und schlaf nicht in meinem Bett.«

Ich lachte dabei, meinte es aber ernst. Ich hatte meine Bettwäsche noch nicht wieder gewaschen, seit Kael zum letzten Mal hier übernachtet hatte, und ich wollte niemand sonst in meinem Bett haben.

Herrje, anscheinend machte ich mir dauernd etwas vor. Ich war einfach besessen von ihm.

Austin stellte keine Fragen. »Mach ich nicht. Ich schlafe auf der Couch oder im Sessel.«

Das Bild von Kaels schlafender Gestalt in meinem Sessel zuckte mir durchs Hirn, aber ich ignorierte es. Ich bat Austin, tatsächlich auf dem Sessel zu übernachten, da Elodie wahrscheinlich bald wieder nach Hause kam und sich dann sicher hinlegen musste. Ich musste so schnell wie möglich zur Arbeit, um mich abzulenken. Der heutige Tag war bestimmt einer der chaotischsten meines Lebens.

»Ich muss los. Meine Chefin wetzt schon die Messer, um mich umzubringen.«

Austin lächelte traurig. »Danke, Schwesterherz.«

Er wusste, dass wir noch eine ganze Weile nicht mehr wie früher miteinander umgehen würden, dass ich aber trotzdem immer hinter ihm stehen würde, wenn es hart auf hart kam. Das hatte ich immer schon getan und konnte mir nicht vorstellen, dass sich das je ändern würde, auch nicht nach dieser Army-Geschichte.

»Sag nicht *Schwesterherz* zu mir. Ich bin noch lange nicht damit fertig, sauer auf dich zu sein. Ich habe nur im Moment nicht die Kraft, weiter mit dir herumzustreiten. Und noch mal: Vergiss nicht, die Tür abzuschließen.«

In diesem Augenblick klingelte Austins Handy in seiner Tasche. Er zeigte mir das Display und ignorierte den Anruf.

»Na toll.« Ich verdrehte die Augen beim Anblick von Kaels Nachnamen.

»Er ist ein anständiger Kerl und hilft mir viel«, verteidigte mein Bruder ihn.

Ich schnaubte. »Ja. Er ist toll. Und wenn er so toll ist, warum hat er mich dann eben im Krankenhaus total links liegen lassen?«, rutschte es mir heraus. »Er hat noch nicht mal den Versuch gemacht, sich bei mir zu entschuldigen. Oder auch nur mit mir zu reden. Er hat so getan, als sei ich gar nicht da.«

»Und was hast du gemacht? Warst du nur freundlich und nett zu ihm?«

Wütend erwiderte ich: »*Er* ist derjenige, der im Unrecht ist. *Ich* habe ihm schließlich nichts verheimlicht.«

»Jeder hat irgendwelchen Mist, mit dem er hinterm Berg hält. Vielleicht hat er es zu deinem Besten getan, so wie ich.«

Ich sah ihn an, ein bisschen verblüfft, weil er dermaßen sicher klang und sein Gesicht dabei auch noch total entspannt war.

»Es hat keinen von euch beiden zu kümmern, ob es zu meinem Besten ist oder nicht. Und nicht jeder erzählt Lügen, Austin«, antwortete ich und rieb mir über die Arme, auf denen sich eine Gänsehaut gebildet hatte.

Er nickte. »Doch, das tut jeder.«

Ich wusste nicht, was ich darauf antworten sollte. Das Verhalten meines Bruders hatte sich in den wenigen Wochen seit seiner Rückkehr aus South Carolina definitiv verändert. Er war erwachsener als früher. Ich wusste allerdings nicht, ob ich das gut oder schlecht finden sollte. Als er heute an meinem Haus angekommen war, hatte er die Schultern hängen lassen und die Augenbrauen gerunzelt, und ich hatte schon geglaubt, dass er wieder der gleiche, unreife Junge von früher war. Zugegeben, wir waren gerade damit beschäftigt, Elodie eilig ins Krankenhaus zu bringen. Aber seitdem wir auf Kael und Mendoza getroffen waren, schien er seine seltsame Benommenheit abgeschüttelt zu haben. Er hielt sich aufrecht und sprach klar und mit direkter Stimme.

»Ich muss jetzt wirklich gehen. Ich bin total zu spät. Vergiss wirklich nicht, meine Tür abzuschließen.« Ich klopfte auf die Taschen meiner Arbeitskleidung, um mich davon zu überzeugen, dass ich mein Handy und meine Schlüssel dabeihatte.

»Warum machst du dir solche Sorgen? Du wohnst doch in einer ruhigen Gegend.« Mein Bruder versperrte mir den Weg, als ich zum Eingang ging. »Ist irgendwas passiert, von dem ich nichts weiß?«

»Nein. Ich meine … eigentlich schon. Keine Ahnung. Wahrscheinlich bin ich nur paranoid.« Ich umrundete ihn und trat auf die Veranda hinaus. »Nicht in meinem Haus. Aber so ein Widerling kam letztens in den Salon und stellte mir Fragen über Dad, und eben erkundigte sich dieser Arzt nach dir. Eigentlich sollte ich *dich* fragen, was zum Teufel hier los ist?«

»Was für ein Typ?« Austins Stimme klang laut in der stillen

Straße. Die Sonne färbte den Himmel jetzt in leuchtendem Orange, hatte den Regen vertrieben.

»Er hieß Niel oder Nate … Neilson? Ja, ich glaube, das war sein Name. Er kam mir irgendwie bekannt vor, aber ich konnte ihn beim besten Willen nicht einordnen. Aber noch wichtiger ist, dass ich hier als Frau mit einer anderen Frau allein wohne – die zu allem Überfluss auch noch schwanger ist. Guckst du keine Nachrichten? Wir müssen unsere Tür immer abschließen.«

»Nielson! *What the fuck!*«, schrie Austin und fing an, auf der Veranda auf und ab zu gehen. »Was zum Teufel hatte er bei dir auf der Arbeit zu suchen? Er ist der Kerl, mit dem ich mich an diesem Abend mit Kael und den Militärpolizisten geprügelt habe!«

»Was? Du kennst ihn?« Ich versuchte, mir sein Gesicht an jenem Abend ins Gedächtnis zu rufen, aber meine Erinnerungen waren verschwommen.

»Ja. Nicht gut, aber er kennt mich. Und jetzt auch dich. Fuck!«

Ich wurde immer besorgter und fragte: »Ist das denn so wichtig? Ist er gefährlich oder so? Oder nur ein streitsüchtiges Arschloch?«

Austin schüttelte den Kopf. »Beides. Er weiß ein paar Sachen … über Dad. Keine Ahnung, ob alles stimmt, und ich hab mich zum Teufel noch mal wirklich rausgehalten, aber er verbreitet jede Menge Mist über Dad. Ich will, dass du dich verdammt noch mal von ihm fernhältst.«

»Was denn zum Beispiel?«

Er zögerte. »Na ja, er hat irgendeinen bescheuerten Scheiß erzählt, dass Dad einen Skandal vertuscht habe, bei dem Zivilisten ums Leben gekommen seien oder so was. Dass sein Ausscheiden nur Beschiss ist, um zu vertuschen, was da passiert ist. Das Gerücht verbreitet sich in der Militärbasis wie ein Lauffeuer.«

Hatte mein Bruder tatsächlich keine Ahnung von den Geheimnissen meines Vaters? Falls nicht, wollte ich gewiss nicht diejenige sein, die diese Schlangengrube jetzt öffnete. Schließlich war ich wirklich verdammt spät dran, musste zur Arbeit und hatte selbst keine Ahnung, wie viel Wahres an alldem dran war. Die Frage, ob mein Dad ein böser Mensch war, der für den Tod unschuldiger Menschen verantwortlich war, würde bis nach der Arbeit warten müssen oder bis zu dem Zeitpunkt, zu dem ich mein Hirn zwingen konnte, über das Ausmaß seiner Schuld nachzudenken.

»Wer ist er? Und was will er von Dad?«, fragte ich leise.

»Er ist Katies Ex.«

Ich brauchte einen Moment, um das zu verarbeiten. Das Mädchen von der Party, die mich hatte sagen hören, dass sie nichts weiter als Austins Flittchen der Woche war. Ich hatte ihretwegen ein so schlechtes Gewissen gehabt. Aber das verschwand jetzt sofort.

»Katie? Was zum Teufel hat eine deiner kleinen Freundinnen mit alldem zu tun?« Ich massierte meine schmerzenden Schläfen. Wolken schoben sich in dem Moment vor die Sonne. Das war ein Zeichen des Himmels, ganz sicher.

»Sie hat sich von ihm getrennt, und dafür macht er mich verantwortlich. Keine Ahnung, warum er Dad so hasst oder warum zum Teufel er in deinem Salon aufgetaucht ist oder woher er überhaupt weiß, wo du arbeitest. Warum hast du es mir nicht erzählt?«

»Die Frage kannst du unmöglich ernst meinen?«, blaffte ich.

Austin gab keine Antwort. So erschöpft und verstört, wie er aussah, war mir klar, dass mehr hinter der ganzen Geschichte stecken musste, als er mir erzählte. Wie hatte sich mein Leben nur dermaßen verändern können? Aus dem allerlangweiligsten Dasein war ich in dieses undurchdringliche und unbegreifliche Netz geraten.

»Noch mal, woher kennt er Dad?«, fragte ich.

»Er war mit ihnen zusammen stationiert. Er war in ihrer Einheit und ist gerade erst wieder heimgekehrt. Hat sich dahinten unerlaubt von der Truppe entfernt. Ist einfach verschwunden, und sie stöberten ihn in einem Dorf auf, wo er einfach bei den Leuten lebte. Und als sie ihn fanden, meinte er, er wolle nicht zurück. Sie sperrten ihn ein paar Tage ein, dann war er plötzlich wieder draußen, streifte durch die Straßen. Er trennte sich mehrfach von Katie, so eine typische On-Off-Beziehung, und jetzt ist er wieder da und hat den Verstand verloren.«

Plötzlich war mein Mund ganz trocken.

»Also dieser Mann, der es auf dich und Dad abgesehen hat und jetzt auch auf mich, streunt hier durch die Gegend und taucht an meinem Arbeitsplatz auf? Weiß Dad davon? Warum hast du dich mit ihm gestritten? Nur über Dad? Denn du hast damals behauptet, dass du ein Mädchen vor ihrem Freund verteidigen wolltest, nicht, dass du eine Affäre mit ihr hattest. Das sind zwei verschiedene Dinge.«

Austin rieb sich die Augen. »Ich soll dir da aber plötzlich ganz schön viel erklären.«

»Na ja, ich *will* die Erklärung. Auf der Stelle. Und schnell. Ich muss jetzt nämlich wirklich, wirklich los.« Ich blickte die Straße hinunter, die ich eigentlich schon längst hätte entlanghasten sollen, statt mit meinem Bruder in meinem Vorgarten herumzuhängen.

»An dem Abend war er ihr gegenüber total aggressiv gewesen. Er war streitsüchtig und hat ihr jede Menge Scheiß an den Kopf geworfen, und mir hinterher auch.«

»Er ist immer noch Soldat?«, fragte ich.

»Nein, na ja, im Augenblick ... schon noch. Aber sie werden ihn aus der Army entlassen. Hab ich jedenfalls gehört. Und das sollten sie auch. Ich meine, wenn er damit davonkommt, dass er sich unerlaubt von der Truppe entfernt hat, dann muss er ein paar ganz schön hohe Tiere hinter sich stehen haben.«

Mühsam versuchte ich, mich an sämtliche Details des Abends zu erinnern, an dem Kael meinem Bruder geholfen hatte, ohne dass sie einander überhaupt gekannt hatten.

»Wie kann er immer noch auf dem Militärposten leben? Kael hat mir nämlich erzählt, dass der Typ, der die Prügelei angefangen hat, da noch wohnt?«

Austin erklärte: »Er ist verheiratet.«

Was zum Teufel.

»Mit wem?«

»Mit einer anderen Soldatin. Keine Ahnung, wie es weitergeht, wenn er unehrenhaft entlassen wird und sie weiter in der Army bleibt.«

»Sollte er nicht im Gefängnis sitzen? Normalerweise kann man sich doch nicht ohne Konsequenzen unerlaubt von der Truppe entfernen.«

Das Ganze hörte sich an wie ein schlechter Film aus dem Vorabendprogramm, und je mehr Fragen ich stellte, umso verwirrender wurde das alles.

»Also Katie, dieses *süße* Mädchen.« Unwillkürlich klang meine Stimme verächtlich. Ich versuchte, mir auf das alles einen Reim zu machen. »Sie datet einen verheirateten Mann und dich? Warum hab ich mich eigentlich bei ihr entschuldigt? So jung … meine Güte. Weiß die Ehefrau davon?«

»Von der Entlassung wahrscheinlich. Ich glaube, sie ist irgendwo anders stationiert. Von Katie? Das bezweifle ich. Kare, ich will jetzt wirklich nicht mehr über Katie sprechen. Ich bin so verdammt müde. Und du kommst viel zu spät zur Arbeit.«

Austin legte den Kopf in den Nacken. Er hielt begütigend die Hände in die Höhe, damit ich nicht in die Luft ging.

»Wir können über all das auch später noch reden«, sagte er. »Geh jetzt arbeiten. Ich muss dringend schlafen, sonst falle ich hier noch um. Ich schließe auch ganz bestimmt die Tür ab.«

Ich wollte unser Drama eigentlich sowieso nicht weiter auf der Veranda besprechen. Während ich die Straße überquerte, schrieb ich Elodie und teilte ihr mit, dass ich jetzt zur Arbeit ging, für den Fall, dass sie irgendwas brauchte. Während des kurzen Weges zum Salon dachte ich wieder an Kael. Wie er mich kaum bemerkt hatte und wie kalt er gewesen war. Vielleicht hatte er nur einen peinlichen Auftritt vermeiden wollen? Oder vielleicht hatte er einfach nicht gewusst, was er sagen sollte, und war viel zu sehr mit Mendozas beschissener Verfassung beschäftigt gewesen. Oder vielleicht war es ihm tatsächlich egal.

11

Mein Arbeitstag verging wie im Fluge, obwohl ich noch weitere zwei Stunden blieb, um meine Verspätung am Morgen auszugleichen. Ich hatte nur eine Kundin, Lisa, eine meiner Stammkundinnen, die die ganze Zeit über ihre in der kommenden Woche bevorstehende Laser-Haarentfernung sprach. Ich lauschte jedem Wort, als sei es aus der Bibel, um mich weiterhin von meinen Gedanken abzulenken.

Als ich nach der Arbeit zu meinem Haus zurückkehrte, versuchte Bradley, der Besitzer des Matratzenladens auf meiner Straße, gerade, auf der Ladefläche seines Trucks ein Bündel Holzbretter zusammenzuschnüren. Wie immer freundlich, warnte er mich davor, dass es heute Abend und am nächsten Morgen wieder Regen geben sollte. Ich dankte ihm und ging weiter, als mir erneut Kael in den Sinn kam. Der Klang der Reifen, die auf der Straße quietschten, auf der er mich hatte stehen lassen …

Austin … Kael … Mendoza … und jetzt dieser Nielson. Das alles verursachte mir Kopfschmerzen. Ich dachte daran, wie einfach mein Leben vor Kael gewesen war. Total langweilig, und das vermisste ich.

Als ich heimkam, war es im Haus unheimlich still. Austin hatte die Decke zusammengefaltet, mit der er sich beim Schlafen zugedeckt hatte, und eine halbwegs ausgespülte Schüssel mit einem Rest Cornflakes in der Spüle stehen lassen. Ich checkte mein Handy, ob er irgendeine Nachricht hinterlassen und mir mitgeteilt hatte, wohin er wollte, aber das war nicht der Fall.

Nachdem ich das Geschirr fertig gespült hatte, mit dem ich heute Morgen begonnen hatte, wischte ich den Fliesenspiegel in der Küche und die Spüle blank. Die Stille in meinem kleinen Haus war ohrenbetäubend. Kaels tiefe, butterweiche Stimme ertönte auf Endlosschleife in meinem Kopf, also schaltete ich Musik ein. Dann ging ich duschen. Aber selbst meine Dusche war von Erinnerungen an ihn besudelt. Warum zum Teufel hatte ich ihn so schnell so dicht an mich herangelassen?

Ich grübelte darüber nach, während ich mit dem Handtuch meinen Körper trocken rubbelte. Die Lotion auf meinen Handflächen erinnerte mich an seine Worte, dass meine Haut wie Honig duftete und daran, wie er mit der Zunge meine nackten Schultern berührt hatte.

Ich versuchte, die Erinnerung daran zu vertreiben, indem ich meine Wäsche machte.

Nachdem ich meine Klamotten zusammengefaltet und das Bett gemacht hatte, war mein Haar beinahe trocken, aber ich musste immer noch an Kael denken und daran, wie attraktiv er gewesen war. Nicht dass das verdammt noch mal eine Rolle spielte, aber er hatte besser ausgesehen denn je. Obwohl er nicht gelächelt hatte, hatte anscheinend weniger Gewicht auf seinen breiten Schultern gelastet. Vielleicht war ja ich selbst dieses Gewicht gewesen?

Ich legte mich auf die Couch und starrte die zusammengefalteten Kleider auf dem Boden an. Ich versuchte, mich mit Reality-TV abzulenken, und schaltete HGTV ein, um zuzusehen, wie ein Paar eine winzige Bruchbude in ein wunderschönes Haus für seine Familie verwandelte. Eifersüchtig verdrehte ich die Augen, als der Ehemann seine Frau hochhob und sie in ihrer nagelneuen Küche durch die Luft wirbelte.

Der Teufel sollte sie und ihr perfektes Leben holen.

Gerade, als ich eine neue Folge begann, kam Elodie durch die Tür.

»Ich liebe diese Sendung. Oh, sie hat gerade erst angefangen!«, rief sie und deutete auf den Bildschirm.

Elodie setzte sich neben mich auf die Couch und schleuderte die Schuhe von sich. Ihre Wangen hatten wieder etwas Farbe, wahrscheinlich hatte sie etwas gegessen.

»Wie fühlst du dich?«, fragte ich sie während eines Werbespots für irgendein Gewinnspiel.

»Besser. Viel besser. Tut mir leid wegen vorhin. Wahrscheinlich war Mali total sauer, weil du zu spät gekommen bist.« Sie schauderte. »Ich habe mich den ganzen Tag nicht bei ihr gemeldet.«

»Schon gut. Mach dir wegen Mali keine Gedanken. Sie hat mich angeschrien, aber sonst gab es kein Problem, und sie hat sich trotzdem nach dir erkundigt. Ach, ich bin so froh, dass es dir und dem Baby gut geht.« Ich lehnte den Kopf an ihre Knie, und sie legte mir die kleine Hand aufs Haar. Sie tätschelte meinen Kopf und schlang sich ein paar Haarsträhnen um die Finger.

»Ich auch.« Elodies Stimme klang traurig. Ich sah vom Boden auf, und sie biss sich zögernd auf die Lippe.

»Ich habe mit Phillip gesprochen«, erklärte sie.

»Was hat er gesagt?«

»Er sagt, er wünschte, ich würde ihm vertrauen, und dass nichts davon stimmt.«

»Aber du vertraust ihm doch auch, oder?«, fragte ich ernsthaft. Nur weil ich es nicht tat, hieß das ja noch lange nicht, dass seine Frau genauso empfand.

»Das habe ich … tue ich noch. Ich vertraue ihm, aber die Art, wie er mit der ganzen Sache umgegangen ist, beunruhigt mich doch. Er sagte, dass die Person, die dieses Gerücht verbreitet, verrückt ist und dass ich das alles ignorieren solle, weil es nichts zu bedeuten habe. Aber er war … nicht überrascht, als ich es erwähnte. Ich habe so ein komisches Gefühl …« Sie streichelte meinen Kopf nun etwas schneller.

»Was wirst du jetzt tun?«, fragte ich sie, obwohl sie das womöglich selbst noch gar nicht wusste. Keine Ahnung, wie genau sie empfand, aber ich an ihrer Stelle hätte mich mit so einer Antwort bestimmt nicht zufriedengegeben. Ein Fremder hatte ihre Eltern auf Facebook aufgestöbert – am anderen Ende der Welt – und hatte ihnen detaillierte Messages geschrieben, in denen Phillip beschuldigt wurde, seine Frau zu betrügen. Das konnte er nicht so einfach unter den Eheteppich kehren. Die Beobachtung meiner eigenen Eltern hatte mich definitiv gelehrt, dass man sich in einer Ehe genau überlegen musste, worüber man stritt, aber hier ging es nicht um Zahnpasta im Waschbecken, sondern um die Möglichkeit des Betrugs.

»Keine Ahnung. Ich meine, ich habe ihm zugehört, und er hat immer wieder gesagt, ich solle es ignorieren und dass die Leute es auf ihn abgesehen hätten. Aber das finde ich merkwürdig.«

»Und was hast du gesagt?«, fragte ich. Ich wollte erst einmal herausfinden, was sie dachte, bevor ich ihr meine Meinung zu dem Thema kundtat.

»Ich sagte, ich würde ihm durchaus vertrauen. Trotzdem müsse er klären, wer dahintersteckt. Ich kann das Ganze nicht einfach vergessen. Immerhin wurden auch meine Eltern mit hineingezogen. Und das Baby ist ja auch noch da. Deshalb heute diese Panikattacke. Es ist viel komplizierter, und deshalb kann man es nicht einfach ignorieren.« Sie sah mich an.

»Das ginge mir genauso. Ich glaube, niemand könnte das«, versicherte ich ihr.

Ihre blauen Augen blickten tief in meine. »Glaubst du ihm?«

»Ich?« Ich versuchte, ein bisschen Zeit zu schinden. »Ich kenne ihn nicht gut genug, um das beurteilen zu können. Aber wenn jemand sich wegen so etwas an deine Familie wendet, dann ist das eine ziemlich ernste Sache. Und falls es nicht stimmt, hat der Betreffende sich ziemlich weit aus dem Fenster gelehnt.«

»Aber wenn es doch stimmt ... was soll ich dann tun? Was, wenn er mich tatsächlich betrügt? Du hast mir doch selbst gesagt, dass Betrug beim Militär an der Tagesordnung ist.« Tränen traten ihr in die Augen.

Meine Güte, wie leid es mir jetzt tat, jemals so etwas gesagt zu haben ...

»Was soll ich dann machen? Meine Sachen packen und nach Frankreich zurückkehren? Meine Eltern bitten, mir das Geld für ein Flugticket zu leihen? Ich hab noch nicht mal eigenes Geld. Alles läuft auf seinen Namen. Und ich kann ihm das Baby nicht so einfach wegnehmen. Er sagte, dagegen gebe es Gesetze.«

Ich setzte mich auf. »Hat er das heute gesagt?«

Sie nickte. »Er war total wütend. Es war beinahe, als ob ... als ob er mir drohen wollte.«

Ich griff nach ihrer Hand. »Denk jetzt nur noch an das, was für dich und das Baby am besten ist, okay? An nichts anderes. Falls sich herausstellen sollte, dass alles wahr ist, kann er dich nicht davon abhalten, nach Hause zurückzukehren, wenn das dein Wunsch ist.«

Was für eine fürchterliche Situation! Sie konnte nach Hause flüchten, aber würde sie das wirklich tun? Wäre es überhaupt zu ihrem Besten? Ich hatte keine Ahnung. Je mehr ich über Phillip erfuhr, umso klarer wurde mir, dass ich ihn eigentlich überhaupt nicht kannte. Sein einziger Fürsprecher war Kael. Er musste also durchaus gute Seiten haben. Nicht wahr?

»Ich weiß nicht, was ich will. Er ist … in der letzten Zeit ist er immer so wütend. Ich weiß, dass das an diesem Einsatz liegt und daran, dass er nicht hier ist, aber es ist trotzdem so schwer. Auch vor unserem Streit heute hatten wir Probleme. Ich freue mich schon gar nicht mehr auf seine Anrufe«, meinte sie. »Ich weiß, das ist schrecklich, wenn man bedenkt, wo er ist, aber in der letzten Zeit tun wir nichts anderes als streiten. Ich bin das leid.«

»Daraus mache ich dir keinen Vorwurf. Es ist überhaupt nicht schrecklich, sondern vielmehr verständlich, so zu empfinden. Sein Rat als Ehemann war also, das alles einfach zu ignorieren?«

Wieder nickte sie.

»Und willst du das?«, fragte ich.

Sie schüttelte den Kopf.

»Ich glaube, das kann ich nicht. Ich habe da dieses Bauchgefühl.« Sie rieb sich den Bauch. »Was in diesem Fall nichts mit dem Baby zu tun hat.« Sie lächelte verhalten.

»Weißt du, wir könnten doch den Typen, der sich an deine Familie gewandt hat, selbst fragen. Ich weiß, Phillip hat dir geraten, es zu ignorieren, aber wenn du das nicht willst, könnten wir ihm einfach schreiben und einen Beweis verlangen oder ihn fragen, was zum Teufel sein Problem ist. Auch wenn es nur ein Fake-Account ist. Lass dir von deinen Eltern den Namen oder einen Screenshot seiner Message schicken.«

Sie griff nach ihrem Handy, öffnete das Bild und gab es mir. »Den Screenshot hab ich schon!«

Meine Augen blickten in ein bekanntes Gesicht.

»Nielson! Schon wieder dieser Kerl!«, schrie ich.

Ich zoomte sein Gesicht heran, seine kleinen Knopfaugen, das verkantete Kinn. Es war der gleiche Kerl, der mich im Salon nach meinem Dad gefragt hatte, der gleiche, mit dessen Ex-Freundin mein Bruder schlief – und hier war er schon wieder und behauptete nun, seine Frau schliefe mit Elodies Ehemann. Was zum Teufel war da los?

»Was für ein Kerl?«, fragte Elodie und sah ebenfalls wieder auf den Bildschirm hinab.

Ich tippte den in dem Fake-Account angegebenen Namen ins Suchen-Feld von Facebook ein.

»Er sieht aus wie jemand … keine Ahnung … kennst du ihn?«, fragte sie und legte den Kopf ein wenig schief.

»Er ist der Typ, mit dem Austin sich auf der Straße geprügelt hat, als die Militärpolizei kam. Ein widerlicher Kerl, oh mein Gott.«

Sie nickte, wartete aber darauf, dass ich weitersprach.

»Er kam letztens in den Salon und hat mir Fragen über meinen Dad gestellt. Er ist … ich weiß nicht genau, was zum Teufel er vorhat, aber ich weiß, dass er uns allen übel mitspielt. Keine Ahnung, was für verdammte Probleme er hat. Ich werde Austin fragen, denn er kennt ihn. Kael kennt ihn auch.«

»Ganz schön verwirrend«, meinte Elodie.

Ich stimmte zu. »Allerdings.«

»Sollten wir ihm also schreiben?«

Ich schüttelte den Kopf. »Nein, besser noch nicht.«

Mein Bauchgefühl sagte mir, dass das bei einem Typen wie diesem keine gute Idee war. »Noch nicht«, wiederholte ich. »Lass mich erst erneut mit Austin über ihn sprechen. Aber ich glaube, vorläufig solltest du tun, was Phillip sagt, und es ignorieren. Wie ist es letztlich mit deinen Eltern gelaufen?«

Sie zuckte mit den Schultern. Ihre Arbeitskleidung schlackerte an ihren Armen. »Jetzt ist alles wieder gut, glaube ich. Sie wollen aber immer noch, dass ich nach Hause komme. Karina, bin ich ein schlechter Mensch, wenn ich einfach nicht zurück nach Hause will? Selbst wenn …«

Sie holte tief Luft. Langsam trat sie immer wieder mit ihren baumelnden Füßen gegen die Couch.

»Ich liebe Phillip. Wirklich. Aber selbst wenn wir uns trennen, würde ich bleiben wollen. Ich habe den ganzen Tag darüber nachgedacht. Obwohl ich keine Familie hier habe, gefällt es mir hier. Die größeren Häuser, die Menschen. Die Stadt, aus der ich komme, ist so klein, und meine Eltern sind keine Stadtmenschen. Sie wohnen in der Nähe von Paris, aber da wollen sie nie hin, ins Herz der Stadt. Und ich bin gerade dabei, hier Fuß zu fassen und neue Freunde zu finden. Daheim in Frankreich sind die meisten meiner Freundinnen weggezogen, weil sie auf die Uni gegangen sind oder sonst was.«

Ich rieb ihre Schulter. »Zuerst einmal: Nein, das macht dich nicht zu einem schlechten Menschen. Und ich versteh dich. Sosehr ich es in meiner Jugend auch immer gehasst habe, dauernd umziehen zu müssen, manchen Leuten bekommt eine neue Umgebung gut. Meine Mom war so. Sie wollte immer wieder von vorn anfangen, neue Dinge ausprobieren. Deshalb muss man sich noch lange nicht schlecht fühlen. Außerdem bist du so jung, du kannst immer noch nach Frankreich zurückkehren, wenn du willst. Die Freiheit bleibt dir.«

Ich dachte daran, wie meine Mom im Wohnzimmer umhergetanzt war, wie sie ihre Arme weit in die Luft gehoben hatte. Sie hatte sich immer gekleidet, als sei sie geradewegs Woodstock entsprungen, das Haar zu einem Zopf geflochten, den sie mit bunten Perlen schmückte. Keine Ahnung, was an dieser Erinnerung so außergewöhnlich war, dass sie mir so lebhaft vor Augen stand. Die Musik war laut, die Fenster waren weit offen, sodass die ganze Gegend Santanas E-Gitarre hören konnte, die durch die Luft dahinwehte. Meine Mom liebte Santana, bevor es cool war, ihn zu lieben.

Das Haus roch nach Schmorbraten, und meine Mom packte meine Arme, kaum dass ich hereingekommen war, und befahl mir, an diesem Abend meine Hausaufgaben zu ignorieren, während sie meine Schulsachen auf die Couch warf. Sie schrieb mir sogar eine Entschuldigung für die Hausaufgaben, etwas, womit mein Dad niemals einverstanden gewesen wäre und das er niemals erfahren sollte. Die Ärmel ihrer fransenbesetzten Wildlederjacke – braun und viel zu groß für sie – sahen aus wie Flügel, während sie durch den Raum flatterte. Sie war wie ein Vogel, der versuchte, das Beste aus seinem Metallkäfig zu machen.

Elodie beugte sich näher zu mir herunter und schnippte vor meinem Gesicht mit den Fingern. »Genug von mir. In letzter Zeit machst du mir echt Sorgen.«

»Ich? Warum?« Ich schüttelte den Kopf und tat, als hätte ich mich nicht gerade aus unserer Unterhaltung ausgeklinkt.

»Du bist in letzter Zeit ganz woanders mit deinen Gedanken. Und traurig. Das sehe ich. Eben warst du geistig total weggetreten.« Sie sah mir eindringlich ins Gesicht.

Ich schnaubte. »Ich bin nicht traurig. Oder geistesabwesend. Ich hab nur …«

Eine schreckliche Lüge, die zu beenden ich mir noch nicht mal die Mühe machte, sodass sie die Augen verdrehte.

»Bitte! Bist du wohl. Und ich weiß, dass du nicht gern über dein Privatleben redest, aber ich kenne dich gut genug, um zu merken, dass du sehr unglücklich bist, sehr traurig und sehr einsam.«

»Okay! Okay!« Ich hielt die Hand hoch. »Hab's kapiert. *Mein Gott.*«

Wir lachten beide.

»Ich sag's ja nur!« Elodie kicherte.

Ich liebte es, dass ihre winzigen sprachlichen Schwierigkeiten ihren Worten den Zuckerguss nahmen. Manchmal tat Klartext eben gut.

»Wie auch immer. Zurück zu *deinen* Problemen«, sagte ich leichthin. »Ich werde mehr über diesen Nielson herausfinden, und du konzentrierst dich einzig und allein auf dich selbst und passt auf das Baby auf. Versprichst du mir das?«

Sie nickte und lächelte, dann seufzte sie. »Danke. Außerdem könnte ich dich sowieso nicht allein lassen. Ich würde dich viel zu sehr vermissen, und du hast so gar keine Freunde.« Sie küsste mich auf beide Wangen.

»Ich habe Freunde! Außerdem, wer sagt, dass Freunde zu haben besser ist, als Zeit mit sich selbst zu verbringen und sich den eigenen Gedanken hinzugeben. Sollten Frauen nicht ihre *eigene* beste Freundin sein?«, sagte ich mit meiner besten Samantha-Stimme. Elodie hatte ein Faible für Charlotte in *Sex And The City*, die sie gern imitierte, aber mein Lieblingscharakter war Samantha, diejenige, der ich im wahren Leben am wenigsten ähnelte.

»Hmmm, das finde ich aber gar nicht. Im Leben geht es um Erfahrungen.« Sie runzelte die Stirn und rutschte auf der Couch herum, um es sich unter ihrer Lieblingsdecke gemütlich zu machen, der Decke, die ihre *grand-mère* ihr gemacht hatte.

»Ich habe *durchaus* Erfahrungen«, schmollte ich.

»Allein.«

»Ja und? Ich bin gern allein. Ich mag mich.« Ich zuckte mit den Achseln. Noch war das gelogen, aber irgendwann würde es stimmen.

»Ja. Aber Martin mag dich auch.«

»Pssst.« Ich legte die Finger auf die Lippen.

»Und«, fügte sie mit immer breiter werdendem Grinsen hinzu. »Wenn mein Mann mich nicht betrügt, können wir Double-dates mit euch beiden haben, als Paare befreundet sein und zu viert was unternehmen!«

Sie wackelte mit den Augenbrauen, und ich vergrub das Gesicht in einem Kissen von der Couch.

»Rechne nicht zu fest damit.«

»Ihr beiden kriegt das schon hin«, sagte sie im Brustton der Überzeugung.

Ich stöhnte und deutete auf den Fernseher. »Sieh mal, wie schön!« Ich versuchte, sie durch den Anblick einer riesigen, marmornen Kochinsel abzulenken, die in einer nagelneuen, blendend weißen Küche installiert worden war.

»Schauen wir uns an, wie andere Leute ein perfektes Leben führen und es genießen, und hör auf, über mein nicht vorhandenes Liebesleben zu reden.«

»Ich lasse dich nur deshalb vom Haken, weil ich müde bin«, gähnte Elodie und lehnte sich an mich.

12

Kael

Meine Wohnung war eisig. Ich betrat das vertraute Stockdunkel. Die kalten, dunklen Nächte in der Wüste, während derer ich auf dem Boden geschlafen hatte, waren erst einmal vorbei, aber die Erinnerung daran war mir geblieben. Und war beinahe tröstlich.

Im Moment fühlte sich alles zu gut an, um wahr zu sein. Meine Freiheit war beinahe greifbar. Aber ich kannte das System und wusste es besser. Deshalb erwartete ich nicht, dass alles reibungslos verlaufen würde, bis ich Fort Benning ohne jegliche Konsequenzen verlassen konnte. So läuft dieser Mist nicht. Aber ich war der Freiheit jetzt so nah wie seit Langem nicht mehr. Auch wenn ich noch nicht sicher wusste, ob es tatsächlich klappen würde. Irgendwie fühlte es sich unwirklich an.

»Verdammt kalt hier drin«, beschwerte sich Austin, als ich die Lampen einschaltete und sah, dass er die Arme um den Oberkörper geschlungen hatte.

»Ist nicht dein Ernst!«, neckte ich ihn. Ich konnte beim Reden meinen Atem sehen. »So überstehst du die Grundausbildung nie, wenn du nicht mal mit ein bisschen Kälte klarkommst.«

Er zeigte mir den Mittelfinger und ließ sich auf die Couch fallen.

»So schlimm wird's schon nicht werden. Du hast es doch auch überstanden, und sogar der Dummkopf Lawson hat's geschafft. *So* hart *kann* es gar nicht sein.«

»Egal, ob sie dir bei der Grundausbildung Beine machen oder nicht, für solche Sprüche machen sie dir die Hölle heiß«, warnte ich ihn. »Du kannst nicht einfach quatschen wie dir der Schnabel gewachsen ist, schon gar nicht vor jemandem, der einen höheren Rang hat als du. Was in diesem Fall wohl ich bin.«

Jetzt lachte Austin noch drüber, aber ich hatte keine Ahnung, ob er es wirklich durchstehen würde. Dass sie ihn gehörig in die Mangel nehmen würden, hatte ich ernst gemeint. Die Jungs wurden die Hügel rauf und wieder runter gescheucht, und sie durften erst aufhören, wenn der Sergeant es ihnen sagte. Danach konnten die meisten kaum noch laufen. Trotzdem kam mir die Grundausbildung seit meinem Einsatz wie eine Reise auf die Bahamas vor. Nicht, dass ich tatsächlich schon mal dort gewesen wäre, aber ich hatte genug Filme und Fernsehserien gesehen, um mir ein Bild davon machen zu können. Genau genommen war dieses Bild aber ausschließlich von der Vorliebe meiner Ma geprägt, den *Real Housewives* jeder verdammten Stadt dieses Landes dabei zuzusehen, wie sie unzählige Urlaube dort machten.

»Stimmt«, lachte er und salutierte.

Ich wollte glauben, dass Austin es schaffen und ein guter Soldat werden würde. Wie er gerade selbst gesagt hatte, hatte Lawson es schließlich auch hingekriegt. Die Grundausbildung hatte ich mit ihm zusammen absolviert, wusste also aus erster Hand, wie dämlich er war. Austin war tougher und mitfühlender. Soweit ich es beurteilen konnte, würde er wahrscheinlich ein ganz guter Soldat werden, solange er sich an die Richtigen hielt. Das Problem war nur, dass du darauf keinen Einfluss hast.

Du wirst einfach in irgendeine Truppe gesteckt. Man kann also nur hoffen, dass es wenigstens eine Person dort gibt, mit der man sich einigermaßen versteht oder die man zumindest tolerieren kann.

»So ein bisschen Gerenne wird mich schon nicht umbringen«, sagte er, und seine Stimme schien sich genauso zu dehnen wie sein Körper, der ausgestreckt auf meiner Couch lag.

»Ja, das sagst du jetzt. Aber möglicherweise stehst du die körperlichen Strapazen kaum durch.«

Ich musterte den arschkalten Ledersessel in der Nähe. Unter keinen Umständen würde ich mich da draufsetzen. Ich brauchte mehr Möbel, aber normalerweise war ich hier allein, weshalb ich nie welche angeschafft hatte. Ich hatte echt nichts dagegen, Austin hierzuhaben, denn eigentlich gehörte ich nicht zu den Typen, die am liebsten allein waren. Ich wollte in Ruhe gelassen werden, aber nicht allein sein. Was immer das hieß. Mein Therapeut sagte mir, dass Gesellschaft mir gut tat und dass ich eben nicht dran gewöhnt war, allein zu sein. Das war mir fremd; ich hatte stets in kleinen Barackenunterkünften gelebt, die ich mir mit einem Zimmergenossen teilte, und bei Einsätzen mit einer größeren Gruppe in umgebauten Schiffscontainern geschlafen. So was wie Privatsphäre kannte ich ebenso wenig wie Zeit für mich allein.

Im Container war meine Koje unter dem an der Wand angebrachten Klimagerät gewesen, das nur die Hälfte der Zeit funktionierte. Bevor es zu heiß wurde, schnappte ich mir immer einen der Jungs, damit er mir mit dem provisorischen Werkzeug, das es im Camp gab, beim Reparieren half. Es hätte Wochen gedauert, um einen Ersatz zu kriegen, wenn es uns überhaupt gelang, jemanden dazu zu bringen, ein neues Gerät zu bestellen. Die meiste Zeit dort kamen wir mit dem klar, was wir hatten. Ein Großteil der Mahlzeiten bestand aus diesen ekligen Feldrationen in Leichtverpackungen, den Meals Ready-to-Eat. Dass mal wieder Weihnachten war, merkte man nur daran, dass einer aus dem Zug ein Carepaket von zu Hause bekam.

Diese Carepakete waren ein Riesenluxus. Die meisten der Kumpels in meinem Zug waren nicht verheiratet, wenn sie also Päckchen erhielten, dann normalerweise von ihrer Mom. So schickte meine mir immer Gummibärchen und Snickers. Wirklich gutes Zeug kam nur selten, aber dann hatten wir – wenn wir nicht gerade um unser Leben rannten – wenigstens was zu tun. So schmuggelte Lawsons Frau schon mal Wodka, schwarz gebrannten Schnaps oder auch einen Joint in einer Cornflakespackung hinein. Gelegentlich kamen auch Briefe von Kindern an, und die meisten der älteren Jungs waren dann völlig im Arsch, wenn sie die Wachsmalstift-Schmierereien ihrer eigenen Kids in Benning sahen, die ihr Leben ohne sie führten. Das gehörte eben zu dem Opfer dazu, das sie für ihr Land brachten, und das wussten wir genau. Gut tat das den meisten noch lange nicht, und oft zwang eine handgemalte Karte zum Heldengedenktag auch einen Zentner-Mann in die Knie.

Während mein Hirn noch in der Vergangenheit war, blickte ich mich in meinem Wohnzimmer um. Es war größer als die meisten Quartiere oder Baracken, die ich während der beinahe drei Jahre meiner Armeezeit bewohnt hatte. Ich war so verdammt glücklich, als ich in den E-5-Rang befördert wurde, sodass ich aus den verfluchten Baracken ausziehen konnte. Mir gefiel die Annehmlichkeit, dass ich nur über die Wiese gehen musste und schon an meinem Arbeitsplatz war, aber die meisten Zimmergenossen gingen mir nun mal auf den Senkel. Eigentlich war ich immer eher ein einsamer Wolf. Vieles am Zusammenleben mit anderen ging mir gegen den Strich. Ich konnte es nicht leiden, wenn jemand meine Sachen anfasste und ich mir mit irgendwem das Badezimmer teilen musste. Und ich fand es auch ätzend mitzukriegen, wie Phillips ein Mädchen aus der Bar abschleppte und sie keine drei Meter von meinem Bett entfernt vögelte.

So was wie Privatsphäre gab es in der Army nicht, und dass Fischer jetzt hier war, fühlte sich kaum anders an, als mit einem meiner Battlebuddies zusammen zu sein, nur dass wir uns jetzt in meinem eigenen Haus befanden, wo ich in Ruhe pissen konnte, ohne dass ein halb nacktes Mädchen an die Tür klopfte und quengelte, dass sie auch mal müsse. Zumindest war Fischer der pflegeleichteste Mitbewohner, den ich je gehabt hatte. Meist war er am Handy oder spielte Videospiele und hatte anscheinend nicht das Bedürfnis nach dauerndem Geschwätz. Er redete nicht so viel wie seine Schwester. Letztens hatte er allerdings seltsamerweise behauptet, dass Karina ebenfalls eher schweigsam sei. Das verwirrte mich total, denn ich selbst fand, dass sie in meiner Gegenwart eigentlich nie aufhörte zu reden. Allerdings pflegte sie sich oft dafür zu entschuldigen, wenn sie mal wieder drauflos plauderte, weshalb ich mich fragte, wer in ihrem Leben ihr befahl, den Mund zu halten. Und ich wünschte mir, ich hätte dem Betreffenden eins aufs Maul geben können. Vielleicht aber hatte sie auch selber beschlossen, sich von der Welt abzuschotten? Wahrscheinlich würde ich es nie erfahren, aber der Gedanke, dass Karina Fischer irgendetwas nur bei mir tat, gefiel mir.

Aber Fischer hatte einen einzigen entscheidenden Nachteil, und der bestand in der Ähnlichkeit zu seiner Zwillingsschwester. Wie er zum Beispiel beim Reden wild gestikulierte oder dass er andauernd die Augen verdrehte oder schnaubte. Beide hatten ein lebhaftes Mienenspiel, unterstrichen ihre Aussagen mit den Händen, hatten ausdrucksstarke Augen. Auf den ersten Blick sah Karina ihrem Bruder nicht so ähnlich, dass man sie unwillkürlich für Zwillinge gehalten hätte, aber ihre Verwandtschaft war offensichtlich. Gute Gene. Besonders Karina. Fuck, sie gehörte zu den Frauen, die sich nicht krampfhaft bemühen mussten, um aufzufallen. Sie tat es automatisch, und kaum hatte man sie einmal angesehen, konnte man verdammt noch mal gar nicht mehr damit aufhören.

Das ging nicht nur mir so, sondern auch den anderen Soldaten, denn sie kam häufiger vorbei. Da Elodie sich durch die örtliche Familiengruppe mit allen angefreundet hatte, war ihre Mitbewohnerin schon um sechs Uhr morgens Gesprächsthema. Während des morgendlichen Fitnesstrainings machten sie teilweise auf meine Kosten Witze, weil ich wegen meines Beines nur herumsaß, ließen aber auch Bemerkungen über sie fallen – und über El. Aber Karina war Single, und keiner wollte sich mit dem bekloppten Phillips wegen seiner Frau anlegen. Als Lawson das erste Mal außerhalb des Trainings darauf anspielte, Karina anbaggern zu wollen, war Austin dabei und ließ keinen verdammten Zweifel daran, dass sie sich nicht mit Soldaten einließ und das auch nie tun würde. Er sagte deutlich, dass sie überhaupt niemanden datete. Er ließ sich nicht provozieren, als ein paar Grobiane meinten, der Körper seiner Schwester sei nur dazu da, gefickt zu werden. Und als Lawson weiter über ihren Körper faselte, musterte ich ihn und fragte mich, ob Karina ihn mögen würde, wenn er nicht verheiratet gewesen wäre. Ich kannte sie gut genug, um zu wissen, dass sie für verheiratete Typen nichts übrighatte.

Unter gar keinen Umständen; sie gehörte zu der Art von Frauen, die volle, absolute Aufmerksamkeit brauchten; obwohl sie sich selbst nie so gesehen nätte. Die Version der Karina Fischer, die ich kannte, brauchte viel mehr als nur irgendeinen beschränkten Soldaten, der auf der Rückfahrt von einer Mission, bei der wir beinahe alle umgekommen wären, auf der Ladefläche eines Militärgeländewagens das Lachgas aus Sahnekartuschen inhalierte. Was sie brauchte, war jemand, der sie umso mehr mochte, je mehr sie von ihren Gedanken preisgab, keinen unreifen, verdammten Idioten wie Lawson. Der Mann, mit dem sie sich einmal einlassen würde, musste die Geduld eines Heiligen haben und gleichzeitig herausbekommen, wie sie tickte. Obwohl wir sehr verschieden waren, sprach ich irgendwie ihre Sprache. Und wenn nicht mal *ich* in der Lage war, ihr das zu geben, was sie brauchte, dann hatten weder Lawson noch sonst jemand aus dem Zug je eine Chance. Ich wollte nicht an sie denken, an die anderen Männer und daran, dass sie ihren Körper und ihren Geist begehrten.

Während Fischer auf sein Handy starrte und darauf herumtippte, bemühte ich mich, mir seine Schwester aus dem Kopf zu schlagen. Mein Gott, die Frau machte mich wahnsinnig. Scharfe, helle Bilder zuckten mir durch den Kopf, bekämpften und besiegten jenen Teil meines Hirns, der anfing, sie zu hassen. Es wäre so viel leichter gewesen, sie zu hassen, als sich weiter nach ihr zu sehnen und von ihr zu träumen. Die Art, wie Wassertropfen auf ihren langen Wimpern hafteten, wenn sie frisch aus der Dusche kam. Die Art, wie der Schweiß von ihrem nackten Rücken herunterlief, wenn ich sie von hinten nahm – mit perfektem Ausblick auf ihren weichen Körper. Nach dem Körperlichen sehnte ich mich keineswegs am meisten, sondern nach ihrer Art, wie sie mit Worten umging, wie sie Sätze schuf, als seien sie nur für mich bestimmt. Während ich den endlos langen Pfad der Erinnerungen beschritt, spürte ich, wie Ruhelosigkeit meinen Körper erfasste. Ich brauchte einen Vorwand, um aus dem Zimmer zu verschwinden.

Ich ging in die Küche und beschäftigte mich dort. Ich hatte Hunger. Meine letzte Mahlzeit war schon eine Weile her, also warf ich etwas in die Mikrowelle. Mein Magen knurrte schon die ganze Zeit, seit ich meine frischen, heißen Enchiladas bei den Mendozas auf dem Tisch hatte zurücklassen müssen. Gerade als ich die Gabel ins Essen versenkt hatte, schlug Mendoza seine Hand durch das Glas seiner Hintertür. Gloria hatte so viel Zeit damit verbracht, uns das Abendessen zu kochen, und alles war toll, bis es den Bach runterging. So war er nun mal. Eine tickende Bombe im Wortsinn. Die kleinste Kleinigkeit, das Knallen von Öl auf dem Herd, konnte Mendoza in Panik versetzen. Und dann explodierte es.

Ich bekam das Gesicht seines ältesten Sohnes einfach nicht mehr aus dem Kopf, wie er es verzog, dann seine kleine Schwester packte und beim Anblick des blutigen Sprühnebels die Treppe hinaufhastete. Ich betrachtete die Tiefkühlpizza, die sich in der Mikrowelle drehte, und wünschte, es wären die Enchiladas, für deren Zubereitung Gloria Stunden gebraucht hatte. Sie kochte einfach klasse. Dieser Scheißkerl Mendoza hatte vielleicht ein Glück! Er hatte nicht nur eine Frau, die ihn so liebte, wie er war – mit dem ganzen verrückten Mist –, sondern die sich auch noch in seiner Abwesenheit um die ganze Familie kümmerte und nie einen anderen Mann angesehen hatte, seit beide sechzehn waren. Manchmal hätte ich kotzen können, aber irgendwie beneidete ich ihn auch darum. Ich hätte mich schon mit der Hälfte zufriedengegeben, oder auch nur mit dem Essen. Zum Teufel, ich hätte sogar den Hackbraten meiner Ma dieser beschissenen Mikrowellenpizza vorgezogen. Ich hätte mit der Kantinenkarte auch immer noch auf dem Stützpunkt essen können, aber dazu hatte ich keinen Bock und wollte so viel Zeit wie möglich in meinem Haus verbringen. Mein ganzes Leben würde sich ändern, wenn meine Entlassung durchkam, obwohl ich im Moment das Gefühl hatte, dass es nie dazu kommen würde. Langsam bereitete ich mich auf die neue Welt vor, eine, in der Freiheit herrschte. Mit der Freiheit würde die Veränderung kommen, und ich war verdammt bereit für eine Veränderung. Irgendwann würde ich sogar lernen, für mich selbst zu kochen.

Damit musste ich unbedingt anfangen und vielleicht sogar gesundes Zeug zu mir nehmen, aber im Moment hatte ich einfach keine Zeit dafür. Lebensmittel einkaufen, Gemüse klein schneiden, einen Topf Suppe umrühren, salzen und so ein Scheiß – Sachen, die die Leute einfach *machten* –, das ging irgendwie noch nicht. Ich hatte jetzt mehr Zeit als in den letzten paar Wochen, aber die Zeit, die ich sonst mit Karina verbrachte, nutzte ich für die Teilnahme am *Military Transition Assistance Program*, das Soldaten dabei helfen sollte, sich in der zivilen Welt zurechtzufinden. Dort versuchten sie mir und einer Gruppe anderer Soldaten beizubringen, wie man so grundlegende Dinge hinbekam, wie Lebensläufe zu schreiben, oder wie man das Gesundheitssystem für Veteranen nutzte. Sie wollten nicht zulassen, dass ich einfach so weit wie ich wollte von der Army davonlief. In vielerlei Hinsicht würde ich mein Leben lang ein Soldat sein.

Alles hing davon ab, was jetzt mit meiner verdammten Entlassung war. Sie würden mich wohl kaum behalten, nicht mit meinem beschissenen Bein. Es war dermaßen im Arsch, dass sie keine Verwendung für meinen Körper mehr hatten, aber meinen Verstand würden sie für immer besitzen.

Darauf lief es immer hinaus. Es war nicht das erste Mal, dass ich mich in meiner von Rigipswänden umgebenen Küche dabei ertappte, wie ich mich mithilfe des Hintergrundgeräuschs der Mikrowelle kopfüber in die Vergangenheit stürzte. Dann zupfte ich genauso wie damals an meinen Fingernägeln herum. Manche Dinge im Leben konnte auch der Wandel nicht verändern. Die unfassbar vielen, verdammten Male, da ich meine Stiefel im Sand meiner Vergangenheit vergrub, waren Folter genug, um die Sünden zu büßen, die ich dort begangen hatte. Am Ende des Tages wusste ich, wie viel Blut an meinen Händen klebte.

Ich würde immer der Typ mit dem bleibenden Schaden sein. Karina war die einzige Person, die ich je kennengelernt hatte, die mir das Gefühl gab, dass ich meine Strafe vielleicht so langsam abgesessen hatte und nicht länger sühnen musste. Sie war die einzige Person, die über das, was ich getan oder gesehen hatte, teilweise Bescheid wusste, einfach weil sie in dieser Umgebung aufgewachsen war. Und sie sah mich nie an, als sei ich die Art Mann, die sie eigentlich niemals eines Blickes würdigen wollte. Sie erfüllte meine Ohren und badete meinen Geist mit Fragmenten ihres Ichs, und das auf eine Weise, die meinen Verstand heilte. Sie reden zu hören war mehr wert als jeder Therapeut, dem ich gegenübergesessen hatte. Sie und meine Arbeit waren die einzigen Dinge, die meine Gedanken von dem ganzen anderen Shit ablenkten. Und da Karina mir jetzt genommen war, konnte ich mich nur noch auf meine Arbeit konzentrieren; meine neue Arbeit, die diese Bruchbude nicht nur in einen erträglichen, sondern sogar wohnlichen Ort verwandelte. Ich hatte noch jede Menge Aufgaben vor mir.

Ich musste beide Seiten des Hauses fertig machen, damit ich damit Geld verdiente, statt die gesamte Pacht mit meinem Wohnbeihilfegeld als E-5-Soldat zu bestreiten, zumal ein Großteil der Summe für das Schulgeld meiner Schwester draufgegangen war.

Blieb nicht viel über, aber ich verschwendete mein Geld auch nicht wie die meisten anderen Jungs. Ich sparte und riss mir bei der Arbeit den Arsch auf, um nach dem Verlassen der Army weiterleben zu können. Nie hätte ich das einem meiner Jungs oder auch mir selbst gegenüber zugegeben, aber irgendwo im Hinterkopf hatte ich immer gewusst, dass ich nicht ewig drinbleiben würde. Mit den Vorbereitungen hab ich schon vor einer ganzen Weile begonnen.

Das Doppelhaus musste fertig sein, damit ich nach meiner Entlassung wieder auf die Füße kam. Phillips würde wohl auch bald wieder nach Hause kommen. Alles wäre so verdammt anders, wenn er jetzt hier wäre. Er stünde wahrscheinlich hier mit einem Glas Tequila in der Hand herum und würde darüber reden, was für eine Scheiß-Riesenangst er hatte, weil er bald Dad wurde. Ich konnte mir das überhaupt nicht ausmalen. Phillips wollte mit Elodie und dem Baby nach seiner Rückkehr auf der anderen Seite einziehen. Nicht dass ich mich wahnsinnig darauf freute, ein schreiendes Baby in der Nachbarschaft zu haben, aber ich hielt ihm und Elodie den Rücken frei; ganz zu schweigen davon, dass man in der Militärbasis oft bis zu einem Jahr auf ein Haus warten musste, manchmal sogar länger. So lange konnten sie wohl kaum in Karinas Schuhkarton hausen. Je eher ich Phillips im Auge behalten konnte, umso besser.

Mein beschissenes Bein brachte mich fast um. Es hatte schon den ganzen Tag tierisch wehgetan. Der Schmerz war noch erträglich gewesen, als ich Mendoza ins Krankenhaus gebracht hatte und dann selbst nach Hause gefahren war, aber jetzt pochte es bestialisch. Ich lehnte mich gegen die Arbeitsplatte und entlastete das Bein. Ganz sicher würde ich deshalb nicht wieder zum Arzt gehen; dann würde sich meine Entlassung aus der Army nur noch mehr hinauszögern. Sie würden mich zu einer weiteren Operation zwingen, und das konnte meinen ganzen Plan zum Scheitern bringen. Außerdem würden sie mir noch mehr Medikamente geben, sodass ich wie damals wieder stundenlang nur die Wand anstarren konnte.

Aber verdammt, manchmal tat es wirklich höllisch weh.

Ich beobachtete, wie die Mikrowelle die Pizza immer wieder im Kreis drehte. Der Käse war schon geschmolzen, und die Masse ergoss sich über den Karton. Ich hatte so einen Bärenhunger, dass ich sogar die Pappschachtel mitgegessen hätte. Ich hatte schon Schlimmeres zu mir genommen. Diese Mikrowellenpizza war geradezu eine Gourmet-Ration.

Das Ding musste noch eine Minute und zwölf Sekunden drinbleiben. Als Soldat konnte ich in zweiundsiebzig Sekunden eine Menge erledigen. Ich legte den Kopf in den Nacken und schloss die Augen. Sogleich hörte ich wieder die Phantom-Explosionen von Raketen. Manchmal fand ich das sogar tröstlich. Heute auch. Es gab ein paar Dinge am Soldatendasein, die ich mit Sicherheit auch vermissen würde, wie die Routine und das Adrenalin. Ich gehörte nicht zu den Typen, die BMX fuhren oder auf Berge kletterten, aber hin und wieder vermisste ich das heftige Herzklopfen in meiner Brust, während ich vor den knallenden Schüssen davon- und um mein Leben rannte.

Die Mikrowelle piepte, und ich zuckte zusammen. Fuck, dachte ich bei mir, ich bin heute echt nicht in Form. Ich sah um die Ecke, um nachzusehen, ob Fischer immer noch auf der Couch lag und mit irgendjemandem schrieb. Hoffentlich war die Frau diesmal nicht verheiratet. Fischer brauchte echt jemanden, der seinem Arsch eine Richtung zeigte, und dafür war die Army gut. Dort fehlt einem jegliche Freiheit, weshalb auch ich dort gelernt hatte, mein Leben in den Griff zu kriegen. Ich wusste genau, wann ich was tun musste. Es gab Ordnung und Aufgaben. Im Gegensatz zur Außenwelt, in der einen eine Reifenpanne den Job kosten konnte und die meisten Menschen nicht mal eine Krankenversicherung hatten.

Dass Fischer zur Army ging, würde seine Schwester ganz schön fertigmachen. Ich wusste das. Ich würde nicht hier sein, damit sie nicht dauernd durch meinen Anblick an all das erinnert wurde, was in ihrem Leben falsch lief. Ich war nicht ihrer Meinung, aber das alles war ja auch nicht meine Entscheidung. Irgendwie war ich der Bösewicht in dieser Geschichte geworden, aber für sie würde ich der Rowan Pope aus der Serie *Scandal* sein, die immer bei ihr im Fernsehen lief, wenn ich da war. Die Erinnerung an ihr Wohnzimmer rief mir mehr als alles andere ins Gedächtnis, dass ich unbedingt weg aus dieser Stadt musste, und zwar sobald ich grünes Licht hatte, um in meinen Bronco zu steigen und mich Richtung Atlanta auf den Weg zu machen. Ich durfte auf keinen Fall einen Grund finden, um länger hierzubleiben.

Ich musste nur noch ein paar Monate ausharren. Hier drin gab es noch den ein oder anderen Kram zu erledigen, genau wie im Haus nebenan, damit ich noch was von meinem Geld zurückbekam. Ein Beispiel war die grobe Holzplatte auf der Theke, auf die ich jetzt meinen Arm stützte, um mein Bein zu entlasten. Die Arbeitsplatte würde in beiden Häusern nächste Woche fertig sein. Mein Kumpel auf dem Händlermarkt meinte, dass er demnächst eine Lieferung mit mindestens zehn weiteren Marmorplatten für mich erwarte. Handwerkliche Arbeit fiel mir in letzter Zeit immer schwerer, weil mein Bein sich dermaßen anstellte. Mein Körper war so verdammt ausgepowert, aber ich musste weitermachen. Dass Fischer jetzt hier wohnte, würde helfen, denn dann hatte ich jemanden, der mit anpacken konnte. Ich hatte weniger Ruhe denn je, und ich wurde das Gefühl nicht los, dass ich auf eine Katastrophe zuraste oder gejagt wurde: von der Army, von Feinden mit Waffen über der Brust, die in Sprachen schrien, die ich höchstens ansatzweise verstand, von Karina und Fischers Dad, von meinem eigenen Scheiß. Mir war klar, dass das vornehmlich eine Folge des Krieges war, was bedeutete, dass es nie weggehen würde. Eine typische PTBS. Sie würde für immer ein Teil von mir sein. Ein Teil von uns allen.

Fischers Geheimnisse hatten dazu geführt, dass sie mir nicht mehr vertraute, weshalb sie weggelaufen war. Aber früher oder später hätte sie das sowieso getan. Ihr Bruder hatte mich davor gewarnt. Dass sie es sich einfach nicht gestattete, jemandem nahe zu sein. Sie würde sich nie erlauben, mir vertrauen zu wollen, und auch sonst niemandem. Ich hatte eigentlich geglaubt, es würde eine Weile dauern, bis wir wieder aufeinandertreffen, und ich wollte sie verdammt noch mal wirklich nicht wiedersehen, aber ich habe ja gelernt, dass die Dinge außerhalb der Army niemals so liefen, wie ich es wollte.

Der letzte Ort, an dem ich auf sie zu treffen erwartet hätte, war das Krankenhaus. Als ich sie dort sah, geriet ich erst mal in Panik, machte mir Sorgen, dass ihr etwas fehlte oder dass sie verletzt war. Als mir dann klar wurde, dass es ihr gut ging, musste ich einfach dichtmachen. Ich wollte nicht, dass sie die Sorge in meinen Augen las oder die Furcht in meiner Stimme hörte. Ich schaltete meine Gefühle ab, nachdem ich mir eine Sekunde lang Erleichterung gestattet hatte. Dann war alles aus. Glücklicherweise ging es Elodie gut, und Austin konnte von Glück sagen, dass er sich nicht wieder in die Scheiße geritten hatte. Karina sollte sich nicht auch noch Sorgen wegen der

Fehler ihres Bruders oder wegen seiner Entscheidungen machen müssen, wo sie doch ihre eigenen Probleme kaum in den Griff bekam.

Als sie da gestanden, mich in dem Wartebereich angesehen hatte, spürte ich, wie ihre grünen Augen sich in mich hineinbrannten. Sie wollte, dass ich sie ansah. Ich fühlte es, aber ich brachte es einfach nicht fertig, außer wenn sie gerade den Blick abwandte. Dann bemerkte ich ihren herausfordernden Gesichtsausdruck. Sie erwartete, dass ich den ersten Schritt machte, dass ich mich entschuldigte oder versuchte, mich zu rechtfertigen. Dazu würde es nicht kommen, aber sie stellte mich trotzdem auf die Probe. Das war es, was sie wollte. Ich fühlte das.

Bei dem Gedanken an sie erfasste mich eine Form der Erregung, die nur wenige Dinge in mir überhaupt noch hervorrufen konnten. Ich reagierte körperlich und gefühlsmäßig in einer Weise auf sie, die ich eindeutig nicht im Griff hatte, und ich hatte keine Ahnung, wie ich das loswerden wollte. Das war ganz bestimmt alles andere als gesund, und sicher hätte einer meiner Psychologen es analysiert und definitiv nicht gebilligt, aber das Hochgefühl, das ich durch sie bekam, machte mich süchtig. Nur sie oder die Angst um mein Leben konnten so etwas in mir hervorrufen. Allem anderen stand ich in letzter Zeit gleichgültig gegenüber – wie taub.

Warum hatte ich mich überhaupt in eine solche Lage gebracht? Frauen hätten eigentlich das Letzte sein sollen, woran ich jetzt dachte. Ich hatte kein Recht darauf, mich auf eine Beziehung einzulassen oder irgendjemandem irgendetwas zu versprechen. Ich musste mich nur um eines kümmern, nämlich aus diesem Drecksloch wieder rauszukommen. Und das schnell. Keine Bindungen. Vielleicht musste ich mir das nur häufig genug sagen, damit es wahr wurde.

Mein Hirn und mein Körper waren vom vergangenen Tag total erschöpft, aber ich musste noch mindestens eine Stunde wach bleiben. Das würde ich wohl schaffen; war ein Soldaten-Ding, seinen Körper so gut zu kennen, dass man wusste, was man ihm zumuten konnte und was nicht. Von dem pulsierenden Schmerz an meiner Kniescheibe bis hin zum Pochen an meinen Schläfen ging ich alles genau durch. Ich dachte an die Schmerzskala von eins bis zehn, wie sie die Ärzte und Spezialisten immer bemühen. Im Augenblick war es eine gute Sechs, wobei Zehn bedeutete, dass man verdammte Höllenqualen litt.

Ich hatte heute Abend zwar ständig Schmerzen, aber ein verletztes Knie oder einer von Mendozas Anfällen waren nichts im Vergleich zu der Scheiße, die ich im Ausland mitgekriegt habe. Das Geräusch der Raketen, die die Luft durchschnitten und in unserem Camp detonierten, hatte ich jetzt noch genauso deutlich im Ohr wie damals, als es geschah. Das Bild der Splitterbomben, die wie Blitze zur Erde herabzuckten, und der höllische Schmerz, als das glühend heiße Metallstück mein Bein durchbohrte und meine Knochen zerschmetterte, waren immer noch präsent – und doch war auch das nichts im Vergleich zu dem Feuer, das an meinem Fleisch leckte und fraß, während ich darauf wartete, dass jemand mich aus dem brennenden Camp zog. Und dann das Feuer im Militärgeländewagen …

Austin schrie: »Sag mal, lebst du noch? Bro … du bist jetzt bestimmt schon zehn Minuten da drin. Was treibst du denn da?«

Ich kam wieder zu mir, in die Welt, in meine Wohnung, in der ich so weit wie möglich von Feuer und Tod entfernt war. Zumindest körperlich. Mein Geist würde weiter brennen, wie immer.

»Wenn man es verdammt noch mal nicht zurückgeben kann, dann heißt es nicht leihen!«, rief ich zurück, wobei ich die Augen geschlossen hielt und versuchte, meine Atmung zu beruhigen.

Ich ließ den Nacken kreisen und spürte den vertrauten Schmerz. Karinas geschickte Hände, die meine schmerzenden Muskeln kneteten, wären jetzt genau das Richtige. Karina, Karina, Karina, immer wieder fand sie eine Möglichkeit, um sich in meine Gedanken zu schleichen.

»Hey, ich zahl's dir zurück, wenn ich mit der Grundausbildung fertig bin.« Er schrie nicht mehr, sondern sprach jetzt normal, und ich machte die Augen auf und sah ihn in meiner Küche stehen. Austin und ich neckten einander wie Battlebuddies. Er würde kein Problem mit der ständigen gegenseitigen Frotzelei der Soldaten untereinander haben. Das gehörte zum Soldatenleben dazu. Die Jungs, die keinen Scherz vertragen konnten, hatten es am schwersten. Die meisten Witze waren voll unter der Gürtellinie, oft beleidigend, und hätten an jedem anderen Arbeitsplatz als in höchstem Maße unangemessen gegolten.

»Das Geld vom ersten Gehaltsscheck geht schnell flöten, wenn du die Kohle rausschmeißt, bevor du sie überhaupt verdient hast. Schau dir die anderen an, wie sie es verprassen, indem sie Party machen oder sich die neuesten Sneakers und irgendeinen Blödsinn von Best Buy kaufen, sobald der Gehaltsscheck eintrifft. Sei klüger als sie. Wenn überhaupt irgendwas, dann mach eine Anzahlung auf ein Auto, wenn du schon unbedingt Geld ausgeben musst.«

»Sieh sich das einer an: Mr. Fucking Verantwortung«, spottete er. »Geld zu sparen ist doch gar nicht so schwer. Ich kriege alle zwei Wochen meinen Sold. Und jedes Mal lege ich etwas davon zurück.«

Ich lachte. Natürlich dachte er das. Ich hatte das schon viele Jungs und auch Männer sagen hören, bevor sie das wahre Leben kennenlernten. In einem Jahr würden wir sehen, wie viel Geld er gespart und wie viel Schulden er hatte. Wenn ich mit meiner jetzigen Einschätzung falschlag, umso besser.

»Das denkt jeder. Es kann verdammt schwer sein, wenn dir ein Reifen platzt oder deine Stromrechnung zu hoch ist.« Ich lachte. »Oh, du hast ja *keins* von beidem!«

»Witzbold!« Er öffnete die Tiefkühltruhe, nahm sich ein Fertiggericht heraus und starrte dann die Uhr an der Mikrowelle an. Ich hatte die Mikrowelle noch einmal angestellt, und so musste er noch mal zwei Minuten warten.

Diese Zeit nutzte er, indem er den Kühlschrank öffnete und sich ein Bier nahm. Er war noch nicht alt genug, um trinken zu dürfen, aber ich selbst war ja auch kaum erwachsen, dafür aber schon zweimal im Krieg gewesen. Also was soll's.

Er prostete mir mit der Flasche zu. »Willst du auch eins?«

Schnell hatte ich mich entschieden. »Ach, zum Teufel. Warum eigentlich nicht.«

Vielleicht löste es ja die Anspannung in meinem Körper und betäubte mich ein bisschen. Eigentlich hätte ich dafür etwas Stärkeres gebraucht, aber Bier war besser als nichts. Ich hasste es, wie unvorhersehbar der Schmerz war, dass er kam und ging, wie es ihm gefiel. Dieses unbeständige Aufflackern war die eine Hälfte des Problems. Die andere bestand darin, lang genug stillzusitzen, damit alles verheilen konnte, was mir einfach nicht möglich war.

»Alles in Ordnung?«, sagte Austin in die Stille hinein. »Ich habe doch eben schon das Ping gehört, aber du hast die Mikrowelle nicht geöffnet«, bemerkte er und blickte zu dem Gerät hinüber, das in den Küchenschränken untergebracht war.

»Ja.« Meine Stimme war heiser. Ich räusperte mich und stellte das leere Bier auf die Theke. Ich würde ihm nicht erzählen, dass ich gerade eine Phase durchmachte, in der ich seine Schwester gleichzeitig verabscheute und mich nach ihr sehnte. Ich dachte kurz nach und erzählte ihm eine Lüge.

»Ja. Habe gerade an Mendoza und Gloria gedacht. Ich will unserem Zugführer wirklich nichts von alldem erzählen, aber so langsam weiß ich nicht mehr, was ich machen soll.«

Ich hatte niemals bewusst die Aufmerksamkeit unseres Zugführers gesucht, aber mit Mendoza ging es immer weiter bergab, und heute hatte ich erkennen müssen, wie schlimm es noch werden konnte. Seine PTBS war dermaßen außer Kontrolle geraten, dass selbst ich sie nicht mehr im Griff hatte. Ich versuchte tagtäglich, ihm zu helfen, den ganzen Tag, aber egal wie viel Zeit ich mit ihm verbrachte und wie sehr ich ihn im Auge behielt, das änderte nichts an der Tatsache, dass sein Trauma nicht vernünftig behandelt worden war. Er schlug immer häufiger und schlimmer um sich.

»Zumindest wurde niemand verletzt«, sagte Fischer mit besorgtem Blick. Seine Augen hatten beinahe die gleiche Farbe wie die seiner Schwester. Seiner verdammten Schwester. Mendoza hatte für mich jetzt Priorität.

Mendoza wurde verletzt. Er hat Schmerzen.

»Ja«, flüsterte ich.

Ich wünschte, ich könnte mit Fischer darüber reden, so wie ich es mit seiner Schwester tun wollte. Stattdessen nickte ich nur. Er war noch nicht so weit, von den dunkelsten Seiten zu erfahren, die einen erwarteten, wenn man sein Leben dem übergeordneten Wohl seines Landes weihte, und ich hoffte, er würde die Grundausbildung überstehen, ohne das alles jetzt schon am eigenen Leib erfahren zu müssen. Das alles war viel zu schwer für ihn und würde seiner frischgebackenen Soldatenmoral bestimmt nicht guttun. Er würde sowieso ums Überleben kämpfen. Ich wollte nicht, dass er sich Mendoza zum Vorbild nahm.

Seine Schwester würde es verstehen. Sie würde Mitgefühl und Mitleid für meinen verlorenen Bruder und seine Familie empfinden. Als sie sich damals nach ihm erkundigte, gab ich nicht allzu viel preis, was mich zum echten Heuchler machte. Aber wenn ich sie je wiedersah, würde ich ihr alles sagen, was sie wissen wollte. Ich hätte ihre Klugheit jetzt gut brauchen können. Hier stand ich und widersprach mir selbst jedes einzelne, verdammte Mal, wenn ich an sie dachte.

Ich stützte mich jetzt auf den anderen Arm, weil der erste durch das Aufstützen auf die Theke schon taub zu werden begann. Ich hoffte, dass ich es bis in mein Zimmer schaffen würde, ohne dass Fischer bemerkte, dass etwas mit mir nicht stimmte. Ich war mittlerweile ein Meister darin, meinen Schmerz zu verbergen. Seine Augen folgten meinen Armen und wanderten dann zu meinen Beinen hinab. Ich wusste, Fischer würde keinen Riesenwind um meine Verletzungen machen, aber ich wollte weder sein Mitleid noch seine Meinung hören, und ganz sicher wollte ich nicht, dass er seiner Schwester davon erzählte oder vor seinem Dad darüber sprach, bevor ich meinen Arsch aus der Army herausgeschafft hatte. Ich musste nur noch die letzten Termine hinter mich bringen, zu denen glücklicherweise nicht ein einziger Arztbesuch gehörte, damit ich endlich rauskam. Sobald meine Entlassung durch war, würde ich ins Veteranen-Krankenhaus gehen.

»Alles klar mit dir?«, fragte er.

Ich sah auf meine Beine hinunter und lachte. »Ja, alles klar.«

»Sieht aber gar nicht so aus«, antwortete er.

Ich streckte mein schmerzendes Bein. Die Aufgabe der Stabsärzte bestand darin, meinen kaputten Körper gerade genug zusammenzuflicken, um mich wieder in einen Krieg ziehen lassen zu können, der eigentlich schon vor Jahren hätte enden sollen. Es war ihnen egal, ob es gut heilte, Hauptsache, es ging schnell. Man erwartete sogar Tempo von ihnen, um Geld, Zeit und Papierkram zu sparen. Das Veteranen-Krankenhaus war besser. Dort würde man mich auf jeden Fall wie einen Menschen behandeln. Ich hatte mich schlaugemacht, und genau auf diese Weise wollte ich hier raus, wollte weiterhin Beihilfen kriegen und den Haufen nach all dem Shit, den ich im »Namen der Freiheit« durchgemacht hatte, mit einem guten Geschmack im Mund hinter mir lassen.

»Was passiert mit Mendoza, wenn sie rauskriegen, dass er im Krankenhaus war?«, fragte Fischer und trank sein Bier ebenfalls aus.

»Oh, das finden sie bestimmt heraus. Keine Ahnung, was sie dann tun. Hängt von ihrer jeweiligen Stimmung ab.«

»Wechselt die denn so schnell?«, fragte er, als sei er nicht in einer Soldatenfamilie aufgewachsen.

Ich nickte. »Du hast ja keine Ahnung.«

»Meine Güte.« Er strich sich mit der Hand übers Kinn. »Hast du dich denn schon entschieden, wo du hingehst, wenn du raus bist? Und gehst du wirklich?«, fragte Fischer und sah sich in der Küche um. Überall lagen und standen Werkzeuge herum, weil ich ja noch an dem Doppelhaus arbeitete. Kisten mit Bodendielen, Eimer mit Farbe. Ein verdammtes Chaos.

Ich nickte. »Mich hält hier nichts mehr. Ich mach dann verdammt schnell die Biege. Sobald ich die Entlassungspapiere unterzeichnet habe, bin ich weg. Hab noch keine Ahnung, wohin ich dann gehe. Vielleicht Atlanta?«

»Wenn ich irgendwohin geschickt werde, wo es cool ist, kannst du ja mitkommen. Ich hoffe nach Hawaii.« Er lachte, als er das sagte, aber ich fragte mich, ob seine Worte nicht doch ein Körnchen Wahrheit enthielten. Bald würde er mit ein paar Fremden zusammenleben, die sehr schnell wie Brüder für ihn sein würden, schneller, als er sich das jetzt vorstellen konnte. Wir hatten nicht zusammen gedient, und trotzdem wuchs er mir jetzt schon ans Herz. Aber ich wusste, dass es keinen Zweck hatte, eine enge Freundschaft aufzubauen, denn er würde bald abreisen, und ich musste mich von seiner Schwester fernhalten. Von allem, das mit ihr in Verbindung stand. Ich würde mir auch weiterhin Sorgen machen, ob er sich in die Scheiße ritt, und hin und wieder auch nach ihm sehen. Aber schon bald würde ich mich für ihn nicht ganz so verantwortlich fühlen, wie ich es jetzt tat. Das Problem musste dann jemand anderes lösen. Hoffentlich nicht seine Schwester.

Ich nickte kurz. »Wir werden sehen. Ich gehe nur dorthin, wo es Sonne, billige Grundstücke und weniger verdammten Regen gibt.«

Hawaii schien weit genug von der Wirklichkeit entfernt, sodass ich mit ihm träumte.

»Mann, wenn ich in Knox oder Hood stationiert werde, bin ich total *angepisst.*«

Daraus konnte ich ihm keinen Vorwurf machen, und ganz sicher würde ich ihn nicht in Kentucky oder Texas besuchen.

»Ich bin dann deinetwegen auch angepisst. Aber vielleicht landest du ja auch hier.«

Fischer lachte auf und ließ sein Bier an meine leere Flasche klirren. »Meine Schwester würde das liiiieben.«

Als er seine Schwester erwähnte, öffnete ich den Kühlschrank und nahm mir noch ein Bier heraus.

»Sorry. Ich rede wirklich dauernd von ihr.« Auch Austin griff nach einem zweiten.

»Wie geht es ihr?« Das hier war zwar nicht die angenehmste Unterhaltung meines Lebens, aber die beste Informationsquelle über Karina, und meine Neugier gewann die Oberhand.

Austin musterte mich eine Sekunde lang. Er besaß das Gesicht eines adretten, weißen Jungen, der mit sämtlichem Ärger, den er verursachte, immer davonkam; diesen Typ Mann konnte ich normalerweise nicht ausstehen, aber Fischer war nicht ganz so vorhersagbar, wie er aussah, und ich mochte ihn lieber als die meisten anderen Menschen. Er hatte ein gutes Herz und eine Leichtigkeit, die mir gefiel.

»Hab sie erst gestern gesehen, zum ersten Mal, seit sie es herausgefunden hat. Es geht ihr gut, glaube ich. Stinksauer und hasst im Augenblick uns beide.« Er zuckte mit den Schultern. »Doch das war zu erwarten. Irgendwann wird sie sich für mich freuen. Hoffe ich. Sie kann jetzt eh nicht mehr allzu viel dagegen unternehmen.«

Er leckte sich die Lippen und trank sein Bier. Die Mikrowelle piepte, und ich holte die Pizza heraus, wobei ich mir die Fingerspitzen verbrannte.

»Sie kann ganz schön nachtragend sein, oder?«, fragte ich ihn. Ich kannte die Antwort bereits, aber ich wollte die Bestätigung von ihm hören. Vielleicht würde mein lästiges Hirn ja dann endlich mal kapieren.

Er nickte. »Oh fuck, ja! Außerdem vergisst sie nichts. Also selbst wenn du denkst, dass sie dich vom Haken gelassen hat, kommt sie Jahre später wieder auf die Scheiße zu sprechen. *Du hast mich getreten, als ich zwölf war.*« Er lachte, aber ich fand es nicht lustig.

Sie würde mich ewig hassen, weil ich sie belogen hatte. Das war mir irgendwie klar gewesen, aber es war noch nicht in sämtliche Hirnwindungen vorgedrungen. Sie würde mich jetzt stets für einen Lügner halten. Ich habe mehr als einmal gelogen, und sie würde es nie auf sich beruhen lassen. Sie hatte mir ja schon vor meiner Lüge kaum vertraut. Nie würde ich ihre Gunst zurückerlangen. Fuck. Ich hatte mich doch damit abgefunden! Und nur weil ihr Zwillingsbruder in meiner Küche herumstand, dachte ich überhaupt noch an sie.

»Martin …« Seine Stimme klang leise, warnend. »Das nächste sage ich nur aus Liebe zu dir, Bro, aber meine Schwester wird dir niemals verzeihen. Ich weiß nicht, wie ernst es zwischen euch beiden war, und ich will es auch gar nicht wissen.«

Er klang älter, als er war. Das Küchenlicht flackerte wie ein böses Omen, als er weitersprach. Er gestikulierte, während ich zu verdauen versuchte, was er sagte. Seine Aufrichtigkeit traf mich unvorbereitet.

»Unsere beiden Eltern haben ihr echt übel mitgespielt. Mir natürlich auch.« Er lächelte. »Aber wir sind ganz unterschiedlich damit umgegangen, und sie … na ja … sie macht einfach dicht. Ich will nicht zusehen, wie du es unzählige Male versuchst und letztlich doch scheiterst. Um ihretwillen wünschte ich, es wäre anders, aber ich weiß nicht, ob sie jemals eine normale Beziehung mit jemandem führen wird. Ich mache mir Sorgen um sie, aber du solltest dich ihretwegen nicht quälen.«

Hitze stieg in meiner Brust empor. »Findest du nicht, dass du jetzt ein wenig weit gehst? Sie ist erst zwanzig, und du vögelst da draußen ausschließlich verheiratete Mädchen. Wenn ich du wäre, würde ich mich mit Ratschlägen zurückhalten.«

Er warf mir einen Blick zu, wegen dem ich ihn am liebsten am Shirt gepackt und gegen die Wand geschmettert hätte. Ich widerstand, aber meine Finger, mit denen ich meine Bierflasche umklammert hielt, zitterten.

»Wow. Wow. Verzapf nicht so einen Scheiß darüber, wen ich

ficke – und ich kann über *meine* Schwester sprechen, wie ich will. So gut kennst du sie doch noch gar nicht. Chill mal, verdammt.«

Seine Wangen röteten sich, und seine Stimme wurde lauter.

»Aber *du* kennst sie?«, knurrte ich ihn an. Wir gingen an die Decke wegen jemandem, der gar nicht da war und uns also auch nicht wieder runterholen konnte. Jemanden, der uns in diesem Moment wahrscheinlich ordentlich runterputzen würde.

»Kaum. Das versuche ich dir ja zu sagen. Du wirst sie auch niemals kennenlernen, und du wirst dich verrückt machen, weil du versuchst, sie zu verstehen oder sie zu veranlassen, dir zu verzeihen. Ich passe auf euch auf, auf euch beide, aber na los: Ignoriere meinen Rat, und du wirst schon sehen, was passiert. Sie bestraft unseren Dad seit dem Tag, an dem unsere Mutter gegangen ist. Sie gibt niemals nach.«

Ich schnaubte. Es machte mich stocksauer, dass er glaubte, so mit mir reden zu können, aber er kannte Karina nun mal viel besser als ich, obwohl ein Teil von mir genau das Gegenteil glaubte, nämlich dass er vielleicht derjenige war, der sie *nicht* kannte.

»Dein Dad hat auch Strafe verdient.«

Er musterte mich.

»Was weißt du, das ich nicht weiß?«, fragte er.

Wir starrten einander an. Darauf ließ ich mich nicht ein. Ich konnte nicht. Auch wenn Karina nie mehr mit mir reden würde, sie hatte mir Dinge anvertraut, die ich niemals je einem anderen Menschen weitererzählen würde, nicht mal Fischer.

»Spielt keine verdammte Rolle. Über diesen Shit will ich sowieso nicht reden.« Ich strich mir mit der Hand über den Schädel. »Wie auch immer. Vielleicht geh ich ja schneller nach Atlanta als geplant? Ich könnte mich mit der Renovierung meines Hauses beeilen und hoffentlich genug Geld verdienen, sodass ich nach einem Haus in meiner Heimatstadt oder ihrer Umgebung Ausschau halten kann, wo Immobilien viel billiger sind als in einer großen Stadt wie Atlanta. Je eher ich mein Veteranen-Darlehen auf dieses Doppelhaus hier zurückzahle, umso eher geben sie mir ein zweites Darlehen.«

Der Gewinn würde zu Anfang nicht riesig sein, aber mit irgendwas musste ich ja anfangen, und beinahe jeder Soldat kann ein Veteranen-Darlehen kriegen. Ist ja auch richtig. Wer dem Land gedient hat, der sollte zumindest das Privileg eines eigenen Hauses bekommen.

»Hey, zumindest hast du Alternativen und ein Dach über dem Kopf. Ich habe nicht mal eine Heimatstadt. Ich bin arbeits- und heimatlos«, stellte Fischer fest, ohne Selbstmitleid, ganz sachlich.

Er war ein Widerspruch in sich: der selbstbewussteste und am wenigsten selbstbewusste Kerl, den ich je kennengelernt hatte.

»Hast du schon mal gehört, dass du dich nicht mit anderen vergleichen solltest?«, lachte ich.

»Ja, ich glaube, das hab ich irgendwo schon mal auf einem T-Shirt gelesen.«

»Hey, wenigstens hast du einen Dad.«

Er lachte. »Stimmt schon. Aber keine Mom.«

»Na ja, verdammt.«

Wir lächelten beide, schüttelten die Köpfe und rissen Witze über die düstere Realität unseres Lebens. Einen Augenblick lang fühlte es sich gut an zu wissen, dass jeder sein beschissenes Päckchen zu tragen hatte und damit zu kämpfen hatte. Indem wir uns nicht mehr über den Mist aufregten, den wir sowieso nicht beeinflussen konnten, fanden wir Erleichterung. Und die hatten wir auch dringend nötig.

»Du hast deine Schwester«, sagte ich.

Wir klangen jetzt beide ernster. Ich war genervt, weil ich sie selbst erwähnt hatte. Austins zweites Bier war beinahe leer.

»Sie redet nur das Nötigste mit mir. Sie hat sogar versucht, mich rauszuschmeißen, als ich ankam. Letztlich hat sie mich dann doch in ihrem Haus bleiben lassen. Da konnte ich zumindest duschen und so, aber wie ich schon sagte: Sie ist irre nachtragend.«

Ich sah ihn an, aber mein Mund war schneller als mein Verstand, sodass ich herausplatzte: »Weshalb? Grollt sie eurer Mom, die sie verlassen hat, oder ihrem Dad, der sich verhält, als kümmere sie ihn einen Scheißdreck?«

»Beides. Aber sie ist nicht nur wütend auf sie. Auf mich auch, sogar auf dich!« Er deutete auf mich. »Du bist jetzt derjenige, der es abkriegt. Ich bin derjenige, der dich gebeten hat, es ihr nicht zu erzählen, und wahrscheinlich verzeiht sie dir das nie. Mit mir muss sie wieder reden – wir sind immerhin Zwillinge. Aber ich wäre nicht überrascht, wenn sie dir gegenüber so täte, als gäbe es dich gar nicht. Wie ich schon sagte, meine Schwester ist nicht wie die anderen Mädchen, die du nur anzulächeln brauchst, und schon vergessen sie dein idiotisches Verhalten.«

Karina und ich schienen die gleiche Art zu haben, die Dinge zu bewältigen.

»Hatten wir uns nicht darauf geeinigt, nicht mehr über deine Schwester zu reden?« Mit der freien Hand massierte ich mir die Schläfen. Mein Bier war noch halb voll, stand verlassen auf der Theke.

»*Du* hast sie doch wieder erwähnt. Aber ja, bitte, lass uns um Himmels willen damit aufhören. Reden wir lieber darüber, was zum Teufel alles in Atlanta zu tun ist, das du so liebst. Ich war seit Jahren nicht mehr da.« Er machte ein Gesicht, als sei ihm grade ein Licht aufgegangen. »Wir sollten dorthin fliegen, wenn ich Ende des Monats einundzwanzig werde. Oder sonst wohin. Die Jungs planen sowieso einen Campingausflug. Ich hab deswegen eine Nachricht bekommen.«

»Na ja, zunächst einmal werden Unmengen von Filmen in der Stadt und ihrer Umgebung gedreht, und zwar wegen der Steuerermäßigungen. Deshalb will ich ins Geschäft einsteigen, bevor der Immobilienmarkt durch die Decke geht. Zum Zweiten gibt es immer irgendetwas zu tun. Ist nicht so verschlafen dort wie hier.« Ich wedelte mit dem Bier durch die Luft. »Und dann das Essen. Es gibt einfach nichts Besseres. Außerdem mache ich bei so einem verdammten Campingausflug sowieso nicht mit.« Das hatte ich schon beschlossen, als die Idee zum ersten Mal in der Truppe erwähnt wurde.

»Ach, komm schon!« Austin verdrehte die Augen.

Ich war noch nicht allzu viel gereist, weshalb ich kulinarisch nicht sehr bewandert war. Wenn sich die Gelegenheit ergab, probierte ich durchaus das ein oder andere, aber ich reiste nur, wenn die Army mich irgendwohin schickte, und so eine Entsendung hat nun mal absolut nichts mit diesem Touristenbullshit zu tun. Einmal war ich in Deutschland, kam aber gar nicht vom Flughafen weg. Dort aß ich eine Brezel. Und eine Tüte M&M's.

»Ich hab nichts kapiert, bis du übers Essen gesprochen hast.« Austin lächelte und warf einen Blick auf seine Mikrowellen-Mahlzeit. »Woher weißt du all das über den Immobilienmarkt?«

Ich lachte und verlagerte unauffällig das Gewicht auf meinen anderen Arm. »Überleg mal, was du mit all der Zeit anfangen könntest, in der du mit Mädchen wie Katie schläfst oder Video-Games spielst.«

Er schnaubte, prostete mir mit der Bierflasche zu und trank den kümmerlichen Rest. »Nach der Grundausbildung bin ich bestimmt mehr wie du. Erwachsener und so.« Er nahm sich ein weiteres Bier aus meinem Kühlschrank und öffnete den Verschluss an seiner Gürtelschnalle. »Aber erst mal will ich das letzte bisschen Freiheit genießen, solange es andauert.«

Ich nickte und fragte mich, ob ihm klar war, wie wenig Freiheit er haben würde.

Ich stieß mit meiner Flasche an, und wir tranken beide einen Schluck. Das Bier war so kalt, dass es mir an den Zähnen wehtat. Ich musste mich immer noch dran gewöhnen, jetzt einen Kühlschrank zu besitzen. Und nicht nur das, ich hatte sogar einen Tiefkühlschrank und Eis.

Dann piepte die Mikrowelle erneut. Auch Austins Gericht war fertig. Ich zog den dünnen Plastikdeckel ab und rührte mit einer Gabel um. Die Soße roch wie in meiner Kindheit sonntags im Haus meiner Ma. Dann kamen all meine Cousins und Tanten vorbei, und wir rannten den ganzen Tag im Garten herum. Ich probierte davon und schloss die Augen. Entweder war ich am Verhungern, oder das hier traf genau den Geschmack.

»Hast du dir schon überlegt, was du vorher als Letztes essen willst?«, fragte ich Austin.

Er sah von seinem Handy auf.

»Sollte ich das denn?«, fragte er. »Ich geh doch nicht ins Gefängnis.«

Ich gab keine Antwort.

»Aber nein. Noch nicht. Vielleicht eine Riesen-Pizza. Und Bier. Jede Menge Bier.« Die letzten Worte lallte er. Er war zappelig, schien nicht stillstehen zu können.

»Geht es dir gut?«, fragte ich und deutete mit dem Kopf auf das frische, kalte Bier in seiner Hand.

Er nickte, schien sich seiner Sache sicher zu sein. Ich sah ihn an und brauchte einen Moment, um meine Gedanken zu ordnen und abzuschätzen, wie nüchtern er war. Aber das war eigentlich auch egal, denn morgen hatte er sowieso nichts zu tun.

»*So* betrunken bin ich gar nicht. Aber ich *wäre* es gern. Ich hoffe, meine Schwester ist irgendwann nicht mehr dermaßen sauer auf mich.« Seine Stimme wurde leise, als er merkte, dass er erneut auf sie zu sprechen kam. »Sorry. Wollte gar nicht schon wieder über sie reden.«

Ich fuhr mir mit der Hand über den Mund, zupfte an meinen Lippen. »Schon gut. Ist nicht zu ändern.« Ich tat sie mit einem Achselzucken ab. Na ja, ich versuchte es. »Du hast sie angelogen«, fügte ich hinzu.

»*Wir*«, sagte er und führte das Bier wieder an die Lippen.

»Wir. Ich weiß, aber du bist ihr Bruder, und du hast dieses Versprechen gegeben, nicht zur Army zu gehen. Ich nicht. Ich habe es ihr nur verheimlicht, weil eigentlich du derjenige bist, der es ihr sagen sollte.«

Als ich das sagte, wurde ich wieder sauer auf Austin. Während er es feige hinausgezögert hatte, seine Schwester in sein Vorhaben einzuweihen, hatte ich sie anlügen müssen. Küssen und lügen. Versuchen, ihr Vertrauen zu gewinnen, und lügen. Das hatte ich getan.

»Ich weiß, aber sie versteht es halt nicht. Du denkst doch immer noch, dass ich das Richtige getan habe? Oder?«

Ich nickte, wobei ich an die leere Pillentüte dachte, die ich in seiner Tasche gefunden hatte, als er bewusstlos und so hackedicht gewesen war, dass er gar nicht gemerkt hatte, wie ich ihn von meinem Garten in mein Haus geschleift hatte. Ich hatte bis heute nicht herausgefunden, wer ihn dorthin gelegt hatte. Das seiner Schwester zu verschweigen war ebenfalls eine Lüge gewesen.

Ohne bewusst darüber nachzudenken, schien ich das häufiger zu tun.

»Glaubst *du* denn, dass du das Richtige getan hast? Das ist nämlich hier die eigentliche Frage, Fischer.« Herausfordernd zog ich die Augenbrauen hoch.

»Weiß ich noch nicht. Na ja, dass ich sie angelogen habe, war jedenfalls nicht richtig. Das war ziemlich blöd und hat alles nur noch schlimmer gemacht.«

»Yep. Kann man wohl sagen.« Ich gab ihr einen Grund, um vor mir zu fliehen. Im Weglaufen war sie gut. Diese Gewohnheit spendete ihr offenbar Trost.

»Wenn ich du wäre«, begann Austin langsam, »würde ich sie nicht drängen, dass sie dir verzeiht. Das hasst sie. Da kannst du jeden fragen, der sie kennt.«

Die Sache war nur die: Ich glaubte nicht, dass irgendjemand, der sie getroffen hatte, sie wirklich *kannte*. Ich war ihr schon ziemlich nahe gekommen, aber sie floh, sobald ich noch näher kam.

»Mach ich nicht. Ich hab jede Menge anderen Scheiß an der Backe«, sagte ich.

Er schnitt eine Grimasse.

Unsere Unterhaltungen über Karina waren insgesamt recht einseitig, und ich nutzte sie, um so viel wie möglich über sie zu erfahren. Wahrscheinlich lag es an ihrer geheimnisvollen Aura, dass ich ständig an sie denken musste. Obwohl sie in meinem Leben jetzt nur noch ein Geist war, konnte ich einfach nicht von ihr loskommen.

»Ich glaube, das mit euch beiden hätte sowieso nicht funktioniert. Sie ist manchmal ziemlich schwierig und braucht einen Typen, der das ausgleicht. Und in Bezug auf Männer ist sie sowieso eher schüchtern. Weil sie nie wirklich mit jemandem gegangen ist, außer mit Brien, dieser Flasche. Mann, war das ein Vollpfosten!«

Man musste sich anstrengen, um in einer Unterhaltung mit Karina überhaupt Schritt zu halten, sowohl auf intellektueller als auch auf emotionaler Ebene. Sie sagte nie das, was ich erwartete, und hielt mich ständig auf Trab. Mit ihren Psychospielchen, diesen allwissenden Erklärungen für alles und jedes unter der Sonne. Sie hatte gleichzeitig recht und unrecht, war Waldbrand und Eisberg. Sie hatte ihre Fluchtwege schon im Kopf, lange bevor sie mich überhaupt kennenlernte. Sie *war* schwierig, aber ob Austin die Ironie bemerkte, wenn ausgerechnet *er* sie so nannte? Und schüchtern war weit von der Realität entfernt. Diskret, könnte man sagen, das traf es eher, aber nicht *schüchtern*. Austin hatte sie nie so gesehen wie ich oder sie so kennengelernt. Natürlich nicht.

Sie war nicht schüchtern, sondern vielmehr verschlossen, weil sie niemandem vertraute. Ich würde Austin das nie sagen oder ihm einen Teil von ihr enthüllen – ihm das zu zeigen oder es vor ihm zu verbergen oblag allein ihr –, deshalb musste ich jetzt genau über meine Antwort nachdenken.

»Es gibt eine Million Gründe, warum das mit uns nicht funktioniert hätte, also hör auf, darüber nachzugrübeln und mir komische Fragen über deine Schwester zu stellen.«

Ich richtete mich auf, sodass mein Bein nun wieder einen Teil meines Körpergewichts trug.

»Gut, ich höre auf«, sagte er, auf seinem billigen Rindergulasch herumkauend. »Aber hör du auch auf, an sie zu denken, denn das ist jetzt schon das dritte Mal, dass wir vereinbaren, das Thema zu wechseln.«

»Du solltest doch noch mal über den Campingausflug nachdenken«, fügte Fischer hinzu.

Ich schüttelte den Kopf.

»In Afghanistan hab ich oft genug mit den Typen im Zelt herumgesessen. Das Ganze mit Alkohol und Mädels zu wiederholen würde es nur noch schlimmer machen.«

Austin lächelte. »Alkohol und Mädels können gar nichts schlimmer machen.«

13

Karina

Mein freier Tag begann ganz unspektakulär. Ich hatte meinen Gehaltsscheck bekommen, auf dem sich ein hübsches Sümmchen angesammelt hatte, weil ich so viele Extraschichten übernommen hatte. Ich kochte mir einen Kaffee und ging danach in das Nagelstudio am Ende der Straße. Heraus kam ich mit Finger- und Fußnägeln in Lucky Lucky Lavender. Eigentlich hatte ich eher Lust auf Schwarz gehabt, redete mir das aber dann selbst wieder aus. Meine Nägel mussten nicht unbedingt zu meiner Stimmung passen.

Als ich meinen Namen auf die Warteliste schrieb, waren meine Nägel noch beinahe peinlich gewesen. Aber nachdem ich Lucky Lucky Lavender aus einem riesigen Buch mit lackierten Fingernägeln ausgewählt hatte, wusste ich, dass es langsam aufwärtsging. Außerdem schlug die Angestellte des Nagelstudios vor, eine Gelschicht auf meine Nägel aufzutragen, um sie zu kräftigen, womit ich einverstanden war. Durch das Gel waren sie länger, und meine Hände waren beinahe hübsch. Sie war eine so gute Verkäuferin, dass ich sogar noch Geld für eine zehnminütige Handmassage drauflegte. Ihre Finger wirkten wie Magie auf meine überstrapazierten Muskeln. Als Massagetherapeutin konnte ich beurteilen, dass sie wusste, was sie tat.

Auf dem Nachhauseweg kam ich an einem Friseursalon vorbei und sah dort im Eingang eine Frau stehen, die ich noch nie gesehen hatte, in der Hand eine brennende Zigarette. Sie deutete auf das kleine, handgemalte Holzschild auf dem Bürgersteig und informierte mich, dass sie im Augenblick Strähnchen und Eyebrow-Waxing im Angebot hätten.

»Und für fünf Dollar färbe ich Ihnen sogar die Augenbrauen«, berichtete sie mir mit heiserer Stimme, während sie meine Augenbrauen viel zu lang anstarrte.

Ihre Stirn glänzte vor Schweiß. Die Sonne brannte schon jetzt erbarmungslos auf die Erde nieder, dabei war es erst elf Uhr vormittags. Der Bürgersteig war bereits kochend heiß. Ich spürte ihn unter meinen Flipflops, als ich durch die Straße ging.

Ich lehnte ihr großzügiges Angebot so höflich ab, wie es möglich war, ohne mit ihr zu reden oder ihr direkt in die Augen zu sehen. Sie schnippte die Zigarette auf den Boden, gerade, bevor ich vorüberging, und kehrte wieder in das Friseurgeschäft zurück, wobei sie die schwere Metalltür hinter sich zuknallen ließ. Ich warf einen Blick auf die Tür, bevor ich die Kippe aufsammelte, sie auf dem Bürgersteig richtig ausdrückte und sie in den nächsten Papierkorb warf.

Unwillkürlich blieb ich stehen und schaute in den Seitenspiegel eines in der Straße parkenden Vans. Mit den Fingerspitzen schob ich meine Haare am Ansatz auseinander, um zu sehen, wie weit die Farbe bereits rausgewachsen war. Meine hellen Haare waren an den dunkleren Strähnchen auf dem Vormarsch, als wollten sie fremdes Terrain erobern. Es war tragisch.

Vielleicht sollte ich mir die Haare färben? Ich hatte mich in letzter Zeit ziemlich beschissen gefühlt, aber jetzt gaben meine neuen Nägel mir etwas Schwung. Vielleicht stimmte es ja, was diese romantischen Bücher und Filme einem immer vormachten.

Die Frau hat ihren Cinderella-Moment, verändert ihr Äußeres, und – Simsalabim! – sie vergisst den Jungen, fühlt sich toll und lebt glücklich und in Freuden, umgeben von einer Gruppe fröhlicher, alleinstehender, fantastischer Freunde – und dann kommt ein neuer Typ daher, und der Tag ist gerettet!

An dieser Stelle bitte Augen verdrehen.

Ich glaubte nicht eine Sekunde lang an so was. Meiner Meinung nach war verdammt noch mal viel mehr nötig als eine äußere Veränderung, um sich weiterzubewegen. Trotzdem kaufte ich mir Haarfarbe. Zwei Tuben: dunkelblond die eine und eine Schattierung dunkler die andere, um beide zu mischen. Ich hoffte, dass mein Haar nach der Behandlung nicht mehr so glanzlos wirkte wie jetzt und meine Haut demzufolge dann auch nicht mehr so grau und stumpf aussah. Mein Gesicht hatte ein wenig von seiner früheren Farbe verloren, wahrscheinlich, weil ich abgesehen von meinem Fußmarsch zur Arbeit und dann wieder zurück nach Hause nicht allzu häufig draußen gewesen war. Die Vitamin-D-Kur konnte warten, aber mir das Haar zu färben war schon immer eine Art Warmstart für mich gewesen, seit man es mir an meinem dreizehnten Geburtstag zum ersten Mal erlaubt hatte.

Ich hatte es schon mal pink getragen, hätte es beinahe geröstet bei dem Versuch, es silbern zu färben, und wechselte von brünett zu blond, wenn ich ganz und gar entkommen und mich erfrischen musste. Da Friseursalons so teuer waren und ich sparen und das Geld in mein Haus stecken musste, machte ich es grundsätzlich selbst. Ich nahm noch einen Mischpinsel und eine Schüssel mit, um mir professioneller vorzukommen, und machte mich, um dreißig Dollar ärmer, wieder auf den Weg nach Hause – auf das Beste hoffend.

Eine Stunde später betrachtete ich mein frisch gefärbtes Haar und meine leuchtend lavendelfarbenen Nägel im Spiegel. Bei diesem Anblick fühlte ich mich fast wie neu. Auf der Tube stand, dass mein Haar einen »goldenen Walnusston« annehmen würde; keine Ahnung, was genau das ist, aber es gefiel mir. Durch mein helles Haar bekam meine Haut eine rosige Färbung, und ich fühlte mich etwas lebendiger. Genau wie meine Haarfarbe hatte auch immer schon meine Selbstwahrnehmung hin und her geschwankt. Es hatte Phasen gegeben, in denen ich mir wie das selbstbewussteste Mädchen im Raum vorkam, und solche, in denen ich vermutete, dass jeder mich insgeheim hasste und hinter meinem Rücken über mich lästerte. Oh, was macht die Grübelei doch für einen Spaß.

Mein neues Haar erinnerte mich an die Haarfarbe, als ich sechzehn war, was witzig war, denn ich trug tatsächlich ein altes T-Shirt aus meiner Highschoolzeit als Pyjama. Im Ärmel war ein Loch, und meine Shorts hatten die gleiche graue Farbe. Sie fühlten sich an wie ein altes Handtuch und waren meine Lieblingshosen. Mit ihnen verband ich ein paar sehr tröstliche Erinnerungen.

Alles um mich herum veränderte sich beständig, jetzt mehr denn je, und mir blieb nichts anderes übrig, als krampfhaft zu versuchen, mit beiden Beinen auf der Erde zu bleiben. Austin würde bald abreisen; selbst wenn er in Fort Benning die Grundausbildung absolvierte, würde ich ihn erst wieder zum Familienbesuchstag und bei der Abschlussfeier sehen. Phillip würde in den nächsten Monaten nach Hause kommen, und ich würde wieder allein wohnen.

Ich musste mich zusammenreißen und mich auf mein Leben und meine Karriere konzentrieren.

Dabei hatte ich bis jetzt noch nicht mal eine Karriere – ich hatte eine Ausbildung, aber ich brauchte mehr Erfahrung. Und ich hatte keine Ahnung, wie mein Plan für die Zukunft aussah, außer dass ich nicht ewig für Mali arbeiten wollte.

Wem wollte ich hier eigentlich etwas vormachen? Ich wusste nicht mal, was ich kommendes Wochenende machen wollte, ganz zu schweigen vom Rest meines Lebens.

Ich durfte nicht so viel grübeln. In der letzten Zeit verbrachte ich viel zu viel Zeit in meinem Kopf.

Ich schaltete das Badezimmerlicht aus, ging ins Wohnzimmer und ließ mich auf die Couch fallen. Ich kam mir viel hübscher vor, nachdem ich mir das Haar gefärbt und die Nägel hatte machen lassen, und jetzt brauchte ich noch eine richtige Hautpflege-Session, um vor mir selbst zu rechtfertigen, dass ich den restlichen Tag auf dem Sofa mit Lesen und Fernsehen verbringen würde.

Nachdem ich mich fünf Minuten durch Instagram gescrollt und *Das Leben und Ich* im Hintergrund hatte laufen lassen – Gott sei gepriesen für Hulu-Streaming –, schrieb mir Elodie. Sie war auf einer Grillparty eingeladen und wollte wissen, ob ich nicht auch kommen wollte. Dahinter standen ein Steak-Emoji, ein Bier und ein Smiley.

Nope.

Ich wollte ihr gerade antworten, dass ich keine Lust hatte, meine Couch zu verlassen, wusste aber, dass sie mich dann nur noch mehr dazu drängen würde. Also googelte ich, was man an einem Sonntag in und um Fort Benning unternehmen konnte. Es gab einen Kreativmarkt auf der Militärbasis, die hiesige Mall und einen Händlermarkt. Ich tippte mit dem Finger auf diesen Markt, obwohl der zwanzig Meilen weit weg war, und wischte mich durch die Bilder. Ich lebte jetzt schon seit Jahren hier und hatte noch nie davon gehört.

Es war ein Outdoor-Markt. Auf den Fotos reihte sich eine

Bude an die nächste, in denen Tische, Holz oder Rasenmäher feilgeboten wurden. Ein Typ verkaufte sogar Steinplatten und Fliesen. Ich sah auf die Uhr in der Ecke meines Handys. Es war erst ein Uhr mittags. Ich konnte mich anziehen, ein wenig Make-up auflegen und aus dem Haus sein, wenn El nach Hause kam und mich wegen der Grillparty mit ihren Freundinnen bedrängte. Oder noch besser, ich konnte mir einfach nur den BH wieder anziehen, mir die Zähne putzen und war in weniger als zehn Minuten weg. Zumindest waren mein Haar und meine Nägel ja gemacht.

Ich entschied mich für die zweite Variante. Niemand, den ich kannte, würde sich an einem Sonntagnachmittag auf irgendeinem Outdoor-Markt zwanzig Meilen von hier aufhalten. Die meisten waren wahrscheinlich genau wie Elodie auf dieser Grillparty. Ich wette, auch Kael war dort, und ein Zusammentreffen mit ihm war das Letzte, was ich an diesem Wellness-Sonntag brauchen konnte.

Ich wollte einfach über den Highway fahren, die Fenster runterkurbeln, meine Deprimusik auf laut stellen und mitsingen oder vielleicht auch weinen, um, am Ziel angekommen, irgendwas für mein Haus zu kaufen. Vielleicht fand ich ja eine coole und einzigartige Lampe von irgendeinem Großvater in Deutschland, um meine Ikea-Lampe zu ersetzen, die in allen vergleichbaren Wohnungen auf dem Militärposten herumstand.

Während ich so fuhr, war ich immer aufgeregter und fragte mich, wie dieser Markt wohl sein mochte und wie mein kleines Haus wohl aussehen mochte, wenn erst einmal alles fertig war. Es war weit davon entfernt, fertig zu sein, aber ich hoffte, dass ich auf diesem kleinen Juwel von einem Markt ein paar Schnäppchen ergattern würde, die sich zu allem Überfluss auch noch leicht zusammenbauen ließen.

Ich blickte im Rückspiegel auf meinen kleinen Rücksitz, als ich in die Parklücke fuhr. Ich konnte nicht allzu viel in meinem Auto unterbringen, aber vielleicht konnte man sich ja auch etwas anliefern lassen? Ich brauchte jemanden, der einen Truck oder ein Auto besaß, das groß genug war. Jemand anderen als Kael.

Mein Dad würde mir seinen Truck leihen, oder vielleicht würde mir ja auch jemand helfen. Ich hielt am Geldautomaten vor dem Markt an. Ich überlegte so lange, wie viel Geld ich wohl ausgeben konnte, dass schon zwei Leute hinter mir standen, als ich endlich zweihundert Dollar abhob.

Dann blickte ich durch die Tore auf die Buden und Stände mit Teppichen, Schmuck, Klamotten, Decken und Holzplatten so groß wie Scheunentore und fragte mich, ob zweihundert überhaupt ausreichen würden.

An einem Tisch bekam ich auf die Hand einen Stempel, und mein Geldbündel schrumpfte um zehn Dollar für den Eintritt. Ich war überrascht, wie viele Menschen hier herumliefen, ein Mix aus Soldatenfamilien und Zivilisten. Den Unterschied erkannte man natürlich sofort. Ich sah mich in der Menge um, als mir der Duft von heißem Zucker und Krapfen in die Nase stieg. Dieser Ort war einfach himmlisch.

Als Erstes hielt ich an einem Tisch mit jeder Menge Schmuck. Ich hatte ein schlechtes Gewissen, denn ich wusste, dass ich nichts kaufen würde. Ich wollte die Schmuckstücke nur betrachten und bewundern. Ich trug so gut wie keinen Schmuck, aber an den leuchtenden Türkisen konnte ich einfach nicht vorbeigehen. Die Frau, die sie verkaufte, lächelte mir zu, sprach mich aber nicht an. Wahrscheinlich kamen viele Leute bei ihr vorbei, nur um zu gucken. Aber sie wirkte freundlich, und ein Blick auf sie genügte, um mir zu sagen, dass sie ihr Leben lang bis zum Umfallen geschuftet hatte.

Der Ring, der mir am meisten ins Auge fiel, war zufällig einer der billigsten. Er war schlicht, nur zwei dünne Silberreifen, die von einem schmalen Band zusammengehalten wurden. Irgendetwas daran sprach mich an, aber er kostete zwanzig Dollar, und ich brauchte wirklich dringend Möbel und andere Einrichtungsgegenstände.

Also verließ ich den Stand ohne Ring am Finger und ermahnte mich, mich nicht von hübschen Ringen oder riesigen Scheunentoren ablenken zu lassen, die ich sowieso nicht in mein Auto kriegen würde. Ich schlenderte an zahlreichen Ständen vorbei und nahm alle Details in mich auf, angefangen von Schwielen an den Händen des Mannes, der das Feuerholz verkaufte, bis hin zu den feinen Details eines alten, bemalten Fensterladens. Ich erkannte sogar Reste der Farben, mit denen er bemalt gewesen war, ehe jemand ihn in dem tiefen Blau angestrichen hatte. Ich blieb nicht stehen, sondern schlenderte langsam vorüber. Bewunderte und staunte.

Schließlich entdeckte ich einen alten Airstream-Wohnwagen, der mit kleinen Kakteen geschmückt war und vor dem ein großer Wasserspender voller Zitronen, Limonen und Eis stand. Sie verkauften Töpfe mit Sukkulenten und Hängepflanzen. Meinem Haus ein wenig mehr Leben einzuhauchen war auf jeden Fall wichtig, und eigentlich war mir die Gesellschaft von Pflanzen meist lieber als die von Menschen. Obwohl ich beide nicht vorm Eingehen bewahren konnte. Ich holte mir was zu trinken, dann kaufte ich ein paar Pflanzen und machte ein Foto von zwei meiner neuen Babys, die ich El schickte und auf Instagram postete. Ich hatte Lust, jedermann zu zeigen, dass ich heute das Haus verlassen hatte.

Wie war doch gleich dieses Meme: Wenn es nicht auf Instagram ist, ist es dann wirklich passiert?

Nachdem ich die Bilder gepostet hatte, kam ich mir ein bisschen armselig vor und steckte das Handy wieder in die Tasche. Ich setzte mich an einen der kleinen Tische dort und trank noch ein Wasser aus einem Plastikbecher. An diesem superheißen Tag in Georgia kam mir das nach Zitrusfrüchten schmeckende Wasser wie das beste vor, das ich je getrunken hatte. Je länger ich hier war, umso besser gefiel es mir. Im Geiste dankte ich Elodie, dass sie mich zu dieser Grillparty eingeladen hatte, was mich veranlasst hatte hierherzuflüchten. Ich hatte das Gefühl, in einer neuen Stadt zu sein, ein neues Leben zu beginnen, mit neuer Haarfarbe und neuen Pflanzen. Der Markt schien so weit weg von meinem Haus zu sein, von Fort Benning, auch wenn er nur eine halbe Stunde Fahrt entfernt lag. Die Fahrt war friedlich gewesen, nur Landstraßen und ein kleiner Ort mit einer Tankstelle, einem Postamt und ein paar Häusern.

Ich warf meinen Becher in den Recycling-Mülleimer und hob meine Pflanzen hoch, um jetzt den restlichen Markt zu erkunden. Der Kauf war zu diesem frühen Zeitpunkt ein bisschen unüberlegt gewesen, denn die Pflanzen waren ziemlich groß, und ich konnte kaum über sie hinwegsehen.

»Brauchst du damit Hilfe?«, fragte eine Stimme von hinten.

Als ich mich umdrehte, hätte ich die Töpfe beinahe auf den Boden fallen lassen.

14

Kael

Karina rückte die Pflanzen in ihren Armen zurecht. Ich streckte die Hände aus, um ihr zu helfen, und sie wich einen Schritt zurück, wobei sie beinahe in eine kleine Pfütze getreten wäre, nur um der Berührung meiner Hand zu entgehen.

»Geht schon«, wiederholte sie zweimal hintereinander, um meine Hilfe abzuwimmeln.

Das überraschte mich keineswegs. Sie war ein störrischer Esel und keine Jungfrau in Nöten. Das stellte sie auch gern unter Beweis, und wenn sie blau im Gesicht wurde oder rote Arme bekam, wie jetzt mit den Pflanzen, die ihr die Haut zerkratzten, während sie versuchte, ihr Gewicht auszubalancieren. Sie trug graue Shorts, die verdammt kurz waren, hier auf dem sonntäglichen Outdoor-Markt. Die zarte Haut an ihren straffen Schenkeln zog den Blick dermaßen an, dass es schwerfiel, ihn wieder loszureißen. Ich hätte es wissen können: Keine andere Frau hatte so einen Körper.

Bevor sie sich umdrehte, hatte ich erst geglaubt, dass mein Hirn mir einen Streich spielte, sodass ich an einer Fremden Karinas Gesicht oder Körper zu entdecken glaubte. Einer Fremden mit anderem Haar, als Karina es bei unserem letzten Zusammentreffen gehabt hatte, also gestern. Der Anblick, wie sie mit den Blumentöpfen kämpfte, versetzte mir einen Stich. Ich wusste immerhin genau, wie schwer die Mistviecher waren. Eine Pflanze hatte große, grüne Blätter und ein paar purpurne Blüten, und der Topf war mit weicher Erde gefüllt, aber der große Kaktus war in lauter kleine Kiesel gebettet, und der Topf war aus Steingut. Die Dornen der Kaktee sahen verdammt spitz aus, und ein paar bohrten sich in ihre Arme. Falls der Kaktus gleich an ihren nackten Beinen entlangschrammte und dann auf ihre in Flipflops steckenden Füße fiel, war das sicher kein Spaß. Ich hatte ihre nackten Füße und Beine nicht etwa als Erstes bemerkt, weil ich ein perverses Schwein bin, sondern weil der Soldat in mir sich fragte, was zum Teufel sie sich dabei dachte, auf diesem Markt in Flipflops zu erscheinen? Besonders nach dem vielen Regen, den wir hier in Georgia gehabt hatten.

»Für diese Umgebung bist du echt nicht richtig angezogen«, sagte ich.

Sie warf mir einen wütenden Blick zu.

Ich musste lächeln.

»Was tust *du* denn hier?«, fragte sie, ihre Augen zu misstrauischen, grünen Schlitzen verengt.

»Ich?«, fragte ich sie. »Ich komme jedes Wochenende her. Du offenbar nicht, sonst hättest du keine Flipflops an«, neckte ich sie und sah wieder auf ihre nackten Füße hinab.

Ihre neue Haarfarbe brachte ihre Augen zum Leuchten, und irgendetwas war auch anders an ihrem Gesicht. Sie trug kein Make-up, und ich konnte die Ansammlung von Sommersprossen auf ihrer Nasenspitze erkennen. Ich musterte sie, während sie auf die Boots an meinen Füßen herabsah.

»Siehst du?«, sagte ich und stapfte leicht mit dem Fuß auf der losen Erde auf.

Sie sah mich wieder an und zog ein entnervtes Gesicht, verdrehte aber nicht die Augen. Das hier war ein Outdoor-Markt, sodass der Boden unbefestigt war. Vornehmlich Erde und gelegentlich ein großer Stein, den man gewiss nicht angenehm fand, wenn nur drei Zentimeter Gummi die Haut vom Boden trennte. Besonders zu dieser Jahreszeit waren rund um die älteren Stände am hinteren Zaun Schlammpfützen von der Größe eines Badehandtuchs zu finden, und das selbst dann, wenn es nicht seit Tagen geregnet hatte.

Insgesamt war der Boden des Markts uneben und voller Löcher oder alter Holzpflöcke von längst abgebauten Ständen. Der Platz war nicht im allerbesten Zustand, aber ich mochte ihn gerade deshalb. Das hatten wir gemeinsam. Wir waren beide verdammt angeschlagen.

»Und was tust *du* hier?«, fragte ich, denn ich konnte es immer noch nicht fassen, dass Karina leibhaftig vor mir stand.

Sie hörte endlich auf, sich selbst zu quälen, und stellte die Pflanzen auf dem Tisch vor sich ab.

»Fuck«, stöhnte sie und wischte sich den Schmutz der Pflanzen an ihrem zerrissenen, grauen T-Shirt ab. Sie schüttelte die Arme vor dem Körper aus, und ich musste unwillkürlich lachen, während sie den Schaden begutachtete. Sie hatte ein paar Kratzer, aber nichts Ernstes. Etwas Peroxid und ein Pflaster würden reichen.

Sie runzelte die Augenbrauen, und ich bemerkte, dass sie die ebenfalls gefärbt hatte.

Sie zuckte mit den Schultern. »Ich hab diesen Markt auf Yelp gefunden. Und ich brauche ein paar Sachen für mein Haus, also bin ich hergefahren.«

»Wonach suchst du denn? Ich weiß, wo man hier was bekommt und wo du das beste Schnäppchen machst. Hast du deine Pflanzen von Kathy im Airstream?«

Ich wusste, dass es so war; immerhin waren wir nur ein paar Schritte davon entfernt.

Karina schüttelte den Kopf. »Keine Ahnung, wie sie heißt, aber der Airstream, ja.«

Sie beschirmte die Augen mit der Hand, und ihr lila Nagellack fiel mir ins Auge. Seit gestern hatte sie offenbar eine Verschönerungskur eingelegt.

»Cool, sie ist schon seit Urzeiten hier. An manchen Wochenenden kommt ihr Mann vorbei, um ihr zu helfen.«

Aber ich verschwieg, dass Kathys Mann in Vietnam gewesen war und dass ihr Sohn jetzt in Afghanistan diente. Der Militärdienst schien meist so ein Familiending zu sein, aber ich wollte sie keinesfalls daran erinnern, dass ihr Bruder sich ebenfalls verpflichtet hatte. Zumindest nicht, solange sie mich dermaßen mit Blicken erdolchte.

Karina sah überallhin, nur nicht zu mir. Ich versuchte, es ihr gleichzutun. Schließlich war ich gerade dabei, sie mir ebenfalls aus dem Kopf zu schlagen. Einen Großteil des Vormittags hatte ich jedenfalls fast nicht mehr an sie gedacht. Natürlich hatte es durchaus ein paar Ausrutscher gegeben, aber hey, schließlich ist niemand vollkommen. Ausgerechnet hier auf sie zu treffen – das war schon krass, warf mich aus der Bahn. Es war sicher besser für uns beide, wenn wir dieses peinliche Zusammentreffen so schnell wie möglich hinter uns brachten. Das hier war der zweite Tag in Folge, dass wir zufällig zur selben Zeit am gleichen Ort auftauchten. Jetzt kam sie mir etwas weniger distanziert vor als gestern im Wartebereich vor der Notaufnahme.

»Cool«, antwortete sie verlegen.

Schweigend standen wir da, während Leute mit dampfenden Kaffeebechern an uns vorübergingen. Ein kleiner, alter Mann trug eine riesige Holztür auf dem Rücken über das Gelände. Einer von uns musste jetzt den Schalter umlegen und als Erster Auf Wiedersehen sagen. Ich sah zu ihr hinüber und bemerkte, dass sie mir direkt in die Augen blickte. Weitere Sekunden des Schweigens vergingen. Die Sonne und der Mond in einem ewigen Tanz miteinander verhaftet, bis einer nachgibt und sich für die Nacht zurückzieht.

Ich wartete, hoffte irgendwie, dass sie weiter über ihre Pflanzen sprechen würde oder dass sie mich wegen Austins Verpflichtung zum Militär anschreien würde. Etwas. Irgendwas.

»Na ja, war nett, dich zu treffen«, brach ich schließlich das angespannte Schweigen. »Dann lass ich dich mal weiterziehen. Ich muss auch noch ein paar Sachen erledigen.«

Ihr Lächeln war nichtssagend. Ohne jedes Gefühl. Ein geschicktes Chamäleon, das seine Kräfte gegen mich richtete. Ich musste diese Unterhaltung beenden, bevor sie noch Gelegenheit hatte, mich davonzujagen.

Sie räusperte sich und griff wieder nach den Blumentöpfen. »Man sieht sich.«

»Du kannst Kathy bitten, sie für dich zu verwahren, während du dich hier weiter umsiehst.« Ich deutete auf den silbernen Airstream.

Karina folgte der Richtung meines Fingers, und Kathy winkte uns zu. »Hey, Martin! Wie geht's dir, Schätzchen?«, schrie sie mir zu.

Karinas Gesichtsausdruck veränderte sich. Sie beobachtete mich jetzt scharf und wanderte an meiner Seite zu Kathy hinüber. Letztere trug das Haar zu einem Pferdeschwanz zusammengefasst, am Ansatz war es grau, der Rest rot.

»Gut. Will mir ein paar Bodendielen kaufen und versuche, wieder nach Hause zu kommen, bevor es zu heiß wird. Und wie geht es dir? Und Roger?«, fragte ich.

Kathy lächelte, als ich ihren Mann erwähnte. »Ja, wird heute echt heiß.« Sie sah zum Himmel hinauf. »Roger geht's gut. Ich grüß ihn von dir.«

Ich kam gleich auf Karinas Anliegen zu sprechen, damit wir uns danach voneinander verabschieden konnten.

»Darf meine Freundin ihre Pflanzen hier stehen lassen, bis sie sie ins Auto schaffen kann?«, fragte ich.

Kathy nickte. »Natürlich. Warum haben Sie mir nicht gesagt, dass Sie Martins Freundin sind? Freut mich, Sie kennenzulernen!«

»Ich hätte ihr doch einen Rabatt gewährt!«, fügte Kathy hinzu und nahm Karina freundlich in die Arme. Ich wusste, dass sie sich überrumpelt fühlte und dass ihr das definitiv nicht passte.

Karina lächelte gezwungen und löste sich sanft aus ihrer Umarmung. »Nett, Sie kennenzulernen.«

Kathy fiel es vielleicht gar nicht auf, dass Karina zurückwich, um weiteren Körperkontakt zu vermeiden, aber ich bemerkte es durchaus. In vielerlei Hinsicht war Karina so vorhersagbar, aber manchmal auch wieder total unberechenbar.

»Lassen Sie die Pflanzen ruhig hier. Ich pass für Sie darauf auf, bis Sie gehen. Kein Problem!«

Ich hob die Töpfe auf und stellte sie hinter die Registrierkasse, noch bevor Karina überhaupt darüber nachdenken konnte, mir zu sagen, dass ich das nicht tun dürfe. Eine Soldatenfamilie näherte sich nun dem Airstream und betrachtete eine Reihe von Hängepflanzen in Körben. Kathy entschuldigte sich, um sie mit Namen zu begrüßen.

»Danke«, sagte Karina kurz angebunden.

Ich sah zu ihr auf. Sie schob sich das helle Haar hinters Ohr. Ihr Gesicht war von der Sonne ein wenig gerötet. Um nichts in der Welt hätte sie mich angesehen.

Ich hasste Spielchen, aber wenn sie spielen wollte, dann los.

»Wir sehen uns.« Ich sah sie nicht an, wandte ihr den Rücken zu und machte mich in die andere Richtung auf den Weg.

Ich hatte keinen Grund, noch länger dort zu bleiben. Auch wenn sie irgendwann mal drüber hinwegkam, dass ich ihrem Bruder geholfen hatte, Soldat zu werden, gab es bei ihr immer noch viel zu viele dunkle Ecken. Das Problem war keineswegs, dass sie *mir* niemals mehr vertrauen würde. Sie würde *niemandem* mehr vertrauen.

Ich war etwa drei Schritte weit gekommen, als sie meinen Namen sagte. Ich überlegte, ob ich so tun sollte, als hätte ich es nicht gehört, um uns weiteres Leid zu ersparen.

»Ja?«, sagte ich und drehte mich halb zu ihr um.

Bringen wir's hinter uns, Karina. Kein Drama.

»Es ist nur so seltsam, dass du hier bist.« Sie leckte sich über die Lippen, und ich wagte es, ihr in die Augen zu sehen. »Bist du allein?«

Ich nickte. Warum fragte sie mich das?

Sie schob ihre Hände in die Taschen ihrer grauen Baumwollshorts. Wir standen in der sengenden Sonne und sagten kein Wort. Ich wollte den Versuch aufgeben, ihre Miene zu ergründen, aber es klappte nicht, und ich musterte sie weiter, ihre nervös zuckenden Lippen. Ich spürte die Angst, die von ihr ausging. Sie zerrte an mir, zog mich in ihren Bann.

»Bist *du* allein?«

Warum konnte ich mich nicht einfach von ihr abwenden und gehen? Ich hatte mich doch sonst immer unter Kontrolle. Das war mein Leben. Doch bei Karina hatte ich mich nicht im Griff. Ich konnte nicht weg.

Sie nickte. »Findest du das nicht auch schräg? Dass ich hier bin? Wo du dauernd herkommst? Ich wusste das nicht. Ich habe nur versucht, mich vor der Grillparty zu drücken, zu der Elodie mich eingeladen hat, und so was hier mache ich sonst nie. Du weißt, dass ich nicht einfach auf irgendwelche Outdoor-Märkte mitten im Niemandsland gehe. Aber jetzt hab ich es gemacht, und da stehst du nun ...«

Was wollte sie von mir? Die Bestätigung, dass ich ans Schicksal glaubte? Dass ihre Geschichten über die Sterne und den Mond das Universum dazu veranlasst hatten, uns hierherzuführen, damit wir uns versöhnten und wieder zusammenkamen? Sie hatte eine Chance gehabt, viele Chancen sogar, dem Universum zuzuhören, wenn es ihr etwas über mich sagte, aber sie war weggelaufen.

Meine Instinkte schrien mir förmlich zu, mich verdammt schnell vom Acker zu machen.

Mission abbrechen, Martin, verflucht noch mal!

Aber anscheinend fand ich es toll, meine Zeit zu verschwenden. Und sie ebenfalls.

»Und? Nun, da das Schicksal uns beide hergeführt hat, hörst du auf, so zu tun, als würdest du mich nicht kennen? Im Krankenhaus hatte es jedenfalls den Anschein.«

Sie blinzelte. »*Du* hast doch kaum mit *mir* gesprochen!«

Kathy blickte zu uns herüber, und ich bedeutete Karina, uns in eine entlegenere Ecke zu begeben. Mann, das Letzte, was ich gebrauchen konnte, war, dass alle auf diesem Markt über mein Privatleben Bescheid wussten. Seit ich nach Benning gezogen war, war ich immer allein hergekommen. Schon dass Karina überhaupt hier war, würde die Gerüchteküche anheizen. Ich wollte, dass alles so blieb, wie es war. Hallo und bis bald. Grüße und vielleicht gelegentlich eine Umarmung.

»Sieh mal, das hier ist nicht der richtige Ort, um darüber zu reden. Und die Notaufnahme war es auch nicht.«

Sie streckte das Kinn vor und trat näher an mich heran. Immer zum Streiten aufgelegt. Der Bruder genauso. Das lag ihnen wohl im Blut.

»Wo passt es denn dann? Oder sollen wir uns etwa nie darüber unterhalten und so tun, als sei nichts passiert?«

»Das machst du gern«, sagte ich zu ihr.

Und gerade als ich das zurücknehmen wollte, schlug sie zurück. »Ich? *Du* verhältst dich doch am liebsten so.«

»Na ja, dann haben wir ja was gemeinsam.« Ich wich einen Schritt zurück; ich brauchte ein bisschen Abstand und holte tief Luft, um mich wieder in den Griff zu kriegen.

»Du bist total ätzend!« Sie schnaubte und stampfte mit dem Fuß auf.

»Ach, und du etwa nicht?«

Ihre Wangen waren jetzt nicht mehr rosig, sondern rot. In ihren Augen tobte das reine Chaos, und sie verwandelten sich in Laser, entschlossen, mich zu zerstören. Sie war Daenerys, geschickt darin, schwache Männer mit Worten niederzumachen. Wenn ich dem hier kein Ende setzte, war ich der Nächste. Sie hatte das Gefühl, von mir verraten worden zu sein, das Gefühl, dass ich jetzt auf der anderen Seite stand.

»Findest du etwa nicht, dass das, was du getan hast, total mies war?« Ihre Stimme klang erheblich weniger wütend, als ihre Körpersprache vermuten ließ. Ich konnte nicht beurteilen, was von beidem zutraf. Dann fügte sie hinzu: »Oder ist dir das mittlerweile egal?«

»Ich bin nicht glücklich mit meinen Entscheidungen, nein. Aber das ändert nichts an der Tatsache, dass ich sie nun mal getroffen habe, oder?«

Sie schüttelte den Kopf. »Es kümmert dich anscheinend wirklich nicht. Schweigen ist jetzt wirklich falsch, Martin.«

Als sie mich beim Nachnamen nannte, war klar, dass sie unbedingt eine Reaktion aus mir herauskitzeln wollte.

Den Gefallen würde ich ihr nicht tun.

Na ja, vielleicht doch ein bisschen.

Ich trat einen Schritt näher, überragte sie.

»Du würdest mir doch sowieso kein Wort glauben, und du wirst nie vergessen, was ich getan habe. Deshalb verschwenden wir hier nur unsere Zeit. Du wirst darüber hinwegkommen, dass dein Bruder Soldat wird, lange bevor du überhaupt den Versuch machst, mir zu verzeihen, dass ich meine Finger mit im Spiel hatte. Ihn wirst du vom Haken lassen, weil er dein Bruder ist, aber ich werde weiterhin bestraft werden. Vielleicht sogar für immer.«

Sie schnaubte, die Augen voller Zorn. Ich war mir ziemlich sicher, dass dieses Mädchen mich verdammt noch mal hasste.

Ich flüsterte, damit eine vorbeigehende Familie mich nicht verstand. »Ich kenne dich«, hauchte ich auf sie herab. Ich war ihrem Gesicht jetzt so nahe, dass ich sehen konnte, wie ihre Brust sich hob und senkte.

»Tust du *nicht*«, widersprach sie mir.

Es tat höllisch weh, aber ich machte weiter. Sie war nicht hundertprozentig im Recht, und ich war es leid, die Schuld für alles in die Schuhe geschoben zu bekommen, was die Leute vermasselten.

»Sieh mal, ich hab dir schon ziemlich früh gesagt, dass ich mir Sorgen um ihn mache. Er hatte Scheiße gebaut, richtig schlimm, und ich wusste das. Aber es war nicht meine Aufgabe, dir zu erzählen, wie schlimm es war. Ich tat, was ich konnte, und dann erwähnte er die Army. Er hatte schon vorher immer mal wieder versucht reinzukommen, und zwar irgendwo im verdammten Carolina, wo dein beschissener Onkel lebt. Ich kannte einen guten

Rekrutierer, der ihn nicht wie den letzten Dreck behandeln würde, deshalb stellte ich die beiden einander vor. Als ich nach dir fragte und mich erkundigte, was du davon halten würdest, bat Austin mich, es dir gegenüber nicht zu erwähnen, bis er es dir selbst erklärt hatte. Er ist immerhin dein Zwillingsbruder, also hielt ich mich raus. Ich mische mich nicht in Familienmist ein – Karina, du und Austin, ihr beide habt jede Menge Shit, den ihr klären müsst.«

Ich fragte mich, was sie darauf sagen würde. Es bestand eine winzig kleine Chance, dass sie erkannte, dass ich nicht der Bösewicht in ihrer Geschichte war. Dann würde sie zwar den ganzen Erzählstrang, den sie sich in den vergangenen zwei Wochen zurechtgelegt hatte, verändern müssen. Trotzdem war es durchaus möglich, dass sie das Ganze von der rationalen Seite aus betrachtete.

Aber statt vernünftig zu reagieren, reckte sie das Kinn und verschränkte noch schützender die Arme vor dem Oberkörper. »Du hast mich belogen«, sagte sie dann mit absolut selbstgewisser Stimme.

Ich sah mich verstohlen um. Karina bekam es kaum mit. So langsam erregten wir die Aufmerksamkeit unserer Umgebung. Ein paar Leute starrten uns direkt an, tuschelten über uns. Ich blieb ganz nah bei ihr, um möglichst leise mit ihr reden zu können. Die Unterhaltung war in dieser Umgebung und zu diesem Zeitpunkt verdammt unangemessen, und ich ließ mich von dem Mann ablenken, der Kathy jetzt Geld für seine Einkäufe gab. Er wurde sichtbar ungeduldiger, während Kathys Stift über den alten Quittungsblock kratzte. Sie nahm einen anderen Stift zur Hand und fuhr fort, die handgeschriebene Rechnung auszustellen und mit den Fingern auf ihrem Taschenrechner herumzutippen.

»Ich habe nicht gelogen«, sagte ich schließlich. »Das ist keine Lüge, denn immerhin habe ich nur an dein Wohlergehen gedacht.«

»Doch, ist es wohl. So funktioniert das alles nicht.«

»Dann sind wir eben unterschiedlicher Meinung. Lass uns das Gespräch beenden, denn die Leute starren uns schon an.«

Sie sah sich um, bemerkte, dass Verkäufer und Kunden gleichermaßen lauschten.

»Na gut. Ich will mir sowieso noch eine Lampe kaufen.« Sie breitete die Arme aus, wandte sich ab und ging davon. Ihr Flipflop landete auf einer Zweigspitze, die nach oben schnellte und schmerzhaft auf ihr Bein traf.

Sie blieb nicht stehen, zuckte nicht einmal zusammen.

So entschlossen war sie, es mir zu zeigen.

15

Karina

Ich musste mich total am Riemen reißen, um nicht laut aufzuschreien, als ich auf diesen verdammten Zweig trat und mich am Bein verletzte.

Kael hatte recht, ich war für diesen Ort absolut unzureichend angezogen. Ich bummelte über den Markt – verdammt, ich würde jetzt doch nicht die Flucht ergreifen, nur weil er auch hier war –, blieb aber in Alarmbereitschaft. Auf keinen Fall wollte ich noch einmal auf ihn treffen. Ich hielt ständig nach seinem blauen, ärmellosen Shirt Ausschau, während ich von einem Stand zum nächsten ging, mir Zeit nahm, diesen Ort zu genießen, denn schließlich würde ich nie wieder herkommen können. Das hier war sein Territorium, nicht meins.

Ach, er war so verdammt widerlich und grob.

Gut, dass er sich mir gegenüber wie das totale Arschloch verhalten hatte; beinahe hätte ich den Fehler gemacht, ihn zu bitten, noch mal mit mir über alles zu reden. Wir hätten dabei ja auch nebeneinanderher über den Markt spazieren können. Mein Gott, es war schon beinahe peinlich, wie sehr ich von ihm besessen war. Zumal er ein solcher Mistkerl war! Ich hatte diese überaus engherzige Seite von ihm zuvor nie zu spüren bekommen, und ich wollte auch nicht noch einmal damit konfrontiert werden. Der schweigsame und zuverlässige, engagierte, aber dennoch unweigerlich distanzierte Kael war zumindest erträglich gewesen. Dieser Kael, der mir nicht hinterherkommt, wenn ich davongehe, ist einfach nur widerwärtig.

Vielleicht sollte ich doch wieder nach Hause fahren. Zuerst hatte mir dieser Markt echt Spaß gemacht, und ich war überzeugt gewesen, einen neuen Lieblingsplatz gefunden zu haben, aber zu wissen, dass das hier sein Revier war und dass er »andauernd« herkam, hat mir das vermasselt. Tatsächlich wäre ich besser dran, wenn ich jetzt mit Elodies Freundinnen im Garten säße und so täte, als würden sie mich mögen. Ich meine, es war mir noch lange nicht egal, was andere von mir dachten. Aber ich war es in letzter Zeit wirklich leid, mir ständig krampfhaft einzureden, dass mich nicht jeder insgeheim hasste oder nervig fand. Ich hätte ja auch einfach nur dort im Garten herumsitzen können, ohne darüber nachzudenken, ob man mich ablehnte oder nicht. Denn immerhin wäre zumindest Elodie ebenfalls da gewesen, und sie mochte mich. Und wahrscheinlich hätte es Hotdogs und Burger gegeben, was ebenfalls ein Vorteil gewesen wäre. Dieser Ort hier gehörte Kael, was schlimmer war, als mit ein paar Soldatenfrauen zusammenzuhängen und stundenlanges Interesse zu heucheln. Hier wurde mir übel. Ich hätte kotzen können.

Fassungslos dachte ich darüber nach, dass ich diesen Mann noch vor wenigen Wochen in die dunklen, kleinen Ecken meiner Seele eingelassen hatte, die ich noch nicht mal selbst allzu häufig heimsuchte. Mir drehte sich der Magen bei der Vorstellung, wie sehr ich ihm Zugang zu meinem Leben gewährt hatte. Zum Teufel, hatte ich denn aus der Geschichte meiner Eltern rein gar nichts gelernt? Ich musste lernen, mich ein für alle Mal von den Menschen zu lösen, die eine toxische Wirkung auf mein

Leben hatten. Es war auch nicht unbedingt Kael, der toxisch war, sondern vielmehr unsere Umstände. Zwischen uns gab es zu viel böses Blut, von dem sich innerhalb kürzester Zeit total viel angesammelt hatte. Außerdem hing er offensichtlich immer noch mit meinem Bruder ab und hatte beschlossen, sich ihm und nicht mir gegenüber loyal zu verhalten. Er konzentrierte sich auf Austin – und nicht auf mich.

Wirklich erschreckend dabei war, dass buchstäblich jeder in meinem Leben immer genau das Gleiche getan hatte.

Die Zeit auf dem Markt verflog auf geheimnisvolle Weise. Schließlich vergaß ich Austin, Kael und sogar mein Handy, als ich mit den Fingerspitzen über die Lehne eines mit tief violettem Satin bezogenen Ohrensessels fuhr. Er leuchtete förmlich und war total übertrieben, und bei seinem Anblick fühlte ich mich wie Alice im Wunderland. Der Sessel war wunderschön und abgefahren, aber ich konnte ihn mir nicht in meinem Haus vorstellen. Trotzdem ließ ich die Finger noch einmal über die Metallnieten an den Säumen und den weichen Stoff des Sitzes gleiten. Die sanfte Pastellfarbe meiner Nägel hob sich von dem dunklen Nachtlila ab. Ein wunderschöner Kontrast.

Als niemand hinsah, zog ich mein Handy hervor und machte ein Foto von meiner Hand auf dem Stuhl. Ich wählte den Porträtmodus, sodass der Hintergrund leicht verschwommen war. Der Blitz intensivierte die Farben des Bildes und brachte sie zum Leuchten. Ein wirklich cooles Bild. Sofort sah ich mich um, ob irgendjemand es nicht doch mitbekommen hatte. Ich wusste nicht so genau, warum ich mir so albern dabei vorkam, denn immerhin war so jetzt mein Leben. Handys hatte heutzutage ja jeder, und beinahe alles wurde im Laufe eines Tages mindestens eine Million Mal dokumentiert. Danach postete ich das Foto auf Instagram.

Ich sah auf die Uhr meines Handys und entdeckte, dass es beinahe fünf Uhr nachmittags war.

Kaum zu fassen, aber tatsächlich: An einigen Ständen wurden bereits die Waren in Kisten und auf Transportkarren geladen. Nur an einem der Stände ganz hinten, in der Nähe der Bäume, war ein Händler immer noch eifrig mit einigen Kunden zugange. Er hackte Holz, einen Stamm nach dem anderen. Die Leute standen in einer Reihe an und warteten darauf, dass sie drankamen. Obwohl er sich angeregt mit den Kunden unterhielt, ging ich davon aus, dass der Markt gleich geschlossen sein würde, denn immerhin packten alle anderen ein.

Als Elodies Name auf meinem Handy aufleuchtete und über hundert Benachrichtigungen von Instagram eingingen, kam mir wieder Kael in den Sinn. Ich öffnete die App und scrollte mich durch meine Benachrichtigungen, von denen ich sonst pro Woche höchstens mal eine oder zwei kriegte. Jede Menge Leute fragten jetzt, wo ich war, und baten mich, mehr Bilder zu posten. Estelle, die Frau meines Dads, meinte sogar, dass ich ein tolles Auge für so etwas hätte. Schräg.

Ich schloss die Benachrichtigungen und gab Kaels Namen ins Suchen-Feld ein, eine Gewohnheit, die ich mir erst seit Kurzem zugelegt hatte, die ich aber anscheinend nicht mehr ablegen konnte. Nichts Neues. Das letzte Bild war eines, dass ich schon unzählige Male gesehen hatte – hier und auf Facebook. Es stammte aus seinem Einsatz mit Mendoza und Phillip. Plötzlich dachte ich, dass er sich jederzeit von hinten an mich heranschleichen konnte. Das hatte er ja heute beinahe schon einmal getan. Also ließ ich das Handy schnell wieder in meine Tasche gleiten. Ich fand es ätzend, dass ich mit jedem Atemzug an ihn denken musste. Er beherrschte mich geradezu. Dabei war die Wirklichkeit so anders, als ich es mir erträumt hatte.

Kael war im Grunde nichts weiter als ein Fickfreund. Auch wenn ich das eigentlich nicht hatte wahrhaben wollen. Dass er sich heute wie ein totales Arschloch benommen hatte, war ein weiterer Beweis. Er wollte durch mein Leben hindurchtreiben und nicht bleiben, genau wie jeder andere, und ich würde ihn ziehen lassen. Ich wollte nichts mehr mit ihm zu tun haben.

Mittlerweile litt ich regelrecht unter Verfolgungswahn und sah mich ständig um. Der Markt war jetzt erheblich leerer als zu Anfang. Kael war wahrscheinlich schon weg; ich musste aufhören, mich fertigzumachen.

Aus dem Augenwinkel entdeckte ich einen großen, gedeckt weißen Ohrensessel in der hintersten Ecke eines Standes. Der Polsterstoff sah aus, als wäre er mit großen schwarzen Flecken übersät. Doch als ich näher kam, sah ich, dass es sich um aufgestickte Rosen handelte.

Mir sank das Herz, als ich nach dem Preis Ausschau hielt und keinen entdeckte. Kein gutes Zeichen.

Die Verkäuferin saß auf einem Hocker und reckte das Gesicht einem kleinen, pinkfarbenen Plastikventilator entgegen. Sie trug ein Bob-Seger-T-Shirt, und ich musste an meine Mom denken, die manchmal auch so ein Shirt getragen hatte. Am Anfang ihrer Beziehung hatte mein Dad sie oft zu Segers Konzerten mitgenommen. Meine Mom sang oft *Against the Wind* im Auto und ließ den Arm aus dem Fenster hängen, schwenkte ihn zum Klang der Musik im Wind auf und ab. Seltsamerweise erinnerten mich sowohl der Sessel als auch die Verkäuferin an meine Mom. Die Frau war genauso frisiert, wie meine Mutter es zu meinen Mittelschulzeiten gewesen war, und beim Anblick des Sessels wäre meiner Mom das Wasser im Munde zusammengelaufen.

Die Frau ertappte mich dabei, wie ich sie anstarrte, und natürlich machte ich die Situation noch peinlicher, indem ich erst weg- und dann, als mir mein Verhalten bewusst wurde, gleich wieder hinsah. Sie lächelte und forderte mich auf, ruhig zu fragen, falls ich etwas wissen wollte. Dann begann sie, eine Schale mit extravagant gemusterten Türknäufen neu zu arrangieren. Ich nickte, dankte ihr und berührte mit der Fingerspitze das Blütenblatt einer der Rosen. Die schwarzen Blumen waren in dickem, weichem Garn aufgestickt. Ich hatte immer schon ein Faible für wahllos zusammengewürfeltes, aber cooles Mobiliar gehabt, aber dieser Sessel sprach mich noch auf andere Weise an. Er war einfach fantastisch, sowohl wegen seiner Form als auch wegen der lässig auf dem eierschalfarbenen Stoff verteilten Rosen. Er sah gleichzeitig alt und neu aus, klassisch und trendy.

Ich seufzte und dachte an das Geld in meiner Tasche. Ich wusste immer noch nicht, wie teuer der Sessel war, und auf diesem Markt konnte man das auch nie abschätzen. Hatte ich nicht eben noch eine alte, kaputte Vitrine für zwölfhundert Dollar und einen wunderschönen, antiken Schreibtisch für nur vierzig gleich am nächsten Stand entdeckt? Mir würde also nichts anderes übrig bleiben, als geradeheraus zu fragen, aber aus irgendeinem Grund schüchterte mich die Frau mit der Frisur meiner Mom zu sehr ein.

Ich bemerkte, dass ein Teller-Set auf dem Ausstellungstisch neben mir auch kein Etikett hatte. Die meisten Gegenstände, die hier angeboten wurden, schienen nicht ausgezeichnet zu sein. Schon wieder kein gutes Zeichen. Ich betrachtete den schönen Sessel erneut. Er würde perfekt in mein Wohnzimmer passen – das allerdings war *durchaus* ein gutes Zeichen. Ich konnte meine Couch ein wenig verrücken und den anderen, den alten Sessel womöglich entsorgen …

Ich biss also in den sauren Apfel. »Wie viel kostet der Sessel mit den Rosen?«, fragte ich die Frau.

Sie glitt von ihrem Hocker herunter und kam zu mir herüber. Ihr Leinenrock umfloss ihre Beine. An seinem Saum haftete der Staub des Bodens. Wahrscheinlich war jeder, der diesen Ort verließ – ich selbst ebenfalls –, am ganzen Körper von einer dünnen Staubschicht bedeckt. Abgesehen von der Ähnlichkeit mit meiner Mutter kam mir auch irgendetwas an ihrem Gesicht bekannt vor, wie bei jemandem aus einem alten Film, an den man sich nicht mehr genau erinnern kann. Da ich wusste, wie viele Hollywood-Schauspieler sich in ganz Georgia tummelten, hätte es mich nicht überrascht, wenn sie tatsächlich auch eine gewesen wäre.

»Dieser Sessel, das Polster ist handgestickt. Es kommt aus Missouri. Der hat meinem Großvater gehört, und seine alte Geliebte hat das ganze Ding gemacht«, berichtete die Frau mir, und ihr Blick wurde beim Wort *Geliebte* ganz glasig.

Ihre Finger waren mit Ringen geschmückt, und über dem Gesicht des armen Bob Seger baumelten bei jeder ihrer Bewegungen zahllose lange Ketten.

»Sie können ihn für zweihundertfünfzig haben. Und das ist schon ein Schnäppchen. Allein der Stoff ist mehr wert. Ist echt günstig. Ich kriege glatt 'nen Orgasmus angesichts der Tatsache, dass sie so hart dafür gearbeitet hat und ich ihn jetzt nicht behalte.« Ihre Stimme troff vor Sarkasmus. Ich lachte leise. »Ja, zweihundertfünfzig will ich dafür haben.«

Ich stöhnte. Natürlich konnte ich ihn mir nicht leisten. Ich bestritt keineswegs, dass er so viel wert war, aber für mich war das einfach zu viel.

»Danke«, sagte ich, warf dem Sessel noch einen Blick zu und trat den Rückzug aus ihrem Stand an.

Ach, er war so verdammt schön.

Dass ich nicht so viel Geld ausgeben konnte, war ein weiterer

Grund, warum ich mir nicht vorstellen konnte, für immer für Mali zu arbeiten. Ich konnte mich mit meinem Einkommen zwar über Wasser halten, aber wenn ich fünfundzwanzig war, wollte ich in der Lage sein, zweihundertfünfzig Dollar für einen Sessel an einem x-beliebigen Sonntag auszugeben, statt mich brennend nach etwas zu sehnen, was ich nicht haben konnte.

Eine Stimme unterbrach meine Gedanken, gerade als ich hinausschlüpfen wollte. »Kannst du ihr den nicht für zweihundert geben?«

Dort stand Kael, die Hände vor sich hingestreckt, als würde er beten.

»Der Sessel ist echt kostbar, Martin. Meine Stiefmutter hat das Polster selbst bestickt.«

Witzig, dass die Handarbeiterin bei mir die Geliebte, bei Kael aber die Stiefmutter war. Mir gefiel der Gedanke, dass Frauen untereinander ehrlich waren. Sie war eine beinharte Geschäftsfrau, das war mir klar. Aber komischerweise schien Kael diese Frau schon vor langer Zeit um den Finger gewickelt zu haben. Sie lächelte, berührte ihr langes Haar, zwar keineswegs um zu flirten, aber trotzdem war ich eifersüchtig, weil sie ihn so gut kannte. Genau wie die Airstream-Lady waren sie mit seinem Leben verwoben, einem Leben, von dem ich keine Ahnung hatte.

Alle schienen ein eiskaltes Glas von Kael Martins köstlicher Limonade getrunken zu haben.

Alle außer mir selbst. Ich hatte nur daran genippt. Ich sehnte mich nach mehr, aber das Getränk würde sauer werden, noch bevor es meine Zunge berührte.

»Ich weiß, Rosa. Aber Karina hier lebt allein und versucht, ihr Haus zu verschönern.«

Ich hätte ihm am liebsten einen Rippenstoß versetzt oder mich bei ihr entschuldigt, weil er den Bogen überspannte, aber ihr Gesicht wurde bei seinen Worten sofort weicher.

Und schon bald sah es so aus, als hätte er tatsächlich gewonnen.

»Ich bin mit ihrem Bruder befreundet. Er hat sich gerade dienstverpflichtet ...«

Die Bemerkung versetzte mir einen kurzen, schuldbewussten Stich, aber dann fiel mir wieder ein, stimmt, mein Bruder wurde ja *tatsächlich* Soldat. Wenn so eine Winzigkeit wie ein preiswerterer Sessel wenigstens ein kleiner Ausgleich sein konnte, dann bitte schön. Allerdings gab es doch noch einen kleinen Wermutstropfen. Ich musste meinen Dad fragen, ob er die ganze Strecke bis hierher fahren konnte, um mir beim Abtransport zu helfen, was mir wieder mindestens eine geschlagene Stunde missbilligender Blicke und abfälliger Kommentare über meine Sicherheit und mein Outfit einbringen würde und darüber, dass ich unverantwortlich war, wenn ich allein so weit fuhr.

Ich begann mich zu fragen, ob dieser Sessel es überhaupt wert war, dass ich den ganzen restlichen Tag unter Kopfschmerzen und Beklemmung würde leiden müssen. Aber vielleicht würde Estelle dieser Markt ja auch gefallen, und er bekam dadurch gute Laune?

»Ihr Zwillingsbruder, erst zwanzig Jahre alt«, hörte ich Kael jetzt sagen. Meine Güte, er war so gut in so was.

Kael und Rosa verhandelten hin und her, erst um zwanzig, dann um fünf Dollar. Sodass er sie schnell auf zweihundert Dollar gedrückt hatte. Er machte das großartig. Ich konnte den Blick kaum abwenden. Und ich wollte diesen Sessel wirklich so schrecklich gern haben.

»Mein Dad ist in der ...«, wollte ich sagen, aber Kael unterbrach mich. Es war total offensichtlich, dass er mich am Weiterreden hindern wollte, aber seine nette Freundin Rosa schien es nicht zu bemerken, was ich merkwürdig fand.

»Hundertachtzig«, schacherte er.

Das Problem war nur, dass ich nur noch etwas mehr als einhundert Dollar übrig hatte.

»Kael, ich hab nur hundertzwanzig dabei«, sagte ich leise zu ihm.

»Er findet ein schönes, neues Zuhause«, versicherte Kael ihr, meine Warnung ignorierend.

Mit seiner Stimme hätte er einer Frau mit Parkettböden Teppichschaumreiniger andrehen können.

Noch ein paarmal »Bitte, bitte« und ein breites, strahlendes Lächeln, und schon war sie kurz davor nachzugeben.

»Ist sie deine Freundin oder so was?« Sie zog die Augenbraue hoch und musterte mich von Kopf bis Fuß. Keine Ahnung, ob ihr gefiel, was sie sah, oder nicht. Aber das würde ich sicher bald herausfinden.

»So ungefähr. Ich versuche, sie zu überreden, es zu werden, wenn du mir also helfen könntest … das wäre toll.«

Sein Lächeln war derart ansteckend.

Aufs Schlimmste gefasst stand ich daneben und grinste ebenfalls wie ein Idiot vor mich hin. Schließlich gab sie nach. Sie war gar nicht mehr harte Geschäftsfrau, sondern lächelte ihn nur an, als er die Brieftasche zückte. Dann sah sie mich an, und ich hatte das Gefühl, dass sie in irgendein Geheimnis eingeweiht war, das ich nicht kannte. Trotzdem machte mich das nicht so paranoid wie sonst. Vielmehr wurde mir ganz warm ums Herz, und scheu erwiderte ich ihr Lächeln. Rosa streckte die Hand aus, um mein Geld entgegenzunehmen, und ich gab es ihr und beobachtete, wie sie nachzählte. Wenn wir hier fertig waren, würde ich gleich zum Geldautomaten laufen und Kael jeden Penny zurückzahlen, den er mir für den Sessel soeben vorstreckte. Ich hatte eigentlich gar nicht so viel ausgeben wollen, aber diesen

Sessel wollte ich nun mal unbedingt haben, und letztlich war er ein Schnäppchen.

Ich dankte ihr, Kael dankte ihr, und sie umarmte ihn. Er kannte tatsächlich jeden hier, während ich bis heute keine Ahnung gehabt hatte, dass dieser Ort überhaupt existierte.

»Komm doch wieder häufiger«, sagte Rosa jetzt. »Ich weiß, dass Mendoza hier nichts mehr verkaufen kann. Tut mir echt leid, was passiert ist ... aber wir vermissen dich hier alle. Wie geht es dir? Ich habe gehört, dass du verletzt wurdest.«

Sie musterte ihn von den Zehen bis zur Stirn und heftete den Blick dann auf sein Bein. Daraufhin betrachtete ich ihn ebenfalls näher. Er sah müde aus und ein bisschen schmutzig, als hätte er gerade irgendetwas Handwerkliches gemacht. Am Rücken seines himmelblauen T-Shirts hatte sich ein Schweißfleck gebildet. Es war wirklich unfair, wie heiß er war. Er strahlte so viel lässiges Selbstvertrauen aus, dass ich den Blick nicht von ihm abwenden konnte. Rosa schien es genauso zu gehen. Dabei kannte sie ihn und seine Freunde doch so viel besser als ich.

Mendoza? Also war Mendoza früher mit Kael zusammen hierhergekommen? Oder hatte hier etwas verkauft und konnte es jetzt nicht mehr? Ich versuchte, mir einen Reim darauf zu machen und auf das, was sie über sein verletztes Bein gesagt hatte. Gleichzeitig fragte ich mich, wie ich mich ihm so nah fühlen konnte, wo ich ihn doch eigentlich überhaupt nicht kannte. Soweit ich wusste, war Kaels Bein ein wenig empfindlich und bereitete ihm gelegentlich Schmerzen. Aber die Heilung verlief normal. Zumindest hatte er das mir gegenüber behauptet. Aber Rosa zufolge steckte offenbar mehr dahinter.

»Nicht der Rede wert.« Kael beugte sich leicht vor und sah auf seine Beine hinab. »Hin und wieder merk ich es noch ein wenig. Wer hat dir überhaupt davon erzählt?«

Ich bemerkte den liebevollen Ton, den er bei ihr anschlug, und war überrascht. Ich überlegte, woher er sie so gut kennen mochte. Wirklich nur, weil er früher am Wochenende immer mit Mendoza hergekommen war? So viele Fragen, und bei keiner hatte ich ein allzu gutes Gefühl.

Verfluchter Sessel, dass der ausgerechnet heute hier gestanden hatte, und verflucht sei ich selbst, weil ich mich nicht hatte beherrschen können und viel zu viel Geld für ihn ausgegeben hatte.

»Deine Momma. Sie hat mich angerufen. Na ja, erst neulich. War ein Versehen, aber dann haben wir uns doch ein paar Minuten unterhalten.« Sie warf ihm ein wissendes Lächeln zu. Sie schien zu den Frauen zu gehören, die zwar etwas für Klatsch und Tratsch übrig, aber dennoch ein reines Herz und gute Absichten haben.

Als Kaels Mom zur Sprache kam, spitzte ich die Ohren. Er sprach beinahe nie von ihr, und ich wollte wissen, ob diese Frau mir womöglich irgendwelche Hinweise geben konnte, wieso.

Mir war klar, dass er eigentlich ein verschlossener Mensch war, und auch wenn ich es niemandem – schon gar nicht mir selbst – je eingestanden hätte, ich wollte alles über ihn in Erfahrung bringen. Ihm selbst würde ich gewiss keine Informationen über sich entlocken können, also war das hier eine meiner letzten Gelegenheiten, ihn zu knacken.

Der irrationale, neugierigere Teil meiner Selbst hoffte also, dass er diese Unterhaltung jetzt nicht einfach beenden oder lächelnd ein anderes Thema anschneiden würde, wie er es sonst meist tat.

»Und ihr beiden habt über mich getratscht?«, neckte er sie, und so wie jetzt hatte ich ihn noch nie lächeln sehen. »Habt ihr nichts Besseres zu tun?«

Eine Sekunde lang sah er aus wie ein sorgloser, junger Kerl. Ich stellte mir vor, dass er so vor der Army gewesen sein musste, ein Gedanke, der mich sehr traurig machte. Ich fragte mich, wie seine Mom ihn wohl sah? Und wie sie wohl war. Ein klitzekleiner, kaum wahrnehmbarer Teil von mir – der ebenso winzig wie dumm war – wünschte sich, sie irgendwann einmal kennenzulernen.

»Das machen Mütter nun mal. Ich vermisse ihr liebes Gesicht, weil sie dich nicht mehr hierherbegleitet. Ist schon so lange her«, sagte sie und warf mir einen Blick zu. Sie schien anzunehmen, dass ich seine Mom kannte und wusste, was mit ihr los war. Rosa war sehr nett, hatte aber keinen blassen Schimmer.

Wieder brandete eine Welle der Trauer in mir empor; ich vermisste eine Frau, die ich nicht mal kannte.

Ich musste jetzt wirklich dringend von hier weg. Wahrscheinlich lag es am hiesigen Wasser, dass mein gesunder Menschenverstand flöten ging.

»Na ja, ich werde sie von dir grüßen, wenn ich sie das nächste Mal sehe«, antwortete Kael.

Er sah einen Augenblick auf sein Handy hinunter, dann wieder auf.

»War schön, dich zu sehen, Rosa. Ich komm jetzt wieder öfter vorbei, aber jetzt muss ich los.«

Sofort fragte ich mich, wohin er wohl gehen musste. Nach Hause? Zu der Grillparty? Irgendwo anders hin, wo geheimnisvolle Leute wie er zusammen abhingen und sich miteinander verschworen, um den Rest der Menschheit zu verwirren?

Rosa umarmte uns beide und musterte mich noch mal eindringlich, sodass ich mich fragte, was sie wohl von mir hielt. Nicht, dass es eine Rolle gespielt hätte, aber als sie uns neben meinem hübschen, neuen Sessel stehen ließ, konnte ich es immer noch nicht einschätzen.

»Ich gehe rasch zum Automaten und hebe das Geld ab, das ich

dir schulde«, sagte ich. »Und ich muss meinen Dad anrufen und mit ihm absprechen, wie ich das Ding nach Hause kriege.«

»Mach dir darüber keine Gedanken«, antwortete Kael und zuckte mit den Schultern.

Der Halsausschnitt seines T-Shirts war so groß, dass man sein Schlüsselbein sah. Von dort aus wanderte mein Blick über seine Schultern und dann seine langen Arme hinab bis hin zu seinen Fingerspitzen. Seine Haut glühte durch den warmen Kuss der Sonne.

»Was? Doch natürlich gebe ich dir das Geld zurück.«

»Nämlich wie viel? Sechzig Dollar?«, fragte er wegwerfend.

»Ich hab nicht gerne Schulden.« Nachdrücklich vergrub ich meine Flipflops in der Erde.

Er lachte entspannt und wirbelte mit der Schuhspitze etwas von dem Staub zu unseren Füßen auf. »Oh, das weiß ich.«

Er sah mich an, und ich verdrehte die Augen. »Wirst du je aufhören, so zu tun, als würdest du mich in- und auswendig kennen, obwohl das gar nicht der Fall ist?«

Er legte den Kopf schief. Ein winziges Lächeln umspielte seine Lippen, als hinge, was immer er sagen wollte, in den Sternen. »Ich kenne dich aber.«

»Kaum.«

»Na ja, bis jetzt habe ich selten falschgelegen.«

Ich schnaubte. »Hm, ganz schön eingebildet, was?« Ich richtete mich zu voller Größe auf, um ihm körperlich etwas eher gewachsen zu sein. »Wenn du meinst.«

Kael sah wieder auf sein Handy hinab. Den leisen Klingelton hätte ich beinahe überhört.

»Ich muss los. Du kannst mir das Geld für den Sessel später geben.«

»Wo gehst du denn hin?«, fragte ich, ohne lang nachzudenken.

Er zog die Augenbrauen zusammen und schenkte mir wieder dieses Lächeln, sodass ich Schmetterlinge im Bauch bekam. »Zur Babyparty«, antwortete er schlicht.

Wie bitte? Das hatte ich nicht erwartet. Einen Augenblick stand ich vollkommen perplex nur da, während er auf seinem Handy herumtippte.

»Was für eine Babyparty?«, fragte ich.

Er sah mich an, als sei ich übergeschnappt.

»Elodies? Ich hab mich schon gefragt, warum du heute nicht da bist, hab mir aber gedacht, dass du vielleicht einfach nur früher wieder abgehauen bist oder so.«

Er sah sich um und betrachtete die Leute, die ihre Buden schlossen. Ein Mann im Fußballtrikot winkte ihm zu, als er mit einem Klapptisch unter dem Arm vorüberging.

»Was meinst du mit Elodies Babyparty? Ich hab noch nicht mal angefangen, eine zu planen.«

»Tharpes Frau hat sie geplant. Toni oder Tonya? Sie hat behauptet, dass es nur eine Grillparty ist, damit Elodie nicht Lunte riecht, aber in Wirklichkeit ist es die Baby-Shower. Haben sie dich nicht eingeladen?«

Ich schüttelte den Kopf. »Äh, nein. Haben sie nicht.«

Ich schluckte. Plötzlich war meine Kehle ganz trocken. Die Situation war so verdammt peinlich, und ich wollte so schnell wie möglich verschwinden, um die Information erst mal zu verdauen.

»Ich meine, Elodie hat mich zu einer Grillparty der Soldatenfrauen eingeladen, aber ich hatte so gar keine Lust hinzugehen …«

Jetzt stieg die Verlegenheit erst recht in mir hoch. Meine Brust brannte wie Feuer.

»Keiner hat mir gesagt, dass es eine Babyparty ist. Niemand hat

mir gesagt, dass sie überhaupt eine planten. Ich hätte geholfen …
eigentlich war ich davon ausgegangen, dass ich die Party ausrichte.
Wenn ich das gewusst hätte, wäre ich hingegangen.«

Mir kamen beinahe die Tränen.

Kael sah aus, als wüsste er nicht, was er sagen sollte.

»Oh«, meinte er nur.

Ich hätte ihn am liebsten angeschrien, aber diesmal war es
nicht seine Schuld, dass es mir schlecht ging. Ich holte also mein
Handy heraus, um Elodie zu schreiben und mich zu entschuldigen. Ich konnte nicht glauben, dass keine dieser Frauen daran
gedacht hatte, mich einzuladen. Schlimmer noch: Sie schmissen
eine Babyparty für sie, und ich hatte eigentlich angenommen,
dass *ich* diejenige war, die das tun würde. Die Botschaft war klar
und deutlich: Entweder hassten diese Frauen mich, oder es war
ihnen total egal, dass es mich überhaupt gab.

»Willst du mit mir hingehen? Ich bin auf dem Weg«, sagte
Kael.

Ich schüttelte den Kopf. »Auf gar keinen Fall.«

»Warum nicht?«

Ich atmete tief aus. »Na ja, offensichtlich hassen sie mich und
wollten mich ursprünglich auch gar nicht dabeihaben.«

»Dich hassen? Sie kennen dich doch nicht mal, oder?«, fragte
er ernst.

»Ich kann nicht einfach ohne Einladung dort auftauchen. Oh
Gott, und ich hasse Cliquen. Jedenfalls wollte ich sowieso nicht
auf diese Grillparty gehen. Ich mache meine eigene Babyparty
für sie.« Im Grunde redete ich mir nur selbst gut zu, um mit dieser Zurückweisung fertigzuwerden.

»Wen kümmert es denn schon, was sie denken? El ist deine
beste Freundin und wohnt bei dir. Wenn jemand etwas dagegen
sagt, ist er verdammt noch mal dumm.«

»Die *Leute* sind normalerweise dumm, vor allem wenn man ihnen Gelegenheit dazu gibt.«

Er lachte. »Du hast aber auch auf alles eine Antwort, stimmt's?«

Ich biss mir auf die Lippen und nickte. »Ich wäre eine tolle Anwältin, wenn ich nicht so empathisch wäre.« Ich zuckte mit den Schultern.

»Okay, Miss Empathie …« Jetzt flüsterte er. »Bei jedem, nur nicht bei mir. Gehen wir also zu dieser Babyparty, und zwar wegen Elodie und nicht wegen dieser Frauen. Außerdem könnte ich dir helfen, diesen Sessel zu dir nach Hause zu schaffen. Dein Haus liegt gewissermaßen auf dem Weg«, meinte er.

Das stimmte gar nicht.

»Ich wollte dafür eigentlich meinen Dad anrufen …« Mit einer Hand beschirmte ich die Augen vor der niedrig stehenden Sonne. Sie schien blendend hell genau hinter Kaels Kopf und seinen Schultern, aber sein breiter Körper verbarg einen Großteil des Lichts, sodass es nur an seinen Umrissen hervortrat.

Er lachte. »Wow. Du musst mich mittlerweile ganz schön hassen, wenn du lieber deinen Dad anrufst, als mit mir zu fahren. Hätte nicht gedacht, dass es dermaßen schlimm ist«, sagte er in übertriebenem Ton.

»Selbst wenn es so wäre: Ich hätte ja gar keine Gelegenheit gehabt, es dir zu sagen. Schließlich hast du mich nie gefragt«, wandte ich ein und verdrehte die Augen, um meinen Worten die Schärfe zu nehmen.

»Natürlich hätte ich lieber, dass du mir den Sessel bringst, statt meinen Dad zu bitten, aber ich hätte nicht gedacht, dass du es mir anbieten würdest.«

»Yep. In deinen Augen bin ich jetzt durch und durch der Bösewicht.«

»Ich habe mir diesen Sessel so gewünscht, deshalb spielt es

keine Rolle, wer ihn nach Hause fährt«, antwortete ich in dramatischem Ton, umarmte die Rückenlehne und seufzte. »Er ist so wunderschön.«

»Ja.« Er hielt inne, und ich ertappte ihn dabei, wie er meinen Mund fixierte. »Stimmt.«

Ich spürte, wie mein Herz wild klopfte. Er leckte sich die Lippen.

»Komm schon, Kare, komm mit mir. Du willst doch ihre Babyparty nicht verpassen.«

Ich seufzte entnervt. »Oh, jetzt versuchst du mich genauso um den Finger zu wickeln wie eben die Verkäuferin des Sessels. Lass den Blödsinn! Ich bin immun gegen deinen Charme.«

Er grinste mich an und fuhr sich noch einmal mit der Zunge über die vollen Lippen. Seine Augen nannten mich eine Lügnerin. »Na gut.«

»Außerdem ist die Party sicher schon fast vorbei, dann sollte ich vielleicht nicht hingehen. Und ich wollte ohnehin eine für sie schmeißen, wenn der Entbindungstermin näher gerückt ist. Ich dachte, man wartet damit, bis man das Geschlecht des Babys kennt? Sie hätten echt warten sollen, damit die Leute wissen, was sie kaufen können.«

Ich sah zu Kael auf. Er lehnte an einem Esstisch mit dazu passenden Stühlen. Die gesamte Garnitur war ausnahmsweise doch mit einem Preisschild versehen und sollte nur achtzig Dollar kosten. Er sah aus, als sei er mindestens hundert Jahre alt, und war verdammt cool. Ach, ich musste echt eine andere Möglichkeit zum Geldverdienen finden. Vielleicht war Instagram ja doch ein Weg. Eigentlich war ich ja kein Fan der sozialen Medien, aber ich wollte mir unbedingt mehr Dinge wie diesen Sessel leisten können. Kaels Finger fuhren an der Tischkante entlang, sodass er ein wenig Staub aufnahm.

»Keine Ahnung. Ich bin mit ihrem Geschenk beinahe fertig. Aber ich brauche noch eine Woche. Trotzdem fahre ich jetzt vorbei und lasse mich auf der Party sehen.«

Wütend funkelte ich ihn an.

»Aber natürlich wäre deine Baby-Shower viel, viel schöner gewesen.«

Ich lächelte. Er ebenfalls.

Ich betrachtete die Stände, die noch offen hatten. »Ach, und selbst wenn ich vorbeiführe, hätte ich kein Geschenk. Was hast du denn für sie?«

»Ein Kinderbettchen«, antwortete er mit leiserer Stimme, und das großspurige Lächeln hatte sich in die stickige Luft verflüchtigt.

Ich musste unwillkürlich lächeln. »Ein Kinderbettchen. Wow.«

»Ich mache es selbst, deshalb brauche ich länger als erwartet.«

Mir blieb der Mund offen stehen. »Du machst es selbst? Also so richtig … mit deinen eigenen Händen?«

Er nickte.

»Jetzt kann ich definitiv nicht mit dir dorthin gehen. Ich würde mich ja total blamieren.«

Das war so süß von ihm. Es erinnerte mich daran, dass er nicht immer ein gefühlloser Zinnsoldat war. Und das war auch nötig! Denn es zeigte mir, dass ich nicht völlig den Verstand verloren hatte, weil ich in ihm einmal etwas vollkommen anderes gesehen hatte. Die negative Meinung von ihm, die ich in den letzten Wochen kultiviert hatte, wurde durch die Tatsache, dass er Elodie ein Kinderbettchen für ihr Baby baute, eindeutig relativiert. Die Vorstellung, dass er hergekommen war, um Holz für so ein Bett zu kaufen, fand ich viel zu anziehend. Es veränderte meine Sichtweise auf ihn, entzündete ein kleines Licht. Ich hoffte nur, Kael würde das mit einer weiteren Lüge wieder auspusten, bevor ich ihm allzu sehr verfiel.

»Ja. Ich bin süß. Ich weiß.« Er wischte sich den Schweiß von der Stirn. »Also wirst du jetzt aufhören, dich wie ein ungezogenes Gör zu benehmen, und mit mir kommen, oder nicht?«

16

Dass ich dann doch zustimmte, lag vornehmlich daran, wie aufregend ich den kleinen Schlagabtausch mit Kael fand. Außerdem war ich sauer, dass Elodies Freundinnen nicht mal dran *gedacht* hatten, mich einzuladen, oder – noch schlimmer – es vielleicht absichtlich nicht getan hatten. Das würde ich noch schnell genug herausfinden.

Aber mittlerweile hatte ich Magenschmerzen vor Angst und bereute es bereits, in Kaels Truck gestiegen zu sein. Ich wartete auf ihn, starrte in den Spiegel, sah, wie sein Körper immer größer und größer wurde, weil er immer näher kam. Er hatte mich angewiesen, im Truck zu warten, während er die Arbeit erledigte. Einmal hatte ich ihm zwar widersprochen, dann aber wegen der blutigen Kratzer an meinen Armen, die mich etwas quälten, doch den Mund gehalten. Ich hatte mich in sein Auto gesetzt und beobachtete ihn nun im Spiegel. Er trug meine beiden neuen Pflanzen in beiden Armen. Sein Körper war so stark und muskulös, und doch wirkte er wie ein Mann, dem die Last der Welt auf den Schultern ruhte.

Als er näher kam, drehte ich die Musik lauter, während er Sessel und Pflanzen auf die Ladefläche schob. Ich beobachtete, wie er ein paar Sekunden lang Tetris mit den drei Teilen spielte, bot ihm meine Hilfe an, gab es dann aber auf. Noch einmal dachte ich darüber nach, mich vom Acker zu machen. Dann ließ ich meinen Gurt aus lauter Langeweile mehrfach ein- und wieder ausrasten und checkte anschließend mein Handy. Immer noch gingen Benachrichtigen auf Instagram ein, die das Foto des violetten Sessels kommentierten. Ich wusste, dass es ein gutes Bild war, hätte aber nie erwartet, dass ihm so viel Beachtung geschenkt würde.

Eine seltsame Erregung erfasste mich, als ich die Liste der weitgehend bekannten Namen hinabscrollte. Normalerweise interessierten mich diese Leute einen Dreck. Ich schaute mir ihr Profil nur an, wenn ich Langeweile hatte. Aber nun, da ich mich mit dem Sesselfoto wieder bei ihnen ins Gedächtnis gerufen hatte, fragte ich mich, was sie wohl über mich und mein Leben nach der Highschool dachten. Hoffentlich hatten sie den Eindruck, dass bei mir erheblich mehr los war, als das tatsächlich der Fall war. Mein letztes Jahr auf der Highschool war schon drei Jahre her, aber ich hatte gar nicht das Gefühl, dass so viel Zeit vergangen war. Vielleicht deshalb, weil ich nichts wirklich Tolles mit meinem Leben angefangen hatte, außer mir ein Dach über dem Kopf zu suchen und die Lizenz zur Massagetherapeutin zu erwerben. Das war auf jeden Fall super, aber andererseits auch schon wieder zwei Jahre her. In diesem Zeitraum war Kael zweimal abgeordnet gewesen. Ich schauderte etwas, obwohl es draußen verdammt heiß war.

»Sollen wir die Sachen erst mal zu meinem Haus bringen?«, fragte ich Kael. »Du kannst mir ja hinterherfahren.«

Er drehte das Radio leiser und schüttelte den Kopf. Dann griff er nach dem Saum seines T-Shirts, hob es hoch und wischte sich damit den Schweiß von der Stirn. Mein Gott, wie klein dieser Truck sich plötzlich anfühlte, auch wenn es ein riesiger Bronco war.

»Auf gar keinen Fall«, lächelte er und wischte sich noch einmal über die Haut.

Ich zwang mich, seinen nackten Bauch nicht anzusehen, obwohl ich den Anblick eigentlich unwiderstehlich fand.

»Warum nicht?«, fragte ich.

»Weil du dann nicht mit mir zu Tharpe fährst. Du wirst mich deinen Scheiß abladen lassen, und dann machst du die Fliege. Ich kenne …«

Er hielt inne, bevor er *dich* sagte.

»Bestimmt nicht!« Ich lachte über seine Dreistigkeit und darüber, dass er der Wahrheit so nahe gekommen war. »Ich meine, ja, vielleicht würde ich es versuchen, aber wer weiß? Vielleicht gehe ich ja doch mit, und wir amüsieren uns?«

Kaum waren die Worte raus, bemerkten wir beide, was ich da gesagt hatte.

Stotternd berichtigte ich mich: »Nicht wir. Ich meine, ich. Ich … amüsiere mich.«

Er sah mich an, skeptisch zwar, aber seine Augen leuchteten auf eine Weise, die mich beinahe doch überredet hätte mitzukommen.

»Karina. Du willst mir allen Ernstes weismachen, dass du mit mir auf die Party gehst? Denn ich kann dir die Sachen durchaus auch vorher vorbeibringen und dann allein dorthin fahren. Du musst nicht mitkommen. Ich glaube nur, dass Elodie sich freuen würde. Du bedeutest ihr eine Menge«, erklärte er.

Ich blies die Luft aus. Meine Beine zuckten unter meinem Körper, sodass sie ihm schließlich noch näher waren.

»Ich weiß. Aber ich habe immer noch das Gefühl, dort zu stören. Außerdem kann ich wohl kaum so dort auftauchen.« Ich sah an meinen abgerissenen Klamotten hinunter. »Mein Shirt hat ein Riesenloch.« Ich steckte meinen lila Fingernagel hindurch. »Ich sähe aus wie eine Krähe.«

»Tätest du nicht«, antwortete er in einem Ton, als sei es seltsam, wenn er mir Komplimente machte.

»Danke.« Ich sah ihm in die Augen.

Ihm stockte der Atem. Vielleicht hatte er ja gar nicht die Absicht, mich auf diese Weise anzusehen, aber ich hatte dennoch das Gefühl. Sekunden vergingen, und keiner von uns beiden bewegte sich. Ich konnte keinen einzigen zusammenhängenden Gedanken fassen. Ich konnte ihn spüren, er war mir so nahe, umgab mich ganz und gar. Ein bisschen wie ein heißes Lavendelbad: beruhigend, erfrischend.

Er beugte sich ein wenig näher zu mir hinüber, und mein Herz klopfte schneller, so laut, dass ich schon befürchtete, er könne es hören.

»Siehst du, wir können ja doch Freunde sein.« Seine Worte fielen wie Felsbrocken zwischen uns.

Ich blinzelte, ein wenig verblüfft und sehr beschämt, dass ich eine Sekunde lang gedacht hatte …

Keine Ahnung, was ich gedacht hatte. Ich schüttelte den Kopf, rückte näher zum Fenster und von ihm ab.

»Das werden wir sehen. Mach dir keine allzu großen Hoffnungen.« Ich versuchte, humorvoll zu klingen, zumindest keinesfalls verzweifelt.

»Oh, ich habe keine Hoffnungen, Karina.«

Er legte den Rückwärtsgang ein.

»Was tust du denn da? Mein Auto steht noch hier!«, schrie ich, als er aufs Gaspedal trat.

»Ich fahre dich nur zu deinem Auto«, antwortete er und lächelte, während er das Lenkrad drehte. Meine Hand umklammerte den Türgriff, aber ich spielte meine Panik mit einem Lachen herunter. Mein Herz pochte heftig, und im Wagen war es totenstill. Sogar das Radio war aus.

Er fuhr ein paar Reihen weiter und hielt in der Nähe meines Autos.

»Danke fürs Mitnehmen«, sagte ich, öffnete die Tür und stieg aus. Ich hörte, wie die andere Tür sich ebenfalls öffnete, während ich zu meinem Fahrzeug ging. Er wartete bereits an der Fahrerseite auf mich. Mit der Hand rieb er sich über den Oberschenkel und stand nur da, wartete darauf, dass ich in mein Auto stieg, fort von ihm.

»Tut dir das Bein weh?«, fragte ich und sah darauf hinab.

Ich hoffte nicht, insbesondere, da er den schweren Sessel und die Pflanzen für mich getragen hatte. Aber er schwieg nur. Selbst wenn er über Nacht geblieben war, hatte er das Bein immer bedeckt gehalten, sodass ich mich so sehr daran gewöhnt hatte, keine Fragen zu stellen, dass ich, ehrlich gesagt, seine Verletzung manchmal sogar vergessen hatte.

»Alles gut. Ich fahre dir hinterher.« Seine Schlüsselkette baumelte von seinem Zeigefinger, und er sah zu dem Highway hinüber, der etwa hundert Meter von uns entfernt lag.

Dann zog er die unverschlossene Tür meines Wagens für mich auf.

»Du solltest die Autotür nie unverschlossen lassen. Hier nicht und auch sonst nirgends.« Er runzelte die Augenbrauen und rieb sich mit einem Finger die Schläfen.

»Ich werde langsam besser darin«, sagte ich einigermaßen wahrheitsgemäß.

»Klar.« Mit einem Kopfnicken deutete er auf die offene Tür. »Das sehe ich.«

Ich zog eine Grimasse und ging an ihm vorbei, um einzusteigen. Er schloss die Tür, bevor ich überhaupt den Griff packen konnte, und schlug mit der Hand dagegen.

»Weißt du, es hat mir gefallen, als du weniger geredet hast.«

»Glaub ich dir!« Er lachte, und seine Stimme klang jetzt weiter entfernt, weil er in seinen Truck stieg.

Der Tag hätte kaum unerwarteter laufen können. Ich fragte mich, ob ich auch dann auf den Markt gegangen wäre, wenn ich seinen Bronco auf dem Parkplatz entdeckt hätte. Mir schwirrte noch immer der Kopf, weil ich ihm eben im Auto so nah gewesen war.

Oh je, dieser Mann machte mich wahnsinnig!

Ich schaltete das Radio ein. Ein Song endete gerade, und Ryan Seacrests Stimme las einen Werbespot für eine Dating-App. Schon wieder eine kleine Stichelei des Universums. Danke schön, Ryan.

Ich wechselte den Sender, dann schlug ich die Richtung nach Hause ein und stellte mein Handy in den Becherhalter. Im Gegensatz zu mir brauchte Kael wahrscheinlich kein Navi, weshalb es sicher besser gewesen wäre, wenn *er* vorausgefahren wäre.

Ich bog auf die Straße ab, Kael hinter mir. Kaum zu glauben, dass diese Frauen für Elodie eine Babyparty organisierten, zu der sie mich nicht eingeladen hatten. Ich versuchte ja, es nicht persönlich zu nehmen, aber das war verdammt schwer. Ich hatte den ganzen Morgen wegen dieser verfluchten Grillparty vor mich hin gegrübelt und mich von dem Gedanken daran stressen lassen. Wenn ich zu dieser Babyparty gebeten worden wäre, wäre es wahrscheinlich noch schlimmer gewesen, weil ich dann zusätzlich unter Druck gestanden hätte, ein Geschenk zu besorgen, bei der Deko zu helfen und Gäste zu koordinieren, die ich kaum kannte. Am meisten bekümmerte mich also keineswegs die Tatsache, ausgeschlossen worden zu sein. Ich war vornehmlich enttäuscht, dass diese Mädels eine Party schmissen, noch bevor ich selbst die Gelegenheit dazu gehabt hatte. Ich war ihre beste Freundin, ich meine, immerhin wohnte sie bei mir. Ob offiziell oder nicht, sie schlief in meinem Haus, jede Nacht verbrachte sie auf meiner Couch.

Wahrscheinlich kam Elodie jetzt zu dem Schluss, dass sie ihnen mehr bedeutete als mir. Toni, die junge Frau, die sie aus der Notaufnahme abgeholt hatte, hatte wahrscheinlich ihr Haus entsprechend geschmückt, und Elodie war mutmaßlich überglücklich. Ihr Haus war vermutlich weitaus größer und hübscher als meins. Ich fand es ätzend, dass diese Leute so viel Macht über mich besaßen, sodass ich mich dermaßen unsicher fühlte. So hatte ich nie werden wollen, aber irgendetwas in meinem Hirn ließ mir da keine Wahl.

Ich sah in den Rückspiegel auf Kaels weißen Bronco hinter mir. Ihn anzusehen gab mir einen Augenblick lang ein Gefühl der Sicherheit. Sein Anblick beruhigte die Flut der Gedanken, die während der Fahrt auf mich einströmte. Aber unglücklicherweise konnte ich ihn nicht ansehen und gleichzeitig fahren.

Mit jedem Meilenstein, den ich passierte, machte mich die Vorstellung, tatsächlich noch auf dieser Babyparty aufzutauchen, immer nervöser. Ich war nicht eingeladen, und wenn wir endlich wieder bei mir zu Hause waren, würde ich keine Zeit mehr haben, mich fertig zu machen. Ich richtete mich gerade auf, um mein Gesicht im Rückspiegel zu mustern. Ganz beschissen sah ich nicht aus. Meine Haut war reiner als am Tag zuvor. Ich würde lediglich irgendetwas überwerfen und vielleicht noch etwas Mascara und Lipgloss auflegen können.

Als wir in meine Auffahrt fuhren, hatte ich beschlossen, nicht hinzugehen. Er hatte das gewusst. Ich ebenfalls, aber es war trotzdem schön, sich dem Tagtraum hinzugeben, gemeinsam mit Kael dort aufzutauchen. Ich vermutete, Kael würde einen Riesenwind darum machen, wenn ich jetzt absagte, mehr noch als das typische *Hab ich ja gleich* gesagt. Aber das kümmerte mich nicht annähernd genug, um mich hinterher der sozialen Folter zu unterziehen. Er wartete neben seinem Truck, bis ich die Tür aufgeschlossen und meine Fliegentür aufgesperrt hatte.

»Überrascht mich, dass du dein Haus abgeschlossen hast«, rief er mir von der Einfahrt aus zu.

Es gefiel mir, dass ich keine Entschuldigung brauchte. Er würde eine Bemerkung machen, aber er würde mich nicht zwingen, so wie Austin, wenn er mich in unsercr Teenagerzeit auf Partys mitgeschleppt hatte.

»Bist du sicher, dass ich dir nicht helfen soll?«, fragte ich, als er meine Sachen auslud.

»Nope, halt mir einfach nur die Türen auf, ja?«, rief er zurück.

Mein Nachbar Bradley trat vor sein Haus, sah zu Kael und mir herüber, nickte höflich, nahm sich die Zeitung, die dort auf dem Boden lag, und kehrte wieder in sein Haus zurück. Ich fragte mich, ob er wusste, dass er das alles auch online lesen konnte. Er kam mir vor wie ein Typ, dem das gar nicht klar war oder den es nicht kümmerte.

Ich nickte Kael zu, dann hievte er den Sessel aus seinem Wagen. Ich flitzte ins Haus, um den alten Sessel, den ich sonst immer benutzte, zu verschieben, und als er mein Haus betrat, zermarterte ich mir das Hirn, was ich sagen sollte. In Kaels Gegenwart hatte ich stets das Bedürfnis, gegen die Stille anzukämpfen und zu reden.

Ich deutete auf die Stelle in meinem Wohnzimmer, wo vor wenigen Augenblicken noch mein alter Sessel gestanden hatte. Sanft stellte er den neuen dort ab. Dann musterte er den alten Sessel in der Ecke.

»Den wirfst du doch nicht weg, oder?«

Ich nickte. »Doch. Der ist schon so alt.«

»Aber auch total gemütlich.«

Ich lachte und erinnerte mich, wie Kaels lange Beine heruntergebaumelt hatten, als er ihn nach hinten geneigt und darin geschlafen hatte. Das schien so lange her zu sein. Ich fragte mich, ob wir jetzt gerade an das Gleiche dachten. Es fühlte sich so an.

»Du kannst ihn haben, wenn du willst.«

Sein Gesicht leuchtete auf. Der Sessel war wirklich uralt. Ich hatte ihn von meinem Dad bekommen, nachdem Estelle das Haus renoviert hatte. So eine Reaktion hatte ich deshalb nun wirklich nicht erwartet.

»Dann will ich ihn aber auch bezahlen.« Er langte nach seiner Brieftasche. »Oder nehmen wir doch einfach das Geld, das du mir für den neuen Sessel schuldest, dafür. Sessel gegen Sessel.«

»Sessel gegen Sessel?«, fragte ich spöttisch. »Dann wirst du aber ganz schön abgezockt. Aber ich lasse mich darauf ein. Hauptsache, dir ist klar, dass das Geschäft zu deinem Nachteil ist.«

»Ich bin mir dessen bewusst.« Er lächelte. »Ich mag dieses Ding. Ich hab darin geschlafen wie ein Baby.«

Ich stellte mir vor, wie Kael in einem Schlafsack in der Wüste übernachtet hatte. Dabei war er sicher oft den extremen Klimaschwankungen ausgesetzt gewesen.

Kael sah wieder auf sein Handy, als ich gerade sagte: »Dann nimm ihn mit. Bedien dich.«

Ich wartete ein paar Sekunden, während er irgendjemandem schrieb. Schließlich sah er auf. »Letzte Chance, um mit zur Babyparty zu kommen?«

»Sosehr ich dich auch darum beneide, dass du gleich deinen Spaß haben wirst, aber ich muss … ich habe noch zu tun. Außerdem ist sie fast schon vorbei, und ich habe kein Geschenk. Ich hab noch nicht mal richtige Schuhe an.«

Er lehnte sich an seinen neuen Sessel und sah mich an.

»Okay«, sagte er gleichzeitig tief ausatmend.

»Okay?«, wiederholte ich.

»Ich kann sie ja von dir grüßen.« Er zuckte mit den Schultern.

»Dann wissen sie, dass wir uns getroffen haben. Das will ich nicht, denn dann könnte Elodie sich schlecht fühlen, und ich bin müde und war den ganzen Tag unterwegs, und …«

Er hob die Hand, um mich zum Schweigen zu bringen. »Schon gut. Ich werde deinen Namen nicht erwähnen. Ich glaube aber immer noch, dass du ihnen ein großes *Fickt euch alle* signalisieren solltest. Jetzt muss ich dringend los. Die Party ist ja fast schon vorbei.«

»Dann beeil dich«, sagte ich ein bisschen zu schnell. Meine Nackenhaare sträubten sich. Ich wollte, dass dieser verwirrende Tag endlich zu Ende war.

»Okay?« Er lachte leise. Ich fand es gut, dass er jetzt keinen Aufstand machte, wünschte mir aber irgendwie trotzdem, dass er mich wenigstens zu überreden versuchen würde. Mein Gott, war ich durch den Wind!

»Ich bringe aber schnell noch die Pflanzen rein, bevor ich gehe.«

Wieder war er am Handy. Vielleicht wollte er ja auch eigentlich gar nicht, dass ich mitkam. Ich fragte mich, wie lange er schon von der Babyparty gewusst hatte und ob die Person, die ihn am Handy dauernd ablenkte, ebenfalls dort sein würde und nicht wollte, dass ich kam – oder Kael veranlasste, mich nicht dabeihaben zu wollen. Ich gehörte nicht zu der kleinen Soldatenclique wie er. Ob er nun viel Zeit mit ihnen verbrachte oder nicht, zumindest war er Teil dieser Einheit und war mit vielen der Jungs befreundet. Im Geiste verfolgte ich nun eine Art Verschwörungstheorie, in der Elodie den Soldatenfrauen von Kael und mir erzählt hatte. Plötzlich spürte ich ein Brennen in der Brust.

»Karina? Alles gut?«, fragte Kael.

Seine Stimme brachte mich in die Wirklichkeit zurück. Im Geiste stellte ich mir immer die extremsten Szenarien vor. Ich wünschte, es wäre nicht so gewesen, aber so war es immer schon.

»Ja«, sagte ich mit angespannter Stimme.

Kael bemerkte das. Ich wusste, dass es ihm nicht entgehen würde, und wenn er mich nun ansah, würde er etwas sagen. Seine Lippen würden mein Ohr berühren, genau wie damals, wenn er in meinem Bett aufgewacht war und mir gesagt hatte …

»Bist du sicher?«, fragte er. »Ich rede nicht von dir und mir. Sondern von dir im Allgemeinen.« Er stand in meinem Eingang, reglos wie eine Statue, das Kinn energisch vorgereckt.

Ich nickte. »Ja, ich bin nur müde. Es war ein langer Tag, und morgen früh muss ich arbeiten, und duschen muss ich auch. Es geht mir gut. Wirklich.«

Kael seufzte und rieb sich mit den Fingern über das Kinn. »Okay. Bis bald also?«

»Bis bald«, wiederholte ich.

Er zögerte, bevor er weitersprach. »Karina?«

Ich sah ihn an. »Ja?«

»Dein Haar sieht wirklich toll aus«, sagte er und deutete auf meinen Kopf.

Verlegen fuhr ich mir mit den Händen darüber.

Er nahm den alten Sessel mit dem einen Arm hoch und schlang den anderen um die Lehne. Ich stand da, und außer einem gemurmelten »Danke« fiel mir nichts weiter ein.

Er trug den Sessel aus dem Wohnzimmer, ohne einen einzigen Blick zurückzuwerfen. Ich ließ die Tür unverschlossen, damit er die Pflanzen hereinbringen konnte, und wartete in der Küche, bis ich hörte, wie sich die Tür erneut schloss. Ich war absolut neben der Spur, und er brachte mich heftiger durcheinander denn je.

Ich ging zur Tür, sperrte ab und schob zusätzlich den Riegel vor. Dann schaltete ich den Fernseher ein und regelte die Lautstärke hoch, um das Brummen von Kaels Truck nicht zu hören, wenn er davonfuhr. Nun, da ich wieder allein in meinem kleinen Haus saß, waren die Pflanzen deutlich weniger aufregend, als sie mir vorhin noch vorgekommen waren. Ein Großteil ihres Zaubers war verflogen.

Aber zumindest der Sessel kam mir noch genauso schön vor. Ich setzte mich darauf, berührte den Stoff, während ich versuchte, mich zu entspannen und nicht an die Babyparty zu denken und an Kael und daran, wie verdammt merkwürdig dieser Tag gewesen war.

17

Kael

Auf der Babyparty gab es deutlich mehr Bierflaschen als Babyfläschchen. Im Grunde war es eine Garten-Grillparty mit ein paar Baby-Dekorationen hie und da. Für mich war das in Ordnung. Trotzdem war es irritierend, dass die zahllosen Glückwünsche für die junge Mutter, die zu so einem Anlass sonst üblich waren, gänzlich fehlten.

Als ich vor dem Haus vorfuhr, wünschte ich mir eine Sekunde lang, Karina hätte sich doch bereit erklärt mitzukommen. Oder dass ich noch ein bisschen länger in ihrem Haus geblieben und mehr mit ihr geredet hätte, ihr noch mehr Fragen darüber gestellt hätte, wie es ihr ging und was sie jetzt vorhatte. Ich fand es einerseits gar nicht schlecht, dass sie quasi mein kleines Geheimnis war. Andererseits jedoch hätte den Mädels hier ihre Haltung gefallen, und vielleicht hätten sie sich von ihrer Unabhängigkeit sogar inspirieren lassen. Ich wusste, dass diese Soldatenfrauen ihr nicht lagen, aber so schlimm waren sie eigentlich gar nicht, und immerhin waren Mendoza und Gloria ebenfalls anwesend. Wenn Karina zumindest den Versuch unternommen hätte, sich mit den Leuten hier anzufreunden, hätte sie Gloria sogar sicher gemocht. Ihr Van parkte vor dem Haus, genau neben Lawsons grünem

Mustang. Lawson war so ein Idiot; patriotische Army-Sticker klebten auf seiner Stoßstange, als hätte er sie gleich im Dutzend gekauft, und ein paar Würfel hingen vom Rückspiegel herab.

Ich klingelte, und Tharpes Frau Toni kam kurz darauf an die Tür.

»Martin! Kaum zu glauben, dass du tatsächlich gekommen bist!«, rief sie und umarmte mich. Sie roch nach Bier und dem glitzernden Bodyspray, das meine vierzehnjährige Schwester gern benutzte.

Lächelnd löste ich mich von ihr. »Danke, dass du mich eingeladen hast.«

Tonis Augen waren blutunterlaufen, genau wie die der anderen Frauen, die mit Elodie und dem Rest auf der Veranda saßen. Ich ging an den einzelnen Grüppchen vorbei, winkte und blieb bei Elodie stehen, um ihr einen Kuss auf beide Wangen zu geben. Sie war gerade dabei, Austin ihre Vorliebe für das amerikanische Fernsehprogramm zu schildern. Sie führten gerade die klassische Debatte, ob *Friends* besser war als *Seinfeld*. Ich schüttelte Austin die Hand und fragte mich, ob seine Schwester ihm erzählen würde, dass ich sie heute getroffen hatte. Dann blickte ich mich im Garten um. Überall auf dem Rasen hatten sich ein paar Leute zu Grüppchen zusammengefunden. Am Buffet, am Grill, am Esstisch. Insgesamt waren es etwa fünfzehn Personen. Es wunderte mich, dass immer noch so viel los war. Der Garten roch nach Tabak und Grillfleisch.

»Wir haben noch jede Menge zu essen«, meinte Toni. »Und Getränke. Das Bier steht hier.« Sie deutete auf eine blaue Plastik-Kühlbox auf dem Boden.

»Danke«, antwortete ich. »Ich hab schon gegessen.« Das war eine Lüge. Ich hatte nur einfach keinen Hunger. Ich war verdammt groggy und wollte meinen Hintern eigentlich viel lieber bei der nächsten sich bietenden Gelegenheit in mein Bett schwingen. Mein Bein pochte außerdem.

»Martin.« Mendoza tätschelte mir mit seiner unverletzten Hand den Rücken, in der er eine leere Bierflasche hielt.

Er lehnte an dem Holzzaun, und Gloria saß wenige Meter weit weg auf einem Stuhl. Sie hatte eine Dose Cola in der Hand und behielt die Kinder, die im Garten spielten, im Auge. Sie rannten mit ein paar anderen Kids, die ich nicht kannte, um eine Seifenblasenmaschine und einen Rasensprenger herum. Als Mendozas Kinder mich entdeckten, kamen zwei von dreien zu mir herübergelaufen, um mich zu begrüßen. Viviana, die Mittlere, schlang mir die Arme um die Beine. Mein rechtes Bein schmerzte, als sie ihren dünnen kleinen Arm dagegendrückte, aber ich brachte es nicht über mich, sie abzuweisen. Sie war einfach zu süß, also lächelte ich auf sie herab und gab mir Mühe, nicht vor Schmerz das Gesicht zu verziehen.

Bis vor ein paar Minuten hatte mir nichts wehgetan. Doch dann hatte der Adrenalinrausch, den Karinas Anblick ausgelöst hatte, nachgelassen, und der Schmerz kam wieder, sodass jetzt jede einzelne Muskelfaser brannte.

Ich sah auf, um mich abzulenken und auf etwas anderes zu konzentrieren. Ich hatte viel Erfahrung damit, Schmerz zu meiden. So war der Krieg nun mal: Man suchte nach Möglichkeiten, sein eigenes Leiden zu verdrängen.

Auf diese Weise fokussierte man sich nur noch auf die bei der Army erworbenen Instinkte und die grauenhafte Kunst des Krieges. Wenn ich die Gedanken dann aber doch mal zuließ, und sei es auch nur für ein paar Sekunden, fiel mir sofort das junge Mädchen im Hidschab ein, die den toten Körper eines kleinen Jungen in den Armen trug. Sein Gesicht war über und über mit Schmutz und Blut bedeckt. Es gab täglich so viele Opfer. Der

Junge war vielleicht ihr Bruder gewesen. Aber vielleicht hatte sie auch gar nichts mit ihm zu tun, sondern hatte ihn einfach auf der Straße gefunden. Ich blinzelte, um den Shit aus dem Hirn zu kriegen. Der Schmerz … es war der Schmerz, mit dem ich jegliche Erinnerung an den Krieg verknüpfte, und manchmal, wenn ich gerade nicht aufpasste, überkam es mich. In letzter Zeit blitzten derlei Bilder immer wieder vor meinem geistigen Auge auf. Vielleicht weil ich vor Kurzem wieder mit Karinas Dad zu tun gehabt hatte oder weil Mendoza etwas über die Ungerechtigkeit des Krieges geschrien hatte, als er mit der Hand das Glas der Hintertür durchschlagen hatte.

Auch ich empfand die erdrückende Schuld des Krieges, aber immerhin konnte ich meine Entscheidungen größtenteils rational erklären. Keine Ahnung, warum ich so viel Glück hatte, nicht komplett überzuschnappen, wie manch anderer es tat. Im Geiste war ich jetzt wieder im Zelt. Beinahe konnte ich das Salz auf meinen verschwitzten Lippen spüren und den dichten Rauch in der Luft von der letzten Mine riechen. Meine Haut begann zu kribbeln, während ich mich zwischen der Wirklichkeit und meinem Trauma hin und her bewegte.

Ich bin hier, in Benning. Zu Hause. Eine Autofahrt weit von meiner Ma und meiner Schwester entfernt. Eine Autofahrt von Karina entfernt. Ich bin nicht mehr dort.

Ich besann mich auf das, was sie mir in der Gruppentherapie beigebracht hatten. Zu zählen und zu atmen und auf meine Füße hinabzublicken, die fest auf der Erde in Fort Benning standen, und nicht in Afghanistan.

»Martin! Hi! Wir warten schon so lange auf dich! Einige haben schon gedacht, dass du gar nicht mehr kommst.« Viviana schrie beinahe und wedelte mit ihren kleinen Händen tadelnd herum. Sie stand vor mir und wollte auf den Arm genommen werden. Ihr Gesicht verschmolz mit dem des Mädchens aus meiner Erinnerung.

Ich musste das loswerden.

Fuck.

»Hey! Hör mir mal zu!«, forderte sie mich auf. Ihre Stimme klang, als spräche sie durch einen Tunnel zu mir.

Ich rief mir Augenblicke des heutigen Tages ins Gedächtnis, um mich wieder in die Wirklichkeit zurückzuholen. Karina, die Stunden, die ich damit verbracht hatte, Holz zu polieren, wie Karina ausgesehen hatte, als sie von einem Stand zum nächsten geschlendert war, ohne zu ahnen, dass ich ihr folgte. Ich spürte ihre Ruhe, als sie den Markt durchstreifte. Ich vermisste die Energie, die sie mir gab.

Es klappte nicht sofort, aber allmählich. Und so kehrte ich in den Garten, in die Gegenwart zurück und versuchte einmal mehr, meine Vergangenheit zu überwinden.

»Haalllloooo!« Eine ungeduldige Vivi hüpfte vor mir auf und ab, und ich versuchte, meine Krise zu überspielen, indem ich so tat, als hätte ich ihr einen Streich spielen und sie deshalb ignorieren wollen. Ich hatte wieder Gefühl in den Beinen und spürte, dass meine Stiefel fest auf dem Gras standen.

Ich lachte und sah über sie hinweg, ignorierte sie eine weitere Sekunde lang bewusst, dann streckte ich ihr die Zunge raus. Ich nahm sie auf den Arm und drängte den Schmerz in die Erinnerungen zurück. Ich war stärker als das Trauma. Sie jetzt in den Armen zu halten würde mir selbst den Beweis dafür liefern.

Ihre Beine schlangen sich um meine Taille. Fuck, es tat weh, sie auf dem Arm zu halten, aber ich ignorierte meine protestierenden Muskeln. Natürlich hätte ich die Pflanzen oder die Sessel nicht heben dürfen, aber in jenem Augenblick hatte es so gut getan, die eigene Kraft wieder zu spüren. Ich hatte mich an diesen schwachen Körper noch nicht gewöhnt, und eigentlich weigerte ich mich, mich jemals damit abzufinden.

»Wer hat denn behauptet, dass ich nicht kommen würde?«, fragte ich sie. »Ich hab deinem Dad doch Bescheid gesagt, dass es ein bisschen später wird.« Ich ließ ihren Körper nach unten kippen, und sie kreischte. Jetzt bemerkte ich den Schmerz kaum noch.

Der Jüngste, Julian, hatte mir vom hinteren Zaun aus schon eine ganze Weile zugewinkt, bevor ich es bemerkte. Ich winkte zurück, während seine Schwester ihren Angriff fortsetzte. Julian wollte die Seifenblasenmaschine, mit der er spielte, offenbar nicht verlassen. Konnte ich ihm nicht verdenken. Ein Schwarm frischer Seifenblasen wehte an seinem Gesicht vorbei, von denen ein paar in den dunklen Locken hängen blieben, die ihm in die Stirn fielen. Er lachte, und entspannt atmete ich ein, beobachtete die glücklichen, jungen Gesichter. Dann sah ich zu Mendoza hinüber, einem Vater, der sogar noch stärker mit Dämonen zu kämpfen hatte als ich. Ich wusste, dass das Leben dieser Kids keineswegs immer voller Lachen und Sonnenschein war. Meist waren es eher düstere und stürmische Nächte, geprägt vom Stress unbezahlter Rechnungen und der immer wiederkehrenden Abwesenheit ihres Dads in Armeediensten.

Wenn Eltern immer wieder verschwinden und zurückkommen, wirkt sich das unweigerlich auf das Leben der Kinder aus. Selbst bei den besten, stärksten Eltern, die alles in ihrer Macht Stehende richtig machten, sah ich den Unterschied, den es in ihrer Familie ausmachte, wenn Mutter oder Vater von einem Einsatz zurückkehrte. Man gewöhnt sich nun mal an ein bestimmtes Leben, und dann kommen sie wieder, und alles gerät aus dem Gleichgewicht, bis sich eine neue Routine eingespielt hat. Egal, wie froh die Familie des Soldaten darüber ist, dass er wieder da ist, es ist ein Kampf, über den keiner wirklich spricht, und es ist verdammt kompliziert. Außerdem gab es dann meist auch ein neues Untier, mit dem die Familie zu kämpfen hatte, nämlich die PTBS-Episoden. Mendozas verbundene Hand war der deutliche Hinweis darauf.

»Einer von denen da.« Sie deutete auf eine Gruppe von fünf Soldaten mit Bier in der Hand. Hackedicht, noch bevor die Sonne überhaupt untergegangen war.

Ich fand es ätzend, dass diese Arschgesichter hier waren. Lawson, der war beinahe so schlimm wie Jones und der Rest der Proleten in unserem Zug. Ich war einer der Schwarzen, Mendoza war der einzige Hispano-Amerikaner, und alle anderen waren weiße Kerle aus Boston, Alabama, Kentucky. Einige waren verdammt cool, andere nicht ganz so sehr.

Merkwürdig, dass keiner von ihnen zu bemerken schien, dass ich ihnen Löcher in den Rücken starrte. Sie spürten die Blicke nicht auf sich, wie ein guter Soldat es eigentlich immer tun sollte. Er schaltete niemals wirklich ab, dieser Instinkt. Jedenfalls bei mir nicht.

»Ich habe an meinem Geschenk für das Baby gearbeitet«, flüsterte ich ihr ins Ohr.

»Was schenkst du ihm denn?«, flüsterte sie nicht ganz so unauffällig zurück.

»Du darfst es keinem erzählen, okay?«

Während ich darauf wartete, dass sie zustimmte, betrachteten wir beide ihren ältesten Bruder, Little Manny. Eigentlich hieß er Manuel, doch als er klein war, hatten sie ihn häufig »little man« – kleiner Mann – genannt. Sein Vater Mendoza wiederum wurde häufig Manny gerufen, und also hatte sich für Manuel, seine Miniausgabe, dann irgendwann der Spitzname »Little Manny« eingebürgert und war bis heute haften geblieben.

Wie er da so stand, war er das genaue Gegenteil seiner Schwester mit ihrem süßen Zahnlücken-Lächeln. Er sah mich mit steinerner Miene an. Er mochte mich ebenfalls, war aber nicht so herzlich wie seine kleine Schwester. Mendoza hatte mir viele, viele Male erzählt, dass Little Manny seine Abwesenheit während der Einsätze am schmerzlichsten empfand. Er litt sogar noch mehr darunter als seine Frau Gloria.

»Sag's mir, sag's mir!«, rief Viviana mir schließlich in kindlicher Aufregung laut und deutlich ins Ohr. Dem verdammten Gott sei Dank, dass ich auf dem rechten Ohr meist so gut wie nichts mehr hörte. Das war die Folge allnächtlicher Raketenexplosionen im Krieg.

Little Manny lächelte immerhin, als seine Schwester kicherte. Gloria war zu uns herübergekommen. Sie sah müde aus – *wunderschön*, aber so, als müsse sie sich dringend gleich wieder hinsetzen, um sich dann am liebsten stundenlang gar nicht mehr zu bewegen. Sie war schicker gekleidet, als ich es gewohnt war. Sonst sah ich sie meist um Mitternacht in Pyjama oder Jogginghose und voller Panik, da ihre Kinder von den Schreien ihres Vaters aufgewacht waren. In dem sonnigen Garten trug sie nun Ripped Jeans und ein schwarzes T-Shirt, dass sie in der Mitte geknotet hatte, sodass man ihren Bauch sah. Um die Taille hatte sie sich eine Jacke geschlungen. Sie trug sogar Make-up, und zwar viel. Als versuchte sie, ihre Erschöpfung zu überdecken.

Aber sie sah gut aus. Das tat sie in der Öffentlichkeit immer. Oft pflegten die Jungs Mendoza damit aufzuziehen, dass seine Frau absolut heiß war und also gar nicht zu ihm passte. Wenn sie wissen wollten, wie er sie überhaupt herumgekriegt hatte, kam zur Sprache, dass sie schon auf der Highschool miteinander gegangen waren, und die Leute nickten ironisch.

Aber sie liebte ihn. Mann, sie liebte ihn so sehr. Ich hatte noch nie ein Paar erlebt, dass sich dermaßen liebte. Sie waren das Paradebeispiel für »durch dick und dünn«.

»Ich baue ein Bett für das Baby. Ein Kinderbettchen«, berichtete ich Glorias Miniausgabe.

Gloria nickte mir zu und lächelte ihre Kids an. Sie wandte sich Julian zu und sprach mit ihm auf Spanisch.

»Kannst du mir auch was basteln?«, fragte Viviana.

Ihre Mom und ich lachten. »Immer willst du irgendwas haben, junge Dame«, neckte ihre Mom sie.

»Was soll ich dir denn basteln?«, fragte ich.

Sie dachte darüber nach und entwand sich mir. »Keine Ahnung ... Ein Bett? Oder einen Prinzessinnenthron?«

»Einen Prinzessinnenthron? Alles klar.«

»Martin! Komm verdammt noch mal her! Hör auf, mit den Kindern zu schäkern, und trink mit uns ein Bier!«, schrie Austin.

Mendozas Tochter rannte zu ihrem Vater hinüber, und ich folgte ihr.

»Was war denn los, Mann? Wurde auch langsam Zeit, dass du hier aufläufst«, zog er mich auf.

»Ich war auf dem Outdoor-Markt«, berichtete ich, und seine Miene veränderte sich.

»Da gehst du immer noch hin?«

Ich verstummte, sah mich um. Niemand außer Elodie hätte uns hören können. Aber um ehrlich zu sein, sie musste sich so langsam an all diese schlimmen Geschichten gewöhnen. Wenn ihr Mann heimkam, war die Kacke sowieso am Dampfen, denn er würde jede Menge Ballast mitbringen. Ich würde ihm das nie sagen, aber dass er sie geschwängert hatte, war eine verdammt miese Idee. Vornehmlich für sie, aber auch für ihn – er kam verdammt noch mal doch allein kaum klar, geschweige denn, dass er für Frau und Kind sorgen konnte.

Als Phillips mir damals erzählte, wie überstürzt sie geheiratet hatten, fiel ich aus allen Wolken. Erst hielt ich es für einen Witz und glaubte, dass er dieses heiße, französische Mädchen im Netz kennengelernt hatte und mit ihr nur eine schnelle Nummer schob, wie es beim Online-Dating während eines Einsatzes eben häufig läuft. Das Letzte, was ich erwartet hätte, war, dass er sie schwängerte und nach Benning verfrachtete.

Ich wollte echt nicht den Launekiller rauskehren, aber es war viel zu früh für ihn, ein Baby zu bekommen. Er war ja selbst noch eins.

Aber eigentlich ging mich das alles verdammt noch mal nichts an. Nach meiner anfänglichen Überraschung hielt ich also die Klappe.

»Hmm, Jerry Seinfeld ist einer der besten und erfolgreichsten Comedians in der amerikanischen Geschichte …«, hörte ich Austin zu Elodie sagen.

Elodie sah glücklich aus, zufrieden, so gar nicht wie in der Notaufnahme. Nachdem ich mitbekommen hatte, wie Karina und Austin das Krankenhaus verließen, hatte ich ihr erst geschrieben und sie dann in ihrem Zimmer besucht. Ich wünschte mir wirklich, dass es ihr gut ging; sie hatte noch einen weiten Weg vor sich.

»Ich behaupte ja nicht, dass er *nicht* großartig ist. Aber der Humor in *Friends* ist einfach der beste. Er wird nie schal, und in jeder Folge wird eine Geschichte erzählt!« Es lag wohl an ihrem französischen Akzent, dass ich ihr sofort zustimmte, obwohl ich eigentlich wusste, dass *Seinfeld* die bessere Comedy war. »Und Jerry Seinfeld kann Adam Sandler nicht das Wasser reichen. Er ist Amerikas …«, fuhr Elodie fort.

Ich wandte mich wieder Mendoza zu, während sie Austin weiter bei Laune hielt.

Mendoza wartete noch auf meine Antwort.

»Ja. Ich gehe immer noch hin. Normalerweise bleibe ich auf der Seite mit dem Baumaterial, aber heute war ich auch auf der anderen und habe Kathy getroffen. Sie hat nach dir gefragt«, berichtete ich ihm.

Mendozas Blick war getrübt von dem Coors Light in seiner Hand. Seine Kiefermuskulatur arbeitete. Entweder ging er jetzt in die Luft, oder er würde so tun, als ob es ihm nichts ausmachte, dass ich immer noch zum Markt ging, obwohl er es nicht mehr konnte. Ich wusste, dass er Kathy mochte.

»Wie geht es ihr? Ich kann nicht glauben, dass Larry mich überhaupt nicht mehr reinlässt. Ich dachte, wir hätten diese Scheiße mittlerweile hinter uns gelassen, Mann.«

»Ja, sollte doch normalerweise echt kein Problem sein, es hinter sich zu lassen, dass du durch seinen Zaun und in seinen Stand reingefahren bist«, sagte ich leichthin wie im Scherz.

Doch der Tag selbst war entsetzlich gewesen. Mendoza war so blau gewesen, dass ich schon geglaubt hatte, er werde weiter- und geradewegs auf den Highway fahren, nachdem er den Zaun demoliert hatte. Mendoza hatte für Larry Holz gehackt und sich dabei beinahe den Finger abgeschnitten, weshalb er stinksauer war und abhauen wollte. Er legte den falschen Gang ein, als er versuchte zurückzusetzen, und hatte seinen Van in verschiedene Stände mit Baumaterial gerammt. Danach aber blieb er keineswegs stehen – er geriet in Panik und fuhr geradewegs auf die Bäume zu, verfehlte um ein Haar Larrys Auto und raste mit Karacho durch den Zaun. Es war ein Wunder, dass die Versicherung den Schaden beglich. Ein Wunder, dem mit ein paar Lügen auf die Sprünge geholfen worden war.

Und das war *vor* unserem zweiten Einsatz in Afghanistan passiert und dem ganzen Shit, den wir dort gesehen hatten.

Und dem Shit, den wir begangen hatten.

Mendoza trank einen großen Schluck Bier. »Ja, aber ich habe ihm doch gesagt, dass ich umsonst für ihn arbeiten würde, dass ich dort aufräumen würde und all das. Deshalb kapier ich's nicht.«

Ich zuckte mit den Schultern. »Lass ihm noch etwas Zeit. Wir sind doch erst seit ein paar Wochen zurück.«

18

Kael

Eine Stunde später saßen nur noch eine Handvoll Gäste in Tharpes Garten. Außer Mendozas Kindern waren auch die restlichen Kids verschwunden.

Das Rudel junger Soldaten trank Maker's Mark direkt aus der Flasche. Jack Daniels und Maker's Mark: Das waren die beiden typischen Drinks, wenn Soldaten miteinander tranken. Jemand hatte die rote Wachsversiegelung der Flasche ins Gras geworfen. Mendozas Sohn Julian streckte die kleine Hand danach aus. Gloria, die die schlafende Viviana im Schoß hielt, hob es auf, bevor er es sich in den Mund stecken konnte. Sie erinnerte mich an meine eigene Ma, die sich nie hingesetzt hatte oder Feierabend vom Mutterdasein machte. Auch sie hatte immer jede Menge Dinge gleichzeitig gemacht.

Einmal hatte ich mitgekriegt, wie Gloria zu Mittag aß, während sie ein Kind stillte *und* einen Typen gründlich herunterputzte, der sich beschwert hatte, weil sie im Restaurant ihr Baby fütterte. Gloria sagte ihm die Meinung, während sie an ihrem Eistee nippte und Julian fütterte, und der Mann errötete und kroch vor ihr zu Kreuze, ohne dass sie überhaupt laut werden musste. Ich persönlich fand den Anblick, wie er sich ein rohes

Steak in sein riesiges Maul stopfte, deutlich ekelhafter als den des zugedeckten Kindes an der Brust – aber gegen selbstgerechte Arschlöcher ist eben kein Kraut gewachsen.

»Sei vorsichtig, Liebling«, sagte sie nun zu Julian, »das ist nichts zum Spielen.«

Ich sah, wie sie nach ihrem Mann Ausschau hielt, und wie sie seufzte, als sie bemerkte, dass er sich noch einen Drink genehmigte. Er war jetzt zu Coke mit Bourbon übergegangen und quatschte mit ein paar jungen Soldaten. Ich wusste, dass ein paar davon Panzersoldaten aus einer anderen Einheit waren, aber ich kannte ihre Namen nicht. Er war noch lange nicht bereit zu gehen, obwohl seine Frau mehr als erschöpft wirkte.

»Gloria.« Ich winkte ihr zu, damit sie zu mir hinsah. »Geh ruhig nach Hause. Ich bringe ihn dann heim. Es ist schon spät, und ich weiß ja, dass die Kids morgen früh rausmüssen.«

Sie sah erneut zu ihm hinüber, dann zu Julian, der neben ihr saß, und auf Vivi in ihren Armen.

»Bist du sicher?«

»Ja. Du weißt doch, dass ich seinen Arsch schon häufiger ins Bett geschafft habe.« Ich lächelte, obwohl es meist nicht witzig gewesen war, wenn ich ihn nach einer schlimmen Nacht nach Hause geschleift hatte.

Tharpes Frau saß am Tisch und versuchte, ihren Mann davon abzuhalten, sich noch ein Bier aus der Kühlbox zu nehmen. Als er sich vorbeugte, schwankte der Plastikstuhl unter seinem Gewicht bedenklich, also zog sie an seinem Shirt, damit seine Füße wieder den Boden berührten. Sie schnaufte und prustete, sagte aber nichts. Ich war mir ziemlich sicher, dass ihr das Benehmen ihres Mannes peinlich war. Ich selbst hätte mich an ihrer Stelle in Grund und Boden geschämt.

»Hörst du jetzt wohl auf? Die Kinder schlafen, und wir sind zu Hause. Also chill mal«, sagte er zu ihr und schlug ihre Hand an seinem Shirt fort.

Sie machte ein Gesicht, als wollte sie ihm gleich eine knallen, aber sie zog nur ihren Arm fort und stürmte ins Haus. Gerade als er den Deckel der Kühlbox hob und seine Hand in das schmelzende Eis tauchte, knallte sie die Tür hinter sich zu.

Gloria sah von der Tür zu ihrem Mann hinüber. »Weißt du was, Martin. Ich werde dein Angebot annehmen.«

Sie stand auf, setzte sich ihre Tochter auf die Hüfte. Vivi wachte auf und schlang Beine und Arme um Gloria.

»Little Manny, kannst du mir gleich helfen, deinen Bruder ins Auto zu schaffen? Nimm die Tasche mit«, fügte sie hinzu, nachdem er genickt hatte.

»Manny!«, rief sie anschließend ihrem Mann zu. »Ich bringe die Kids nach Hause.«

»Was! Nein, bleib doch hier. *Babyyyyy* …« Er streckte die Arme nach ihr aus.

Sie zögerte eine Sekunde lang, aber schließlich gab sie nach und lächelte über ihren idiotischen Mann. Er war ihr Idiot. Und meiner. Und ein anständiger Kerl.

Sie stellte Vivi auf den Boden und ging zu ihm hinüber.

»Ich bin müde. Martin bringt dich nach Hause. Bleib ruhig, Baby. Aber lass es nicht zu spät werden.« Sie schlang ihm die Arme um den Nacken. Seine Hände umfingen ihren Hintern, und sie fuhr mit der Zunge über seine Lippen. So waren sie immer, liebkosten einander in aller Öffentlichkeit. Ich wandte den Blick ab, denn schon wieder musste ich an Karina denken.

»Oh, ich komme ganz bestimmt bald nach Hause«, sagte er mit sehnsüchtigem Blick.

Little Manny verdrehte die Augen. Verrückt, wie ähnlich er

seinem Dad sah. Die breite Nase, die dunkle Haut, das markante Kinn.

»Eklig«, sagte ich zu ihm und grinste.

Er stimmte mir zu, und obwohl er nicht lächelte, merkte ich am Zucken seiner Mundwinkel, dass er am liebsten gelacht hätte.

Manchmal war er ein ziemlich störrischer, kleiner Scheißer. Genau wie sein alter Herr.

Mendoza sah seiner Frau hinterher und gab seiner Tochter noch einen Kuss auf den Hinterkopf. Dann folgte der Faustcheck mit den Jungs, als sie vorbeikamen. Mit Vivi ging er immer so zärtlich um, aber bei den Jungs war er tough. So war er selbst auch erzogen worden, genau wie ich – und das trotz einer alleinerziehenden Mutter. Jungs mussten hart sein, Mädchen zart. Behandele beide Geschlechter entsprechend. Ich wusste aus erster Hand, wie toxisch dieses Männerbild war. Der Anspruch, sich stets »wie ein ganzer Mann« zu verhalten, konnte einen von innen heraus zerfressen und hatte schon unzählige Familien kaputtgemacht. Ich selbst habe so was schon häufiger miterlebt, als ich an einer Hand abzählen kann, und sowohl Twitter als auch die Nachrichten erinnern einen zusätzlich noch daran. Man musste sich nur die Politik anschauen, Herrgott noch mal!

Ich saß schweigend da, winkte den Kids und Gloria zum Abschied hinterher, trank eine Sprite aus der Dose und lauschte der Unterhaltung der Jungs. Die meisten von ihnen waren alleinstehende Soldaten, und die verheirateten pflegten die Geduld ihrer Frauen überzustrapazieren. Die meisten hatten sie bereits wieder verlassen.

»Ich glaube, dass wir dem Iran irgendwann den Krieg erklären werden. Das kommt in den nächsten paar Jahren bestimmt auf uns zu, besonders unter dieser Regierung«, sagte einer von ihnen.

Ich betrachtete die Soldaten genau, musterte ihre Kleidung und versuchte, anhand ihrer Bewegungen und ihrer Sprache abzuschätzen, wie betrunken sie waren. Im Hintergrund hörte ich Austin immer noch mit Elodie diskutieren; er war nur leicht angeheitert. Mit halbem Ohr lauschte ich ihrer Unterhaltung, doch mein Hauptaugenmerk lag auf der Gruppe der jungen Soldaten. Mein Hirn war darauf trainiert, jede Einzelheit meiner Umgebung wahrzunehmen, ob ich wollte oder nicht.

»Red nicht so über deinen Boss«, sagte jetzt einer von ihnen. Er schien der Jüngste zu sein und sah dieser Comicfigur Phineas Flynn auf geradezu gespenstische Weise ähnlich. Rotes Haar, fast dreieckige Nase. Ein waschechter Comictyp.

»Er ist nicht der Boss, unter dem ich der Army beigetreten bin. Ich will nichts mit seiner beschissenen Meinungsmache und seinen Hetzkampagnen zu tun haben«, sagte ein anderer. Er war schlaksig und groß und hatte eine beinahe quadratische Nase. Der Ferb für seinen Kumpel Phineas.

»*Hetzkampagnen?* Er öffnet uns die Augen für all die Scheiße, die hier passiert! Und er verschafft uns mehr Jobs und schützt das, was unser Land ausmachen sollte.«

Aahh, das gute alte Geschwätz über den Präsidenten. Das war immer ein wunder Punkt für die Soldaten und ihre Familien. Von Vertrags wegen war es uns nicht erlaubt, öffentlich über den Präsidenten zu reden, was aber im Grunde niemanden davon abhielt, es trotzdem zu tun.

»Hetzkampagnen!«, wiederholte Phineas noch mal. »Bist du neuerdings unter die Liberalen gegangen, oder was?«

»Zunächst einmal bin ich kein Liberaler. Eigentlich habe ich sogar immer die Konservativen gewählt. Aber die letzte Wahl hat das verändert. Dieser Typ ist nichts weiter als ein Kleinkind und so verdammt peinlich. Hat den ganzen, verdammten Tag nur irgendwelche Wutanfälle auf Twitter, als hätte er nichts Besseres zu tun. Der ist 'ne Lachnummer, und du bist auch 'ne Lachnummer, wenn du ihn verteidigst. Hat dein Großvater nicht im Zweiten Weltkrieg gedient?«

Der Kleinere nickte.

»Stell dir doch mal vor, wie der sich fühlen würde, wenn er noch lebte. Wenn er sähe, wie all die Neonazis hier durch die Straßen ziehen und vom Präsidenten auch noch ermutigt werden? Einem Präsidenten, der überdies sogar *stolz* darauf ist, dass er sich vor dem Militärdienst gedrückt hat? Und nicht nur das, er hat John McCain keinen Respekt entgegengebracht, einem ehemaligen Kriegsgefangenen. Was würde er wohl sagen? Hmm?« Der Glanz in den Augen des Soldaten konnte nur von Leidenschaft oder Whiskey herrühren. Und ihm floss beides durch die Adern.

»Hört auf mit dem blöden Geschwätz«, mischte sich Mendoza ein, noch bevor ich mir überlegt hatte, ob ich eingreifen wollte oder nicht.

Mendoza ging zu den Typen rüber. Einer war in sein Handy vertieft und schenkte dem, was um ihn herum vor sich ging, kaum Aufmerksamkeit. Diese Babyparty hätte sich zu einer Prügelei auswachsen können, ohne dass er es gemerkt hätte, und wie es schien, stand das sogar kurz bevor. Die anderen beiden sahen zwischen den Streithähnen hin und her.

»Er wäre nicht glücklich«, fuhr der Große fort. »Er würde sich fragen, warum zum Teufel er sein Leben aufs Spiel gesetzt hatte, wenn jetzt alles wieder von vorn anfängt.«

Mendoza unterbrach erneut, bevor der andere Kerl antwortete. »Was soll das, dass wir über diese Scheiße den ganzen Tag reden und streiten? Dass ihr euch deswegen angeifert, ändert doch auch nichts daran. Ihr wollt was ändern? Dann macht zum

Teufel wirklich was dagegen, statt hier rumzusitzen und euch wegen irgendeinem Bullshit, den wir sowieso nicht in der Hand haben, in die Haare zu geraten.«

Ich stand vom Tisch auf und ging zu der Gruppe hinüber.

»Wir können was ändern, indem wir wählen gehen und uns mit diesem Mist nicht abfinden«, sagte der Größere jetzt.

Austin und Elodie waren verstummt und beobachteten die hitzige Debatte der anderen.

»*Uns nicht damit abfinden?* Wie willst du das denn anstellen, hmm? Du *gehörst* der Regierung. Du hast gar keine *Wahl*, dich mit irgendwas abzufinden oder nicht. Du machst, was man dir sagt. Genau wie wir anderen.«

»Warum fragst du ihn nicht nach der Mauer? Du willst doch, dass diese bescheuerte Mauer gebaut wird, oder? Sag Mendoza das mal. Sieh ihm in die Augen, und sag ihm das.«

Ich trat in ihre Mitte. »Okay, okay, Jungs.«

Mendozas Miene wurde hart. »Bro, ich stamme aus Cali, verdammt noch mal. Meine Familie ist aus Mexico. Du bist so verdammt ignorant. Eine Pest, wie diese Mauer. Pass bloß auf, was du sagst.« Er riss einem der Soldaten die Whiskeyflasche aus der Hand.

Die Situation drohte zu eskalieren. Ich spürte, wie das Adrenalin in den Männern kochte. Auch ich konnte mich nicht davon freimachen. Ich war mit einem Mal im Kampfmodus, denn die Körpersprache aller Anwesenden hatte sich verändert. Ich versuchte, die Flammen ein wenig zu ersticken. Mehr als einen einzigen Ausflug in die Notaufnahme wollte ich in dieser Woche nicht erleben.

»Jedenfalls werdet ihr kleinen Hosenscheißer demnächst in den Krieg geschickt«, sagte ich. »Und dann sitzt ihr in diesem gottverdammten Sandkasten und zankt euch immer noch wegen dem gleichen Dreck. Und wer gibt euch dann Deckung?«, fragte ich sie.

Sie sahen einander an. »Ganz sicher nicht der beschissene Präsident oder irgendein anderer Politiker. Das ist es, was zählt, nicht irgendein verdammtes Oval Office, das höchstens unsere Feldpostnummer kennt. Selbst wenn ihr sterbt, spielt es keine Rolle, wer gerade Präsident ist, denn der will euch vornehmlich nur deshalb nicht tot sehen, weil die Anzahl der Todesopfer ihm in seiner Amtszeit die Statistiken versaut. Nicht etwa weil er euch unbedingt lebend wieder raushaben will. Und nicht nur er sieht das so. Alle tun das. Wir haben nur uns, also hört auf, euch anzugiften, sonst reißt ihr uns beim nächsten Auslandseinsatz noch alle in den Tod.«

»Wir werden vielleicht gar keinen Auslandseinsatz haben«, sagte der ruhige Panzersoldat.

Ich lachte. »Oh ja, werdet ihr. Vielleicht nicht in den nächsten sechs Monaten. Aber der Befehl kommt so oder so noch früh genug. Wählt in Gottes Namen, wen ihr wählen wollt, und tretet ein, wofür ihr eintreten wollt. Aber hört auf, diese verdammte Babyparty zu versauen.«

Ich fixierte den Großen. »Aber lasst euch nicht davon abhalten, euren Job zu machen. Es sind nämlich unsere Stiefel, die hinterher durch den Dreck waten. Nicht ihre. Lasst nicht zu, dass die Politik uns entzweit. Nur so könnt ihr euch gegenseitig beschützen, damit keiner getötet wird. Und wisst ihr was?«

Ich sah die ganzen Möchtegern-Männer der Reihe nach an. »Am Ende des Tages werden einige Leute einfach auf der falschen Seite der Geschichte stehen.«

Er war ein Scheißkerl, das stand fest. Aber wenn wir uns über Politik stritten, würde das seine Meinung nicht ändern. Normalerweise mussten die Leute die Scheiße mit eigenen Augen sehen, um klarer zu denken, und selbst dann veränderten sich manche nicht. Eins jedoch stand felsenfest: In der Army brachten politische Streitgespräche nichts außer einer verdammten Tonne von Ärger, der einem die Karriere vermasseln konnte.

»Na ja, was man so hört, wirst du auch nicht mehr ins Ausland entsendet.« Der Panzersoldat grinste und sah auf mein Bein hinab.

Er warf den anderen einen Blick zu, und alle lächelten. Der Große lachte sogar. Ich ballte die Fäuste. Also wusste mittlerweile jeder, dass ich kriegsversehrt war. Sie hatten die Gerüchte gehört und hielten sich nun für etwas Besseres als mich, weil ich verletzt war. Ich war nicht länger Martin, der einundzwanzigjährige E-5-Soldat, der Leben gerettet und Beförderungen und Medaillen schneller als jeder sonst in der Truppe eingeheimst hatte. Ich war jetzt der nutzlose Invalide. Ein entbehrlicher, schwarzer, angeschlagener Veteran.

Mendoza stand auf und presste dem Panzersoldaten die Flasche gegen die Brust.

Mein Hirn war immer noch im Kampfmodus, trotzdem war ich ganz ruhig.

»Du hältst jetzt besser dein verfluchtes Maul. Ihr alle.« Mendoza zitterte am ganzen Leib und warf die Flasche zur Seite. Sie zerschellte, als sie auf die Steinterrasse traf.

Toni war wieder herausgekommen und stieß einen Schrei aus, als ihr das Glas vor die Füße flog.

»Was zum Teufel?« Tharpe eilte zu Mendoza hinüber. Ich stellte mich zwischen sie, bevor Tharpe Mendoza auch nur ein Haar krümmen konnte. Später würde Tharpe mir dafür dankbar sein. Seine Frau ebenfalls.

»Jungs, Jungs, Jungs«, drängte sich nun Fischer nach vorn und packte Tharpes Shirt. »Komm schon. Sieh sie dir mal an.« Mit einem Kopfnicken deutete er auf Elodie. »Das hier ist *ihre* Baby-party. Versau sie ihr verdammt noch mal nicht.«

Elodie wirkte besorgt, lächelte aber, als sie zu uns Männern hinübersah.

»Wisst ihr denn nicht, dass wir ohnehin alle dem Untergang geweiht sind?«, fuhr Fischer fort.

Er erinnerte mich jetzt an seine Schwester und ihre Unglücks-fantasien. Wahrscheinlich hatte ihre Mutter ihnen das beigebracht, da ihre Geschichten vor Versprechungen und Bestrafungen durch den Himmel nur so gestrotzt hatten.

»Reiß dich zusammen oder verpiss dich von meinem verdamm-ten Grundstück!«, knurrte Tharpe nun Mendoza drohend an.

Das Bier verlieh Mendoza offenbar eine zusätzliche Portion Mut. »Dann pass auf deine verfluchten Jungs auf. Ich vermute, du hast ihnen nicht erzählt, wer zum Teufel ich bin, denn sonst würden sie mich nicht bedrohen.« Er hob die Faust, die im-mer noch bandagiert war, und schlug sich damit in die andere Handfläche.

»Mit mir will sich keiner von euch anlegen!«, schrie er und schlug die Hände erneut aufeinander. Ich griff nach seinem Arm und zerrte ihn zurück.

Er stand still, kämpfte nicht gegen mich an. Aber seine Auf-merksamkeit galt immer noch voll und ganz ihnen. Mendoza hob die Hand, sah einem der Jungs geradewegs in die Augen und formte mit zwei Fingern den Lauf einer Pistole. Der Panzersoldat zuckte zusammen, als Mendoza so tat, als drücke er ab, und das Ganze mit einem Zungenschnalzen begleitete.

»Stopp! Oh mein Gott. Hört auf damit!«, schrie Toni und hielt ihren Mann fest, der wieder einen Schritt auf Mendoza zu machte.

Elodie hatte die Augen weit aufgerissen und sah schockiert zu. Wahrscheinlich kannte sie bis jetzt nur den freundlichen

Mendoza, nicht den Mann, der seine Finger am Abzug hatte. Wenn sie das hier schon aufregte, dann war sie vielleicht wirklich noch nicht auf Phillips Heimkehr vorbereitet.

»Fickt euch. Ich gehe. Komm, El«, sagte Fischer zu ihr. »Ihr Jungs seid alle Arschlöcher. Los, El, ich rufe uns einen Uber und bring dich auf dem Heimweg nach Hause.«

»Wo schläfst du denn?«

Das fragte ich mich auch.

»Bei Martin«, antwortete Fischer, dem erst jetzt aufzugehen schien, dass ich immer noch da war. Er wirkte etwas überfordert und hatte keine Lust auf eine Auseinandersetzung. Die Grundausbildung würde ihm das schon austreiben. Ich hoffte nur, dass er sich ein wenig Diplomatie bewahren würde. Das würde ihm als Anführer später durchaus nützen, wenn er dabeiblieb.

»Gehen wir. Ihr könnt mit mir fahren. Die Party ist sowieso vorbei.« Ich sah mich im Garten um. Überall herrschte Chaos: Glasscherben, Chipstüten, Papierteller, wohin man sah.

»Wir setzen erst Mendoza ab«, sagte ich zu Fischer.

»Du kannst die Geschenke hierlassen, und ich bringe sie dir später vorbei«, meinte Toni zu Elodie und deutete auf den Tisch. Viel war es sowieso nicht, und keines der Geschenke war allzu groß. Nur ein paar Tüten und eine Schachtel, die jemand in mit Punkten bedrucktes Papier gewickelt hatte.

»Wir können die Geschenke auch mitnehmen«, versicherte Fischer und begann, sie einzusammeln.

Schweigend umarmte Elodie Toni zum Abschied und nahm sich zwei kleine Geschenktaschen, um sie zum Auto zu bringen. Toni entschuldigte sich, versicherte, dass sie Elodie auch selbst heimgefahren hätte, dass sie das aber nicht konnte, weil die Kids schon schliefen; nicht etwa, weil sie seit meiner Ankunft schon mindestens eine Flasche Wein heruntergekippt hatte.

Die Gruppe löste sich auf, wobei die Jungs noch leise irgendeinen Scheiß murmelten. Ich schenkte ihnen keine Beachtung mehr. Ich würde zu ihrem Kommandeur gehen und ihm mal stecken, wie beschissen seine Soldaten sich verhielten. So musste man sie behandeln. Mein Herz klopfte heftig in meiner Brust, in der sich ein fremdes Gefühl breitgemacht hatte. Hatte ich vor diesen Jungs etwa Angst? Es fühlte sich so an, aber dazu bestand keine Veranlassung. War es Verlegenheit? Verdammt!

»Gehen wir und holen uns noch mehr Schnaps, bevor der Army-Laden zumacht«, vereinbarten sie, als sie an mir vorbeigingen. Ich erstickte das brennende Gefühl in meiner Brust und starrte sie so lange an, bis sie den Blick abwandten. So schnell würden die mich nicht kleinkriegen!

»Diese Wichser. Sorry, Toni, aber das sind wirklich Wichser.« Mendoza umarmte Toni, und ich folgte den beiden. Elodie und Fischer dicht auf den Fersen. Ich sah Toni an, deren Make-up jetzt verschmiert war. Ihr Haar war zerzaust und wild. Die Frau tat mir ein bisschen leid. Sie bemühte sich sehr, ihre Rolle weiterzuspielen. Ihr Mann scherte sich meist einen Dreck um sie, und ich wusste, dass er bei unserem letzten Auslandseinsatz eine Sanitäterin gefickt hatte. Mehr als einmal. Sicher wusste sie, was für ein Arschloch ihr Mann war. Es war kaum zu übersehen, wie schlecht es ihr ging. Ich fragte mich, ob auch er litt, genau wie der Rest von uns allen. Wie sie, wie Mendoza, wie ich. Zum Teufel, wie Fischer, auch wenn sein Trauma seinen Ursprung nicht bei der Army hatte. Tharpe war beileibe kein Engel, aber immerhin waren wir zweimal zusammen durch die Hölle gegangen.

Seine Frau stand da, starrte ihn an, die Lider schwer, die Augen müde. Toni hatte das Dasein als Soldatenfrau zu ihrem Lebensinhalt gemacht. Angefangen bei den örtlichen Familiengruppen über Grillpartys bis hin zu Verabredungen mit den anderen Ehefrauen. Ich war alleinstehender Soldat, und trotzdem wusste ich, dass sie eine Wichtigtuerin war, die gern Klatsch und Tratsch verbreitete. Aber sie tat viel für uns, schickte dauernd Carepakete und sorgte dafür, dass unsere Kompanie zum Beispiel die besten Grillfeten hatte. Ihr Ehemann war ein Grenzfall, kurz davor, ein echter Mistkerl zu sein. Ich hatte ihn nicht gerade ins Herz geschlossen, aber der Schlimmste war er auch nicht. Während unseres Einsatzes hatten wir mit noch sechs anderen Jungs zusammengewohnt. Ich verbrachte nicht allzu viel Zeit mit ihm allein. Viel Freizeit hatte man im Krieg ja sowieso nicht, und er war fast immer mit einer Gruppe Sanitäterinnen zusammen, die eigentlich alle ziemlich durchschnittlich aussahen. Aber wenn man in der Wüste ist und ums Überleben kämpft, kommen auch Allerweltsfrauen geilen Männern wie die heißesten Mädels der Welt vor. Phillips, Mendoza und ich hielten uns von derlei Problemen und den Sanitäterinnen fern. Von meinen Jungs war nur noch Phillips in Afghanistan. Verdammt. Es machte mich fertig, mir ihn dort vorzustellen, wie er mit einer neuen Gruppe zusammenarbeitete, als sei nichts passiert.

Der Rest von uns war nach der letzten Mission nach Hause geschickt worden. Jener Mission, bei der nicht nur die Hälfte unserer Truppe draufgegangen war, sondern auch die Hälfte unseres Verstandes.

Und mein Körper.

Die Mission, an die wir nicht mehr denken sollten und schon gar nicht davon reden. Diejenige, in die Karina jetzt auch involviert war, egal, wie sehr ich mich bemühte, sie von all dem fernzuhalten. Die Fehler ihres Dads verfolgten seine beiden Kinder.

Fischer nahm die restlichen Taschen und folgte Elodie zur Vordertür hinaus. Er hatte keine Ahnung von der Scheiße, die sein Vater begangen hatte, und ich hatte keinen Bock mehr, mich mit der Fischer-Familie weiter einzulassen. Ich musste so weit weglaufen wie möglich. Ich hob eine gepunktete Schachtel auf und klemmte sie mir unter den Arm. Ich wollte zum Teufel noch mal sofort von hier weg und in mein Bett. Dieser Tag war einfach viel zu verdammt lang gewesen.

»Bis bald. Danke für die Einladung«, sagte ich im Vorbeigehen zu Toni.

Sie seufzte. »Danke, dass du gekommen bist.« Sie machte Anstalten, die Hand zu heben, doch dann gab sie auf und ließ sie wieder sinken.

»Los, alles einsteigen!«, sagte ich zu Elodie, die Toni jetzt schon zum dritten Mal umarmte.

Es war beinahe zehn, und am nächsten Morgen hatte ich einen Termin. Fischer sollte das Bad auf der anderen Seite meines Doppelhauses herausreißen, während ich so eine Entlassungs-Veranstaltung durchstehen musste, in der sie einer Gruppe von uns Soldaten beibrachten, wie man Bewerbungsbögen ausfüllte. Bei Lowe's Heimwerkerbedarf und Geräte verkaufen und solchen Kram. Security-Jobs. Das waren die Möglichkeiten, die sich für mich in Zukunft ergaben. Mit nur einundzwanzig und einer schweren posttraumatischen Belastungsstörung war es kaum wahrscheinlich, dass Arbeitgeber sich um mich rissen, zumal mein Bein im Arsch war.

Die Ladefläche meines Trucks war jetzt wieder voll, diesmal mit Geschenken. Mendoza stand neben der offenen Heckklappe.

»Sorry, hab die Hände voll«, sagte er, als ich mich ihm näherte.

Er hatte sich noch eine Flasche Maker's Mark vom Tisch mitgenommen, ohne dass ich es mitbekommen hatte. Er trank einen Schluck daraus.

»Während der Fahrt stellst du das Zeug weg, sonst steigst du gar nicht erst ein«, warnte ich ihn. Ich wollte schließlich nicht von der Militärpolizei verhaftet werden.

Elodie sagte, dass sie hinten sitzen wollte, falls ihr übel wurde, und Mendoza wollte vorn einsteigen, damit er nicht neben einer schwangeren Frau Platz nehmen musste, die sich womöglich jeden Augenblick übergab. Fischer schlüpfte neben Elodie hinein.

»Was für ein Haufen Arschlöcher«, sagte er vom Rücksitz aus, als wir vier im Truck saßen.

»Auf den Boden«, sagte ich zu Mendoza und deutete auf die Flasche, die er immer noch in der Hand hielt.

»Okay, mein Gott. Du bist ja schlimmer als mein Alter.« Er stöhnte, gehorchte aber.

Wir fuhren los, und schon bald waren wir auf der anderen Seite der Militärbasis, beinahe an Mendozas Siedlung angelangt.

»So schlimm waren sie anfangs gar nicht. Erst am Ende«, meinte Elodie.

»Sie hatten Glück, dass ich den Whiskey nicht mehr aus der Hand geben wollte.« Mendoza hieb mit der Faust auf die Luft ein, und Elodie kicherte auf dem Rücksitz.

»Die Fäuste nimmst du lieber wieder runter, sonst versohlt dir deine Frau noch den Hintern«, sagte ich und deutete mit einem Kopfnicken auf sein Haus, vor dem wir jetzt anhielten.

Kaum hatten meine Reifen die Auffahrt berührt, trat Gloria auch schon im Pyjama auf die Veranda. Wahrscheinlich hatte sie meinen Auspuff schon von Weitem röhren hören. Das war das Einzige, was ich an meinem Truck hasste, er war verdammt laut.

Sie schlang die Arme um ihren Mann, und wir wünschten ihnen eine gute Nacht. Er lallte jetzt, trank wieder aus der Flasche, kaum, dass er aus meinem Wagen ausgestiegen war.

Als die Eingangstür sich geschlossen hatte, fing Fischer meinen Blick im Rückspiegel auf.

»Müssen wir uns Sorgen um ihn machen?«, fragte er mit leiser Stimme.

Ich legte den Rückwärtsgang ein und sah ihn an.

»Ja, das müssen wir wohl«, sagte ich und fragte mich, ob ich in dieser Nacht noch mal hier würde auftauchen müssen.

19

Karina

»Sein Kuss war so süß, dass er das Salz in dem Wasser um uns in Zucker verwandelte«, las Elodie laut aus einem kleinen Gedichtbändchen vor, das ich gekauft hatte, als ich noch in Texas gelebt hatte.

Sie hatte es heute Morgen zwischen den Couchpolstern gefunden, als wir darunter gestaubsaugt hatten. Seit ein paar Tagen renovierten und putzten wir das Wohnzimmer. Wir hatten sogar die Möbel abgerückt, um besonders gründlich zu sein, obwohl Elodie wegen ihrer Schwangerschaft natürlich nichts Schweres heben durfte. Stattdessen wischte sie Staub in jedem Teil des Zimmers und ordnete die Bücher auf den Regalen unter dem Fernseher, wobei sie jedes einzelne mit einem Lappen ebenfalls säuberte. Es tat gut, alles mal sauber zu machen, aber es war schon spät, und ich hoffte, mein Enthusiasmus würde nicht nachlassen, bevor ich mich fertig machen musste, um zu meinem Dad zu gehen. Ich hatte Austin versprochen hinzugehen, obwohl ich eigentlich keine Lust auf Dad oder Estelle hatte – eigentlich überhaupt nicht mehr. Ich ging nur, weil mir andere Schuldgefühle eingeredet hatten und wegen der Tatsache, dass mein Bruder jetzt bei zahlreichen Abendessen gar nicht mehr dabei sein würde.

Das Abendessen fing stets pünktlich an, und die Uhrzeit hing Unheil verkündend über meinem Kopf. Früher hatte es mich immer gestört, dass die Zeit nicht verändert werden konnte, dass ich nicht einfach absagen konnte, aber nie hatte ich Einwände erhoben. Es war eine lästige Pflicht, die erledigt werden musste, und ich hatte es akzeptiert. Aber während der letzten paar Wochen hatte ich den Termin nicht wahrgenommen, und diese Veränderung hatte mir gutgetan. Sie war wie eine Machtdemonstration meinem Dad gegenüber, ein Auflehnen gegen die spezielle Ordnung, die er meinem Leben aufzwang.

In letzter Zeit hatte ich immer häufiger den Drang zur Veränderung. Ich brauchte sie. Ich war ruhelos, ich spürte es, und ich wusste, dass ich mich nicht mehr entspannen konnte, bis meine Umgebung sich verändert hatte – als könnte ich dadurch die Erinnerung an Kael auslöschen, an meinen Ex Brien, an alles. Die dunklen Wände meines Wohnzimmers brauchten einen frischen Anstrich. Es war etwas Ähnliches wie die Veränderung meiner Haarfarbe und die Anschaffung meines neuen Sessels.

Elodie und ich hatten heute beide frei, weil Malis Tochter ein Baby bekam und sie deshalb den Salon geschlossen hatte. Ich hatte den Starbucks halb leer gekauft, um unsere Produktivität zu steigern, und ein paar Bilder auf einem Pinterest-Board gepostet, ohne zu wissen, dass auch meine Facebook-Freunde jedes einzelne davon sehen konnten. Ihnen schien allerdings zu gefallen, was ich da postete, und mein Handy brummte immer wieder, wenn sie ihrerseits Pins erstellten oder die Sachen, die ich gefunden hatte, speicherten. Da ich nur wenig Geld zur Verfügung hatte, würde mein Haus niemals wie das Pinterest-Board meiner Träume aussehen, aber alles war besser als das Muster-Sammelsurium, das sich mit der Zeit hier angesammelt hatte. Ein paar Sachen würden bleiben, aber das meiste musste weg.

Ich hatte eine neue Phase begonnen. Ab heute würde die neue, sorglose, leichte und lässige Karina, die nicht über alles grübelte, sich treiben lassen und sich dabei auf ihr eigenes Leben konzentrieren. Ich hatte stundenlang Instagram durchforstet auf der Suche nach motivierenden und inspirierenden Memes zur Selbsthilfe und zur mentalen Gesundheit. Also hatte ich goldbraune und hellgraue Kissen bei Target gekauft, eine Tischdeko aus Stein (auch wenn ich nicht genau wusste, was sie *darstellen* sollte) und alles in chilligen Farben (was immer das im Augenblick hieß).

Ich hatte eine der Wände in einem Crème-brûlée-Ton aus ein paar alten Farbdosen gestrichen, die schon unter der Küchenspüle gestanden hatten, als ich das Haus gekauft hatte. Ursprünglich hatte ich vorgehabt, gestern das gesamte Wohnzimmer zu streichen, aber dann hatte ich den ganzen Tag arbeiten müssen. Erst nach fast zwölf Stunden hatte ich Feierabend gemacht. So hatten wir erst heute Morgen anfangen können und hatten dann nur diese eine Wand geschafft.

Während die Farbe trocknete, zerrte ich die Couch über den Boden und stellte sie an die Wand, die die Küche vom Wohnzimmer trennte. In den letzten paar Tagen seit meinem Marktbesuch hatte ich immer mal wieder Möbelstücke umhergeschoben. Und jetzt waren wir endlich fertig; wir zogen das Kreppklebeband von den Fußleisten und ließen uns auf die frisch gereinigte Couch fallen. Ich hatte mich ein paar Tage lang erfolgreich von den ständigen Gedanken an Kael abzulenken versucht. Zwischendurch war er mir immer wieder in den Sinn gekommen, aber jetzt hatte ich es beinahe geschafft, ihn mir aus dem Kopf zu schlagen – jedenfalls hoffte ich das.

Nach kurzer Ruhepause und noch etwas Staubsaugen hatte Elodie das kleine Gedichtbändchen gefunden und war davon ganz fasziniert gewesen. Als ich etwa achtzehn war, hatte ich so eine Poesie-Phase und hatte den gesamten Sommer damit verbracht, davon zu träumen, entweder selbst Dichter zu werden oder einen zu heiraten.

»Sie war die Elektrizität, die mein Lebenselixier war. Aber ich wusste nicht, dass ich sie mit ihm teilte. Sein Geist beanspruchte mehr von ihr als ich, bis sie gemeinsam verschwanden.«

»Wie melodramatisch«, schnaubte ich und erinnerte mich daran, wie tiefschürfend mir das kleine Buch vorgekommen war, als ich es in jenem Sommer immer und immer wieder gelesen hatte. Jedes einzelne Gedicht hatte mich persönlich angesprochen. Doch jetzt konnte ich das nicht mehr nachvollziehen. Ich hatte den Worten seinerzeit meine eigene Bedeutung gegeben, und im Vergleich zu heute kamen mir meine Probleme von damals heute winzig vor.

»Oh, komm schon, Karina. Sei nicht so eine Spaßbremse.« Elodie presste das Büchlein an ihre Brust. »Diese Zeilen sind wunderschön.«

»Klar.« Ich schnaubte. »Ich habe sie auch geliebt, als ich sie las, aber in Wirklichkeit sind die Menschen ganz anders.«

Elodie verdrehte ihre fantastischen Augen. Der blaue Baumwollanzug, den sie trug, ließ sie noch stärker leuchten als sonst.

»Stimmt schon. Aber wir können doch zumindest so tun als ob und Gedichte und so weiter lesen, damit wir uns danach sehnen. Irgendwo muss die Romantik ja bleiben, wenn sie schon nicht in unserem Leben ist.« Während sie es sagte, stellte sie das Buch auf das Regal zwischen mein altes Lehrbuch *Trail Guide Anatomie* und einen weiteren Gedichtband, von dem sie jetzt ebenfalls eine dicke Staubschicht entfernte.

»Wie läuft es mit Martin?«, fragte sie, mir den Rücken zuwendend, und fuhr nun mit dem Tuch über die Stereoanlage.

»Genau wie immer: gar nicht.« Ich warf die Polster wieder auf die Couch. Das Wohnzimmer war jetzt fast fertig, und ich musste bald duschen. Ich versuchte, nicht über mein Familien-Abendessen nachzudenken, bevor ich es nicht unbedingt musste.

Sie runzelte die Stirn. »Auch nach neulich nicht? Er hat dich nicht angerufen oder so?«

Ich wünschte, ich hätte ihr nicht erzählt, dass wir vor ein paar Tagen den Nachmittag miteinander verbracht hatten. Sie fragte mich jetzt schon zum dritten Mal nach ihm, deshalb hatte ich mich sehr bedeckt gehalten.

»Er ist ein anständiger Kerl. Du beurteilst ihn falsch …«

Ich reagierte sehr schnell sehr defensiv. »Er mag mich nicht, okay? Also nein, er hat nicht angerufen oder geschrieben und ist auch nicht vorbeigekommen. Und er wird es auch nicht tun.«

Sie zog ein trauriges Gesicht. »Ich bin mir sicher, dass das nicht der Grund ist, warum er …«

»El, sieh mal, wir sind Freundinnen. Wahrscheinlich bist du sogar meine beste Freundin, aber ich will einfach nicht über Kael reden. Nicht mit dir und auch sonst mit niemandem. Wie oft muss ich dir das noch sagen?«

Ich konnte Elodie so einiges erzählen. Persönlichen Mist über meinen Dad. Manchmal auch Kleinigkeiten über meine Mom. Alles Mögliche über meinen Bruder. Aber bei der Vorstellung, dass sie über jeglichen Teil meines Lebens Bescheid wusste, wurde mir regelrecht übel. Es war mir verhasst, wenn andere meine Schwächen kannten, und es gefiel mir überhaupt nicht, dass Elodie mich an Kael erinnerte oder lächelte oder mir falsche Hoffnungen machte, indem sie sich nach ihm erkundigte.

»Sorry, aber ich kann nicht drüber hinwegkommen, wenn ich dauernd darüber rede«, sagte ich.

Ihr Gesicht war voller Sorge um mich. Das war eine ungewöhnliche Erfahrung, verwirrend, als ob unsere Rollen vertauscht wären; normalerweise pflegte *ich* mir Sorgen um *sie* zu machen, nicht umgekehrt.

»Mit wem redest du dann? Denn du verschanzt dich nur in diesem Haus oder bei der Arbeit und sprichst mit keinem. Du musst ein Online-Dating-Profil erstellen. Oder zumindest mal Instagram nutzen.«

»Ich rede durchaus mit Leuten …«

In Wahrheit hatte ich niemanden, den ich mit meinen Problemen *belästigen* wollte.

»Mit wem denn?« Sie lächelte, stellte mich sanft auf die Probe.

Ich setzte mich auf die Couch, ließ das mittlere Sitzkissen zwischen uns weg. »Wen kümmert das schon? Und ich date auch nicht über eine App oder auf Instagram.«

Sie verdrehte die Augen. »Instagram *ist* eine App.«

»Pffffh.« Ich machte eine ungeduldige Handbewegung.

Sie war megaemotional, ich aber wollte meine Gefühle für mich behalten. Ich wusste, dass ich ihr eigentlich hätte entgegenkommen müssen; ich musste einen Mittelweg finden. Das war immer meine Strategie gewesen, bei meiner Mom ebenso wie bei den meisten anderen Menschen, außer bei Kael, dessen Name mittlerweile in meinem Haus viel zu sehr an Gewicht gewonnen hatte.

»Ich mache mir auch nicht wirklich *Sorgen* …« Sie hielt inne und sah sich im Zimmer um, betrachtete die frisch gestrichene Wand, den neuen Sessel. Dann musterte sie mich von Kopf bis

Fuß. »Aber du renovierst das Haus und hast eine neue Haarfarbe und Nägel …«

»Ach ja? *Und? Du* bekommst ein Baby. Die Dinge ändern sich nun mal dauernd.«

»Hmm. Ich will doch nur, dass du glücklich bist, okay?«

»Ich *bin* glücklich. Ich habe diese Woche zwei neue Kunden dazubekommen und habe lila Nägel. Mir geht es gut.«

»Lila Nägel? Dass du es ja nicht übertreibst!« Sie sah auf ihr Handy und lachte.

»Du solltest es wirklich mal mit Online-Dating probieren. Toni hat mich gefragt, ob du auf Tinder bist.«

»Warum redet Toni von meinem Liebesleben? Was zum *Teufel?*« Ich richtete mich auf und setzte mich auf die Knie.

Elodie tat beleidigt. »Ist halt zur Sprache gekommen. Jemand fragte, ob du Single seiest. Sie hat dir sogar Komplimente gemacht. Also chill mal.«

»Chill *du* doch«, war das Einzige, was mir dazu einfiel.

Albern. Aber ich verteidigte mich selbst. Immerhin war sie diejenige, die über mich mit ihren hirnlosen Freundinnen geredet hatte.

Sie zuckte mit ihren schlanken Schultern. »Ich *bin* gechillt. Ich kümmere mich nur um dich.« Sie schien nicht sauer zu sein. Wenn überhaupt, war ihre Antwort zwar ruhig, aber auch verdammt geradeheraus.

»Na, also mir geht's gut, okay? Du und Toni, ihr müsst euch keine Sorgen um mich machen. Bei mir ist alles okay. Kann sie sich also bitte wieder der Planung von Baby- und Grillpartys widmen, oder was sie sonst noch so für einen Mist macht?«

Elodies Lächeln verblasste. »Du siehst sie viel zu negativ. Und sie hat mir erzählt, dass sie dir auf Facebook eine Freundschaftsanfrage gestellt und eine Nachricht geschickt hat und dass du die nicht mal geöffnet hast.«

»Facebook? Ich checke meine Nachrichten auf Facebook nicht mal, Elodie.« Ich warf die Hände in die Luft und ließ sie dann wieder sinken. »Was ist verdammt noch mal nur los mit der Welt, dass Facebook die einzige Form ist, um jemanden zu Babypartys einzuladen, und man Instagram braucht, um Männer kennenzulernen?«

Es war nicht ihre Schuld, dass sie das Gute in jedem sah, sogar in mir. Sie lächelte. Wir stritten uns eigentlich so gut wie nie. Tatsächlich konnte ich mich nicht entsinnen, mich jemals über sie geärgert zu haben. Elodie gehörte zu den wenigen Menschen, für die ich so empfand.

»Ich sag's ja nur. Ich hab dich übrigens ebenfalls eingeladen. Und Toni will einfach nur, dass du sie nett findest, mehr nicht.«

»Warum sollte es sie kümmern, ob ich sie mag oder nicht? Sie kennt mich doch nicht einmal.«

Und ich hatte auch nicht vor, sie kennenzulernen.

»Was ist nur los mit diesen Frauen?«

»Sie finden dich halt alle cool, deshalb wollen sie dich beeindrucken.«

Ich lachte. »Ich?! Cool?«

»Ja. Dir ist es egal, ob sie dich mögen, deshalb suchen sie deine Nähe. Nicht so wie bei mir – ich wollte, dass sie mich mochten, deshalb taten sie es zuerst nicht. Du bist so ganz …« Bedächtig schüttelte sie ihr schulterlanges Haar vor und zurück wie in einem Werbespot für Shampoo und veränderte die Stimme, wahrscheinlich in dem Versuch, mich zu imitieren. »… so ganz ›Ist mir doch vollkommen gleichgültig‹.«

Das klang tiefschürfend und lächerlich zugleich.

»Außerdem ziehst du dich total cool an, und Martin ist hinter dir her, von dem jeder immer annahm, dass er Single bleibt. Andere Mädchen würdigt er nie auch nur eines Blickes.«

»Was wissen sie über mich und Kael? Und woher?«

Ach, Neuigkeiten verbreiteten sich auf Militärbasen immer wie Lauffeuer. Benning war da keine Ausnahme. Ich hoffte, dass nicht Elodie es war, die ihnen von meinem Privatleben erzählte. Ich vertraute ihr, und es wäre mir nie in den Sinn gekommen, dass sie mit ihren neuen Freundinnen über mich reden könnte.

»Sie wissen nur, dass er etwas für dich übrighatte und du die Sache beendet hast. Nicht viel, aber wenn die Leute wenig Einzelheiten kennen, dann erfinden sie meist eine ganz tolle Geschichte drum herum.«

Das war nur allzu wahr. Wie sagte meine Mom doch immer? *Das Klatschmaul ist niemals satt.* Oder so ähnlich.

Ich stand von der Couch auf. »Ja, hm, Einzelheiten werden sie jedenfalls keine erfahren. Es gibt auch eigentlich gar keine.«

»Okay.« Elodie hob die Hände und gab sich lächelnd geschlagen. »Na gut.«

»Danke schön.« Ich schenkte ihr meinerseits ein ironisches Lächeln.

Dann beschäftigte ich mich damit, den neuen Sessel noch um ein paar weitere Zentimeter zu verschieben, nur um ihn dann wieder an seinen ursprünglichen Platz zurückzuschaffen. Ich dachte mit der einen Gehirnhälfte darüber nach, wo ich ihn letztlich hinstellen sollte, und ignorierte mit der anderen meine wohlmeinende Mitbewohnerin.

»Darf ich dir dann ein Tinder-Profil erstellen?«, fragte sie jetzt.

»Nein, oh mein Gott.« Ich schüttelte den Kopf. »Keinesfalls. Ich will mich im Augenblick mit niemandem verabreden.«

Sie zog die Augenbraue hoch. »Im Augenblick nicht? Oder nie?«

»Beides.« Ich lachte leise. Wer hätte gedacht, dass mein Liebesleben die Leute dermaßen faszinierte – sogar Elodie.

»Ach.« Sie stöhnte und warf mir ein Kissen an den Kopf. »Du machst mich fertig.«

Ein paar Sekunden später begann Elodie erneut. »Menschen sollten miteinander verbunden sein, findest du nicht?« Am Ende machte sie eine Frage draus, wie sie es häufig zu tun pflegte.

Mein Beziehungsstatus schien ihr tatsächlich am Herzen zu liegen, obwohl ich eigentlich gedacht hätte, dass sie zu beschäftigt war, um überhaupt darauf zu achten.

»Was meinst du damit?«, fragte ich. Ich konnte mir die Frage echt nicht verkneifen.

»Na ja, Menschen sollten verliebt sein. Dafür sind wir geschaffen. *Buchstäblich.*« Sie lächelte. »Wir fühlen uns gut, wenn wir jemanden haben, mit dem wir unser Leben teilen können. Und dabei meine ich nicht nur Männer. Ich meine Freunde … Familie. Menschen im Allgemeinen. Ich mache mir Sorgen um dich, weil du niemanden hast. Du hast selbst gesagt, dass ich deine beste Freundin bin, aber du erzählst mir eigentlich kaum etwas von deinem Leben. Dein Bruder wird bald abreisen, und er sagte …«

»Mein Bruder?«, unterbrach ich sie. »Also, deine Freundinnen und mein Bruder und du, ihr sitzt herum und redet über mich?«

Sie schüttelte den Kopf. »Nein.«

»Na ja, klingt aber ganz so. Nicht jedem ist es recht, wenn alle anderen über sein Privatleben Bescheid wissen.« Ich schlug mit einer Hand auf das Sesselkissen, damit es aufrechter stand. »Wir sind nicht alle gleich. Ich habe jede Menge Scheiße am Bein, und das Letzte, was ich brauche, ist, mit jemandem *verbunden* zu sein. Die Leute, mit denen ich mich verbunden fühle, verursachen jede Menge Probleme in meinem Leben. Also können du, mein Bruder, diese Frauen und Kael alle aufhören, sich Sorgen um mich zu machen. Und zwar bald, sonst raste ich nämlich aus.«

Genau genommen hatte ich eigentlich nie Freunde oder Dates gebraucht. Kael war die Ausnahme gewesen. Aber niemals war die Initiative, um irgendwas mit anderen zu unternehmen, von mir ausgegangen.

Ich sah Elodie an: Sie runzelte die Augenbrauen und zog einen Schmollmund.

»Sei einfach glücklich, okay?«

»Mach ich«, sagte ich, damit sie sich besser fühlte.

Sie seufzte. Ich checkte die Uhrzeit auf meinem Handy. Wenn ich jetzt nicht duschen ging, hatte ich noch nicht mal mehr Zeit, mir das Haar zu föhnen, und das würde ich genau in dem Augenblick bereuen, da ich über die Schwelle von Dads Haus trat. Ich benutzte jetzt schon vier Tage lang Trockenshampoo, und außerdem war ich total froh, mich auf diese Weise höchst elegant aus der Unterhaltung mit Elodie herausziehen zu können.

»Ich muss jetzt unter die Dusche. Ab sofort stehen dienstags wieder Familienessen an.«

Sie sah mich an, wirkte immer noch ein wenig erregt.

Dann aber hob sie mit einer anmutigen Geste die Schulter und verkniff sich ein Lächeln. »Wenn etwas Süßes übrig bleibt, bringst du mir dann was mit?«

Ich nickte und lief mit dem Handy in der Hand in den Flur. Als ich die Badezimmertür erreicht hatte, wandte ich mich zu Elodie um, die mir immer noch hinterhersah.

»Menschen sind nicht so toll, wie du denkst«, sagte ich. »Vielleicht verpasse ich ja gar nicht so viel?«

Vor Erstaunen blieb ihr der Mund offen stehen, aber ich schloss schon die Tür, bevor sie noch irgendetwas erwidern konnte.

20

Karina

Das Haus meines Dads sah aus wie immer. Der gleiche überladene Garten mit hie und da verteilten Bäumen und schlecht zueinanderpassenden Blumen, die Estelle aus Langeweile gepflanzt, aber nie gepflegt hatte. Die gleichen Flaggen hoch am Fahnenmast. Die gleiche Auffahrt, in der ich wie immer fieberhaft überlegte, ob mir nicht doch noch in der letzten Minute eine Ausrede einfiel, um nicht hineingehen zu müssen.

Keine Ahnung, warum ich geglaubt hatte, dass sich daran nach allem, was in letzter Zeit passiert war, etwas ändern könnte. Zumindest hatte ich gehofft, dass die Angst nachlassen würde, die ich in Gegenwart meines Dads sonst immer verspürt hatte, aber auch das hatte sich kein bisschen verändert.

Sosehr ich auch immer wieder von Veränderung, Veränderung, Veränderung sprach, hier war ich nun, wieder einmal bei den altbekannten gemeinsamen Mahlzeiten am Dienstag. Auch drinnen würde wahrscheinlich alles aussehen wie immer. Obwohl Estelle ein paar Gegenstände ausgetauscht hatte, um in dem Haus heimisch zu werden und sich mit ihrem neuen Nachnamen anzufreunden, stand vornehmlich noch das Mobiliar meiner Mom und meines Dads hier herum, das sie während ihres gemeinsamen

Lebens gesammelt hatten. In den alten Bilderrahmen, die noch meine Mutter gekauft hatte, prangte nun das Foto seiner neuen Frau. Ich hatte niemals wirklich darüber nachgedacht, wie viel von meiner Mom in diesem Haus noch übrig war, aber heute fragte ich mich dann doch, wie Estelle sich wohl fühlen mochte, wenn der Geist meiner Mutter hier immer noch allgegenwärtig war, und ob sie das überhaupt wahrnahm.

Tatsächlich wurden nun wie von Geisterhand die Vorhänge zurückgezogen und enthüllten meinen Dad, der am Fenster stand. Neben ihm Austin, dessen Gestalt erheblich beeindruckender war als die meines Vaters. Austin winkte, und mein Dad sagte etwas zu ihm, das ihn zum Lächeln brachte. Es war beinahe unheimlich, sie beide lächelnd nebeneinander stehen zu sehen. Austin sah meinem Dad in diesem Moment dermaßen ähnlich, dass ich den Blick abwenden musste, sonst wäre ich zu meinem Auto zurückgerannt und nie wieder hergekommen.

Wahrscheinlich freuten sie sich jetzt gemeinsam darüber, dass Austin Soldat wurde.

Ich hätte kotzen können.

Als ich an der Tür anlangte, wartete dort Austin in weißem Nike-Hoodie und Jogginghose auf mich. Sogleich kam ich mir overdressed vor. Ich hatte geduscht, mir stundenlang die Haare geföhnt, Mascara aufgetragen und trug sogar eine verdammte Kette. Ich war so nervös, dass ich sie jetzt dauernd am Hals zurechtrückte und mir albern vorkam, weil ich derart viel Mühe auf mein Outfit verwendet hatte. Es war nur ein Baumwollkleid mit Boots, aber jetzt wünschte ich mir meine bequemen Ripped Jeans und ein T-Shirt herbei. Mein Dad trug ebenfalls nur Freizeitklamotten: lose sitzende Bluejeans und ein orangebraunes Polohemd. Ich kam mir vor wie in einer verkehrten Welt.

»Hey, Schwesterherz.« Austin schlang mir den Arm um die

Schulter und zog mich an sich, als ich auf die Veranda trat. Er roch ein wenig nach Bier und Eau de Cologne.

»Hey?« Ich sah erst ihn und dann meinen Dad an, schlug also begrüßungstechnisch gleich zwei Fliegen mit einer Klappe.

»Karina, wie schön, dass du es einrichten konntest«, sagte mein Vater. Seine Stimme klang genau wie immer – wie alter, grauer Beton.

»Als hätte ich eine Wahl gehabt«, sagte ich am Hals meines Bruders.

»Sei nett«, antwortete er leise.

Lauter Jubel ertönte aus dem Fernseher im Inneren. Mein Vater drehte sich um und deutete darauf, die Hand auf der Schulter meines Bruders. »Ah, sieh mal. Sie haben einen Treffer gelandet.«

»Seit wann guckst du denn wieder Sport?«, flüsterte ich meinem Bruder zu, der mich immer noch im Arm hielt.

»Seit heute.« Er zuckte mit den Schultern. »Bin froh, dass du da bist.«

Austin ließ mich los, und ich checkte die Zeit auf meinem Handy. Seit meiner Ankunft waren erst zwei Minuten vergangen. Das würde ein langer Abend werden. Ich stand neben der Couch und starrte geistesabwesend auf den Fernseher.

»Kare, komm und mach es dir bequem«, meinte mein Dad. »Du tust, als wärest du hier nicht aufgewachsen.«

»Ich *bin* hier nicht aufgewachsen«, erinnerte ich ihn, trat aber dennoch ins Wohnzimmer.

Er gab keine Antwort, aber sein Blick zeigte mir deutlich, dass er sich die scharfe Antwort nur mühsam verkniff.

Ich stand allein da, während mein Dad und Austin sich wie alte Kumpels verhielten. Ich hatte sie noch nie so miteinander erlebt. Normalerweise waren sie sich gegenseitig an die Kehle gegangen oder hatten verlegenen Small Talk gemacht, über den sich Austin später beklagt hatte. Keiner von ihnen hatte bis jetzt den Grund erwähnt, warum sie plötzlich ein Herz und eine Seele waren. Wahrscheinlich lag es ja doch daran, dass mein Bruder in Dads Fußstapfen trat und Soldat wurde.

Estelle brachte meinem Dad ein Bier und blieb stehen, um mich zu begrüßen.

»Du siehst fantastisch aus«, sagte sie. »Dein Kleid gefällt mir.«

Ich schob meine Hände in die Taschen. »Zum Glück hat es Taschen«, antwortete ich. Das war auf jeden Fall das Beste an diesem Kleid.

»Deine Haare finde ich auch toll. So kommen deine Augen total gut zur Geltung«, fügte sie hinzu.

Sie streckte die Hand aus, um mein Haar zu berühren, und instinktiv wich ich zurück.

Sie sah mich an, erschrocken und verletzt, und ich murmelte eine halbherzige Entschuldigung.

»Sorry. Danke.« Ich leckte mir über die Lippen, denn ich wusste nicht, was ich sonst noch hätte sagen sollen.

Ich wollte keine weiteren Komplimente von ihr hören. Krampfhaft musterte ich sie auf der Suche nach irgendetwas, worüber auch ich mich positiv hätte äußern können. Ich wollte mich ein bisschen anpassen und erreichen, dass sie sich besser fühlte, aber sie sah genauso aus wie immer. Beherrscht, attraktiv und als sei nur noch eine einzige Spritze vonnöten, damit sie den Kopf überhaupt nicht mehr bewegen konnte. Botox war bei ihr und ihren Freundinnen total in Mode. Trotzdem war sie ausgesprochen hübsch, und ich hatte wirklich kein Recht, sie zu verurteilen. Manche Leute fanden das eben gut, und mich ging es nichts an. Ich hätte ihr sagen können, dass sie so hübsch war wie eh und je oder dass ihr dunkles Haar heute Abend besonders schimmerte, aber eigentlich hätte ich ihr lieber etwas Bedeutsameres gesagt. Ich spürte immer noch, dass meine Zurückweisung sie getroffen hatte. Ich war gerade erst angekommen und fühlte mich bereits total unter Druck. Gar kein gutes Zeichen.

»Hmm, dein Haar sieht aber auch sehr hübsch aus«, stammelte ich.

Sie lächelte leicht, wodurch ich mir nur noch ungeschickter vorkam. Doch ihr Lächeln war nicht echt: Es erreichte die Augen nicht, und sie erhielt es eine Spur zu lang aufrecht. Ihre Augen verrieten sie, so hübsch sie auch waren. Sie hatten die Farbe flüssigen Honigs, lagen tief und waren von langen, dunklen Wimpern umrahmt, die sich wie ein Fächer ihren Wangen zuneigten. Die abartigen Freunde meines Bruders behaupteten immer, sie sehe aus wie Salma Hayek. Austin waren diese Witze über seine heiße Stiefmutter verhasst, aber mein Dad freute sich, dass er eine so schöne Frau hatte. Unsere Mom war eine atemberaubende, energische Frau, die einen vollkommen mitreißen konnte. Aber nie hatte mein Dad so mit ihr angegeben wie mit Estelle in ihrem weißen Bleistiftrock und den eng anliegenden Kleidern.

Nachdem die Männer im Haus mir eine ganze Weile lang keine Beachtung geschenkt hatten, wünschte ich mir, das angespannte Schweigen zwischen Estelle und mir zu brechen, und folgte ihr ins Esszimmer. Das Haus meines Dads hatte jede Menge Räume, die sich dicht an dicht aneinanderzukauern schienen. An den Wänden hing allerlei Zeugs: Preise, Blumengemälde, hier und da Familienfotos. Alles war so überladen, dass ich das Gefühl hatte, die Wände kämen auf mich zu. Vorhänge und Möbel waren vornehmlich in Brauntönen gehalten, und jede Menge Glitzerkram stand auf den Regalen, ordentlich genug, um einigermaßen bewusst dekoriert zu wirken, aber dennoch wirkte es vollgestopft. Ich war keine Einrichtungs-Künstlerin wie Joanna

Gaines, aber wenn ich so viel verdient hätte wie mein Dad, wäre ich vom Militär abgehauen, damit ich mir mein eigenes Haus auswählen und sämtlichen Uraltkram hätte wegwerfen können. Sogar die Sachen von meiner Mom, wie das Gemälde eines Kometen, der durch den dunklen Himmel fliegt. Sie hatte dieses Bild auf einem Garagentrödel ergattert, als ich noch klein war, und es in jedem Haus, in dem wir wohnten, in der Küche aufgehängt.

Als ich mich an den Esstisch setzte, holte ich tief Luft und versuchte, nicht zu sehr an das große, gerahmte Andenken an meine Mutter zu denken. Im angrenzenden Zimmer unterhielten sich Austin und mein Dad lautstark über das Spiel. Anscheinend hatte die Beziehung zwischen meinem Dad und meinem Bruder sich in den letzten paar Wochen, in denen ich das Familienessen geschwänzt hatte, deutlich verändert. Ich dachte erneut darüber nach, aber ich erinnerte mich tatsächlich nicht daran, dass sie einander je so nah gewesen zu sein schienen. Vielleicht erfüllte die Tatsache, dass mein Bruder Soldat wurde, meinen Dad wirklich endlich mal mit Stolz. Aber um unseren Dad stolz auf ihn zu machen, hatte er schon früher eigentlich nur eine Vier nach Hause bringen müssen. Hauptsache, er spielte Football. Mit seinen mittelmäßigen Noten bekam Austin deutlich mehr Lob und Schulterklopfen, mehr Lieblingsessen als ich mit meinen ständigen Einsen und Zweien. Früher hatte ich darüber nachgedacht, wie ich die Aufmerksamkeit der Familie auf mich ziehen konnte. Vielleicht indem ich weglief oder eine gestohlene Zigarette im Haus rauchte, nur damit mein Dad mich überhaupt mal wahrnahm. Angeschrien zu werden war immer noch besser, als ignoriert zu werden. Und nachdem meine Mom fort war, wurde es nur noch schlimmer. Obwohl sie im Nebenraum waren, hörte und spürte ich eine entspannte Leichtigkeit zwischen ihnen, die es seit Austins Kindertagen, als er wegen des Sports ein staatliches College besucht hatte, nicht mehr gegeben hatte. Meine Mom berichtete mir einst mit whiskeygeschwängertem Atem, dass mein Dad sich an meiner Stelle eigentlich einen Jungen gewünscht hatte. Danach hatte sie sich die Hand vor den Mund gehalten, als hätte sie die Worte am liebsten zurückgenommen, aber ihre Stimme hatte aufrichtig geklungen, und ich würde mich immer daran erinnern.

Ich überlegte, ob ich Kael schreiben sollte, um mich über sie alle zu beklagen. Um über Estelles Schwerfälligkeit zu lästern und darüber, dass mein Bruder buchstäblich nichts leistete und immer noch als das Goldkind galt. Ich erinnerte mich, wie ich in meinem warmen Bett gelegen hatte, seinen glühend heißen Körper neben mir, und mich über die gemeinsamen Familienmahlzeiten am Dienstag bei meinem Dad beklagt hatte. Ich war ihm immer noch dankbar, dass er mich überzeugt hatte, sie für eine Weile auszulassen, auch wenn ich heute mal wieder hergekommen war. Dieses bisschen Abstand hatte mir den Raum gegeben, den ich brauchte, um mich von meinem Vater und seinen Gewohnheiten abzugrenzen. Ich holte mein Handy aus der Tasche meines Kleides und checkte es. Elodie und Kael waren die einzigen Menschen, in deren Arme ich mich flüchten konnte, aber Kael traf beschissene Entscheidungen und gehörte jetzt nicht mehr zu meinem Leben. Ich konnte ihm nicht schreiben. Das wäre wirklich eine schlechte Idee gewesen. Ich hatte ihn seit jenem Sonntag nicht mehr gesehen, als er mein Haus verlassen hatte, um auf die Babyparty zu gehen. Es wäre eine wirklich, wirklich, wirklich üble Idee gewesen, jetzt den Kontakt zu ihm zu suchen. Nicht nur, weil er gar nicht mit mir reden wollte, sondern auch, weil ich mich verändert hatte: Jetzt waren mir meine Follower auf Instagram wichtiger als blöde Soldaten, die nichts als Chaos verbreiteten und mein Vertrauen missbrauchten. Ich schloss meine Nachrichten-App und öffnete den Instagram-Account.

Wieder hatte ich diverse Benachrichtigungen. Das Kaktusfoto und das Bild von dem lila Sessel waren immer noch die beliebtesten auf meinem winzigen Instagram-Grid. Austin ließ sich mir gegenüber auf den Stuhl fallen, und mein Dad nahm seinen üblichen Platz am Kopf des Tisches ein und tat, als würde er zuhören. Ich jedoch tippte weiter auf meinem Handy herum. Ich scrollte mich durch meine Fotos hindurch, wünschte, meine Erlebnisse häufiger fotografisch festgehalten zu haben, und das nicht nur wegen Instagram. Wir begannen zu essen, und während der gesamten Mahlzeit schien es niemanden zu kümmern und niemand schien es überhaupt zu bemerken, dass ich vollkommen abschaltete. Das Hühnchen war gut, wie immer, und der Kartoffelbrei war ätzend, ebenfalls wie immer. Estelle verabscheute Butter und benutzte sie nie, weshalb ich sie ein wenig hasste. Die Dekoration auf dem großen Tisch, an den weit mehr als vier Personen passen würden, war allerdings spitze, inklusive der Serviettenringe und des anderen Schnickschnacks. Sie hatte hübsches Besteck und Weingläser ordentlich an jedem Platz verteilt.

Mein Dad ließ den Verschluss einer Bierflasche aufploppen. »So, Austin, erzähl mir doch mal von deinem neuen Job.«

Wir hatten Estelles Gourmet-Mahlzeit beinahe vertilgt, und ausnahmsweise hatte mein Dad mich diesmal nicht mit Fragen oder passiv-aggressiven Beleidigungen bombardiert. Wahrscheinlich war er einfach unglaublich froh, weil sein Goldjunge zurück und besser denn je war. *Ein Soldat!* Wahrscheinlich platzte er vor Stolz.

Das Letzte, worüber ich reden wollte, war mein Bruder und die Army. Mein Dad wusste das, was womöglich der Grund war, warum er darauf zur Sprache kam.

»Ich arbeite momentan nur mit einem Freund zusammen. Wir richten zwei Doppelhaushälften wieder her. Erneuern sie von Grund auf.«

Ich sah Austin an, verwirrt, weil er die Army nicht erwähnte. Ich schob eine halb aufgegessene Babykarotte auf meinem Teller hin und her, während Estelle meinem Bruder Fragen über seinen Job stellte.

»Ja, mein Freund Martin hat ein Händchen für Immobilien und wird demnächst die Army verlassen.«

Ich hätte mich beinahe an meinem Essen verschluckt, als sie so beiläufig über ihn sprachen. Als hätten mein Dad und Kael einander nicht vor wenigen Wochen in meinem Wohnzimmer angeschrien.

Ich beobachtete die steinerne Miene meines Dads aufmerksam. Er blinzelte nicht einmal, sondern verhielt sich weiterhin so, als wüsste er nicht, dass es sich bei Kael und Martin um ein und dieselbe Person handelte, als sei nicht er der Freund, von dem mein Bruder gerade sprach. Ich wusste echt nicht, was ich davon halten sollte, aber mein Instinkt riet mir, nichts dazu zu sagen, sondern sie einfach weiterreden zu lassen.

Warum hatte Austin immer noch nicht die Army erwähnt? Verheimlichte er das meinem Dad und Estelle etwa? Es war schon gruselig, was für ein guter Schauspieler mein Dad war, als er an seinem Bier nippte und weiter Small Talk machte. Als hätte er niemals das Leben einiger Männer ruiniert, als würden sie ihn nicht alle bis aufs Blut hassen, so sehr, dass sogar Ärzte im Martin Hospital Ressentiments gegen ihn hatten. Ich hatte sicher nicht erwartet, dass er beim Abendessen über seine Kriegsverbrechen sprechen würde, aber dennoch. Beim Anblick seines aalglatten, unerschütterlichen Gesichts lief es mir eiskalt den Rücken hinunter. Er war ein Meister der Verstellung.

Ich hatte mit meinen Eltern wahrlich das große Los gezogen, nicht wahr? Eine Mom, die nicht da war, und ein Dad, für den alle anderen nur Marionetten waren, die er auf seine Weise manipulierte.

Ich griff nach der Weißweinflasche auf dem Tisch und goss mir ein Glas ein. Ich meine, immerhin hatte Estelle das Zeug hingestellt, dann konnte ich es auch trinken. Mein Dad warf mir einen fragenden Blick zu, sagte aber nichts. Ich funkelte ihn wütend und herausfordernd an, vor allem, da Austin bereits sein drittes Bier intus hatte, von denen mein Dad ihm immerhin zwei gegeben hatte. Außerdem wurde ich in ein paar Tagen einundzwanzig.

Ich sah Estelle an, die meinem Dad noch ein Stück Huhn auf den Teller legte. Er würdigte sie keines Blickes, sondern unterhielt sich mit Austin über einen Industriebetrieb im Mittelwesten, in dem es am Wochenende eine Explosion gegeben hatte. Estelle schob den Teller meines Dads genau unter seinem Arm hindurch vor ihn hin, ohne dass er sich bewegte – wie eine perfekt einstudierte Choreografie. Dann nahm sie seine Bierflasche und schwenkte sie sacht hin und her, hob sie ans Licht, um nachzusehen, ob sie bald leer war. Nachdem sie zu dem Schluss gekommen war, dass ihr Kindskopf von einem Mann versorgt war, stützte sie das Kinn in die Hand und sah sich im Zimmer um. Sie merkte nicht einmal, dass ich sie anstarrte. Ich fragte mich, woran sie wohl dachte. An die Flucht wie meine Mom oder daran, wie glücklich sie damit war, meinen Vater bedienen zu dürfen.

Klar, es war durchaus okay für sie, so häuslich zu sein. Aber ich störte mich daran, wie wenig mein Vater ihr zurückgab. Ja, er zahlte die Rechnungen; in dieser Hinsicht war er vorbildlich, aber ich hatte nicht ein einziges Mal erlebt, dass er etwas zu ihr gesagt hatte, das nicht oberflächlich gewesen wäre. Genauso hatte er sich niemals dankbar gezeigt, weil sie jedes einzelne Gericht kochte, das er aufaß, und jeden einzelnen Teller spülte, den er anrührte. Manchmal tat sie mir leid, und ich fragte mich, ob sie jemals darüber nachdachte wegzulaufen, so wie meine Mom es getan hatte. Mein Blick wanderte an ihrem Hals hinab bis hinunter zu einem herzförmigen Diamanten, der auf ihrer Brust baumelte. Dann betrachtete ich die Armreifen an ihren Handgelenken und vermutete, dass sie als Gefangene durchaus zufrieden war.

Es war, als seien mein Bruder, Dad und Estelle durch Sims-Avatare ersetzt worden und spielten jetzt »Glückliche Familie«. Selbst ich spielte heute eine Rolle und saß lächelnd am Abendbrottisch, obwohl ich nichts zur Unterhaltung beisteuerte. Hin und wieder versuchte Austin, mich in den Small Talk zu integrieren. Die Unterhaltung wandte sich jetzt wieder dem neuen Job meines Bruders zu. Wenn ich es nicht besser gewusst hätte, hätte ich geglaubt, dass mein Vater Austin wegen seines Eintritts in die Army auf den Zahn fühlte.

Dann fragte mein Dad mich, wie es in *meinem* Job lief, und ich antwortete nur: »Gut.« Sogleich kam er wieder auf meinen Bruder zurück, und ich widmete mich meinem Handy. Ich schrieb meinem Bruder und fragte ihn, warum er die Army nicht erwähnte, aber das Ping seines Handys war im Wohnzimmer zu hören. Es hatte also keinen Zweck.

Austin fuhr fort, über seine Renovierungsarbeiten zu reden. »Ist wirklich ein ziemlich guter Job. Und ich habe dadurch ein Dach über dem Kopf.«

Er sah unseren Vater an, und ihre Blicke trafen sich. »Ein Dach?«

»Ja, Martin lässt mich bei sich wohnen, da ich momentan noch keine Bleibe habe.« Normalerweise hätte Austin jetzt einen abfälligen Kommentar darüber fallen lassen, dass sein Vater die Schuld für sein Unglück im Leben trug, aber das unterließ er.

»Ach ja? Nun …« Anscheinend hatte mein Vater eine trockene Kehle. »Das ist nett von ihm.«

Austin nickte und trank von seinem Bier. »Ja. Er ist ein feiner Kerl.« Sein Teller war jetzt beinahe leer, nur noch ein einzelnes Hühnerbein lag darauf.

»Jedenfalls«, fuhr er fort. »Wir machen eine Rigipswand und so einen Scheiß – ich meine und *so ein Zeug*. Ist schon ziemlich cool, wenn man sieht, wie man so was selbst hochzieht. Und ich bin beschäftigt.«

»Wo hast du gelernt, eine Rigipswand hochzuziehen?«, fragte mein Dad.

»So ein vollkommener Nichtsnutz bin ich nun auch wieder nicht«, antwortete Austin spöttisch. »Und ich lerne schnell.«

Beinahe hätte mein Dad eine scharfe Bemerkung gemacht. Er musste sich buchstäblich auf die Zunge beißen. Entweder lernte er gerade, seinen Sohn wie einen Erwachsenen zu behandeln und ihn nicht an jeden Fehler zu erinnern, den er gemacht hatte, oder er hatte etwas anderes im Sinn. Natürlich nahm ich an, dass Letzteres der Fall war.

»Wenn du irgendwelche Reparaturen oder Renovierungsarbeiten hast, dann ruf ihn an. Ich kann jetzt auch schon einiges, aber er ist wirklich Experte.«

»Ja.« Mein Dad sah erst Estelle an, dann mich. Kurze Blicke, aber sie entgingen mir nicht. »Ich merke es mir«, fügte er hinzu.

Dann wechselte er das Thema und fragte Austin: »Hast du was von deinem Onkel gehört?«

Austin und mein Dad, ebenso wie Estelle, hatten kurz und gedankenverloren in den Abgrund geblickt, widmeten sich dann aber übergangslos einem anderen Gesprächsgegenstand. Ich kam mir egoistisch vor und war ein bisschen eifersüchtig, während ich sie so beobachtete, aber insgesamt freute ich mich eigentlich, dass mein Bruder einen Weg gefunden hatte, um mit unserem Dad klarzukommen. Sie hatten sich gefühlt jahrelang bekriegt, und lange Zeit hatten sie sich nicht mal im gleichen Raum aufhalten können, weshalb ich erleichtert über die jetzige Situation war.

Wenn mein Bruder meinem Dad demnächst von seinen Army-Plänen berichtete, konnte die Sache allerdings heikel ausgehen. Aber wer vermochte das schon genau vorauszusehen?

21

Schließlich sagte mein Dad meinen Namen und unterbrach damit das Spiel, das ich erfunden hatte: zu zählen, wie oft Estelle über etwas lachte, was die Jungs sagten, und wie oft sie mit so einem abwesenden Lächeln auf den Lippen ins Leere starrte. Ich fragte mich einmal mehr, was in ihr vorging.

»Karina, wie geht es Eloise? Deiner Freundin aus Frankreich?«

Ach, jetzt wollte er plötzlich so tun, als existierte ich? Zumindest hatte er sich ein Thema ausgesucht, das mich tatsächlich interessierte.

»Elodie«, berichtigte Austin ihn, noch bevor ich es konnte. Mein Bruder lächelte mich an und streckte meinem Dad die Zunge raus, als dieser nicht hinsah.

»Gut. Ist immer noch schwanger.«

Etwas anderes fiel mir nicht ein. Ich hatte das Gefühl, sie vor ihm beschützen zu müssen, obwohl sie gar nicht anwesend war.

»Sie ist so ein hübsches Mädchen. Richtig wow. Atemberaubend«, meinte Estelle.

Austin nickte. Mein Dad ebenfalls.

»Ja, sie ist wirklich eine schöne junge Frau«, sagte Austin. Er hob sein Bier an die Lippen und trank.

»Ja. Das ist wahr«, stimmte auch ich zu.

»Bald kommt ihr Mann wieder nach Hause, stimmt's?«, fragte Estelle.

Ruckartig fuhr der Kopf meines Vaters zu ihr herum. Sie sah ihn mit ihren hübschen Augen eindringlich an und zuckte mit den Schultern.

»Was ist?«, hatte Austin die Nerven zu fragen, da ich nichts sagte.

»Ich hoffe, dass er bald nach Hause kommt«, sagte Estelle an alle gerichtet.

Ich zuckte mit den Schultern. »Ich glaube, in ein paar Monaten ist es so weit. Ursprünglich war er bei diesem Auslandseinsatz zusammen mit Martin entsendet – oder Kael, wie ihr ihn nennt«, sagte ich und stützte die Ellbogen auf den Tisch.

Mein Dad durchbohrte mich mit seinen Blicken.

»Aber Mendoza und Martin« – es fühlte sich so komisch an, ihn so zu nennen – »kamen früher nach Hause, während Phillips dort blieb.«

Auf dem Gesicht meines Vaters bildeten sich rote Flecken, und in meiner Fantasie jagte eine Theorie die nächste, sodass ich selbst kaum mitkam.

Ich nahm mein Weinglas zur Hand und trank es in einem Zug leer.

»Na ja, dann wollen wir hoffen, dass er unversehrt zu seiner Frau zurückkehrt«, meinte Estelle in süßlichem Ton.

»Tun wir das nicht alle?«, murmelte Austin in seine Bierflasche hinein.

Estelle begann abzuräumen, und wieder wechselte mein Vater das Thema. »Jedenfalls bin ich froh, dass du jetzt bei deinem Freund einen Job gefunden hast. Vielleicht kannst du dir als Nächstes ein Auto leisten?«

Keine Ahnung, ob Austin darüber Bescheid wusste, dass mein

Dad in die unklaren Geschehnisse um Kaels Auslandseinsatz und seine Entlassung aus der Armee verwickelt gewesen war, aber er ließ sich auf den Themenwechsel ein. Schließlich stand auch Dad vom Tisch auf. Estelle ging in die Küche und zog sich auf dem Weg ihren Bleistiftrock zurecht. Mein Dad verließ ohne jede Erklärung das Zimmer, aber ich war froh, dass die beiden uns kurz mal allein ließen. Er schritt die Treppe hinauf, und ich wartete, bis die Bodendielen oben quietschten, bevor ich den Mund aufmachte.

»Warum hast du ihm nichts davon erzählt, dass du zur Army gehst?«, fragte ich meinen Bruder flüsternd, damit weder mein Dad noch Estelle mich hören konnten.

Er zuckte mit den Schultern. »Ich warte noch.«

»Worauf?« Fragend streckte ich ihm die Handfläche entgegen.

»Keine Ahnung. Ich hab nur das Gefühl, dem Thema momentan nicht recht gewachsen zu sein.«

Ich nickte. Dass er es unserem Dad nicht erzählen wollte, versöhnte mich ein wenig mit der Tatsache, dass er es ursprünglich auch vor mir geheim gehalten hatte.

»Seit wann seid ihr beiden so dicke Freunde? Macht mir richtig Angst.« Ich knuffte ihn an der Schulter.

Sein weißes Kapuzenshirt hatte einen braunen Fleck am Hals, der verdächtig nach Make-up aussah. Ich hoffte, dass er sich nicht wieder mit Katie eingelassen hatte. Typen wie sie und ihre Freundinnen hatten nichts als Ärger gebracht – wie fand er überhaupt Zeit dafür?

»Keine Ahnung.« Mein Bruder sah an mir vorbei, um sich davon zu überzeugen, dass weder mein Dad noch Estelle im Hintergrund lauerten. »In letzter Zeit ist er nett zu mir. Also, so richtig nett. Wahrscheinlich ist er krank.«

Ich sah Austin forschend an, fragte mich, ob er Witze machte oder nicht.

Er lachte. »Nein, echt jetzt, ich hab keinen blassen Schimmer, warum er in letzter Zeit so locker ist.«

Ich nickte. »Na ja, wenigstens ist er nett.« Ich versuchte, mich nach außen hin so positiv zu geben, wie ich mir innerlich wünschte, sein zu können.

»Noch mal sorry, dass ich dir nichts von meinen Armeeplänen erzählt habe. Wirklich, ich meine es ernst«, sagte Austin gerade in dem Moment, als Dad und Estelle ins Esszimmer zurückkamen.

Estelle trug irgendetwas mit beiden Händen hinein. Mein Dad stand hinter ihr und lächelte sanft.

»Wir haben euch beiden eine Kleinigkeit zum Geburtstag arrangiert. Nichts Großes. Nur einen Kuchen und Eis.«

Die Kerzen beleuchteten das Gesicht meiner Stiefmutter, als sie zu singen begann: »Happy Birthday.« Bei dem Kuchen handelte es sich um ein mittelgroßes, kreisförmiges Ding mit Schokoglasur und weißen Schokoladenkügelchen. Austin war glücklich, lächelte und sang mit, während ich aus Höflichkeit die Lippen bewegte. Der Kuchen schien alle im Zimmer glücklich zu machen außer mich. Ich lächelte, nachdem das Lied zu Ende war und mein Vater meinem Bruder und mir auf den Rücken klopfte.

Estelle lächelte ebenfalls, schien richtig stolz darauf zu sein, uns alle glücklich gemacht zu haben. Selbst mein Dad machte einen vergnügten Eindruck. Sie bemühte sich wirklich und war manchmal sogar richtig nett. Eigentlich wollte ich mich ihr gegenüber auch nicht wie eine Bitch verhalten, es passierte nur, weil es mir im Augenblick so mies ging und ihre bloße Anwesenheit in unserem Leben die Sache sogar noch beschissener machte. Also lächelte ich und dankte ihr. Austin hatte die Ehre, die als eine *Zwei* und eine *Eins* geformten Kerzen, die im Kuchen steckten, auszupusten. Ich sah ihn an, als sie ihn auf den Tisch stellte.

»Happy Birthday«, sagte mein Dad. »Ich kann kaum glauben, dass ihr beiden jetzt einundzwanzig werdet. Mann, ich erinnere mich noch genau an den Tag, als ich euch beide nach Hause brachte. In den ersten paar Tagen haben wir euch dauernd verwechselt.«

Das war ein schöner Gedanke, aber dass meinem Dad das »Wir« herausrutschte – etwas, worauf er sonst peinlich genau achtete, denn normalerweise zog er es vor, die Tatsache zu ignorieren, dass meine Mom je existiert hatte –, traf mich unvorbereitet.

»Ja die Zeit vergeht wie im Fluge«, sagte nun Estelle und sah meinen Dad an.

»Ich wünsche mir eine Freundin«, witzelte Austin und naschte mit dem Finger von der Glasur – wie fast jedes Jahr. »Und den Weltfrieden«, fügte er hinzu.

Ich verdrehte die Augen, während Estelle den Kuchen anschnitt. Aus den Augenwinkeln bemerkte ich, dass mein Dad mich ansah. Ich ignorierte ihn. Ich wollte ja durchaus nett zu allen sein, aber viel länger hielt ich es hier nicht mehr aus. Wir hatten noch einen Weg vor uns, bis wir wirklich eine gute Beziehung führen konnten. Ich hatte eine Million Gründe, um stinksauer auf ihn zu sein, und hatte jahrelang gute Miene zum bösen Spiel gemacht. Im Laufe der Jahre hatte ich mich wirklich bemüht, meinen Ärger auf ihn innerlich beizulegen, aber er hatte mir nur immer noch mehr Gründe gegeben, ihn zu hassen.

Manchmal hatte ich mit ihm gestritten, wie damals über die Geschichte mit Kael oder wenn mein Bruder mal wieder weniger streng bestraft wurde als ich, obwohl er den gleichen Scheiß gebaut hatte. Aber in den letzten paar Jahren war ich eine pflichtbewusste Tochter gewesen, war pünktlich wie ein Uhrwerk an jedem einzelnen Dienstag zum Familienessen erschienen. Bis vor Kurzem, als Kael mich ermutigt hatte, mich von meinem Dad abzugrenzen.

»Hast *du* diesen Kuchen gebacken?«, fragte Austin nun Estelle. Er nahm einen kräftigen Bissen, sodass ihm Krümel von den Lippen herabfielen.

»Ich wünschte, es wäre so«, lachte sie und reichte mir einen Teller. »Ich habe ihn in einer Bäckerei außerhalb der Militärbasis gekauft. Sie gehört einer Soldatenfrau. Und ihre Backwaren sind einfach fantastisch.«

»Ja, der schmeckt wirklich super«, stimmte er zu.

Das Handy meines Bruders klingelte in seiner Tasche. Anscheinend hatte er es wieder an sich genommen. Er ging dran. »Hey, ich bin fast fertig. Oh ja, klar. Ich bin hier. Du kannst ja kurz reinkommen, ich esse gerade meinen Geburtstagskuchen …«

Er sah mich an, als er das Handy beiseitelegte. Ich ahnte es, bevor er es aussprach.

»Das war Martin.«

Ich sah meinen Dad an, dessen Miene weiterhin unergründlich war. Ich dachte daran, wie mein Dad und Kael einander angeschrien hatten. Mir gingen ihre Worte durch den Kopf, und ich sah meinen Bruder an, der darauf wartete, dass ich irgendwas sagte. Ich fragte mich wieder, wie viel mein Bruder über Kael und meinen Vater wusste, aber das würde ich sicher bald erfahren.

Mein Dad zeigte immer noch keinerlei Gefühlsregung. Wie würde er wohl reagieren, wenn Kael hereinkam? Völlig unbeteiligt, ein aalglatter General, der am Kopf eines großen Tisches saß. Aber statt sich den Kopf über die unzähligen Soldaten, die ihm unterstellt waren, zu zerbrechen, stopfte er sich den Mund mit Kuchen voll. Die Männer waren für ihn nichts weiter als Spielfiguren. Er versenkte seine silberne Gabel in ein Stück

Geburtstagskuchen, als sei gar nichts vorgefallen, als sei Kael ein Freund der Familie. Was für ein Soziopath!

Es entging mir nicht, dass er gerade das Stück Kuchen aß, auf dem zufällig in grüner Zuckerschrift mein Name stand. Er machte sich darüber her und kaute mit halb offenem Mund. Unappetitliche Krümel fielen von seinen dünnen Lippen auf sein orangefarbenes Polohemd. Kaels bevorstehende Ankunft hatte durchaus eine Wirkung darauf, wie ich meinen Dad wahrnahm. Der Gedanke an Kael ließ alles andere zusammenschrumpfen.

Und als das Bild Kaels in meinem Kopf immer größer wurde, drang ein Dröhnen ins Zimmer, unterbrach meine Gedanken. Aller Augen richteten sich auf das Wohnzimmerfenster, durch das man Kaels lauten Bronco vorfahren sah.

»Er kommt kurz rein. Das geht doch klar, oder?« Mein Bruder sah mich an.

Meine Augen wanderten zu meinem Dad, der immer noch vollkommen unbeteiligt dreinblickte. »Ja, ich wüsste nicht, was dagegenspräche. Und du, Dad?«

Mein Vater sah mich an. *Wenn Blicke töten könnten.*

Er wischte sich den Mund mit der Serviette ab, wobei er ein wenig Zuckerguss unter seiner Lippe übersah.

Er wandte den Blick nicht von mir ab, als er antwortete: »Nein, es spricht sicher gar nichts dagegen.«

22

Kael

»Fuck.« Ich warf das Handy auf das Leder des leeren Beifahrersitzes.

Warum war Fischer nicht schon fertig und stand vor dem Haus? Er wusste doch, dass ich ihn um neun abholen wollte. Wir hatten vereinbart, dass er draußen auf mich warten sollte. Ich hatte nun wirklich keine Lust, an dieser verkorksten Familien-Geburtstagsfeier teilzunehmen. Austin hatte behauptet, so früh wie möglich wieder abhauen zu wollen. Er hatte angekündigt, mir eine Nachricht zu schicken, um zu fragen, wie weit ich war. Er nahm einfach keine Rücksicht auf andere. Hoffentlich würde ihm die Army das austreiben. Ich bin durchaus dafür, dass man erst einmal auf seine eigenen Bedürfnisse achtet, aber man muss auch seine Mitmenschen im Blick behalten. Und bei ihm gab es da kaum ein Gleichgewicht.

Ich parkte auf der Straße gleich hinter Karinas Auto und lehnte die Stirn gegen mein Lenkrad. Ich konnte verdammt noch mal kaum glauben, dass ich jetzt tatsächlich vor dem Haus dieses Mannes vorgefahren war. Dass ich mit seinem Sohn abhing und seine Tochter aufgerissen hatte – was zum Teufel hatte ich mir nur dabei gedacht? Ich hätte Fischer sagen sollen, dass er seinen verdammten Arsch nach draußen schwingen sollte, um sofort loszufahren.

Ich griff nach meinem Handy und checkte es beim Aussteigen. Eine Nachricht von Elodie. Ich blieb stehen, um sie zu lesen, um Zeit zu schinden, weil Karina da drin war. Ich schloss Elodies Textnachricht und gab ein *K* ins Suchen-Feld ein. Ich dachte mir, dass ich Karina vielleicht erst mal schreiben sollte, um die Spannung etwas zu mildern, bevor ich das Haus betrat. Meine Finger schwebten über ihrem Namen, ich musste nur noch tippen. Aber ich brachte es nicht fertig. Ich ließ mein Handy in die Tasche meiner Jogginghose zurückgleiten und ging zur Tür.

Die Offiziershäuser waren total protzig. Sie sahen aus wie kleine Herrenhäuser aus Zeiten der Plantagenbesitzer, nur ohne das Land, standen entweder in einer Reihe oder befanden sich in Sackgassen als Belohnung für besonders ranghohe Soldaten, die wegen ihrer Verdienste ums Vaterland aufs College geschickt worden waren.

Sie hatten es verdient – und eigentlich noch mehr –, aber trotzdem war es manchmal eine ganz schön bittere Pille, denn immerhin war ein Großteil des Geldes, das man für diesen Luxus ausgab, auf Blutvergießen und unnötige Kriege zurückzuführen. Der Krieg war im Grunde das Fundament der Vereinigten Staaten, und Männer wie Karinas Dad hatten von einem System profitiert, auf das man anfangs hatte stolz sein können, das aber letztlich so viele Leben zerstört hatte und jetzt einer Vielzahl von Wichsern als Entschuldigung diente, um Unmengen an verdammtem Geld zu scheffeln. In meiner Jugend hatte ich immer Soldat werden wollen und hatte an all das nie gedacht. Ich wusste nur, dass ich etwas tun wollte, worauf ich stolz sein konnte, etwas, auf das meine Schwester und meine Ma stolz sein konnten. Ich wollte dazu beitragen, dass das amerikanische Volk sich sicher fühlte, und dabei auch noch ein regelmäßiges Einkommen und eine Krankenversicherung haben. Das war die Antwort, die ich in der Öffentlichkeit immer gab, aber der Hauptgrund war eigentlich der gewesen, dass ich aus Riverdale hatte verschwinden wollen, bevor ich am falschen Ort zur falschen Zeit landete wie viele andere Jungs meines Alters.

Karinas Dad war ein gemachter Mann – im Gegensatz zu mir, dessen Körper und Seele total im Arsch waren. Wie es aussah, würde ich irgendwann Anfang nächsten Jahres aus der Armee entlassen werden, aber er würde die volle Pension bekommen. Er würde den Rest seines Lebens sorgenfrei leben, während Tausende von Männern und Frauen weiter ihren Dienst versahen und kaum über die Runden kamen. Man verstehe mich nicht falsch: Auch Soldaten sollten in Ruhestand gehen können und dort ihr Auskommen haben, aber bösen Menschen sollte das nicht möglich sein. Und für mich bestand kein Zweifel, dass dieser Mann genau in diese Kategorie fiel.

Ich hob den Kopf, schloss die Augen und versuchte, mir ins Gedächtnis zu rufen, dass ich nicht war wie er. Ich gab verdammt noch mal mein Bestes. Die meisten Menschen, die ich kannte, waren nicht wie er. Man hatte sich bei der Army gegenseitig im Blick, und die Kontrollmechanismen waren intakt, wenn es um den Kampf von Gut und Böse ging. Solange Karinas Dad seine Stiefel auf dem Grund und Boden hier behielt und keinem ein Haar krümmte, konnte er von mir aus diesen neuen Truck in der Auffahrt behalten, ebenso wie diese verdammten falschen Ehrbezeugungen für seine angeblich hervorragenden Leistungen. Damit konnte ich leben. Wahre Gerechtigkeit würde es sowieso niemals geben.

Zum Teufel, jetzt stand ich dicht davor, in dieses Haus hineinzugehen, in dem die ganze Familie versammelt saß.

Und Karina. Natürlich war sie auch da. Es machte mich stink-sauer, dass er sie dazu gekriegt hatte, sich wieder diesem Kont-rollshit zu unterwerfen. Er sollte sie in Ruhe und einfach *leben* lassen.

Ich fand es ätzend, dass sie mit ihm verwandt war. Wie war das nur möglich? Es war nicht fair, dass sie keinen guten Dad hatte. Sie war so rein. Sie war zwar unglaublich erschöpft und matt, aber sie hatte ein gutes Herz, und tief im Innern wünschte sie sich seine Anerkennung. Sie hätte es nur nie zugegeben, so störrisch, wie sie war. Ich dachte schon, ich hätte im Hinblick auf meinen Dad ins Klo gegriffen, aber nein: besser ein Geist als ein Dämon.

Ich sah wieder das Haus an. »Verflucht.«

Aus dem Fenster drang ein dunkles gelbes Glühen wie aus einem verdammten Spukhaus. Ein Warnsignal, auf das ich viel-leicht hätte hören sollen. Warum konnte ich diese ganze Familie nicht einfach hinter mir lassen? Und noch besser, warum konnte sie nur einfach gar nicht dazugehören? Lieber hätte ich mich wei-ter mit dem alten Fischer rumschlagen müssen, als ihr das zu wünschen. Ich war ziemlich schockiert und überrascht, dass Karina nach allem, was passiert ist, ihren Vater wieder besuchte. Und was ihren Bruder anging: Beide fuhren mit der Routine fort, die sie doch eigentlich immer gehasst hatten.

Reingehen oder nicht reingehen, das war hier die Frage …

Fuck. Ich war jetzt fast schon auf der Veranda, musste also hinein. Ich klingelte. Kurz darauf wurde die Tür entriegelt, und dort stand Karinas Stiefmutter, die eher wie eine Museumsfüh-rerin aussah als wie jemand, der die Tür zum eigenen Haus öff-net. Ihre Augen leuchteten, und ihr dunkles Haar war länger, als ich es in Erinnerung hatte. Und selbst wenn ich es versucht hätte, an ihr Gesicht hätte ich mich ums Verrecken nicht erinnern können. Sie sah wie viele Offiziersgattinnen aus, die ich kannte. Sie erinnerte mich an meine sechs Monate an der koreanischen Grenze, in denen ich viel über Nordkorea gelernt hatte. Die Offiziersfrauen dort hatten alle die gleiche Frisur und die gleichen Klamotten aus dem gleichen Laden. Karinas Stiefmutter hätte genau da reingepasst, zumal sie den Regeln ihres Mannes zu folgen schien, ohne sie zu hinterfragen.

»Martin, hi. Herzlich willkommen. Kommen Sie herein.« Sie lächelte mich an.

»Danke«, nickte ich. Keine Ahnung, wie ich mich verhalten sollte.

»Sie sind drinnen am Tisch und essen Kuchen. Wir freuen uns, dass Sie da sind.«

»Dessen bin ich mir sicher.« Ich lächelte sie an, hätte aber viel lieber wieder die Flucht ergriffen. Aber das hätte ich nicht fertiggebracht.

»Auf jeden Fall. Zumindest die eine Hälfte.«

Das war so ehrlich, dass ich lachen musste. Ich wusste nicht genau, ob sie naiv war oder sich etwas vormachte. Häufig war die Grenze zwischen beidem ja fließend.

»Kommen Sie herein«, sagte sie noch einmal und trat zur Seite, um mich vorbeizulassen.

Sie ging voraus, und ich schloss die Tür hinter mir, verriegelte sie aus Gewohnheit. Dann folgte ich ihr durchs Wohnzimmer und ins Esszimmer.

Dort saß Karina, die Arme vor sich auf dem Esstisch. Sie runzelte die Stirn, betrachtete einen halb gegessenen Kuchen. Blicklos starrte sie ihn an … dann hob sie langsam den Kopf und sah mir in die Augen.

Doch sogleich wandte sie den Blick wieder ab und schob sich nervös eine Haarsträhne hinters Ohr. Sie sah fantastisch aus –

warum musste sie nur so verdammt gut aussehen? Sie war die einzige Frau, die ich kannte, die von einem Glühen umgeben war wie von der verdammten Sonne, und ich konnte den Blick nicht von ihr abwenden. Auch wenn sie mich blendete.

Die ganze Woche über hatte ich an sie gedacht und mich daran zu erinnern versucht, wie sie bei unserem letzten Zusammentreffen ausgesehen hatte. Gefärbtes Haar, zerrissenes T-Shirt und nackte Füße. So heiß! Oh Mann, und jetzt saß sie vor mir und sah sogar noch heißer aus, ignorierte mich verdammt noch mal völlig. Weshalb ich mich sogar noch mehr nach ihrer Aufmerksamkeit sehnte. Karina fand immer Wege, ihre Persönlichkeit durch ihr Erscheinungsbild und ihre Haltung zum Ausdruck zu bringen – im Gegensatz zu mir, der täglich gleich aussah.

Die Kette, die sie um ihren Hals trug, blitzte auf, als ich näher kam. Ein anmutiges Ding in Form eines Halbmondes, der dicht am Hals anlag. Sie war geschminkt, und offensichtlich hatte sie sich schick gemacht. Das pinkfarbene Kleid war über und über mit kleinen, weißen Blümchen bedruckt und tief ausgeschnitten. Ich versuchte, nicht hinzusehen, als sie den Kopf hob und ihren Bruder neben sich ansah. Sie selbst würdigte mich jedenfalls keines Blickes. Ich spürte ihren Ärger. Sie wollte es mir zeigen! So war sie eben. Und ich Blödmann sehnte mich auch noch nach ihren Spielchen.

»Wie geht's!«, rief Fischer mir zu und warf die Hände in die Luft.

»Ich hasse dich«, formte sie ihm mit den Lippen zu und verdrehte die Augen, immer noch, ohne mich anzusehen. Sie fing an, mit ihrer Kette zu spielen. Vielleicht trug sie dieses ärmellose Kleid, das lediglich von dünnen Trägern auf ihrer Haut festgehalten wurde, nur, um mich zu quälen. Wenn Fischer ihr gesagt hatte, dass ich kommen würde, obwohl ich ihm mehrfach versichert hatte, es definitiv nicht zu tun, würde ich ihn verdammt noch mal umbringen.

»Willst du ihn nicht begrüßen?« Fischer versetzte seiner Schwester einen Knuff. Ich hätte ihm beinahe gesagt, er solle die Finger von ihr lassen, aber das hätte ihnen ihr Geburtstagsessen dann sofort versaut.

Auf die Frage ihres Bruders hin wandte Karina das Gesicht ganz von mir ab. Alle anderen im Zimmer starrten mich an, als sei ich ins falsche Haus gestiefelt. Ich wusste, dass Karina versuchen würde, mich während meines kurzen Aufenthaltes zu meiden. Wenn das hier länger als fünf Minuten dauerte, würde ich im Auto auf Fischer warten. Das hatte ich ihm bereits am Telefon gesagt.

Fischer lachte. »Komm, setz dich. Ich esse schnell noch meinen Kuchen.«

Lieutenant General Fischer betrat den Raum mit einem Bier in der Hand. Und mir nichts, dir nichts war ich von drei Fischers eingekeilt – eigentlich von vieren, wenn man die Ehefrau mitzählte, die nicht schnell genug in der Küche hatte verschwinden können.

Mr. Militär setzte sich ans Kopfende des Tisches wie einer von den verdammten Lannisters, was mich auf eine Weise beunruhigte, die ich mir selbst nur verdammt ungern eingestand. Ich sah den alten Mann kaum an, aber ich achtete auf eine aufrechte Haltung und darauf, nicht zu eingeschüchtert zu wirken oder ihn meine Furcht riechen zu lassen. Arschlöcher wie er blühten nämlich regelrecht auf, wenn man Angst vor ihnen hatte.

»Nimm dir Kuchen, Martin. Schmeckt wirklich prima. Die Buttercreme ist fantastisch«, sagte Fischer.

Karina schien nicht allzu begeistert von der Vorstellung zu sein, dass ich ihren Geburtstagskuchen essen sollte, auf dem nicht mal mehr ihr Name stand.

Ich las Happy Birthday, Austin & …

Ihr Name war bereits aufgegessen worden. Ich sah auf ihren Teller hinab, aber von der Zuckerschrift war keine Spur zu sehen, während der Teller ihres Dads grün verschmiert war.

»Äh, danke nein. Ich habe gerade gegessen«, log ich.

Austin deutete darauf. »Nun komm schon. Bedien dich.« Er aß noch einen Bissen und spülte ihn mit einem Schluck Bier hinunter.

Kaum zu glauben, dass schon ihr Geburtstag war, oder besser gesagt ihrer *beider* Geburtstag. Ich musste mich rasch besinnen; ich war mir ziemlich sicher, dass der Geburtstag erst am Freitag war. Sie hatte mir nie das genaue Datum genannt, aber ich hatte ihren Erzählungen oft genug zugehört, um es mir zusammenzureimen. Ich war jetzt sogar verdammt sicher, dass der Geburtstag Freitag war, aber ich wusste, wie sauer sie reagiert hätte, wenn ich vor allen anderen gefragt hätte. Ich würde also warten, bis wir gegangen waren, und Fischer hinterher fragen.

Er schien seinen verfrühten Geburtstag ziemlich zu genießen, während Karina den Kuchen auf ihrem Teller nur hin und her schob. Ich wusste, dass sie Feiertage nicht besonders liebte. Nicht mal ihren eigenen Geburtstag. Über gegenwärtige Geburtstage hatte sie mit mir nie viel gesprochen. Nur über vergangene: Anscheinend hatte ihre Mom diese immer in eine ganze Festwoche verwandelt.

Die Frau ihres Vaters kam ins Zimmer zurück, schnitt mit einer einzigen, fließenden Bewegung ein Stück Kuchen ab, legte es auf einen Teller und setzte es auf dem Tisch vor mir ab. »Hier, essen Sie«, sagte sie mit äußerst freundlicher Gastgeberinnen-Stimme.

»*Mein Gott.* Er will den verflixten Kuchen nicht!«, schnaubte Karina.

Alle schauten sie an, auch ich. Ihr Bruder lachte, als hätte sie einen Witz gemacht, und ich gab nach und willigte endlich ein, ihn zu essen, denn anscheinend würde mich niemand in dieser Familie wieder gehen lassen, bevor ich ihn nicht vertilgt hatte. Außer Karina. Die fand ihre Gastfreundschaft offensichtlich zum Kotzen.

Fischer tätschelte die Stuhllehne an seiner anderen Seite und forderte mich auf, mich hinzusetzen. Ich würde diesen Kuchen auf meinen nüchternen Magen herunterschlingen müssen, aber das war immer noch besser, als besagte Gastfreundschaft überzustrapazieren. Je länger ich blieb, umso größer waren die Chancen, dass gleich die Hölle losbrach. Wenn Fischer eine Ahnung gehabt hätte, was für ein Mist zwischen mir und seinem Dad passiert war, würde er mich wohl kaum gebeten haben, mit diesem Stück Scheiße das Brot – oder besser den Kuchen – zu teilen. Ich war die ganze Zeit über hin und her gerissen, ob ich es ihm nun erzählen sollte oder nicht. Außerdem überraschte es mich, dass Karina ihrem Bruder nicht alles verraten hatte, nur um ihren Dad in die Pfanne zu hauen. Er hatte es verdient, dass sein Sohn ihn ebenso widerlich fand, wie ich und alle anderen es taten. Der einzige Grund, warum ich ihm noch nichts erzählt hatte, war, dass ich ihr keinen Grund geben wollte, um mich noch mehr zu hassen. Außerdem musste ich mich aus ihren Familienproblemen raushalten. Ich hatte schon genug Bullshit am Hals und kam mit meinen eigenen Arztterminen und denen meiner Ma kaum hinterher.

Auf den ersten Blick waren die Fischers eine Familie wie aus dem Bilderbuch – das perfekte Bespiel für den schönen Schein, dem jegliche Bedeutung fehlt.

»Ein Bier?«, bot Fischer an.

»Ich muss noch fahren.« Ich zog die Autoschlüssel heraus und ließ sie an meinem Zeigefinger hin und her baumeln.

Er nickte. »Ich habe meinem Dad erzählt, wie gut du zu mir warst«, sagte Fischer, kaum dass ich einen Bissen von dem weichen Kuchen im Mund hatte.

»Tatsächlich?«, fragte ich mit vollem Mund. Es gab hier niemanden, bei dem ich besonderen Eindruck schinden wollte, und Karina würde sich amüsieren, wenn ich am Esstisch ihres Vaters keine Manieren zeigte.

»Yep. Und dass man dich anrufen sollte, wenn man irgendwas repariert haben will«, prahlte Fischer weiter. Mein Gott, was für eine Ironie.

Karina sah mich an, wartete auf meine Reaktion. Ich wollte ihr keine geben, und auch allen anderen nicht.

»Danke. Ja, es war wirklich super, zwei weitere Hände an Bord zu haben. Ich lasse ihn arbeiten bis zum Umfallen, bis er sich auf den Weg machen muss.«

»Auf den Weg?«, fragte General Fischer. »Wo willst du denn hin?«, fragte er seinen einzigen Sohn.

Schweigen senkte sich herab, und mir wurde klar, dass ich eine verdammt riesige Bombe hatte platzen lassen.

23

Karina

»Was meinen Sie mit ›auf den Weg macht‹?«, wiederholte Estelle.

Mir blieb der Mund offen stehen.

Heiliger Strohsack.

Austin wurde rot. Mein Dad hörte gar nicht mehr auf zu blinzeln.

»Er meint …«, versuchte ich die Situation zu retten, aber ich konnte den bevorstehenden Flächenbrand nicht verhindern, denn ich hatte keine Ahnung, was ich tun sollte. Außer einer dreisten Lüge gab es für Austin jetzt keinen Ausweg mehr. Allerdings hatte er ja schon den ganzen Abend über gelogen, vielleicht fiel ihm ja jetzt auch wieder was ein …

»Ich, äh, ich bin der Army beigetreten.« Austins Worte fielen auf den Tisch und meinem Dad die Augen aus dem Kopf. Estelle wimmerte leise.

Mein Dad räusperte sich. »Du bist *was*?«

Austin seufzte, schob den Teller fort. Ich sah Kael an, der meinen Blick erwiderte. Offensichtlich hatte er keine Ahnung gehabt, dass mein Bruder unserem Dad sein Vorhaben verheimlicht hatte.

»Ich habe mich dienstverpflichtet. Ich habe mich an einen Rekrutierer gewandt. Ich wollte es dir sagen …«

Mein Dad stand auf. »*Wann?* Wann wolltest du es mir sagen? Denn du hast gerade in meinem Haus ein ganzes, gottverdammtes Abendessen genossen und kein verfluchtes Sterbenswörtchen gesagt.« Er schlug mit der Faust auf den Tisch. Die Teller erzitterten, und sein Bier schwankte und wäre beinahe umgekippt.

Estelle sprang auf die Füße. »Liebling«, sagte sie warnend, wobei sie allerdings erst Kael und dann meinen Bruder ansah.

Mein Bruder schwieg. Die Spitzen seiner Ohrläppchen waren flammend rot.

»*Wann wolltest du es mir sagen?*«, dröhnte mein Dad. Er kam bedrohlich auf meinen Bruder zu, aber bevor er bei ihm anlangte, trat Kael zwischen die beiden und legte meinem Dad die Hände auf die Brust.

Mir blieb das Herz stehen.

»Beruhigen Sie sich, Sir. Sie müssen sich beruhigen«, sagte Kael. »Jetzt.«

Ich erwartete, dass mein Vater Kael ins Gesicht lachte, ihn von sich stieß, ihn vielleicht sogar schlug. Aber das tat er nicht. Langsam schien seine Wut von ihm abzufallen, während Kael vor ihm stand, ihn herausfordernd ansah. Das war Martin, der Soldat, den mein Vater kannte.

Mein Dad stand da, schnaufte wie ein aufgebrachter, aber besiegter Drache. Vielleicht fragte er sich gerade, ob Austin von seiner Vergangenheit mit Kael erfahren sollte. Vielleicht riss er sich auch nur vorläufig zusammen, um erst Kael hinauszuwerfen und sich dann so richtig auf Austin zu stürzen?

Was auch dahinterstand: Dass er sich jetzt beherrschte, war die erste gute Entscheidung, die er seit einer ganzen Weile getroffen hatte.

»Das hier geht Sie nichts an. Danke für Ihre Fürsorge, Sergeant Martin, aber halten Sie sich aus unseren Familienangelegenheiten raus«, sagte mein Dad schließlich. Es war eine Drohung, aber wer meinen Vater nicht kannte, hätte seine Worte auch leicht weniger düster fehlinterpretieren können. Dann sah er Austin an. »Was zum Teufel hast du dir dabei gedacht? Soldat zu werden, ohne auch nur mit mir darüber zu reden? Ich bin dein Vater!« Er klopfte sich auf die Brust wie ein Tier im Käfig, das Dominanzverhalten demonstriert.

Austin stand auf und sagte mit lauter Stimme: »Ich hab geglaubt, du seiest dann stolz auf mich! Ich habe es dir noch nicht gesagt, weil ich keinen Wind darum machen wollte. Denn so eine Riesensache ist es verdammt noch mal doch gar nicht.« Diesmal entschuldigte sich Austin nicht dafür, dass er fluchte, wie er es in Dads Gesellschaft sonst immer zu tun pflegte.

»Du hättest es mir sagen sollen! Weißt du überhaupt, was das bedeutet? Hast du diesen Schritt auch nur eine Minute durchdacht?«, brüllte Dad.

Kael kam wieder näher, aber mein Dad merkte nicht mal, dass er wie ein Beutetier belauert wurde. Viel zu beschäftigt war er damit, wieder mit der Faust auf den Tisch zu schlagen, sodass das Geschirr erneut klirrte. Austin schwieg. Alle schwiegen.

»Weißt du eigentlich, wie viele Feinde dein Nachname hat? *Hmm?* Weißt du das, Junge?«

Der ganze Raum erzitterte von der Wucht seiner Worte. *Feinde?*

Ich dachte an den Arzt, der meinen Bruder gefragt hatte, ob er der Sohn unseres Dads sei. Ich dachte an all die Leute, die mit dem Vorfall in Afghanistan in Verbindung standen, und an die vielen Menschen, die sich den Untergang meines Vaters wünschten. Mir lief es eiskalt den Rücken hinunter.

»*Du* magst jede Menge Feinde haben! Ich nicht! Nicht alles in meinem verdammten Leben dreht sich nur um dich!« Austin schnappte sich das Bier vom Tisch und sah Kael an. »Zum Teufel, lass uns von hier verschwinden.«

Er stampfte durchs Esszimmer, während alle außer Kael wie angewurzelt dastanden und nicht wussten, was sie tun oder sagen sollten. Kael sah mich für den Bruchteil einer Sekunde an, dann folgte er meinem Bruder nach draußen. Ich überlegte, ob ich das Haus ebenfalls verlassen sollte, war aber wie gelähmt.

Die Eingangstür knallte zu, und Estelle zuckte zusammen.

»Wusstest du davon?«, wandte mein Dad sich nun an mich.

Ich schüttelte den Kopf. »Ich hab's erst erfahren, als es schon zu spät war.«

Er sah mich an, als wollte er herausfinden, ob ich log – wie er selbst und sein Sohn es zu tun pflegten.

Anscheinend kam er zu keinem abschließenden Urteil, sondern wandte sich nur wortlos ab und verschwand im ersten Stock.

24

Ich hatte eine Weile auf der Veranda gesessen, als die Tür sich öffnete und jemand herauskam.

Zu meiner Überraschung war es Estelle.

Sie hatte sich umgezogen und trug nun ein Sweatshirt, auf dem *Love to the Fullest* in Kursivschrift zu lesen war. Ich hätte kotzen können. Sie hatte sich abgeschminkt und das dunkle Haar zu einem niedrigen Pferdeschwanz zusammengefasst.

»Hey«, sagte sie und rückte auf der Schaukel näher zu mir heran.

»Hey.« Ich würdigte sie kaum eines Blickes.

»Darf ich dir eine Minute lang Gesellschaft leisten?«, fragte sie mit leiser Stimme.

Ich nickte. Es hatte keinen Sinn, Nein zu sagen. Ich wäre mir hinterher nur wie ein Arschloch vorgekommen, und ehrlich gesagt, hatte ich auch irgendwie das Bedürfnis, mit jemandem zu reden, da mein Bruder seit seinem Verschwinden nicht mehr ans Telefon ging.

Als Estelle sich setzte, quietschte die Schaukel unter ihrem Gewicht. Ich dachte an meine Mom und an all die Abende, die wir hier auf der Schaukel verbracht hatten. Ich hatte fast das Gefühl, Verrat an ihr zu begehen, weil ich zuließ, dass diese Frau sich neben mich setzte. Mein Kleid hob und senkte sich, während wir vor und zurück schaukelten. Estelle holte tief Luft.

»Tut mir leid, wie dein Dad reagiert hat. Er war nur so schockiert und verletzt, dass ihn niemand eingeweiht hat.«

Ich beschloss, ab sofort vollkommen ehrlich zu ihr zu sein. Ob das nun brutal war oder nicht. »Warum entschuldigst du dich für ihn?«

Estelle zog ein trauriges Gesicht. »Weil ich weiß, dass es ihm leidtut«, antwortete sie.

»Ach tatsächlich? Und was genau tut ihm leid? Er hat Austin angeschrien, nicht mich. Hat er dich etwa gebeten, herauszukommen und dich zu entschuldigen? Und das obwohl ich mit Austins Entscheidung nicht das Geringste zu tun habe?«

»Nein, er hat mich nicht darum gebeten. Wahrscheinlich hat er gar keine Ahnung, dass du hier draußen sitzt. Nicht, dass es dadurch besser würde. Aber ich bin mir sicher, dass er sein Verhalten bereuen wird. Es gibt so vieles, was ihr nicht wisst, du und dein Bruder …«

»Ich weiß genug.«

Ich wollte aufstehen und ihr sagen, sie solle sich verpissen, aber ihre Augen blickten so traurig drein, dass ich es nicht fertigbrachte.

»Sieh mal, mir ist klar, dass er nicht immer der beste Vater war, und er trifft auch nicht immer die richtigen Entscheidungen, aber er hat eine Menge durchgemacht, und er will wirklich eine Beziehung zu seinen Kindern aufbauen, zu euch.«

Ich musste mir das Lachen verkneifen. *Meinte sie das etwa ernst?* Anscheinend. Trotzdem war die Vorstellung absurd.

»Also entschuldigst du dich jetzt nicht nur für ihn, sondern du sprichst auch noch für ihn? Sieh mal, Estelle«, sagte ich, ihren herablassenden Ton imitierend. »Im Hinblick auf meinen Bruder mag das ja vielleicht sogar zutreffen, aber ich kann dir versichern, dass es meinen Vater einen Dreck schert, ob er eine

Beziehung zu mir hat oder nicht. Er will von mir nur Konformität, dass ich mich ihm füge wie der Rest seiner Soldaten. Er kennt mich nicht mal, und ich bin ziemlich sicher, dass er mich noch weniger mögen würde, wenn er es täte.«

Sie wollte nach meinem Arm greifen, als ich mich jetzt doch erhob, ließ die Hand aber dann unverrichteter Dinge wieder sinken.

»Es tut mir unendlich leid, dass du so empfindest«, sagte sie. »Ich selbst hatte keine gute Beziehung zu meinem Dad, und ich weiß, wie sehr sich das auf die großen Lebensentscheidungen auswirkt und auf unsere Entwicklung als Frau. Mein Vater starb, bevor wir unser Verhältnis wieder kitten konnten.«

Ich wandte mich um und sah sie an.

»Mir ist klar, dass du wütend bist, und dazu hast du auch jedes Recht«, fuhr sie fort. »Ich hab's kapiert: Das Leben ist nicht fair, und du wünschst dir andere Eltern. Das mit deiner Mom tut mir total leid, und bevor du mich jetzt anschreist: Ich werde kein weiteres Wort darüber verlieren, außer, dass es mir leidtut, dass sie nicht hier ist, um die Frau zu sehen, die aus dir geworden ist.«

Ich gab es nicht gern zu, aber ihre Worte trafen mich. Auch mir tat es leid, dass meine Mom ihre Familie hatte verlassen müssen, um ihren Frieden zu finden. Und ich konnte einfach nicht vergessen, dass mein Dad einer der Hauptgründe dafür gewesen war.

Ich setzte mich wieder neben sie. Die Schaukel schwang langsam hin und her.

»Ich weiß, dass wir nicht viel miteinander reden, und das ist schon okay, aber ich will dir trotzdem sagen, dass ich es mir wünsche.«

Ich schwieg weiterhin.

»Als ich deinen Dad kennenlernte und er sagte, er hätte zwei Teenager, hatte ich ein vollkommen anderes Leben vor Augen, weißt du.« Sie hielt sich die Hand vor den Mund und lachte leise über ihre eigenen Worte. »Mehr eine Art Traum. Ich erinnere mich, wie ich damals mit meiner besten Freundin am Tisch gesessen habe. Wir waren in so einem eleganten Restaurant mit Tischen am Hafen und Ausblick auf den See. Ich weiß noch, dass ich total aufgeregt war, nachdem er mir das mit den Kindern erzählt hatte. Ich hatte keine Angst – nicht ein bisschen –, und ich erzählte meiner Freundin, dass ich es gar nicht erwarten könne, zusammen mit dir ins Nagelstudio zu gehen.« Ihre Stimme veränderte sich ein wenig. Offenbar kämpfte sie mit den Tränen.

Ich spürte, dass die Gefühle sie zu überwältigen drohten. Gleichzeitig merkte ich, wie meine eigene Perspektive sich verschob, während sie weitersprach und die Tränen fortblinzelte. Ich rechnete es ihr hoch an, dass sie sich das Weinen verkniff. Das zeigte mir, dass ihre Worte kein hysterischer, gekünstelter Appell an mich waren, die Probleme, die ich mit meinem Vater hatte, doch bitte endlich mal ad acta zu legen.

»Ich stellte mir alles Mögliche vor: wie wir das Kleid für deinen Abschlussball oder dein Hochzeitskleid zusammen kaufen würden oder wie ich dich nach einer Trennung tröstor über Jungs mit dir reden könnte.« Sie lachte. »Und glaub mir eins: Auf *diesem* Gebiet hab ich jede Menge Erfahrung.«

»Ich ging davon aus, dass dein Bruder eher deinem Vater nahestehen würde, aber trotzdem würde ich mich bemühen, auch zu ihm eine Beziehung aufzubauen, indem ich mich zum Beispiel mit ihm über Sport unterhielt oder all seine Lieblingsspeisen kochte. Aber *du* …« Sie deutete auf mich und wedelte mit dem Finger hin und her. »Ich hatte diese Vorstellung im Kopf, dass ich letztlich so was wie eine Mutter für dich werden würde, und mit jedem Monat, der verging, sagte ich mir, dass du schon irgendwann zu dir kommen würdest und dass ich mich nur noch mehr anstrengen musste.«

Jetzt weinte sie doch, und sogar in meinen Augen brannten Tränen.

»Das alles habe ich mir ausgemalt, und nicht ein einziges Mal bin ich auch nur auf die Idee gekommen, dass es ganz anders laufen könnte. Dass ich dich kaum sehe, kaum kenne und dass dein Bruder und dein Vater einander ständig an die Kehle gehen.«

Jetzt erkannte ich etwas in ihr, etwas Trauriges und Hoffnungsloses, aber immer noch *Lebendiges*. Ich hatte sie immer für die Böse gehalten, für den Grund, warum meine Mom uns verlassen hatte. Sie konnte die riesige Lücke, die in unser Leben gerissen worden war, einfach nicht füllen. Egal, mit wie vielen tollen Gerichten sie uns zu mästen versuchte, sie gehörte einfach nicht hierher. Das tat aber auch sonst niemand – denn unser Dad hätte es verdient gehabt, allein in diesem riesigen, trübseligen Haus herumzusitzen.

»Mittlerweile habe ich mich daran gewöhnt, und ich habe erkannt, dass ich nicht alles bekomme, was ich vom Leben erwartet habe. Aber es tut mir weh, wenn ich sehe, dass du all das allein durchstehst. Ich wünschte, deine Mom wäre jetzt an deiner Seite. Oder dass du wenigstens mit deinem Dad darüber reden könntest.«

Draußen war es so still, dass es mir vorkam, als hätten sogar die Grillen aufgehört zu zirpen, um uns zuzuhören.

»Ich weiß, dass es albern ist und dass du jetzt wahrscheinlich sauer auf mich bist und auch eine ganze Weile nicht mehr zu Besuch kommst; aber ich musste das alles trotzdem mal loswerden. Was da drinnen eben abgegangen ist, fand ich ganz furchtbar.

Aber wenn du willst, dass ich mich noch mehr aus deinem Leben raushalte, dann mach ich das.«

Sie wischte sich die Augen und starrte ins Leere.

»Ich wünschte nur einfach, es wäre alles anders.«

»Das wünschte ich auch«, antwortete ich.

Das war die Wahrheit. Ich wünschte mir wirklich, dass ich Estelle besser gekannt hätte und dass ich meine Mom nicht so sehr vermisst hätte, um mich immerzu nach ihrer Rückkehr zu sehnen.

»Ich hätte nie gedacht, dass du so empfindest. Ich nahm an, dass ich für dich nur die wütende Teenager-Tochter war, die du nie haben wolltest, mit der du dich aber jetzt nun mal abfinden musstest«, bekannte ich.

Sie lächelte. »Du hast ja keine Ahnung, wie sehr und wie lange ich mir eine wütende Teenager-Tochter gewünscht habe.«

Das Vibrieren meines Handys unterbrach uns. Ich holte es aus meiner Kleidertasche und entdeckte Kaels Namen auf dem Display, dicht gefolgt von Austins.

Ich bringe deinen Bruder zu dir. Er ist ziemlich betrunken. Können wir versuchen, cool zu bleiben?

Ich las Kaels Nachricht zweimal, bevor ich Austins öffnete.

Bin auf dem Weg. Liebe dich.

Ich ließ das Handy sinken und sah die Frau meines Dads an, die sich mir gerade zum allerersten Mal geöffnet hatte. Ich musste gehen, aber ein Teil von mir wäre lieber geblieben, um noch weiter mit ihr zu reden. Um einander ein wenig näherzukommen.

»Du musst nichts sagen. Ich wollte es mir nur mal von der Seele reden. Geh und kümmere dich um deinen Bruder, dann kümmere ich mich um deinen Dad«, sagte sie und stand von der Schaukel auf.

Ich wartete, bis sie beinahe im Haus war, bevor ich ihr hinterherrief. »Estelle?«

Sie drehte sich noch einmal zu mir um.

»Danke, dass du mir das alles gesagt hast. Ich werde darüber nachdenken, und ich will jetzt nichts Falsches sagen, aber ich weiß es echt zu schätzen«, erklärte ich so aufrichtig wie möglich. Trotzdem war es besser, wenn ich vorläufig nichts mehr sagte. Wenn ich jetzt sofort reagiert hätte, hätte ich womöglich nur dummes Zeug geredet, und das hatte sie nicht verdient. Sie nickte. »Ich verstehe«, antwortete sie, und auf ihrem Gesicht breitete sich ein Lächeln aus. Dann ging sie ins Haus.

25

Kael

Ich fuhr mit meinem Truck vor Karinas Haus vor, und mein Magen krampfte sich vor Angst zusammen.

»Ich frage mich, was er gesagt hat, nachdem ich gegangen bin. Dieser Wichser.« Fischer war immer noch wütend auf seinen Vater, weil der auf die Neuigkeiten so reagiert hatte, und hatte in meiner Wohnung zwei Bier getrunken, bevor er mich gebeten hatte, ihn zu seiner Schwester zu bringen.

Sie würde sich gewiss darüber freuen, dass er zu ihr kam, wenn er jemanden brauchte, also hievte ich meinen Arsch wieder von der Couch hoch und fuhr ihn hierher. Ich hatte die letzte Stunde damit verbracht, mich dafür zu entschuldigen, dass ich das Geheimnis um seinen Eintritt in die Army gelüftet hatte. Er wiederum hatte mir die ganze Stunde lang immer wieder versichert, dass ich mir darum keine Gedanken machen sollte.

»Gehen wir rein. Deine Schwester wartet schon auf dich.«

Ich sah, wie sie im Türrahmen stand, die Hände in die Hüften gestemmt.

»Seit wann bist du der Ritter in glänzender Rüstung, der meine Familie rettet?«, lallte Fischer und stieg an der Beifahrerseite aus.

»Du hättest zulassen sollen, dass Dad mich schlägt. Ich hätte ihn so was von abgefuckt. Total.«

Wir stiegen aus, und ich schmunzelte resigniert vor mich hin, während wir über den Rasen gingen. Ihre Silhouette in der Tür war ein Stundenglas, das mir zeigte, wie die Zeit verrann, wie sie mir durch die Finger glitt. Ihre Figur verhöhnte mich, insbesondere in diesem Kleid, und ich wusste, dass mein Zorn und mein innerer Aufruhr sich in Luft auflösen würden, sobald ich sie berührte. Wie früher schnürte sich mir vor Sehnsucht nach ihr die Kehle zu. Tatsächlich hatte ich den ganzen Abend schon das Gefühl gehabt, gleich zu ersticken. Kein Wunder also, dass ich jetzt vor ihrem Haus stand.

»Was hast du getrunken?«, fragte Karina ihren Bruder, als wir an ihr vorbei in ihr Wohnzimmer gingen.

Fischer marschierte geradewegs in ihre Küche.

»Nur Bier.« Ich zuckte mit den Schultern.

Sie musterte mich misstrauisch. »Danke, dass du ihn hergebracht hast.«

»Ich weiß, dass du dir Sorgen um ihn machst. Obwohl du das nicht tun sollst. Der Sessel sieht gut aus.« Ich deutete auf den Sessel, der uns bei unserem letzten Treffen gemeinsam beschäftigt hatte.

Sie zupfte an ihren Fingern herum. Der lila Nagellack war verschwunden. Sie musste also seit geraumer Zeit an ihren Nägeln herumgeknibbelt haben. An der Art, wie sie mich ansah, konnte ich ablesen, dass es eine Million Dinge gab, die sie sagen wollte. Anscheinend hatte sie sogar geweint. Ihr Make-up war um die Augen herum ein wenig verschmiert, und ihre vollen Lippen waren geschwollen und pink, als hätte sie darauf herumgekaut, wie sie das immer zu tun pflegte, wenn sie sich über irgendetwas aufregte.

»Noch mal danke«, sagte sie. Ihre Stimme war so leise, dass ihr Bruder sie nicht hören konnte.

»Ja, kein Problem.« Ich wippte auf den Fersen auf und ab, wusste nicht so recht, was ich tun oder sagen sollte. Ich hörte, wie der Kühlschrank geöffnet wurde. Fischer würde gleich zurück sein.

»Ich hoffe, du weißt, dass ich nicht absichtlich mit der Sache herausgeplatzt bin. Ich dachte, dein Dad wüsste Bescheid. Wenn ich etwas anderes vermutet hätte, hätte ich den Mund gehalten.« Ich rechnete nicht damit, dass sie mir glaubte, hoffte es aber trotzdem.

Karinas grüne Augen musterten mich. »Ich glaube dir. Weiß nicht so genau, wieso das so wichtig ist, aber ich glaube dir wirklich. Setz dich.« Sie deutete auf die Couch und setzte sich.

Ich nahm auf der anderen Seite des Sofas Platz, bemüht, so viel Abstand wie möglich zwischen uns zu schaffen. Nicht weil *ich* es wollte, sondern weil *sie* es wollte. Sie griff nach der Fernbedienung, die zwischen uns lag, und schaltete den Ton leiser.

»Du schaust dir *Twilight* an. Schon wieder?«, fragte ich sie.

»Ja. Das macht mich irgendwie froh«, erklärte sie.

Ich lachte. »Ach so.«

Dann kam ihr Bruder mit einer Flasche in der Hand ins Zimmer und ließ sich genau zwischen uns auf die Couch plumpsen.

»Oh Gott. Nicht schon wieder dieser Film«, stöhnte er.

»Ach, halt den Mund. Ihr habt eben beide keinen Geschmack«, widersprach seine Schwester.

»Hey, ich hab nie gesagt, dass ich den Film nicht mag«, verteidigte ich mich vom anderen Ende der Couch. »Ich hab ihn immerhin mit dir zusammen geschaut, also …« Ich verstummte.

Austin seufzte. »Würdet ihr beiden verdammten Turteltäubchen vielleicht mal aufhören, euch anzuschmachten? Heute bin ich dran. Heute bin ich der Bedauernswerte. Nicht ihr. Und …« Er streckte die Hand aus und legte sie auf ihre. Ich versuchte, meine Eifersucht zu ignorieren, denn in diesem Fall war sie geradezu lächerlich.

»Wenn ich eine Mitleidsparty feiere, schauen wir kein *Twilight*.« Dann nahm er ihr ohne viel Federlesens die Fernbedienung aus der Hand und schaltete den Film aus.

»Du bist so ein Vollpfosten«, beklagte sie sich, hinderte ihn aber nicht daran, Spotify auf dem Fernseher aufzurufen.

»Aber bitte keine Clubmusik«, sagte Karina, als er sich hindurchscrollte.

»Psst. Shawn Mendes spiel ich aber auch nicht.«

»Ach, halt's Maul.« Sie versetzte ihm mit dem Kissen auf ihrem Schoß einen leichten Schlag.

Er entschied sich für einen Song von Post Malone, den wir alle mochten.

»Wisst ihr was? Fuck Dad! Okay? Er hat nämlich kein Recht, mir zu sagen, was ich darf oder nicht darf. Er hat ja kaum noch Anteil an meinem verdammten Leben.«

Karina rückte näher an ihren Bruder heran und kreuzte die Beine im Schneidersitz. Dann zog sie das Kleid etwas herunter, um die Oberseite ihrer Schenkel zu verbergen. Ich wandte den Blick von ihr ab und sah mich nach einer anderen Sitzgelegenheit um. Ich entschied mich für den neuen Sessel, um den ich auf dem Markt mit Rosa gefeilscht hatte. Dort ließ ich mich nieder.

»Seine Reaktion hat mich total überrascht«, sagte Karina. »Ich hatte ehrlich gesagt erwartet, dass er begeistert darüber sein würde, dass du zur Armee gehst. Ich dachte, er würde dich umarmen und eine Flasche Champagner köpfen. Ich frage mich wirklich, warum er dermaßen ausgerastet ist.«

»Weil er die Kontrolle über mich haben will. Über uns beide – doch im Gegensatz zu dir habe ich das bislang auch immer zugelassen. Diesmal aber habe ich eine Entscheidung getroffen, ohne daran zu denken, was er will, und das gefällt ihm nicht. Zum Teufel mit ihm.« Fischer trank einen Schluck Wein direkt aus der Flasche.

»Hey! Der gehört mir!« Karina schnappte ihn ihm aus der Hand und betrachtete das Etikett.

»Ich bezahle ihn dir.«

»Du hast doch gar kein Geld«, erinnerte sie ihn, dann hob sie die Flasche ihrerseits an die Lippen und trank einen großen Schluck.

Ich versuchte, die beiden nicht anzusehen, ihnen ihre Privatsphäre zu lassen, ihnen die Möglichkeit zu geben, ihr Band zu erneuern. Trotzdem fühlte ich mich magisch von Karina angezogen. Ich konnte es einfach nicht mehr ignorieren. Heute Abend hatte ich nicht mehr die verdammte Kraft, dagegen anzukämpfen. Schlimmer konnte es gar nicht mehr werden, also konnte ich genauso gut auch bleiben. Außerdem verlieh mir ihre Anwesenheit tatsächlich sogar eine gewisse innere Ruhe. Ich vermisste ihre Nähe. Wirklich sehr, verdammt.

Austin sah sich suchend im Zimmer um.

»Wo ist Elodie?«, fragte er.

»Sie schläft in meinem Zimmer. Ich habe ihr gesagt, sie soll heute dort übernachten. Sie war hier eingenickt, und ich wusste, dass ihr Jungs sie aufwecken würdet.«

Er sah den Flur hinab.

»Hmpf«, quengelte er und schloss die Augen. »Jedenfalls ist Dad ein richtiges Stück Scheiße, und ich hoffe, ich werde sonst wohin entsendet, nur damit er ordentlich angepisst ist.«

Karina verzog das Gesicht. Ich spürte, wie das Gewicht seiner achtlosen Worte ihr wie ein Messer in die Brust fuhr.

Ich konnte mir eine Antwort auf seine bescheuerte Bemerkung einfach nicht verkneifen. »Das sagst du *heute*. Aber wenn du am Verhungern bist und dich in kaputten Autos am Straßenrand inmitten des Kriegsgebiets versteckt hältst und dabei hoffst, dass dein Auto nicht voller Minen ist, die dir den Kopf wegpusten, bist du dir dessen wahrscheinlich nicht mehr ganz so sicher. Dann lachst du bestimmt nicht mehr darüber.«

Karina saß mit der Weinflasche in der Hand regungslos da und starrte mich mit offenem Mund an. Ich fand es toll, dass meine Worte ihr die Sprache verschlagen hatten. Der überraschte Ausdruck auf ihrem Gesicht war Belohnung genug.

»Mann. So plastisch musst du's nun auch wieder nicht schildern«, stöhnte Fischer und legte den Kopf in den Nacken. Er war offensichtlich deutlich betrunkener, als ich vermutet hatte.

»Hat er noch irgendwas gesagt, nachdem ich gegangen war?«, fragte er seine Schwester mit geschlossenen Augen.

Sie schüttelte den Kopf. »Nein. Er ging nach oben und kam nicht mehr zurück. Er ist eben ein Feigling. Aber …« Sie schwieg einen Augenblick, dann sah sie mich an. »Ich hatte einen Moment mit Estelle, der tatsächlich sogar schön war. Verwirrend, aber schön.«

Ich wollte jede Einzelheit über ihr Gespräch mit Estelle wissen. Ich wusste ja, wie Karina ihrer Stiefmutter gegenüber empfand, und ich war mir hundertprozentig sicher, dass sie niemals irgendwelche vertraulichen Gespräche oder etwas in der Art geführt hatten. Das schien sich jetzt geändert zu haben.

»Ach, die soll sich ebenfalls zum Teufel scheren«, sagte Austin, der kein Interesse an dem hatte, was zwischen Karina und Estelle passiert war.

Mein Gott, manchmal war er echt zu gar nichts zu gebrauchen.

Karina seufzte, antwortete aber nicht. Im Fernsehen spielten sie einen weiteren Song, einen neuen von diesem Billie-Mädchen mit den grünen Haaren und dem Wahnsinnstalent. Ich sah, wie Karina die Augen schloss und ihren Kopf gegen die Couch lehnte, während das Lied erklang. Ich fragte mich, ob sie bemerkte, dass der Text genau das beschrieb, was wir gerade durchmachten. Ich fragte mich, ob sie mich hinter ihren geschlossenen Lidern vor ihrem geistigen Auge sah. Nachdem ich gerade mal wieder erlebt hatte, wie beschissen ihre Familie war, war es zugegebenermaßen total egoistisch von mir, mir überhaupt zu wünschen oder anzunehmen, dass sie an mich dachte. Aber ich konnte nicht anders. Schweigend saßen wir da und kämpften mit unseren jeweiligen Dämonen. Ich wollte fragen, wie es ihr nach alldem ging. Ich wollte ihr stundenlang zuhören, während sie mir in sämtlichen Einzelheiten erzählen sollte, was sie empfand. Die Antwort, die sie in Anwesenheit ihres Bruders geben würde, wollte ich nicht hören. Ich wollte die ungefilterten, ehrlichen Gedanken, die ihr im Kopf herumschwirrten.

»Oh Mann, ihr beiden sprüht ja geradezu vor Witz«, grummelte Fischer und lehnte sich nun vollends auf der Couch zurück.

»Ich bin nicht dein Entertainer«, sagte Karina und sah uns beide an.

Schließlich holte Fischer sein Handy heraus. Keiner von uns sagte etwas, während das nächste Lied spielte, dann wieder eins und noch eins. Und innerhalb weniger Minuten war Austin eingeschlafen. Ich sah zu Karina hinüber, und sie erwiderte meinen Blick. Ihre Hände waren um die Weinflasche auf ihrem Schoß gelegt.

»Wenn er getrunken hat, ist er eine richtige Nervensäge«, sagte sie und schaltete den Fernseher wieder ein.

Ich griff nach einem Buch auf dem Couchtisch. Es waren Gedichte. Ich blätterte es durch, wartete darauf, dass sie weitersprach.

»Ich verstehe nicht, wie du einerseits der skeptischste Mensch sein kannst, den ich je getroffen habe, andererseits aber ein Faible für Gedichte und Märchen hast.«

In dem Gedicht, das ich aufgeschlagen hatte, war die Rede von einem untreuen Liebhaber. Ich blätterte die kleinen Seiten um. Im nächsten ging es um unerwiderte Liebe.

Zum Teufel mit diesem Buch, dachte ich bei mir und warf es zurück auf den Tisch.

»Ich hab nie behauptet, Märchen zu mögen«, korrigierte sie mich.

»Hast du wohl. Und nicht nur das, du erzählst auch die ganze Zeit welche.«

Sie wandte sich jetzt voll und ganz zu mir um. »Beschwerst du dich darüber?«

Sie lächelte leise, und ich fragte mich, ob sie inzwischen auch ein wenig betrunken war.

»Nein, Ma'am, das war keine Beschwerde.«

Sie lachte mich aus und hob die Weinflasche über den Kopf, um nachzusehen, wie viel noch drin war.

Als sie mich wieder ansah, starrte ich ihren Mund an. Und sie ertappte mich dabei.

»Gut.« Ihr Lächeln wurde breiter. Sie musste definitiv ein wenig betrunken sein. »Willst du auch was trinken?«, fragte sie und streckte mir die halb leere Flasche hin. »Ich habe auch Wasser. Und Coke oder Pepsi da – eins von beiden. Ich weiß nicht mehr genau, was Elodie davon am liebsten trinkt.«

Ich schüttelte den Kopf. »Ich brauch nichts. Trotzdem danke.«

»Okay.«

Diese Situation war jetzt ziemlich peinlich, trotzdem hatte ich keine Lust, mich zu verabschieden. Und das, obwohl ihr Bruder im gleichen Zimmer saß.

Dann brachen wir zur gleichen Zeit das Schweigen.

»Karina …«

»Kael …«

Und machten beide eine Pause, in der wir darauf warteten, dass der jeweils andere weitersprach.

»Du als Erster?«, schlug sie vor.

»Lieber du.« Ich leckte mir über die Lippen, hatte Angst vor dem, was sie sagen würde.

»Ich wünschte, es würde wieder so wie früher. Ich ertappe mich immer wieder bei dem Wunsch, mit dir reden zu können. Ich weiß nicht warum, aber ich kann es nicht verhindern. Ich bin erschöpft und völlig am Ende. Können wir nicht wenigstens Waffenstillstand schließen? Können wir nicht für heute Abend so tun, als seien wir Freunde? Bist du es nicht auch leid?«, fragte sie.

»So verdammt leid«, bekannte ich.

Das hatte ich nun so gar nicht erwartet.

Sie hielt die Hand hoch. »Wir werden nicht über uns reden. Sei einfach nur mein Freund, okay?«

Ihre Stimme klang so einsam, dass ich die Hand ausstrecken und sie berühren wollte. Und wenn sie vor mir zurückgezuckt wäre, hätte ich die Zurückweisung bereitwillig hingenommen, denn dann hätte sie zumindest gewusst, dass ich versuchte, für sie da zu sein.

»Also Freunde.«

Wir betrachteten ihren schlafenden Bruder.

»Sollen wir nach draußen gehen?«, fragte ich und befürchtete fast, dass sie mir jetzt irgendetwas an den Kopf werfen würde.

Aber ihr Gesicht leuchtete auf, und sie nickte, nahm sich ihren Wein und stand von der Couch auf.

26

Auf der Veranda setzte sie sich als Erste – wieder im Schneidersitz – auf den Steinboden. Dort war nicht allzu viel Platz, und ich wollte ihr trotzdem ein bisschen Freiraum geben. Immerhin hatten wir eine ganze Woche nicht mehr miteinander gesprochen, und sicher war sie noch richtig.wütend auf mich.

»Stellen wir also ein paar Regeln auf. Die Regeln dieser Freundschaft lauten, dass du nur zuhörst und ich rede. Kein Süßholzraspeln, keine Blicke wie diese«, sagte sie und tippte mit dem Finger auf meine Nasenspitze.

»Keine Berührungen?«, neckte ich sie.

Sie ließ den Arm sinken und schob beide Hände unter ihre Schenkel. »Absolut keine Berührungen. Deal?«

Sie streckte die Hand aus, damit ich einschlug, was ein bisschen lächerlich war, also tat ich so, als zuckte ich zurück. Sie lächelte sanft.

»Ich dachte, du hättest gesagt, keine Berührungen.«

»Haha.« Spielerisch versetzte sie meiner Hand einen Schlag.

Wir besiegelten unseren Deal also mit einem Kopfnicken, und sie schien glücklich zu sein oder zumindest entspannt. Es freute mich, dass sie mich vermisste, ob sie es nun zugab oder nicht.

»Also, mein Freund«, betonte sie grinsend. »Der heutige Abend war total beschissen. Ich würde es meinem Bruder nie sagen, aber eigentlich bin ich gewissermaßen sogar froh, dass du bei unserem Dad die Bombe hast platzen lassen. Ich weiß, wie egoistisch das ist, aber es tat gut, ausnahmsweise mal nicht die große Enttäuschung zu sein oder diejenige, die ihn sauer machte. Austin hatte davon ja immerhin mal eine Auszeit, während er bei unserem Onkel wohnte. Ich nicht.«

»Das ist nicht egoistisch. Sondern ehrlich.«

»Du darfst nichts sagen, weißt du noch.« Sie streckte mir die Zunge raus.

»Oh, und jetzt halt dich fest! Estelle und ich hatten diesen seltsamen Augenblick auf der Veranda. Sie meinte, bevor sie mich kannte, hätte sie davon geträumt, dass wir einander irgendwann mal nahestehen würden. Und ich glaube, das meinte sie wirklich ernst. Ich bin immer noch ganz durcheinander. Dabei habe ich sie von Anfang an ziemlich abgelehnt und war ganz schrecklich zu ihr. Im Grunde ist mein Vater an der ganzen Situation schuld. Nicht sie. Sie hat ihn nur geheiratet, aber für mich war das Grund genug, sie zu verurteilen.«

Sie lächelte. »Heute war sie eine vollkommen andere Frau. Sie saß da und erzählte mir, was sie empfand. Ich hatte plötzlich das Gefühl, mich auf sie einlassen zu wollen. Ich meine, natürlich werden wir niemals beste Freundinnen werden, aber wenn sie sich häufiger so verhält wie heute Abend und weniger wie die Roboter-Ehefrau meines Dads, dann könnte ich sie sogar mögen. Es ist zumindest einen Versuch wert, sie näher kennenzulernen.«

Es machte mich glücklich, dass sie so empfand, obwohl ich Estelle nicht mochte und fand, dass Karina viel zu gut und ihre Familie es wirklich nicht wert war – mit Ausnahme vielleicht ihres Bruders, aber auch das nur bedingt.

Karina sah mich an, als erwarte sie eine Antwort. Ich biss mir auf die Lippen, erinnerte sie an das Schweigegelübde, das sie mir aufgezwungen hatte.

»Stimmt ja. Du darfst ja nichts sagen.« Sie kicherte.

Ich spürte, wie ihr warmer Körper näher rückte, als sie sich auf den Rücken legte und in den Himmel hinaufblickte.

»Das Schlimmste daran ist, dass ich dadurch meine Mom nur noch mehr vermisse. Keine Ahnung, was in letzter Zeit mit mir los ist, aber ich bin total neben der Spur. Ich vermisse sie mehr denn je, und andererseits werde ich langsam manisch, und ich mache mir Sorgen, dass ich so werde wie sie. Sie war in vielerlei Hinsicht toll …«

Es war, als könnte ich die Worte zwischen uns dahinwehen sehen. Ich legte mich neben sie und ließ meine Füße von der Kante der Veranda herabbaumeln.

»Aber in anderer Hinsicht war sie total verkorkst. Je mehr ich darüber nachdenke, umso wahnsinniger macht es mich. Manchmal habe ich das Gefühl, den Verstand zu verlieren. Ich habe gerade eine geschlagene Stunde in meiner Küche gesessen und geheult. Sogar Elodie hat mir letztens gesagt, dass etwas nicht mit mir stimmt. Sie hat recht, wenn sie sagt, dass ich keine Freunde habe. Kael, außer ihr habe ich tatsächlich keine Freunde. Und wenn das Baby auf der Welt ist oder Phillip wieder da, wird auch diese Freundschaft nicht mehr so sein, wie sie mal war, denn dann wird sie nicht mehr hier wohnen. Was mache ich dann? Auch Austin wird dann fort sein, und ich sitze ganz allein in diesem Haus. Ich werde niemanden haben. Ich werde zur Arbeit gehen und danach in ein leeres Haus heimkehren. Ich werde genau wie mein Dad enden, nur ohne eine Estelle und ohne Kinder, die mich hassen.«

Ich kämpfte gegen den Impuls an, ihre Hand zu ergreifen. Ich wollte sie nicht berühren, weil ich etwas von ihr wollte, sondern damit sie sich weniger allein fühlte. Die Angst ging in Wellen von ihr aus. Ich wollte sie beruhigen.

»Jetzt werde ich doch reden«, verkündete ich schließlich.

Sie widersprach nicht.

»Ich werde dir nicht raten, dir keine Sorgen um Kinder zu machen, die du noch gar nicht hast, weil ich weiß, dass es so einfach nicht ist und dass du einfach anders tickst. Aber ich werde dir sagen, dass du aufhören musst, dich deswegen zu quälen, weil du keine Freunde hast. Für Menschen wie dich, die immer nur geben, ist es manchmal besser, allein durchs Leben zu gehen. Du bist erst zwanzig. Du hast noch viel Zeit, um Freundschaften zu schließen, und die meisten Leute sind ohnehin nichts als gierige Idioten.«

Sie wandte mir das Gesicht zu.

»Du bist so jung. Wir sind beide so jung. Ich habe das Leben gesehen, und ich habe viel vom Tod gesehen. Und das, was ich am ehesten daraus gelernt habe, ist, dass wir nichts kontrollieren können, was uns widerfährt. Du kannst die Entscheidungen, die du triffst, nicht beeinflussen – und auch nicht die deiner Mutter, nicht die von Austin. Elodie meint es gut, aber sie kapiert nicht, was du durchmachst, deshalb würde ich nicht so viel auf das geben, was sie sagt. Du sorgst dich zu sehr, zu viel von dir fließt in alle anderen, und was bleibt dann am Ende des Tages von dir übrig?«

Karina drehte sich jetzt ganz zu mir herum und stützte sich auf den Ellbogen. Ich blieb auf dem Rücken liegen, konnte sie aber weiter aus den Augenwinkeln sehen. Ihre Haarspitzen fielen mir ins Gesicht. Ich schob sie mit der Hand zurück und sah zu ihr auf.

»Für dich offenbar nicht genug.« Ihre Worte waren wie ein Schlag ins Gesicht.

»Wow. Wow. Wow. Geht es jetzt doch um uns? Das widerspricht den Regeln, die du aufgestellt hast. Und ist ein vollkommen anderes Thema. Oder geht es um deine Mom und deinen Bruder? Lass uns doch eins nach dem anderen abhandeln.«

»Du hast auch Fehler. Weißt du? Ich werde sie jetzt nicht aufzählen, denn du bist einigermaßen freundlich zu mir, und ich versuche wirklich, nicht mehr so … impulsiv zu reagieren.« Sie sah auf ihre Füße hinab.

»Und eigentlich …« Sie musterte mich von Kopf bis Fuß. Unwillkürlich zupfte ich an den Ärmeln meines Shirts herum. »… bist du ziemlich klug, wenn du nicht gerade …« Sie verstummte, sprach nicht aus, was immer sie hatte sagen wollen.

Ich spürte den heftigen Schlag meines Herzens. Ich ballte meine schweißnasse Hand neben mir zur Faust, wartete darauf, dass sie weitersprach. Entweder würde sie jetzt etwas sagen, das die Grenzen verwischte, die sie sich so angestrengt bemüht hatte zu errichten. Oder sie würde sie noch zementieren. Mir blieb dann nur noch übrig, ihrem Beispiel zu folgen. Und ich? Was wollte ich? Fuck, ich wollte ihr Haar berühren und sie zu mir herunterziehen, bis ihre Lippen auf meinen lagen. Aber sie hatte Glück: Ich gehörte zu den Jungs, die das, was sie sich wünschten, nicht allzu oft bekamen. Außerdem war mir klar, dass es keine gute Idee gewesen wäre, sie derart zu überrumpeln. Sie brauchte Stabilität, und sie tanzte vor mir herum wie die Kobra zur Flöte. Was würde sie wohl tun, wenn ich eine Bewegung machte, die sie nicht voraussah.

»Was? Was wolltest du sagen?«

Sie schwebte über mir. »Ich wollte etwas Gemeines sagen. Etwas, das ich hinterher bereut hätte, was ich eigentlich nicht ernst meine, und dann wieder doch. Ich glaube, das hier ist keine gute Idee.« Sie setzte sich auf, entzog ihr zartes Gesicht meinen Blicken. Sie sah so sanft aus, aber das war eine Illusion.

»Was ist keine gute Idee? Mit mir zu reden? Oder dich überhaupt jemandem zu öffnen?« Ich setzte mich auf und sah sie an.

»Beides«, antwortete sie und streckte das Kinn vor.

»Und was willst du dann?«, fragte ich sie.

Und ohne Vorwarnung klappten die Mauern um Fort Fischer wieder nach oben.

»Nichts. Sieh mich nicht so an.«

Ich lachte über mich selbst, weil ich mich wieder in ihr verloren hatte, obwohl ich doch so verdammt genau wusste, dass sie mich niemals wirklich einlassen würde. Sie hatte keinen Zweifel daran gelassen, dass ich nur vorübergehend da war, und kaum war sie mir zu nahe gekommen, warf sie mich wieder hinaus.

Ich nickte und stand auf. »Cool. Ich gehe dann mal.«

Ich würde sowieso bald aus diesem Drecksloch verschwinden, fort von ihrem Dad und meinem Leben als Soldat, also was soll's. Ich würde mich hüten, mich noch einmal in ihr Netz zu begeben. Oh Mann, anscheinend liebte ich es ja, mich selbst zu bestrafen.

Sie legte die Hände auf die Knie und machte Anstalten aufzustehen. »Cool«, blaffte sie.

Dann erhob sie sich und ließ die Schultern hängen. Sie drehte sich auf dem Absatz um und langte nach dem Griff der Fliegentür, die quietschte, als sie sie aufzog. Als sie mir den Rücken zugewandt hatte, wollte ich unbedingt das letzte Wort haben.

»Sag deinem Bruder, er soll sich morgen eine andere Mitfahrgelegenheit suchen«, sagte ich aus der Wut heraus.

Das Knallen der Tür war Antwort genug.

Ich ließ den Motor lauter als normal aufheulen, als ich mein Auto auf die Straße lenkte und davonfuhr.

27

Karina

An diesem Donnerstag, dem Vorabend meines Geburtstags, saß ich auf der Couch und scrollte durch mein Handy. Ich betrachtete Bilder von Promis, die bei einer Wohltätigkeitsveranstaltung auf dem roten Teppich standen. Ich hielt Elodie das Handy hin, um ihr ein Bild von einer Nachwuchsschauspielerin zu zeigen, die in einer ihrer Lieblingsserien auf Netflix die Hauptrolle gespielt hatte, und sie kniff die Augen zusammen, um das Foto vom anderen Ende der Couch besser erkennen zu können.

»Sie sieht so hübsch aus«, seufzte ich und zoomte ihre klare Haut und ihr seidiges Haar näher heran.

»Ihr Kleid ist langweilig«, meinte Elodie mit einem Blick auf ihr eigenes Outfit. Schwarze Nike-Shorts, die mit Sicherheit mir gehörten, denn ihre eigenen passten ihr nicht mehr, und ein T-Shirt mit einem Fleck, bei dem es sich entweder um Joghurt oder Erbrochenes handelte.

Ich lachte und betrachtete uns beide. »Stimmt.«

Auch ich trug Freizeitklamotten, ein altes T-Shirt meines Bruders und Baumwollshorts. Meine Beine waren voller Stoppeln. Ich wischte den Bildschirm am Saum meiner Shorts ab. An den letzten beiden Tagen war ich morgens jeweils mit pochenden

Kopfschmerzen aufgewacht und hatte es nicht über mich gebracht, überhaupt das Haus zu verlassen, außer zur Arbeit.

»Oh ist das schön, hier mit dir auf der Couch zu sitzen, so auszusehen wie wir gerade und über die schönsten Menschen der Welt zu lästern.« Ich verdrehte die Augen und zoomte das Bild der Schauspielerin noch einmal heran, um ihren Teint einer näheren Betrachtung zu unterziehen. Nicht eine einzige Pore war auf ihrem perfekt geformten Gesicht zu sehen.

»Das mag vielleicht für dich gelten!« Elodie streckte mir die Zunge heraus und wedelte mit der Hand um ihr zerzaustes, blondes Haar. »Aber nicht für mich. Wenn das Baby einmal raus ist, müssen all diese Mädels sich warm anziehen.« Sie lachte.

Manchmal kam ich mir durch sie so normal vor. Ich hatte nicht mehr an Kael gedacht, seit sie von der Arbeit gekommen war und sich umgezogen hatte, um mir Gesellschaft zu leisten, während ich mich im Selbstmitleid suhlte.

»Was ist daran so lustig? Ihr seid zwei schöne Frauen, also nervt nicht rum, sondern führt euch lieber vor Augen, wie lächerlich das ist, was ihr da verzapft«, meinte Austin, der mit einer Schüssel Müsli ins Wohnzimmer kam, obwohl es schon vier Uhr nachmittags war.

Er setzte sich vor der Couch auf den Boden, genau vor Elodie hin. Dann hob er den Kopf und sah mich an. »Na ja, anderthalb schöne Frauen.«

»Vielen Dank«, gab Elodie lächelnd zurück, während ich ein sarkastisches »Haha« von mir gab.

Sie versetzte mir einen leichten Tritt. »Damit meinst du doch sicher mich und das Baby, oder?«

»Sehr witzig.« Ich verdrehte die Augen.

»Ja, nicht wahr?« Austin schenkte mir ein breites Fake-Lächeln.

»Wenn ich Geld hätte, wäre ich hübscher.« Elodie seufzte und deutete auf mein Handy. »Heutzutage kann man alles Mögliche lasern lassen.« Sie hob den Saum ihres Shirts und entblößte die dünnen, roten Streifen auf ihrer blassen Haut.

Ich schnaubte. »Ein bisschen Schnipp, ein bisschen Schnapp. Und schon sind die Hüften schmaler«, sagte ich die Stimmen der Sprecher nachahmend, die ich abends auf E! Entertainment Television hörte. »Das hast du doch nun echt nicht nötig!«, fügte ich hinzu.

»Du *hast* zumindest so was wie Hüften. Meine verschwinden wieder, wenn das Baby da ist. Gib mir was von deinen ab.« Sie schürzte die Lippen und streckte die Brust raus. »Und von deinen Titten.«

Sie legte den Kopf in den Nacken, und ich ertappte Austin dabei, wie er genüsslich ihre Brust anstarrte, viel länger, als er es bei einer verheirateten Frau hätte tun dürfen.

»Warum sind Mädels nur so?«, stöhnte er dann und widmete sich seinem Handy, tippte mit seinen Fingern auf dem Bildschirm herum. »Ihr beiden hört euch an, als hättet ihr total einen an der Klatsche.«

Ich gab etwas ins Suchen-Feld von Instagram ein.

»Na ja, weil Frauen im Internet etwa so aussehen«, erklärte ich dann und zeigte ihm das neueste Bikini-Bild eines berühmten Instagram-Models, dem ich nur aus dem einen Grund folgte, um mich mit ihrem verschwenderischen Leben und ihrem von Chirurgenhand modellierten Körper zu vergleichen. Während sie auf Bali war und angetan mit einem winzig kleinen, orangefarbenen Bikini auf einer Felsklippe thronte, saß ich mit Fingern voller Käseflipskrümel auf der Couch.

Ich hob die linke Hand und zeigte den beiden meine gelben Fingerspitzen.

»Wie heißt es doch so schön: ›Du bist nicht hässlich, sondern nur arm.‹« Ich lachte und leckte mir schamlos die Finger ab.

Zugegeben, es war mehr als bescheuert, dass ich meinen eigenen Körper dermaßen kritisierte, während ich Elodies sofort verteidigte, wann immer sie sich kleinmachte. Ich wusste, dass ein solches Verhalten toxisch war, konnte es aber trotzdem nicht ändern. Unsummen waren in die Medien investiert worden, die mich seit meiner frühesten Kindheit einer Gehirnwäsche unterzogen hatten. Es war also erheblich mehr als Logik vonnöten, um meine Einstellung zu meinem Körper zu verändern.

»Und wer soll das gesagt haben?« Kaels Stimme zog die Aufmerksamkeit aller Anwesenden im Wohnzimmer auf sich.

Mein Kopf fuhr in die Höhe. Was zum Teufel hatte er hier zu suchen?«

»Wahrscheinlich irgendein Kardashian«, meinte Elodie, während ich die Tüte Käseflips mit einem Clip schloss.

Ich sah Kael geradewegs in die Augen und stellte die naheliegende Frage: »Hast du schon mal was von Anklopfen gehört?«

»Ich habe geklingelt.« Er zuckte mit den Schultern. »Die Türklingel ist wohl kaputt.«

Ich mied seinen Blick, um meine Reaktion zu verbergen.

Ich blöde Kuh. Ich hatte doch gewusst, dass die Batterie fast leer war, hatte aber noch keine Zeit gehabt, sie auszuwechseln. Er hatte den gleichen höhnischen Ton angeschlagen wie ich. Verdammt nervig.

»Deshalb darfst du trotzdem nicht so einfach hier hereinschneien«, ließ ich ihn wissen.

So ernst war es mir damit eigentlich gar nicht. Ich wollte ihm nur vor Augen führen, dass zwischen uns nie wieder alles in Ordnung sein würde. Das hatten wir vor zwei Abenden auf meiner Veranda klargestellt. So gut es getan hatte, mit ihm zu sprechen und mir alles über Estelle von der Seele zu reden, ich fand es ätzend, dass ich so schnell verdrängen konnte, wie schlecht er für mich war, und dass ich ihm nicht vertrauen konnte. Ich meine, zum Teufel, er hatte gerade einen weiteren Streit zwischen meinem Bruder und meinem Dad verursacht. Die beiden hatten noch immer kein Wort miteinander gesprochen. Ich wusste, dass es nicht fair war, ihm die Schuld dafür zu geben, aber dadurch nährte ich die Wut auf ihn, die ich unbedingt am Leben erhalten musste.

»Kann schon sein. Aber wenn dein Bruder mir vor weniger als einer Minute geschrieben hat, dass ich einfach reinkommen soll, dann darf ich das durchaus.« Er hielt sein Handy hoch und zeigte mir einen Chat.

Austin, dieser Blödmann, wäre vor Lachen beinahe erstickt.

»Lass gut sein, Kare. Ich bin eure Streitereien echt leid«, meckerte er dann.

»Lass gut sein?«, stöhnte ich leise. »Macht euch vom Acker und hängt in einem anderen Haus ab.«

»Wie lief dein Termin?«, fragte mein Bruder Kael, ohne auf meinen Ausraster zu achten.

Ich war zu neugierig auf seine Antwort, um weiter mit Kael zu streiten. Außerdem war mir klar, dass ich nur deshalb so unausstehlich war, weil ich seine Aufmerksamkeit auf mich ziehen wollte, weshalb ich mich über mich selbst ärgerte.

Da er jetzt wieder Austin ansah, ergriff ich die Gelegenheit, ihn einer näheren Betrachtung zu unterziehen. Er trug seinen Kampfanzug und war glatt rasiert. Seine dunklen Augen blickten besonders intensiv drein. Die Uniform veränderte ihn. Er kam mir dann erheblich einschüchternder und selbstbewusster vor.

»Gut. Verdammt lang, aber ich hab ein paar gute Neuigkeiten.« Er rieb sich die Hände.

»Komm schon! Erzähl!«, bat Elodie.

Also hatten beide von diesem Termin gewusst und waren ganz aufgeregt? Ich spürte eine Woge der Eifersucht, auch wenn ich vielleicht kein Recht dazu hatte. Auf Kaels Gesicht breitete sich ein Lächeln aus, und er biss sich auf seine volle Unterlippe.

»Nun …«, begann er, und Austin richtete sich nun auf den Knien auf. Mit weit aufgerissenen Augen wartete er darauf, dass Kael weitersprach.

»Sie lassen mich raus.«

Austin jubelte, und Kael sprach weiter.

»Ich bin so gut wie frei, muss nur noch ein paar Wiedereingliederungs-Kurse und Physiotherapiesitzungen hinter mich bringen, aber sie lassen mich raus. Ich kann es kaum glauben.« Er hielt sich die Hand vor Mund und Kinn, als wolle er sein Lächeln verbergen.

Es war ansteckend. Ich musste die Lippen aufeinanderpressen, um nicht ebenfalls zu grinsen. Er schien in Hochstimmung zu sein, wirkte so jugendlich strahlend, nun, da das Versprechen der Freiheit in greifbare Nähe gerückt war. Eine Sekunde lang wünschte ich mir, mit ihm allein zu sein, um diesen besonderen Augenblick mit ihm feiern zu können. In diesem Moment sah er mir direkt in die Augen, und ich hatte das Gefühl, dass Elodies und Austins Anwesenheit auch ihn ein wenig störte. Zwar war eigentlich *ich* die Außenseiterin hier, doch solange seine Augen auf mir ruhten und er mich auf diese Weise anlächelte, konnte ich den Verdacht, dass er mit mir allein sein wollte, einfach nicht abschütteln.

»Zum Teufel, ja! Gratuliere, Mann«, rief mein Bruder und unterbrach unsere Verbindung.

Austin stand auf, um ihn zu umarmen. Er schlug Kael heftig auf den Rücken, und ich wischte mir die Augen. Keine Ahnung, warum ich gerade so emotional reagierte.

»Einfach so? Ohne Wenn und Aber?«, fragte er, als Kael sich von ihm wieder gelöst hatte.

Für Austin schien Kael zur Familie zu gehören. Seine Zuneigung überraschte mich, denn so war er früher immer nur mit Mädchen umgegangen, mit vielen Mädchen. Seine Männerfreundschaften hingegen waren nie so herzlich gewesen. Ich hatte plötzlich das Gefühl, dass nicht mehr nur ich, sondern auch Kael ein wenig auf ihn aufpasste, und das beruhigte mich ungemein.

Andererseits machte es mich traurig zu wissen, dass ihre Lebenswege sich höchstwahrscheinlich bald trennen würden. Sobald Austins Grundausbildung begann, würde der Kontakt wohl abbrechen. Lange würde das nicht mehr dauern. Ich wollte gar nicht daran denken, dass der Tag immer näher rückte. Bei dem Gedanken bekam ich Magenschmerzen.

»Ich bin nicht so dumm zu glauben, dass sich meine Entlassung nicht doch noch an irgendwelche Bedingungen knüpft. Wir reden hier über die Army der Vereinigten Staaten«, antwortete Kael knapp. »Aber ich nehme, was ich kriegen kann. Zumindest bin ich jetzt einen Schritt weiter. Es ging zuletzt schneller, als ich dachte. Mein Hauptfeldwebel meinte, dass da wohl jemand seine Beziehungen hat spielen lassen.«

Austin schlug ihm auf die Schulter. Er war nach dem Weggang unserer Mom immer der Anhänglichere von uns Zwillingen gewesen, derjenige, der sich emotional auf andere einließ. Ich bin sicher, ein Psychotherapeut hätte dazu einiges zu sagen gehabt.

»Wo gehst du denn jetzt hin? Du ziehst doch jetzt nicht von hier weg, oder?«, fragte Elodie. »Phillip kommt bald nach Hause.« Ihre Stimme klang so demütig, dass ihre Frage fast schon wie eine Bitte klang.

Austin sah erst sie an, dann mich. Seine Miene war unergründlich.

»Ich werde ihn noch sehen, bevor ich irgendwo anders hinziehe. Und schließlich bin ich auch danach nicht ganz aus der Welt«, versicherte Kael ihr. Er kam ein paar Schritte weiter ins Wohnzimmer. Seine schweren, braunen Kampfstiefel hinterließen einen unsichtbaren Abdruck auf meinem alten Holzboden, den ich, glaube ich, niemals mehr würde entfernen können. Manchmal, wenn ich ihn ansah, hatte ich das Gefühl, dass er hierhergehörte, dass er ein Teil meines kleinen Hauses war.

»Mach dir keine Sorgen«, fügte er mit leiser Stimme hinzu. Sie ging zu ihm hin und umarmte ihn. Ich wandte den Blick ab, als er ihr mit der Hand über den Rücken rieb.

Doch während er beruhigend auf sie einwirkte, ertappte ich ihn dabei, wie er Löcher in meine Wand starrte.

»Ja, aber nach deinem Weggang ist er hier allein. Genau wie ich«, sagte sie.

Ich sah erst sie an, dann ihn. Austin stand direkt neben ihnen, und ich wollte gerade mein eigenes Wohnzimmer verlassen, um sie nicht bei ihrer Freundschaft-Familien-Emotion zu stören, die sich da offenbar entwickelt hatte, ohne dass ich irgendwie beteiligt gewesen wäre. Ich hasste das Gefühl, von alldem ausgeschlossen zu sein.

»Trotzdem freue ich mich für dich«, sagte sie nun zu ihm und drückte seine Hände, die so viel größer waren als ihre.

Ich spürte einen eifersüchtigen Stich, weil Elodie ihn so ohne Weiteres berühren durfte.

»Ich gehe ja nicht weit weg. Atlanta ist mit dem Auto schnell erreichbar. Das wird schon.«

Mein Kopf fuhr hoch, und ich sah ihn an.

»Atlanta?«, fragte ich spontan. Ich wusste, dass er Atlanta

liebte, und ich hatte kein Recht, mir zu wünschen, dass er in meiner Nähe oder in Fort Benning blieb. Immerhin war dieser Ort ein wichtiger Trigger seines Traumas und seiner posttraumatischen Belastungsstörung, aber ihn sagen zu hören, dass er tatsächlich wegziehen würde, versetzte mich in Panik. Den Gedanken an seinen Weggang hatte ich bislang verdrängt, war dem Licht der Wirklichkeit ausgewichen, wann immer es mir zu nahe kam.

Seine Augen fingen meinen Blick auf. »Ja. Das plane ich jetzt schon eine ganze Weile. Die Frage ist nur noch, wann. Ich hatte eigentlich damit gerechnet, dass es noch Monate dauern würde, bis meine Entlassung durch ist. Manche brauchen über ein Jahr, um rauszukommen.«

»Ich freue mich für dich«, sagte nun auch ich und schluckte die irrationalen Gefühle hinunter, die an mir fraßen.

Wenn ich jetzt meinen Arm ausgestreckt hätte, hätte ich ihn berühren können.

Er nickte, lächelte, wobei er jedoch nur einen Mundwinkel verzog. »Danke.«

Das Schweigen, das sich zwischen uns herabsenkte, schien ewig zu dauern. Und wenn wir allein gewesen wären, dann hätte es das auch. Aber nun stahl mir mein Bruder wieder Kaels Aufmerksamkeit. Yep, ich war nichts weiter als seine kleine, nervtötende Schwester.

»Das müssen wir feiern – das ist so verdammt *fantastisch*! Ich wusste, wir hätten mit nach Cloudland fahren sollen. Hast du es schon den anderen erzählt?«, fragte Austin ihn.

Ich dachte an Mendoza und die anderen Jungs in seiner Truppe.

»Was ist Cloudland?«, fragte Elodie.

»Nein. Ich bin gleich hergekommen«, sagte Kael, während Austin Elodie erklärte, dass dies ein riesiges Wandergebiet sei.

Sein Gerede interessierte mich nicht die Bohne, denn ich war viel zu sehr damit beschäftigt, darüber nachzugrübeln, dass Kael zuerst hierhergekommen war, um die Nachricht von seiner Entlassung zu verkünden.

Diese Tatsache hatte etwas zu bedeuten, diese Worte aus seinem Mund hatten Gewicht.

Er sah wieder mich an, nicht Austin. Nicht Elodie.

»Na gut, dann sag es ihnen, damit wir verdammt noch mal feiern können. Wir sollten einen Wochenendausflug nach Cloudland machen. Mendoza und alle anderen wollen auch hinfahren. Ich hab dir doch gesagt, dass wir uns ihnen anschließen sollten!«, rief Austin total aufgeregt aus.

»Aber ich bin schwanger. Können wir da nicht lieber hinfahren, wenn ich nicht mehr schwanger bin?«, quengelte Elodie.

»Dann bin ich schon wieder weg«, antwortete Austin, und sie sah ihn mit gequältem Gesichtsausdruck an.

Alle verhielten sich wie eine richtige Familie – sogar ich, die freche Tochter im Abseits, die viel zu nachdenklich war, um sich zu äußern, dafür aber innerlich alles kommentierte. Ich wusste, dass Elodie Austin ebenfalls vermissen würde. Seit er zurück war, war er wie ein Bruder für sie geworden. Doch schon bald würde sie Mann und Baby bei sich haben. Ich würde meinen Zwillingsbruder verlieren und – sobald Phillip zurückgekehrt war – auch meine beste und so ziemlich einzige Freundin. Meine Mutter hatte ich schon verloren. Meinen Vater zu verlieren hätte mir nichts ausgemacht. Aber jetzt ging auch noch Kael. So viele Veränderungen. So viel Chaos.

»Komm schon, Martin. Fahren wir noch dieses Wochenende. Wir können zwei Nächte bleiben. Immerhin haben wir Geburtstag!« Austin hob bittend die Hände. »Du kannst ganz beruhigt mitkommen. Ich beschütze dich vor den Bären«, fügte er dann, zu Elodie gewandt, hinzu. Austin war nie gut darin gewesen, irgendetwas zu beschützen, aber die Hoffnung starb bekanntlich zuletzt.

»Die Fahrt dauert vier Stunden«, gab Kael zu bedenken und sah meinen Bruder an.

»Ja und? Wir können den Bodenbelag im Eingangsbereich und die Rigipswand heute Abend und morgen früh fertig machen und dann losziehen. Außerdem habe ich, wie gesagt, Geburtstag.«

Kael verdrehte die Augen. »Dann fahr doch allein. Du bist ja jetzt ein großer Junge. Einundzwanzig und so. Fahr allein.«

Austin drehte sich zu mir um. Seine Augen leuchteten vor Aufregung. Schon seit unserer Kindheit hatte Austin sich über jeden Grund zum Feiern oder zum Zusammensein mit anderen gefreut.

»Du kommst doch mit, oder?«, fragte er mich.

Kael beobachtete mich eindringlich und runzelte missmutig die Augenbrauen.

»Na ja, ich habe einen Job. Also wahrscheinlich nicht«, erinnerte ich meinen Bruder.

»Du könntest dir einen Tag freinehmen?«, schlug Austin vor.

Elodie hob die Hand, als seien wir im Klassenzimmer und sie die Musterschülerin.

»Also, wir haben morgens nur zwei Kunden, und meinen könnte ich bestimmt verlegen«, verkündete sie. Anscheinend war sie bereits dabei, ihre Bedenken zu überwinden.

Wütend funkelte ich sie an. Ich hatte keine Lust mit ihrer ganzen Freundes-Gang zu verreisen – und schon gar nicht in letzter Minute. Ich hatte im Übrigen keinen blassen Schimmer, wo mein Badeanzug war oder wo ich einen Koffer auftreiben sollte …

»Ich weiß nicht mal, wer mein Kunde um halb elf überhaupt ist. Ich habe nicht nach dem Namen geschaut, kann also den Termin nicht verlegen.« Angestrengt dachte ich nach, ob mir nicht noch ein anderer Grund einfiel, um nicht mitkommen zu müssen.

Ich war eben nicht so spontan wie mein Bruder. Das lag mir einfach nicht im Blut.

»Wir können ja auf dich warten, bis du mit der Arbeit fertig bist. Die anderen fahren sowieso auch erst morgen früh, wir kommen also nur ein paar Stunden später. Kare, komm schon. El will mit. Ich will mit. Du hast schon keine Ferien mehr gehabt seit …« Er starrte an die Decke und überlegte.

»Hmm. Noch nie. Komm schon. Immerhin ist es unser einundzwanzigster Geburtstag.« Mein Bruder benahm sich wie ein zwölfjähriger Junge, der wollte, dass ich ihm die Bio-Hausaufgaben machte.

»Hmm, ich weiß nicht.« Ich kaute auf meiner Lippe herum. »Gibt es denn dort Wasser?« In der Nähe des Wassers zu sein war für mich das einzige Argument, um den Ausflug überhaupt in Betracht zu ziehen.

Die ganze Idee kam mir total absurd vor.

»Einen Wasserfall«, nickte Austin.

»Einen Wasserfall!« Elodie klatschte in die Hände und hüpfte auf und ab. »Okay, ich bin definitiv dabei.«

»Warte, waren wir dort auch mal mit Mom und Dad? Als wir im Van schlafen mussten, weil es so heftig regnete?«

Austin lachte und nickte. Kael räusperte sich.

»Na gut. Ich komme mit.« Ich zuckte mit den Schultern.

Ich fand die Idee noch immer nicht prickelnd, aber ich wollte eine Reaktion bei Kael herauskitzeln. Und irgendwo tief im Innern sehnte ich mich nach einer Art Verbindung zu meiner Mom und meinem früheren Leben.

»Ja! Fuck, ja!« Austin war glücklich, lächelte der Reihe nach jeden an, der ihm in die Augen sah. In diesem Moment war es Elodie.

»Du hast doch nie und nimmer eine Camping-Ausstattung«, drang Kaels Stimme durch Austins und Elodies Aufregung zu mir hindurch. Er sah mich an.

»Woher willst du wissen, was ich habe?«, fragte ich, genervt, weil er sich stets für allwissend hielt. Obwohl er zugegebenermaßen meist tatsächlich recht hatte. »Ich habe alles Nötige da. Wie zum Beispiel ein Zelt in meinem Schuppen.« Noch als ich das sagte, erinnerte ich mich, dass es ein riesiges Loch hatte. Aber davon musste Kael nichts erfahren. Ich würde schon ein Zelt auftreiben. Mein Dad hatte durchaus mehrere.

»Na gut.« Sein ungläubiger Ton machte mich stocksauer.

So sauer, dass ich bereit war, meinen Dad anzurufen und mir jedes verfluchte Einzelteil aus seinem Wohnmobil auszuleihen, das in mein Auto passte. Wenn ich das Ding selbst hätte fahren können, wäre ich sogar damit losgezogen. Nur um es Kael zu zeigen.

Als ich zu ihm hinübersah, merkte ich, dass er mich anstarrte. »Was geht dich das überhaupt an? Du fährst doch sowieso nicht mit.«

Er lächelte, leckte sich die Lippen und sog dann die Unterlippe ein. »Wer hat gesagt, dass ich nicht mitkomme?«

Ich wedelte mit den Händen zwischen uns vieren herum. »Du.«

»Nein, hab ich nicht. Ich fahre mit. Ich sage es gleich Mendoza, und dann können wir uns überlegen, wer mit wem im Auto sitzen kann. Macht sicher Spaß.« Er sah mich immer noch an – mit eindeutig herausforderndem Blick.

Ich legte den Kopf schief, setzte mein strahlendstes Lächeln auf.

»Und wie!«, antwortete ich, ohne den Augenkontakt zu unterbrechen.

Ich merkte, dass er versuchte, mich zu durchschauen. Ich bemühte mich, mir nichts anmerken zu lassen und eine unbeteiligte Miene aufzusetzen. Ein Wochenende mit ihm konnte die Hölle sein, kam mir aber im Moment wie der Himmel vor.

Austin war wieder ganz aufgeregt und sprach mit Elodie über die wesentlichen Punkte für das Wochenende und seinen Geburtstag. Ihre Stimmen drangen nur undeutlich an mein Ohr. Kael blinzelte, wandte den Blick aber immer noch nicht ab, und ich weigerte mich, als Erste den Augenkontakt zu unterbrechen. Ich blendete alles andere im Zimmer aus, während wir unseren kleinen Machtkampf ausfochten. Mein Hirn lenkte ich mit der Flut der Gedanken ab, die auf mich einströmten.

Wie würde dieses Wochenende wohl werden?

Würde es regnen? Hier regnete es immerhin seit Tagen.

Ob es überall schlammig war?

Wo würden wir alle schlafen?

Wie viel würde es kosten?

Wer würde stundenlang am Steuer sitzen?

Ob es dort auch Mädchen gab, mit denen Kael anbandeln konnte?

»Bist du sicher, dass du mitfahren willst?«, fragte Kael, als könne er meine Gedanken lesen.

Ich schwieg kurz.

»Und du?«

Kael öffnete den Mund und wollte gerade etwas sagen, als sein Handy zu vibrieren begann. Er langte in seine Tasche und zog es hervor.

»Ich bin gleich wieder da. Es ist meine Ma.« Er sah mich noch einmal an, dann schlüpfte er zur Tür hinaus.

Ich fragte mich, ob ich jemals erfahren würde, was er hatte sagen wollen. Vielleicht eine einfache Neckerei über meine bevorstehenden Camping-Vorbereitungen. Vielleicht hätte er mir aber auch seine Einsamkeit gestanden und den tiefen Wunsch geäußert, bei unserem Campingausflug Zeit mit mir zu verbringen. Ha. Gut zu wissen, dass meine Fantasie immer noch gelegentlich mit mir durchzugehen pflegte. Ich sah Kael durch die offene Haustür hinterher, rückte ganz nah an den Türrahmen heran, um ihn womöglich hören zu können, wenn er mit seiner Mutter sprach.

»Wow. Ich fasse es nicht, dass er raus aus der Army ist«, übertönte Austin Kaels gedämpfte Stimme auf der Veranda. »So langsam wird mir ganz mulmig zumute, weil ich fortgehe«, sagte Austin und ließ den Kopf hängen.

Elodie sah ihn an und berührte ihn an der Schulter. »Hör auf, darüber zu reden; du machst mich und das Baby nur traurig.«

Er lächelte. Ich sah an ihnen vorbei und hielt Ausschau nach Kael. Auch wenn sein Besuch überraschend gewesen war: Ich konnte nicht verhehlen, dass ich seine Anwesenheit tröstlich fand.

»Shit, es ist schon fast fünf. Ich muss noch in den Army-Laden«, erinnerte Elodie mich. Sie hatte es heute Morgen schon mal erwähnt, und ich hatte ihr versprochen mitzugehen. Nun, da ich im Schlabberlook und zudem auch noch Kael zu Besuch war, hatte ich eigentlich keine Lust mehr, sie zu begleiten. Natürlich vornehmlich wegen meiner abgerissenen Klamotten …

»Ich habe einen Coupon für einen dieser tollen Videomonitordinger, und der läuft morgen ab«, erklärte sie Austin und fügte, an mich gewandt, hinzu: »Willst du immer noch mitkommen?« Dann blickte sie zur Tür Richtung Kael.

Ich hätte mich gern schnell angezogen, um sie zu begleiten, aber noch lieber wollte ich hier mit Kael bleiben. Ich konnte mich einfach nicht entscheiden. Na ja, eigentlich hatte ich mich *durchaus* entschieden, aber ich wollte nun mal immer allen Menschen gefallen und Elodie nicht versetzen, auch, wenn es mir nicht passte.

»Ich komme mit«, sagte ich schließlich knapp, denn ich wollte auch nicht lügen und behaupten, dass ich sie unbedingt begleiten wollte.

»*Ich* will dich begleiten. Ist dir das recht?«, fragte in dem Moment Austin Elodie, entweder um mich zu retten oder um aus dem Haus zu kommen. Wer konnte das schon so genau wissen?

»Ja«, lächelte sie. »Dann los, denn *sie* will ja offensichtlich nicht«, neckte sie mich. »Außerdem kannst du mir tragen helfen. Oh, ich will Erdbeeren und dieses aufgeschlagene Zeugs … wie heißt es doch gleich, Karina?«

Sie lächelte und ging zur Garderobe an der Wand neben der Tür. Sie zog einen Kapuzenpullover über ihren Pyjama und streifte ein Paar weiße Plateau-Sneakers über. Sie sah immer so mühelos hübsch und stylish aus. Kael wanderte in meinem Vorgarten auf und ab. Seine Uniform verschmolz beinahe mit dem trockenen Gras. Er drehte sich um und lächelte, ein Lächeln, das ich noch nie auf seinem Gesicht gesehen hatte. Es leuchtete förmlich, während er am Handy mit seiner Mutter sprach. Sie musste unfassbar glücklich sein. Beinahe wäre ich vor Rührung in Tränen ausgebrochen, aber Elodies Worte rissen mich aus meinen Gedanken.

»Können wir jetzt gehen? Bist du fertig?« Sie legte den Kopf schief und lächelte Austin an. Er nickte.

»Wir sind gleich wieder da. Braucht ihr irgendwas? Vielleicht noch ein paar Käseflips?«, frage Elodie und schob Schlüssel und Handy in die Bauchtasche ihres Sweatshirts.

Ich schüttelte den Kopf und riss vielsagend die Augen auf, damit sie den Mund hielt und nicht weiter über meine Käseflips-Sucht sprach, denn just in diesem Augenblick kam Kael wieder zur Tür herein.

»Wo gehst du hin?«, fragte er meinen Bruder.

»In den Supermarkt. Willst du mitkommen?«, fragte Austin ihn und warf mir einen kurzen Blick zu.

»Ihr wollt beide hin?«, fragte Kael, während Elodie Austin jetzt praktisch zur Tür zerrte.

»Ja. Beide. Wir müssen los! Der Laden macht gleich zu!«, sagte sie, während sie an ihm vorübereilte.

»Ich …«, begann Kael.

»Bleib einfach hier. Wir brauchen Platz auf dem Rücksitz. Bitte?« Elodie machte eine bittende Geste, während sie sich immer weiter der Tür näherte.

»Dauert echt nicht lange«, versicherte Austin ihm.

»Bis dann!«, rief sie und knallte die Tür hinter sich zu.

Ich seufzte, stöhnte und sah mich im Zimmer um, versuchte, überallhin zu blicken, außer zu dem verwirrten, grimmig dreinblickenden Soldaten inmitten meines Wohnzimmers. Er kam näher, und ich nestelte an meinen Shorts herum und strich mein T-Shirt glatt. Dann versuchte ich, mir das widerspenstige Haar aus der Stirn zu streichen.

»Wann, glaubst du, sind sie wieder da?« Er sah auf seinem Handy nach der Uhrzeit. »Eigentlich wollte er nämlich heute bei mir schlafen.« Er sah sich im Wohnzimmer um, schien jede Einzelheit seiner Umgebung in sich aufzunehmen, wie üblich.

Das gehörte zu den Dingen, die ich bei ihm am faszinierendsten fand. Er war kein einzelnes Buch, sondern eine ganze

Bibliothek. Die bloße Fülle an Informationen, die in diesem Hirn abgespeichert waren, hätte womöglich die ganze Welt verändern können, wenn er mehr davon preisgegeben hätte. Ich hatte das Glück gehabt, hin und wieder etwas davon mitzubekommen, und ich sehnte mich danach, nur noch ein einziges Mal daran teilzuhaben. Seine Intelligenz machte ihn unwiderstehlich, schlagfertig und klug. Und außerdem war er nervtötend, eingebildet und ein Ärgernis.

Seit unserem letzten Zusammentreffen hatte ich beschlossen, alles, was ich an ihm mochte, in etwas Langweiliges oder in einen Fehler umzumünzen, um mit dem Verlust von ihm und unserer kurzen Beziehung fertigzuwerden. Kurz war hier das Schlüsselwort, an das ich mich klammern musste. Ich musste Grenzen in meiner Seele errichten, um ihn mir auf diese Weise aus dem Kopf zu schlagen und von mir fernzuhalten. Dass er jetzt – in diesem Moment – hier war, widersprach dem keineswegs, denn immerhin hatte Austin ihn eingeladen, nicht ich.

»Keine Ahnung«, sagte ich und zeigte ihm, wie wenig mich seine Anwesenheit beunruhigte. Ich würde ihn nicht gewinnen lassen.

Ich sah ihn an und bemühte mich um einen unbeteiligten Gesichtsausdruck. Ganz sicher würde ich jetzt nicht die perfekte Gastgeberin spielen. Ich war nicht wie Estelle und würde es auch nie sein.

Kael und ich waren Sonne und Mond, die einander nun mitten in meinem Wohnzimmer langsam umkreisten.

»Und was jetzt?«, fragte er mich.

Ich zuckte mit den Schultern, machte langsam einen Schritt nach rechts, während er einen nach links tat. Wir tanzten. Unsere Seelen, unsere Körper.

»Ich weiß nicht. Ich hab heute Abend noch was vor«, log ich.

»Aha?« Er lachte, durchschaute es sofort, war aber zu höflich, um es anzusprechen.

Ich sah mich suchend im Zimmer um, auf der Suche nach einer Aufgabe, die ich noch zu Ende zu bringen hatte. »Na ja, ich wollte noch …«

»Ich soll also gehen?«, fragte er. »Wenn du noch was vorhast?«

Ich schüttelte den Kopf. »Nein. Schon gut. Die beiden werden ja nicht lang brauchen.«

Ich ging zum Fenster hinüber und riss die dicken Vorhänge zurück. Austin saß hinter dem Steuer von Elodies Auto, und sie schnallte sich gerade an. Worüber sie sich auch unterhalten mochten, jedenfalls sah Elodie Austin intensiv in die Augen, als weihe sie ihn in ein besonders pikantes Geheimnis ein. Austins Mund verzog sich auf eine Weise, die mir sagte, dass er besagtes Geheimnis bereits kannte und sich genauso sehr darüber amüsierte wie sie. Ihre blauen Augen leuchteten im Abendlicht. Auch noch, als sie mir durch die Windschutzscheibe hindurch einen Blick zuwarf. Sofort riss ich die Vorhänge wieder zu.

Warum? Keine Ahnung. Aber sofort setzte mein Verstand wieder ein, und ich öffnete sie erneut. Sie und mein Bruder saßen immer noch im Auto und lachten sich schlapp. Sie benahmen sich wie freche Geschwister. Dann legte er den Rückwärtsgang ein, und sie winkte mir zu, wobei sie sich immer noch gar nicht mehr einkriegte vor lauter Lachen.

»Sie brauchte nur ein paar Kleinigkeiten, und Austin hat noch nicht mal einen Job. Er kann sich gar nichts leisten«, erläuterte ich und sah Kaels Spiegelbild im Fenster an.

»Bei mir verdient er durchaus ein bisschen Geld«, antwortete Kael. »Und er macht seine Sache gut.«

»Schön für ihn.« Ich versuchte, nicht zu verbittert zu klingen.

Ich nickte ihm zu, zermarterte mir das Hirn, was ich als Nächstes sagen sollte. Wir sahen jetzt beide unsere Spiegelbilder im Fenster an. Wie markant sein Gesicht war. Ich konnte den Blick abwenden. Vielleicht konnten unsere Spiegelbilder ja ein anderes Leben führen als wir? Vielleicht konnten ja wenigstens sie einen Weg finden, um zusammen zu sein? Allerdings passierte so etwas nur in der Literatur oder in Netflix-Serien. Trotzdem fühlte ich mich bei dieser Vorstellung etwas besser, auch wenn alles so beschissen gelaufen war.

Wir standen beide reglos da. Ich fragte mich, was er wohl dachte? Vielleicht das Gleiche wie ich? Oder das Gegenteil. Oh Gott, ich wünschte, er würde etwas sagen. Als das Auto nicht mehr zu sehen war, drehte ich mich schließlich zu Kael um. Die Worte blieben mir in der Kehle stecken und brannten wie Säure. Ich hatte so viel zu sagen und auch wieder nichts. Ich wollte, dass er verdammt noch mal von hier verschwand, aber noch mehr als das wünschte ich mir, dass er blieb. Ich hatte keine Ahnung, was von jetzt an, von diesem Augenblick an, geschehen würde. Und ich hasste das Gefühl, jegliche Kontrolle verloren zu haben; ich hasste es, dass er gelogen hatte und dass er – wie alle anderen in meiner Umgebung – meinen Bruder mir vorzog. Nur wieder einer in einer langen Liste. Nach dem letzten Abend hatte ich nicht erwartet, Kael wiederzusehen. Ich hatte keine Ahnung, was ihm durch den Kopf ging, allerdings spürte ich, dass ihm auch nicht die kleinste meiner Regungen entging.

»Ich sollte gehen, oder?« Wieder holte er das Handy aus der Tasche.

Ich wollte ihn eigentlich unbedingt fragen, mit wem er da sprach.

Wer ist wichtiger als dieser Augenblick, den wir gerade erleben?, hätte ich ihn am liebsten angeschrien.

»Keine Ahnung. Willst du denn gehen?«, fragte ich, und meine Stimme war kaum mehr als ein Flüstern.

Er machte große Augen und zuckte bedächtig mit den Schultern, wippte auf den Fersen vor und zurück. »Weiß nicht. Willst du denn, dass ich bleibe?«

Ich kannte die Antwort nicht. Wir starrten einander an, und sämtlicher Sauerstoff schien aus dem Zimmer zu verschwinden. Wieder blickte er auf sein Handy.

»Mir scheint, dass du irgendwo hinmusst. Ich kann Austin später zu dir fahren, oder er kann einen Uber nehmen.«

»Ich wünschte, wir könnten einfach …«, brach er das Schweigen, verstummte dann aber wieder.

»Was wünschtest du?«

Er seufzte und atmete aus.

»Ich meine, ich wünschte, wir könnten einfach … keine Ahnung? Freunde sein? Nicht nur so *tun*, als wären wir Freunde, dann aber wieder streiten oder weglaufen. Nicht so klischeehaft wie in diesen Filmen von Ashton Kutcher. Ich will wirklich zusammen abhängen können, ohne verlegen zu sein oder dass einer von uns die Biege macht. Wir haben uns doch gut verstanden, weißt du noch? Irgendwann einmal.«

»Ja, irgendwann einmal. Aber offensichtlich tun wir das jetzt nicht mehr«, antwortete ich. »Du hast doch gesehen, was neulich abends passiert ist? Hinzu kommt, dass ich dir nicht mehr vertraue. Jeden Tag enthüllt sich eine neue Schicht von diesem Mist mit meinem Bruder und meinem Dad, und das, obwohl wir nicht mal miteinander reden!«

Der Schmerz hatte mich jetzt ganz und gar gepackt – innen wie außen. Für ein und dieselbe Person hatte ich die Worte Vertrauen und Lüge jetzt schon viel zu oft benutzt. Und ihm schon viel zu oft die gleichen Ausreden und Sätze an den Kopf geworfen.

Das war mir klar, aber anders konnte ich mein Problem mit ihm nicht erklären. Und wenn er sich tausendmal entschuldigte, ich war entschlossen, daran festzuhalten. Nur so konnte ich mein Herz vor ihm schützen.

»Hast du mir denn jemals genug vertraut? Und eigentlich musst du mir gar nicht vertrauen. Das muss man nämlich in einer Freundschaft auch gar nicht hundertprozentig. Ich selbst vertraue niemandem auf der ganzen Welt außer meiner eigenen Mom.«

Das verletzte mich, weil ich eigentlich gedacht hatte, dass er zumindest mir vertraut hatte. Mein Gott, manchmal war ich wirklich erbärmlich.

»Willst du damit sagen, dass du mir nie vertraut hast?«, fragte ich ihn und durchbohrte ihn mit meinem Blick.

»Darauf antworte ich nicht. Auch hier misst du wieder mal mit zweierlei Maß«, antwortete er nur mit ausdrucksloser Stimme.

Als ich keine Antwort gab, fuhr er fort: »Sieh mal, wir werden niemals einer Meinung sein im Hinblick auf die Frage, warum alles so gelaufen ist oder ob ich im Recht bin oder du. Aber wir können uns zumindest darauf einigen, dass wir unterschiedliche Ansichten haben und versuchen, Freunde zu sein, so wie du es neulich abends vorgeschlagen hast?«

»Zweierlei Maß?«

Er nickte.

»Und jetzt hältst du mir auch noch den *Wir-können-Freunde-Sein*-Vortrag? Oh mein Gott.« Ich lief im Kreis, war mit jeder Sekunde frustrierter.

»Du hast das Thema doch zuerst aufgebracht. Und was habe ich denn für eine Wahl? Du vertraust mir nicht, glaubst aber, dass du mir vertrauen können musst. Willst du, dass ich hierbleibe und mir anhöre, für was für einen beschissenen Mann du mich hältst? Oder willst du wirklich mit mir reden und entspannt mit mir umgehen, bis die beiden anderen zurückkehren? Oder wäre es dir lieber, wenn ich ginge und wir einander in Zukunft meiden wie die verdammte Pest. Denn in einer Minute lässt du bei mir über deine Familie Dampf ab, und in der nächsten wirfst du mich raus. Es gibt für unsere Situation drei Möglichkeiten, und mit der ersten komme ich nicht klar.«

»Als ob das so einfach wäre«, stieß ich hervor.

Ich wusste gar nicht, wo ich anfangen sollte, also redete ich einfach drauflos. »Du hast meinem Bruder dabei geholfen, zur Armee zu gehen, obwohl du wusstest, dass ich von seinen Plänen keine Ahnung hatte. Du hast irgendeine beschissene Geschichte mit meinem Dad erlebt, die ich immer noch nicht ganz durchschaue, und du hast mich benutzt, um es ihm heimzuzahlen. Ich dachte, wir wären …« Ich verstummte, versuchte, meinem Hirn die Chance zu geben, meinen Mund einzuholen.

»Ich dachte, wir hätten etwas *Echtes*. Mein Gott, ich höre mich an wie ein Idiot. Aber es stimmt. Also habe ich eine Sekunde lang in meiner Wachsamkeit nachgelassen, und schon hast du mich verraten. Für mich hat das eine ziemlich große Bedeutung. Ich bin es nicht gewohnt, dass Leute mich aus keinem verdammten Grund einfach so verletzen und es dann noch nicht mal bereuen.«

Kael machte einen Schritt auf mich zu. Noch nie war mir mein Wohnzimmer so klein vorgekommen. »Ich habe nie behauptet, es nicht zu bereuen, Karina. Ich habe das alles nicht getan, um dich zu verletzen. Ich tat es, um deinen Bruder zu retten.«

»Ernsthaft? Du hattest ihn doch gerade erst kennengelernt! Für wen zum Teufel hältst du dich?«, fragte ich. Ich schrie ihn zwar nicht an, aber von gelassenem Sprechen war es weit entfernt. »Und eigentlich kennen wir dich auch gar nicht richtig.« Jetzt versuchte ich, ihn zu verletzen.

»Ich kenne dich doch auch kaum. Weißt du überhaupt selbst, wer du bist?«

Ich schnalzte wütend mit der Zunge. »Ach, sieh an! Das sagt der Richtige. Du selbst hast doch mindestens fünf verdammte Persönlichkeiten.«

»Ich?« Er tippte sich mit der Hand auf die Brust, genau unter dem Namensschild seiner Uniformjacke. »Ich bin der Typ, den du anscheinend nur schwer rausschmeißen kannst. Ich bin der Typ, dem du die Schuld für all deine Probleme gibst. Das bin ich. So, und wer bist jetzt *du*?«

Sein Blick brannte sich in mich hinein.

»Jemand, der diese Scheiße gerade nicht brauchen kann.«

Ich tigerte im Wohnzimmer auf und ab, versuchte ein bisschen Abstand zwischen uns beiden zu schaffen, während ich überlegte, was ich zu meiner Verteidigung sonst noch hätte vorbringen können.

»Okay, dann gehe ich eben. Sag verdammt noch mal Bescheid, wenn du bereit ist, ausnahmsweise mal richtig zu reden.«

Ich wirbelte zu ihm herum. »Ausnahmsweise?«, schnaubte ich. Wie konnte er es wagen?

»Du suchst Streit, wie immer.« Diese Worte schleuderte er mir mit aller Macht entgegen.

Zwischen zusammengebissenen Zähnen stieß ich hervor: »Du gehst zu weit, Martin.«

Er lachte, als ich ihn bei seinem Soldatennamen nannte. »Ich gehe zu weit, weil ich ehrlich zu dir bin? Oder vielleicht eher, weil du es nicht hören willst? Solange ich dir nach dem Mund redete und ansonsten die Klappe hielt, durfte ich alles sagen.« Er grinste wie der Bösewicht im Märchen, wie der schöne Mann, der allzu geschickt seine Bosheit maskierte. Meine Mom hätte sich sicher eine treffende Geschichte ausgedacht, warum er so war.

Er trat einen Schritt auf mich zu, und ich wich zurück, wäre beinahe über meine eigenen Füße gestolpert.

»Na gut, wenn du es nicht anders willst, dann behalte ich meine Meinung über dein Leben von jetzt an eben für mich. Aber so funktioniert Kommunikation normalerweise nicht. Diese Aufrichtigkeit, von der du dauernd sprichst, funktioniert jedenfalls keinesfalls so.« Er deutete zwischen uns hin und her.

»Ich habe hervorragend mit dir kommuniziert. Ich habe gewartet und gewartet, darauf, dass du sagst, dass es dir leidtut oder du zumindest anerkennst, dass das, was du getan hast, falsch war. Aber es scheint dir ja egal zu sein. Hier stehst du in meinem eigenen verdammten Wohnzimmer und klagst mich an, nachdem du mich neulich einfach stehen gelassen hast. Du willst mir weismachen, du hättest nur gelogen, um meinen Bruder zu retten? Zu retten wovor?«

»Du bist noch nicht bereit für diese Unterhaltung. Und ich soll abgehauen sein? Du hast mir doch gesagt, ich solle gehen. Wieder einmal hatten wir Streit, und du bist einfach ins Haus gerannt. Ich hatte noch nicht mal was verbrochen. Wir saßen zusammen, unterhielten uns, und plötzlich bist du ausgeflippt. Wir können uns entweder darauf einigen, dass wir unterschiedlicher Meinung sind oder eben nicht. Aber das liegt nicht allein an mir. Irgendwann müssen wir uns noch mal unterhalten, aber erst, wenn du bereit bist, falls dieser Tag überhaupt jemals kommt. Aber ich warte definitiv nicht ewig, bis du dich mir öffnest.«

Ich war durcheinander, fühlte mich besiegt und machtlos und wütend. Vornehmlich auf mich selbst.

»Ich weiß nicht, was ich will, okay?« Ich sah ihn an. »Ich weiß nur, dass mein Leben momentan ätzend ist und dass es etwas weniger ätzend ist, wenn du da bist. Ich weiß, dass ich total wütend auf dich bin, und ich wünsche mir einfach nur, dass du mir sagst, dass es dir leidtut, damit ich endlich aufhöre, mir Vorwürfe zu machen, weil ich mit dir zusammen sein will.«

Sogleich berichtigte ich mich selbst. »Ich meine, weil ich in deiner Nähe sein will.«

Wir keuchten beide, waren atemlos, obwohl wir die ganze Zeit nur reglos dagestanden hatten, einander gegenüber.

»Es tut mir leid. Es tut mir *wirklich verdammt* leid, Karina. Es tut mir leid, dass ich dir etwas verheimlicht habe, und es tut mir leid, dass es dich verletzt und dazu geführt hat, dass du mir nicht mehr traust. Ich wünschte wirklich, ich könnte die Zeit zurückdrehen und es anders machen, aber das kann ich nicht. Ich kann nichts mehr daran ändern. Was geschehen ist, ist geschehen.«

Seine Worte spülten über mich hinweg, egal, wie schlicht sie waren, und egal, ob ich darum gebeten hatte. Ich musste sie hören. Sie fühlten sich so gut an, dass sie meine Haut förmlich durchtränkten.

»Ich wünschte ebenfalls, ich könnte die Zeit zurückdrehen und alles ungeschehen machen«, sagte ich.

»Aber das können wir nicht. Also, was sollen wir deiner Meinung nach jetzt tun? Anscheinend können wir einander ja nicht vollkommen aus dem Weg gehen, zumindest nicht, solange ich nicht wegziehe oder dein Bruder seine Grundausbildung beginnt, was davon eben zuerst passiert.«

Wenn ich noch einmal an ihren bevorstehenden Weggang erinnert wurde, würde ich noch meinen verdammten Verstand verlieren.

»Versuchen wir doch, Freunde zu sein und uns nicht mehr in

die Wolle zu kriegen. Um deinetwillen, um meinetwillen und um deines Bruders willen. Eigentlich um jedermanns willen auf dieser Welt.«

»Und das war's? Wir einigen uns einfach darauf, dass wir unterschiedlicher Ansicht sind?«

Er nickte. »Vorläufig, ja. Erst recht angesichts der tollen Neuigkeiten, die ich heute erhalten habe. Bald mache ich die Biege, also hör auf, gegen mich anzukämpfen, und versau mir diesen Moment nicht.« Sein Lächeln wurde breiter.

»Jetzt klingst du wie mein Bruder.« Ich stöhnte, gab aber nach. Ich war zu erschöpft, um weiterzumachen, und eigentlich freute ich mich so wahnsinnig für ihn.

»Das mache ich extra, damit du ein schlechtes Gewissen bekommst und mir in allem nachgibst.«

Ich schnaubte. »Haha.«

Er lachte. Ich stimmte unwillkürlich in sein Lachen mit ein und hielt mir die Hand vor den Mund. Er grinste. Es war miese, klassische Manipulation, aber ich ließ es ihm durchgehen und nickte. Ich wünschte mir wirklich einen Waffenstillstand, auch wenn er so zerbrechlich war wie die mundgeblasene Glasvase auf meinem Kaminsims. Wieder eine Erinnerung an meine Mom. Sie kam mir in letzter Zeit andauernd in den Sinn. Ich konnte es kaum verhindern.

»Du würdest mich wahrscheinlich mögen, wenn du mich näher kennenlernen würdest.« Kael neigte ein wenig den Kopf und sah mir in die Augen.

»Gut. Also Freunde.« Ich streckte ihm die Hand entgegen.

Es war albern und impulsiv, trotzdem erwiderte er die Geste.

»Also Freunde.« Wir schüttelten uns feierlich die Hände.

Ich ließ seine als Erste los und setzte mich auf die Couch. Er folgte mir und nahm auf der anderen Seite Platz. Das Polster sank unter seinem Gewicht ein wenig ein, und dieses Gefühl legte sich tröstend wie eine schwere Decke über mich.

»Wie oft werden wir uns noch die Hand schütteln? Und darf ich in dieser neuen Freundschaft reden? Ich möchte neue Bedingungen aushandeln, da du bei unserem letzten Deal ja einen Rückzieher gemacht hast.« Er legte den Kopf in den Nacken.

»Vielleicht.« Ich lächelte, und Erleichterung durchflutete mich.

28

»Morgen hast du Geburtstag«, erinnerte mich Kael, nachdem unsere neue *Freundschaft* etwa zwanzig Minuten alt war.

Wir hatten Small Talk über das Wetter betrieben – tatsächlich! – und über die Ereignisse der letzten Zeit. Ich gab mir Mühe, oberflächlich zu bleiben und mich emotional nicht zu schnell zu intensiv auf ihn einzulassen. Schließlich waren Gefühle für das ganze Chaos verantwortlich gewesen. Sobald sie im Spiel waren, überkam mich der Drang wegzulaufen.

»Ja. Ich tue aber so, als hätte ich gar keinen Geburtstag.« Ich zuckte mit den Schultern und schaltete das Netflix-Menu auf dem Fernseher ein. Auf der Startseite wurde ein romantischer Film angekündigt, den Elodie sich sofort reingezogen hätte.

»Toll.« Kael nickte. Dann fügte er hinzu. »Das alles hier ist total merkwürdig. Warum redest du nicht? Du redest doch sonst immer.«

»Ich probiere etwas Neues aus. Du sollst reden. Erzähl mir, wie sehr sich deine Mom gefreut hat oder wie es Mendoza geht.« Ich legte mir ein Kissen auf den Schoß und drehte mich zu ihm um, streckte die Füße aus, sodass sie fast seine Beine berührten.

»Meine Ma, das ist eine viel zu lange Geschichte«, antwortete er. »Aber sie ist glücklich. Durcheinander, aber glücklich.«

Eigentlich wollte ich mehr wissen, aber da ich versuchte, alles lässig anzugehen, ließ ich das Thema fallen.

»Und Mendoza?«

Kael sah mich an. »Mendoza hatte heute einen beschissenen Tag.«

»Warum? Was ist passiert?«

Anscheinend kam Mendoza einfach nicht zur Ruhe.

»Na ja, Gloria war mit Julian beim Kinderarzt, der vorschlug, den Kleinen diversen Tests zu unterziehen. Er vermutet eine Entwicklungsstörung. Womöglich Autismus oder so.« Kael sah auf sein Handy hinunter und holte tief Luft.

Wie immer, wenn ich mit Kael zusammen war, sprudelten die Worte nur so aus mir heraus und wurden nicht erst gefiltert, wie mein Hirn das im Zusammensein mit anderen Menschen sonst zu tun pflegte.

»Ist das nicht etwas Gutes? Dass sie ihn testen, meine ich?«

Kael nickte. »Ja, ganz gewiss. Mendoza hat nur das Gefühl, bestraft zu werden. Natürlich hat er nichts falsch gemacht, aber er empfindet es so, und ich weiß nicht, wie ich ihm klarmachen soll, dass er sich irrt.«

Er fuhr sich mit den Händen über den rasierten Kopf. Er war erst kürzlich beim Friseur gewesen, was ich an der perfekt geraden Linie an Nacken und Stirn erkannte.

Mendoza tat mir so unendlich leid. Und Kael ebenfalls, denn zusätzlich zu seiner eigenen Vergangenheit trug er noch so viel mehr Last auf seinen Schultern.

»Ich glaube nicht, dass es deine Aufgabe ist, ihm das zu sagen. Er muss es so fühlen dürfen, wie es für ihn halt ist. Ich wünschte, er würde sich professionelle Hilfe suchen und mit jemandem reden«, sagte ich, und mein Mund war so trocken, dass ich kaum schlucken konnte.

»Ja, aber das wird er nicht. Ich hab ihm das schon unzählige Male geraten. Er ist nicht zu stolz dazu, aber er ist halt überhaupt nicht auf sein Ego fixiert. So ist er aufgewachsen. Wie ich. Wenn man leidet, tut man das im Verborgenen. Allerdings: Ich selbst habe zweimal die Woche einen Termin beim Therapeuten und muss einmal die Woche zum Arzt. Trotzdem bin selbst ich noch nicht geheilt.« Er tippte sich an den Kopf, und seine Stimme klang so überzeugt, dass ich schauderte.

»Schon wieder verliert er die Kontrolle über etwas in seinem Leben«, fuhr Kael anschließend fort. »Darum geht es wohl vor allem. Als ich ihn vor ein paar Jahren kennenlernte, war er ein vollkommen anderer Mensch. Diese Gewalt zu erleben, den Kampf um Leben und Tod, das spielt einem übel mit. Und ihn hat das so richtig fertiggemacht.«

Kael biss die Zähne zusammen, und sein Adamsapfel bewegte sich, als er schluckte. »Aber Stolz oder etwas Ähnliches ist gar nicht der Punkt. Das Schlimmste ist, dass er befürchtet, aus der Army geworfen zu werden, wenn er erzählt, wie es ihm geht oder was er durchmacht. Dann könnte er seine Familie nicht mehr ernähren. So kriegen sie viele Jungs dazu drinzubleiben. Mendoza hat Kinder, die eine Krankenversicherung brauchen, jetzt mehr denn je, wenn diese Tests positiv ausfallen und ergeben, dass Julian Hilfe braucht. Die Vorstellung vom Leben nach der Army macht einem Angst – selbst mir! Keine Ahnung, wer ich ohne diese Uniform bin.«

Er berührte den Stoff, auf dem sein Nachname aufgestickt war. »Dabei muss ich mir nur um mich selbst Sorgen machen. Ich meine, ich habe zwar noch meine Schwester und meine Ma, aber die kommen auf jeden Fall durch. Falls ich sterbe, sind sie sogar besser dran, weil ich eine Lebensversicherung von der Regierung bekommen habe. Und sie sind auch nicht vollkommen von mir abhängig wie seine Familie.«

»Empfindest du wirklich so?« Ich musste ihn einfach fragen. »Dass du nicht weißt, wer du bist.«

Er nickte. »Ist verdammt gruselig. Ich wollte mein Leben lang Soldat werden, und nun, da die Entlassung bevorsteht, trifft mich das hart. Ich bin so sehr daran gewöhnt, einfach nur zu versuchen, am Leben zu bleiben. Ich bin gut in meinem Job. Ich bin ein guter Soldat. Ich weiß nicht, worin ich sonst noch gut bin.«

Seine Stimme berührte mich. Unwillkürlich rückte ich näher an ihn heran.

»Tut mir leid«, sagte ich. Und meinte es ernst.

»Das muss es nicht. Ich krieg das schon hin.«

Ich konnte den Blick nicht von ihm abwenden.

»Übrigens vermute ich, dass es dein Dad war, der mir geholfen hat, so schnell rauszukommen.« Er sagte das so beiläufig, dass ich mich beinahe verschluckt hätte.

»*Was?* Du wechselst das Thema.«

»Ja, ich kann es natürlich nicht mit Gewissheit sagen, aber ich bin mir trotzdem ziemlich sicher. Ich habe mit ein paar Leuten gesprochen, und es gibt nicht allzu viele Generäle, die einfach so ein paar Strippen ziehen könnten. Ich sag dir Bescheid, wenn ich mehr weiß, aber ich habe so ein untrügliches Gefühl, dass er dahintersteckt.«

Ich war vollkommen durcheinander. »Ob *das* aber so eine gute Sache ist, weiß ich nicht so genau? Oder …?«

Kael zuckte mit den Schultern. »Wer weiß. Aber dieses Jahr ist schon genug Bullshit in meinem Leben passiert. Deshalb sehe ich es positiv. Wenn irgendwann dann doch das böse Erwachen kommt, kann ich mich immer noch damit befassen.«

Ich nahm mir vor, demnächst noch mehr Fragen zu meinem Vater zu stellen. Aber im Augenblick war mir die Zeit dafür zu kostbar.

»Klingt nach einem Plan«, stimmte ich zu, denn ich wollte ihn nicht zu sehr unter Druck setzen. Er war total offen, aber ich wollte, dass er mir das, was er erzählte, freiwillig enthüllte. Ich wollte Kael beschützen, sogar vor mir selbst.

»Ich bin froh, dass du geblieben bist. Es gefällt mir, deine … Freundin zu sein«, sagte ich.

Er lächelte. »Ach ja? Na, mir gefällt es auch, dein Freund zu sein.« Viele schweigsame Sekunden vergingen, und ein Schauer lief mir über den Rücken.

Bei ihm fühlte ich mich so zufrieden, so sicher. Es war gelogen, wenn ich behauptete, ihm nicht zu vertrauen. Ich konnte nicht anders, ich wollte ihm nahe sein und alles für ihn zum Besseren wenden. Ich wusste nicht, was genau das bedeutete, aber ich hatte eine Heidenangst, dass ich ihn womöglich liebte. Warum lief es immer auf so was hinaus? Unerwiderte Liebe? Ich hätte nie gedacht, jemals in einem Gedicht von John Keats festzustecken. Ich war es dermaßen leid, die Worte anderer Menschen nachzuleben. Ich wollte meine eigene Geschichte schreiben.

»Was gefällt dir denn daran?«, fragte ich ihn. »Mein Freund zu sein, meine ich.« Schamlos fischte ich nach Komplimenten.

»Meinst du die Frage ernst?«, neckte er mich und tippte mit dem Finger an sein Kinn.

Ich nickte, verkniff mir ein Lächeln.

»Du bist der hübscheste Freund, den ich habe.«

»Nicht flirten. Das ist eine Regel.« Ich schlug mit der Hand auf die Couch zwischen uns und setzte mich dann auf das Mittelpolster. Mein Oberschenkel rieb sich an ihm, als ich neben ihm landete.

Er hielt sich die Hände vor die Brust. »Ich flirte nicht. Es ist schön, eine Freundin zu haben, die zudem noch hübsch ist.«

»Etwas anderes.«

Er schüttelte den Kopf und sah mich an. »Nein, erst bist du dran.«

»Das Gleiche«, stimmte ich spielerisch zu. »Es ist schön, einen Freund zu haben, der hübscher ist als ich.« Ich verdrehte die Augen und stieß ihn sanft an der Schulter an.

Seine Finger umfingen mein Handgelenk, und er führte meine Hand an seine Brust, zog mich dichter an sich. Die elektrische Spannung zwischen uns war plötzlich so heftig, dass ich kaum mehr Luft bekam.

»Und was ist die Strafe, wenn man seine eigene Regel bricht?« Er war meinem Gesicht jetzt so nahe, dass sein Atem beim Sprechen meine Lippen küsste.

Ich konnte an nichts anderes denken als daran, dass ich ihn verschlingen wollte, mich von ihm verschlingen lassen wollte, bis nur noch wir beide übrig waren: Ich und Kael – und die Fake-Freundschaft, die wir nicht länger als fünf Minuten durchhielten.

Er sah mir unverwandt in die Augen. Dann ließ er mein Handgelenk los und legte seine Hand auf meine Schulter.

»Willst du, dass ich aufhöre? Du musst es nur sagen.« Er suchte in meinen Augen nach Zustimmung.

Jede einzelne Zelle in meinem Körper tanzte und surrte unter der Wärme seiner Berührung.

»Nein.« Ich rückte sogar noch näher an ihn heran und kletterte dann langsam auf seinen Schoß.

Seine Hand wanderte an meinem Hals hinauf, und nun sprachen wir ohne Worte zueinander. An meiner Kehle angelangt, übte er zärtlichen Druck aus. Ich rieb mich an ihm, meine Shorts an der dünnen Baumwolle seiner Uniform. Ich spürte, wie er härter wurde, und ich brandete ihm entgegen. Noch nie hatte ich etwas Derartiges empfunden.

Seine Lippen berührten mein Kinn, beschrieben einen Pfad hinauf zu meinen Lippen, die sich so verzweifelt nach den seinen sehnten.

»Karina, ich …«, fing er an, küsste mich aber weiter. Das Vibrieren seines Handys ließ mich innehalten.

Er langte in seine Tasche und holte es heraus. Auf dem Display erschien Mendozas Name, aber er ignorierte den Anruf.

»Was, wenn er in Schwierigkeiten ist?«, fragte ich und kletterte von seinem Schoß herunter. Aber ich kam nicht weit, mein Körper wollte mir nicht gehorchen.

Kaels Handy klingelte erneut. Diesmal ging er dran.

»Hey, geht es dir gut?«, fragte er sofort.

Er sah zu mir auf. Seine Pupillen waren so klein, dass sie in einem Meer aus umwölktem Braun zu verschwinden schienen. Bei diesem Anblick wollte ich ihn sofort wieder berühren. Ich sah auf seine Hände hinab. Eine führte er an mein Gesicht, fuhr mir zärtlich mit dem Daumen über die Wange. Es war wie im Traum.

Ein paar Sekunden lang hörte man Mendoza am anderen Ende der Leitung sprechen. Dann löste Kael das Handy von seinem Ohr und tippte ein paarmal auf den Bildschirm. Er rief irgendetwas auf, ließ Daumen und Zeigefinger darüber auseinanderfahren und sah näher hin.

»Heiliger Strohsack. Woher hast du das?«

Ich starrte ihn an, erwartete, dass er erneut den Blickkontakt zu mir suchte. Aber das tat er nicht. Die Stille zerrte an meinen Nerven, während ich Mendozas Äußerung und Kaels Antwort abwartete.

»Okay. Schick das niemandem weiter und erwähne es auch bei niemandem, bis wir herausgefunden haben, wer damit angefangen hat und woher es kommt.«

Was zum Teufel war passiert? Die Frage brannte in meiner Kehle, drängte mit aller Macht hinaus.

»Okay, danke. Halt mich auf dem Laufenden, wenn Lip dich anruft.«

Dies war das erste Mal, dass ich Kael oder sonst jemanden Elodies Ehemann Lip nennen hörte.

Er legte auf, und aus seinem Gesicht war sämtliche Farbe gewichen.

»Was? Was ist passiert?« Mir sank das Herz in die Magengrube, und ich vermutete schon das Schlimmste für Mendoza oder Elodies Soldat. Ich war vollkommen verwirrt.

Kael hielt mir das Handy hin, und ich blinzelte in dem Versuch, das, was ich da auf dem Bildschirm sah, zu verstehen. Das Foto zeigte zwei Menschen auf einem Parkplatz, die einander umarmten. Es dauerte nur ein paar Sekunden, bis mir dämmerte, was Elodies Ehemann mit diesem Bild zu tun hatte. Elodie war eine der beiden Personen. Und der Junge in schwarzer Jeans und T-Shirt mit dem zerzausten, blonden Haar war mein Bruder. Ich starrte meinen Bruder und Elodie an. Zusammen auf dem gleichen Foto.

Er stand neben ihrem Auto.

Sie hielten sich eng umschlungen …

Ihre Lippen berührten einander.

Dank

Dieser Teil eines Buches ist immer der schwerste, denn entweder vergesse ich jemanden, der superwichtig war, oder ich finde einfach nicht die richtigen Worte, um allen angemessen zu danken. Also, zuallererst einmal das Wichtigste: DANKESCHÖN!!! An euch, weil ihr mein Buch zur Hand genommen und bis zum Ende gelesen habt (es sei denn, ihr habt ein paar Seiten überschlagen und seid gleich hier gelandet, was ziemlich schräg wäre :P). Euretwegen kann ich weiter mit dem machen, was ich liebe, und weiter meine Geschichten erzählen. Im Grunde ziehen wir also an ein und demselben Strang.

Das hier ist jetzt unser elftes Buch, und immer noch ist es wie im Traum. Ich kann es gar nicht erwarten, demnächst in eine Buchhandlung zu gehen und eine Ausgabe in der Hand zu halten oder die Fotos von euch mit dem Buch in Händen zu sehen! Vergesst nicht, mich auf Instagram zu markieren!

Und nun mein unbeholfener und viel zu kurzer Dank an alle, denen ich auch noch mal persönlich danken werde. Ich danke also folgenden Leuten:

Flavia – für deine Geduld und dafür, dass du eine so positive und Mut spendende Kraft in meinem Leben bist. Du lauschst jeder verrückten Idee, hörst mir zu, wenn ich herumwüte oder mich verzettele. Du bist immer da, wenn ich zwischendurch mal wieder eine Krise habe, und erinnerst mich daran, warum ich diese verrückte Sache überhaupt mache.

Erin – dafür, dass du mich immer wieder drangekriegt hast. Deshalb liebe ich dich. Schließlich geht es im Leben darum, sich ständig weiterzuentwickeln, daher bin ich überglücklich, dass du an meiner Seite bist.

Jordan – du bist mein bester Freund und schon mein halbes Leben lang mein Partner und Ehemann. Danke für die unzähligen Stunden, die du mit mir über meine Bücher gesprochen hast, in denen du mich überredet hast, wieder in die Wirklichkeit zurückzukehren (dann und wann). Ohne dich hätte ich das alles nicht geschafft. Durch die Arbeit an dieser Serie bin ich sogar noch stolzer auf das, was du durchgestanden hast. Den Rest sage ich dir persönlich, denn diese Zeilen liest du wahrscheinlich sowieso nicht. Außerdem bist du der einzige Mensch auf der Welt, der nicht in den sozialen Medien aktiv ist. :P

Jo – danke und darauf, dass Schreiben Spaß macht.

Meinen internationalen Verlagen – danke, dass ihr mich weiterhin unterstützt und an meine Art, Geschichten zu erzählen, glaubt.

All meinen Freunden – während der Arbeit an diesem Buch war ich eine schreckliche Freundin. Ich werde euch allen schreiben und Termine zum Abendessen mit euch vereinbaren, die ich auch ganz gewiss einhalte. Versprochen! Danke, dass ihr versteht, wie ich funktioniere. Ich liebe euch alle.

Und noch mal aus ganzem Herzen mein innigster Dank an meine Leser. Bereiten wir uns also vor auf das nächste und letzte Kapitel der Geschichte von Karina und Kael. Seufz!

After Truth

Ist

Liebe

stärker als

die Vergangenheit?

JETZT IM KINO